赣南师范大学中国语言文学省级重点学科资助项目
江西省高校哲学社会科学创新团队"当代影视文学与文化研究创新团队"项目

明湖文丛

洪迈『夷坚志』综论

邱昌员 ◎ 著

中国社会科学出版社

图书在版编目（CIP）数据

洪迈《夷坚志》综论 / 邱昌员著. —北京：中国社会科学出版社，2017.4

ISBN 978-7-5203-1125-0

Ⅰ.①洪… Ⅱ.①邱… Ⅲ.①笔记小说-小说研究-中国-南宋 Ⅳ.①I207.41

中国版本图书馆 CIP 数据核字（2017）第 244789 号

出 版 人	赵剑英
责任编辑	任　明
责任校对	李　莉
责任印制	李寡寡

出　　版	中国社会科学出版社
社　　址	北京鼓楼西大街甲 158 号
邮　　编	100720
网　　址	http://www.csspw.cn
发 行 部	010-84083685
门 市 部	010-84029450
经　　销	新华书店及其他书店

印刷装订	北京君升印刷有限公司
版　　次	2017 年 4 月第 1 版
印　　次	2017 年 4 月第 1 次印刷

开　　本	710×1000　1/16
印　　张	15
插　　页	2
字　　数	238 千字
定　　价	75.00 元

凡购买中国社会科学出版社图书，如有质量问题请与本社营销中心联系调换

电话：010-84083683

版权所有　侵权必究

目　录

导　言 …………………………………………………………… (1)
第一章　洪迈生平及其著述 …………………………………… (9)
第二章　《夷坚志》之成书 ……………………………………… (13)
　第一节　《夷坚志》的成书时间 ……………………………… (13)
　　一　第一阶段——《甲志》至《戊志》的编撰（1142—1189）
　　　　………………………………………………………… (14)
　　二　第二阶段——《己志》至《癸志》的编撰（1189—1194）
　　　　………………………………………………………… (19)
　　三　第三阶段——《支志》《三志》《四志》的编撰（1194—
　　　　1202）…………………………………………………… (20)
　第二节　《夷坚志》的创作方式 ……………………………… (23)
　　一　采编记录 …………………………………………… (24)
　　二　修订增补 …………………………………………… (28)
　　三　摘录互证 …………………………………………… (33)
　　四　删润傅益 …………………………………………… (37)
　第三节　洪迈的小说理论观 ………………………………… (39)
　　一　小说创作愉悦感的孜孜寻求 ……………………… (40)
　　二　好奇尚异的公然标榜 ……………………………… (42)
　　三　求实、求信与虚构的矛盾 ………………………… (47)
第三章　《夷坚志》与宋代朝政和吏治 ……………………… (54)
　第一节　《夷坚志》中的"宋代官场现形记"之一：阿谀谄附和
　　　　　钩心斗角 ………………………………………… (54)
　　一　贪贿聚敛 …………………………………………… (54)
　　二　阿谀谄附 …………………………………………… (56)
　　三　钩心斗角 …………………………………………… (58)

第二节 《夷坚志》中的"宋代官场现形记"之二：冤情策源和邪恶温床 (65)
  一 宋代官员是许多冤案的制造者和促成者 (65)
  二 达官权贵的暴虐凶残本性与邪恶变态心理 (68)
  三 腐败的官府是不折不扣的邪恶温床 (70)

第三节 《夷坚志》刻画的胥吏群像 (72)
  一 胥吏是邪恶的社会群体 (72)
  二 胥吏欺上瞒下、奸猾不忠 (74)
  三 胥吏贪婪暴虐、忘恩负义 (78)
  四 胥吏徇私枉法、制造冤案 (81)

第四节 《夷坚志》再现了平民百姓凄凉的生活图景 (86)
  一 宋金战争、盗贼峰起与无数生命的杀戮 (86)
  二 兵革频仍、旱涝凶年与饥民食子的惨剧 (88)
  三 易代之际动荡社会的悲欢离合 (89)

第四章 《夷坚志》中的情爱传奇 (99)
第一节 《夷坚志》描绘的真挚人间情爱 (99)
  一 文人士子的真情之恋 (99)
  二 市民之恋 (103)
  三 婚姻恋情改变人生 (104)

第二节 《夷坚志》中人与异类的婚恋奇闻 (106)
  一 人神之恋 (106)
  二 人鬼婚恋 (109)
  三 人与精怪（妖）之婚恋 (120)

第三节 《夷坚志》独具特色的情色骗局故事 (124)
  一 情色骗局故事 (125)
  二 赌骗或赌、色结合的骗局故事 (127)
  三 以宝物和宗教法术设骗的故事 (129)

第五章 《夷坚志》中的侠义公案小说 (134)
第一节 《夷坚志》中的侠义小说 (134)
  一 女性侠义英雄 (135)
  二 传统典型的侠客 (138)
  三 市民侠士 (139)

四　文人侠 …………………………………………………… (142)
第二节　《夷坚志》之市井豪雄传奇 ……………………………… (146)
　　一　抗击邪恶和外侮的勇士 ……………………………………… (146)
　　二　起义领袖和绿林好汉 ………………………………………… (150)
　　三　其他类型的市井豪雄 ………………………………………… (152)
第三节　《夷坚志》中的公案故事 ………………………………… (154)
　　一　冤案故事抨击社会黑暗 ……………………………………… (155)
　　二　疑案公断歌颂清官能吏 ……………………………………… (156)
　　三　案情巧合与灵物义兽 ………………………………………… (159)
　　四　公案故事暴露罪犯的狡诈与凶残 …………………………… (161)

第六章　《夷坚志》与宋代市民文化 …………………………… (165)
第一节　《夷坚志》展现的商人世界 ……………………………… (165)
　　一　商人的奸猾贪婪 ……………………………………………… (165)
　　二　商人的情感生活 ……………………………………………… (168)
　　三　商妇子子守家的孤独与寂寞 ………………………………… (171)
　　四　商人的善举 …………………………………………………… (173)
　　五　商人经商路上的杀机 ………………………………………… (174)
　　六　海外贸易的奇遇与历险 ……………………………………… (176)
第二节　《夷坚志》对市井拜金气习的批判 ……………………… (178)
　　一　"一夜暴富"的市井白日梦 ………………………………… (178)
　　二　金钱对亲情的扭曲 …………………………………………… (183)
　　三　金钱对道德、人性的异化 …………………………………… (185)
第三节　《夷坚志》与宋代市井百工 ……………………………… (188)
　　一　宋代医学历法的科技想象 …………………………………… (188)
　　二　杂剧优伶嬉笑怒骂的时政关怀 ……………………………… (190)
　　三　市井百工的智慧巧思与神奇技艺 …………………………… (193)

第七章　《夷坚志》与宋代诗歌文化的传播 …………………… (199)
第一节　《夷坚志》的诗歌文献学和传播学价值 ………………… (200)
　　一　《夷坚志》记录留存了大量宋人诗词 ……………………… (200)
　　二　《夷坚志》反映了宋代文人诗歌文化背景下的生活情态
　　　　………………………………………………………………… (203)
　　三　《夷坚志》与宋代诗歌文化的传播 ………………………… (206)

第二节 从《夷坚志》看宋代女性诗词的传播方式 …………（208）
    一 宋代许多女性诗才敏捷 ………………………………（209）
    二 女性诗词的主要传播方式 ……………………………（210）
    三 女性诗词的传播特点 …………………………………（216）
第三节 《夷坚志》与宋代"嘲谑诗词"的流传传播 ………（217）
    一 洪迈通脱豁达的诗词观念及其对"嘲谑诗词"的大力关注
      ………………………………………………………（217）
    二 "嘲谑诗词"的讽刺批判功能与矛头指向 ……………（219）
    三 "嘲谑诗词"的艺术特色 ……………………………（224）

主要参考书目 ………………………………………………（227）
后　记 ………………………………………………………（231）

导　　言

　　洪迈以个人之力编撰了一部中国文言小说史上卷帙浩繁、规模巨大的小说集《夷坚志》，几乎可以和《太平广记》相比肩，这是非常难能可贵的。清代著名学者阮元在《研经室外集》卷三中很是感慨地说："小说家唯《太平广记》为卷五百。然卷帙虽繁，乃搜辑众书所成者。其出于一人之手，而卷帙遂有《广记》十之七八者，唯有此书，亦可谓好事之尤者矣。"①《夷坚志》有四百二十卷，南宋陈振孙《直斋书录解题》卷十一为小说家类著录，并说："《夷坚志》，《甲》至《癸》二百卷，《支甲》至《支癸》一百卷，《三甲》至《三癸》一百卷，《四甲》《四乙》二十卷，大凡四百二十卷。翰林学士鄱阳洪迈景卢撰。"②

　　但遗憾的是，《夷坚志》到元代时即已有所散佚，脱脱等修撰《宋史》时，卷二〇六《艺文志五》小说家类分两种著录《夷坚志》，一种为《甲》《乙》《丙》三志六十卷，一种为《丁》《戊》《己》《庚》四志八十卷，二者相加一百四十卷，已非原数。③ 至明代，亡佚更多。胡应麟《少室山房类稿》卷一〇四有文《读〈夷坚志〉五则》，记叙自己四处搜寻《夷坚志》的情况，说当时著名的藏书家如童子鸣、陈晦伯、琅琊长公等都不知有《夷坚志》一书。后来找到一个武林雕本，"仅五十卷，而分门别类，紊乱亡章。"又曾从王参戎处得到一个百卷抄本，也是"首撰《甲》至《癸》百卷皆亡，仅《支甲》至《支癸》十帙耳。迨其中《己》《辛》《壬》等帙，又《三甲》中书，盖《支志》亡其三，而《三志》亡

---

① （清）阮元：《研经室外集》，见《四库全书总目提要·附录》，河北人民出版社2000年版，第5583页。
② （宋）陈振孙：《直斋书录解题》，丛书集成初编本，商务印书馆1937年12月初版，第324页。
③ （元）脱脱等：《宋史》，中华书局1977年版，第5227页。

其七矣。《四志》百卷，竟亡艅物色。"① 清《四库全书》只收录了《夷坚支志》五十卷，即《支甲》至《支戊》，也不是全集。后来阮元等人找到了严元照的影宋抄本，存《甲》《乙》《丙》《丁》四志八十卷，近人张元济又收集到了《支庚》《支癸》和《三志己》《三志辛》《三志壬》五志五十卷，再根据《新编分类夷坚志》辑出二十五卷题《夷坚志补》，又从其他诸书中补辑出一卷题《夷坚志再补》，终得二百零六卷编成《新校辑补夷坚志》，由涵芬楼排印刊行。1981 年中华书局出版何卓点校的《夷坚志》即以涵芬楼本为底本，复从《永乐大典》中辑出逸文二十八则，编为《三补》一卷，共得二百零七卷。这样，中华书局本就成为了目前收录《夷坚志》作品最全最好的通行本，但数量仍不到原书的一半。

　　从性质上来说，《夷坚志》是一部以志怪为主的文言小说集，它包含了志怪题材的各种故事类型，诸如神仙、鬼魂、精怪、灵异、前定、因果报应等靡不备具。南宋文人叶祖荣曾编有《新编分类夷坚志》五十卷，从《甲》至《癸》各五卷，将《夷坚志》中的故事从原书中选出重新分门别类编排，归纳为忠臣、孝子、节义、阴德、阴谴、禽兽、冤对报应、幽明二狱、欠债、妒忌、贪谋、诈谋骗局、奸淫、杂附、妖怪、前定、冥婚嗣息、夫妻、神仙、祀教、淫祀、神道、鬼怪、医术、十相、杂艺、妖巫、梦幻、奇异、精怪、坟墓、设醮、冥官、善恶、僧道恶报、入冥三十六个门类。② 大体可见其内涵之丰富。

　　包罗万象的故事使《夷坚志》反映社会生活面异常广阔，举凡宋代社会的政治经济、法制吏治、伦理道德、文化教化、宗教信仰、市井风俗、乡土民情等无不涉及，再现了纷纭复杂的大千世界，真实地记录了北宋、南宋三百多年政治、经济和文化的发展历程，可以说，这部作品是宋代民众的生活史、心灵史和风俗史。

　　《夷坚志》体制庞大，内容繁富驳杂，编撰时间漫长，集中作品不免有艺术水平参差不齐的现象，以致历代学者的评价褒贬不一。如陆游的评价极高，他作诗《题〈夷坚志〉后》曰："笔近反《离骚》，书非支诺皋，岂惟堪补史，端足擅文豪。驰骋空凡马，从容立断鳌。陋儒哪得议，

---

① （明）胡应麟：《少室山房类稿》，引自《夷坚志·附录》，中华书局 2006 年 10 月第 2 版，第 1823 页。

② （宋）叶祖荣：《新编分类夷坚志》，国家图书馆出版社 2009 年版。

汝辈亦徒劳。"① 陈振孙则是最早对《夷坚志》提出明确批评的著名学者：

> 稗官小说，昔人固有为之者矣。游戏笔端，资助谈柄，优贤乎己，可也。未有卷帙如此其多者，不亦谬其用心也哉。且天壤间反常反物之事，惟其罕也，是以谓之怪。苟其多，至于不胜载，则不得为异矣。世传徐铉喜言怪，宾客之不能自通与失意而见斥绝者，皆诡言以求合。今迈亦然。晚岁急于成书，妄人多取《广记》中旧事改窜首尾，别为名字以投之，至有数卷者，亦不复删润，径以入录，虽叙事猥酿，属辞鄙俚，不恤也。②

陈振孙认为《夷坚志》之失一在于志怪之作太多，量多则无价；二在于急于成书，草率编纂，艺术水平不高。

至明代，胡应麟《少室山房类稿》也持批评意见："余尝欲取洪书，芟其非怪而附录者，与往籍已见而并收者，洎宋元诸小说及国朝祝希哲、陆浚明等编，分类以续《广记》一书，大都亦五百余卷。虽靡关理乱，而或裨见闻，犹胜洪之售欺于天下也。"③

清代文人中赞赏《夷坚志》的似乎要多一些，沈屺瞻的评论将《夷坚志》推向了前所未有的高度："第观其书，滉瀁恣纵，瑰奇绝特，可喜可愕，可信可征，有足以扩耳目闻见之所不及，而供学士文人之搜寻摭拾者，又宁可与稗官野乘同日语哉！"④ 袁枚《小仓山房诗集》卷二十六有诗《余续〈夷坚志〉未成，到杭州，得逸事百余条，赋诗志喜》，表达其对《夷坚志》的推崇："老去全无记事珠，戏将小说志《虞初》。徐铉悬赏东坡索，载得杭州鬼一车。"⑤ 陆心源《〈夷坚志〉序》的评价则比较

---

① （宋）陆游：《剑南诗稿》（钱仲联校注）卷37，上海古籍出版社1985年版，第2371页。
② （宋）陈振孙：《直斋书录解题》，丛书集成初编本，商务印书馆1937年12月初版，第325页。
③ （明）胡应麟：《少室山房类稿》，引自《夷坚志·附录》，中华书局2006年10月第2版，第1823页。
④ （清）沈屺瞻：《〈夷坚志〉序》，引自《夷坚志·附录》，中华书局2006年10月第2版，第1835页。
⑤ （清）袁枚：《袁枚全集》，江苏古籍出版社1993年版，第562页。

客观中允，指出问题的同时也肯定成就：

> 虽其所载，颇与传记相似，饰说剽窃，借为谈助，《支甲序》已自言之。至于文思隽永，层出不穷，实非后人所及。自《甲志》至《四甲》，凡三十一序，各出新意，不相复重，赵与旹《宾退录》节录其文，推挹甚至，信乎文人之能事，小说之渊海也。①

鲁迅《中国小说史略》对《夷坚志》的评价也不高："奇特之事，本缘希有见珍，而作者自序，乃甚以繁夥自憙，耄期急于成书，或以五十日作十卷，妄人因稍异旧说以投之，至有盈数卷者，亦不暇删润，径以入录。""诸书大都偏重事状，少所铺叙，与《稽神录》略同，顾《夷坚志》独以著者之名与卷帙之多称于世。"②

历代学者对《夷坚志》的褒贬不一、毁誉参半客观上影响了人们对《夷坚志》的关注，使《夷坚志》长期没有得到足够的重视，其认识价值、文学价值和文化价值都没有得到深入发掘。

近年来，《夷坚志》为学界高度关注，学者们主要围绕着《夷坚志》的成书、洪迈的小说理论、《夷坚志》的故事内涵、《夷坚志》的影响、《夷坚志》与民俗文化和商业文化的关系等问题展开了重点探索，取得了可喜成绩。

如李剑国《〈夷坚志〉成书考——附论"洪迈现象"》③、张祝平《〈夷坚志〉材料来源及搜集方式考订》④、凌郁之《洪迈著作系年考证》⑤、胡绍文《〈夷坚志〉版本研究》⑥、刘守华《宋代的民间故事集成

---

① （清）陆心源：《〈夷坚志〉序》，引自《夷坚志·附录》，中华书局 2006 年 10 月第 2 版，第 1839 页。
② 鲁迅：《中国小说史略》，上海古籍出版社 1998 年版，第 65、66 页。
③ 李剑国：《〈夷坚志〉成书考——附论"洪迈现象"》，《天津师范大学学报》1991 年第 3 期。
④ 张祝平：《〈夷坚志〉材料来源及搜集方式考订》，《南通师范学院学报》1999 年第 2 期。
⑤ 凌郁之：《洪迈著作系年考证》，《文献》2000 年第 2 期。
⑥ 胡绍文：《〈夷坚志〉版本研究》，《大理学院学报》2002 年第 2 期。

〈夷坚志〉》①、袁文春《洪迈〈夷坚志〉的传录姿态与价值焦虑》②等都是有关《夷坚志》成书问题研究的力著。

关于洪迈的小说理论，首先有李剑国在《宋代志怪传奇叙录》中认为洪迈"从根本上说他对小说尤其是志怪小说的特性并无明确自觉的认识，仍以一种史家'传信'意识来看待小说写作，……为此他十分看重故事本身的可信程度，并绝对排斥作者的再创造，排斥虚构。"③张祝平《论洪迈的小说观》则认为洪迈的小说观念革新与保守并存，既充分肯定小说的价值，将志怪概念拓展向人事之奇，又徘徊于小说的虚实之间，怀疑鬼神怪异的同时也相信天命。④周榆华《〈夷坚志〉的编撰及洪迈对志怪小说的看法——从〈夷坚志〉的多篇序言谈起》认为洪迈有"好奇尚异"的习性、"随闻即录"的材料来源、"寓言其间"的编撰目的、"言不必信"的虚构意识，表现出小说理论家的巨大勇气和宏远见识。⑤刘良明《洪迈对志怪小说理论批评的历史性贡献》认为，洪迈《夷坚志》的多篇序言深入探讨了志怪小说多方面的理论问题，他主张提高小说的地位，指出艺术虚构是小说作品的重要特征，阐释了小说与作家情志的关系，这代表了当时小说理论的发展水平，体现洪迈超出常人的认识。⑥

《夷坚志》故事题材与主题研究，有刘娜的硕士学位论文《〈夷坚志〉故事类型研究》⑦、丁雅的硕士学位论文《〈夷坚志〉的叙事学研究》⑧、邵贤敏的硕士学位论文《〈夷坚志〉梦幻故事的文化解读》⑨等。

《夷坚志》对后代小说的影响非常深远，集中探讨这一问题的成果主要有杨义《从〈酉阳杂俎〉到〈夷坚志〉》⑩、日本学者冈本不二明

---

① 刘守华：《宋代的民间故事集成〈夷坚志〉》，《高等函授学报》1999年第2期。
② 袁文春：《洪迈〈夷坚志〉的传录姿态与价值焦虑》，《燕山大学学报》2013年第2期。
③ 李剑国：《宋代志怪传奇叙录》，南开大学出版社1997年版，第351页。
④ 张祝平：《论洪迈的小说观》，《淮阴师范学院学报》2001年第5期。
⑤ 周榆华：《〈夷坚志〉的编撰及洪迈对志怪小说的看法——从〈夷坚志〉的多篇序言谈起》，《南昌大学学报》2004年第1期。
⑥ 刘良明：《洪迈对志怪小说理论批评的历史性贡献》，《武汉大学学报》1996年第6期。
⑦ 刘娜：《〈夷坚志〉故事类型研究》，硕士学位论文，华中师范大学，2008年。
⑧ 丁雅：《〈夷坚志〉的叙事学研究》，硕士学位论文，浙江师范大学，2007年。
⑨ 邵贤敏：《〈夷坚志〉梦幻故事的文化解读》，硕士学位论文，福建师范大学，2010年。
⑩ 杨义：《从〈酉阳杂俎〉到〈夷坚志〉》，《齐鲁学刊》1992年第2期。

《〈睽车志〉与〈夷坚志〉——"科学与志怪"之一》[①]、侯会《〈夷坚志〉中的〈水浒传〉素材》[②]、项裕荣《〈夷坚志〉与小说〈西游记〉——也论孙悟空的原型》[③]、刘勇强《论"三言二拍"对〈夷坚志〉的继承与改造》[④]、张敦彦《"新闻总入〈夷坚志〉"——浅谈〈聊斋志异〉的文学继承》[⑤]、法国巴黎第七大学教授张福瑞《〈夷坚志〉对文学作品的影响》[⑥]、周以量《〈夷坚志〉在古代日本的传播与接受》[⑦]、闵宽东《〈夷坚志〉的韩国传入和影响之研究》[⑧]等。张祝平《〈夷坚志〉论稿》一书第四编则从明清戏曲、"三言二拍""四大名著"、《聊斋志异》对《夷坚志》的接受与传播等多点切入，全面分析考察了《夷坚志》对后世戏曲、白话小说、文言小说的影响与滋润。[⑨]

也有许多论者研究《夷坚志》与民俗文化、商业文化、宗教文化的关系，如刘黎明的系列论文《〈夷坚志〉"黄谷蛊毒"研究》[⑩]、《〈夷坚志〉"建德妖鬼"故事研究》[⑪]、《〈夷坚志〉与南宋江南密宗信仰》[⑫]、《〈夷坚志〉与"天心法"》[⑬]，以及大冢秀高《〈夷坚志〉中的独脚鬼》[⑭]、魏华仙《从〈夷坚志〉看宋代房产诸形态》[⑮]、唐国锋《从〈夷坚

[①] 冈本不二明：《〈睽车志〉与〈夷坚志〉——"科学与志怪"之一》（王枝忠译），《甘肃社会科学》1995年第6期。
[②] 侯会：《〈夷坚志〉中的〈水浒传〉素材》，《明清小说研究》1999年第2期。
[③] 项裕荣：《〈夷坚志〉与小说〈西游记〉——也论孙悟空的原型》，《复旦学报》2005年第2期。
[④] 刘勇强：《论"三言二拍"对〈夷坚志〉的继承与改造》，《文学遗产》1995年第4期。
[⑤] 张敦彦：《"新闻总入〈夷坚志〉"——浅谈〈聊斋志异〉的文学继承》，《蒲松龄研究》1997年第3期。
[⑥] 张福瑞：《〈夷坚志〉对文学作品的影响》（姜刚译），《沈阳师范学院学报》1980年第2期。
[⑦] 周以量：《〈夷坚志〉在古代日本的传播与接受》，《明清小说研究》2006年第2期。
[⑧] 闵宽东：《〈夷坚志〉的韩国传入和影响之研究》，《九江学院学报》2011年第3期。
[⑨] 张祝平：《〈夷坚志〉论稿》，中国文史出版社2003年版。
[⑩] 刘黎明：《〈夷坚志〉"黄谷蛊毒"研究》，《四川大学学报》2003年第1期。
[⑪] 刘黎明：《〈夷坚志〉"建德妖鬼"故事研究》，《清华大学学报》2003年第1期。
[⑫] 刘黎明：《〈夷坚志〉与南宋江南密宗信仰》，《四川师范大学学报》2002年第3期。
[⑬] 刘黎明：《〈夷坚志〉与"天心法"》，《西南民族大学学报》2004年第3期。
[⑭] 大冢秀高：《〈夷坚志〉中的独脚鬼》，《社会科学辑刊》1980年第3期。
[⑮] 魏华仙：《从〈夷坚志〉看宋代房产诸形态》，《贵族文史丛刊》2005年第2期。

志〉看宋代商业信息的传播途径》①、叶静《论洪迈的民俗观念及其学术史意义》②、孙薇薇硕士学位论文《〈夷坚志〉与宋代城市民俗研究》③、柳清硕士学位论文《〈夷坚志〉的民间信仰研究》④、于国华硕士学位论文《佛禅与〈夷坚志〉》⑤、朱文广硕士学位论文《〈夷坚志〉报应故事所见南宋民众观念与基层社会》⑥等。

综合性研究的成果主要有张祝平《〈夷坚志〉论稿》、张文飞的博士学位论文《洪迈〈夷坚志〉研究》⑦、王瑾的博士学位论文《〈夷坚志〉新论》⑧、王桑的硕士学位论文《洪迈〈夷坚志〉研究》⑨等。

尽管如此，笔者以为，《夷坚志》的研究还有许多期待突破的空间，这要求我们要进一步文本细读、深入发掘材料、加大理论阐述力度。如关于《夷坚志》的成书问题，此前的研究主要集中于《夷坚志》各志成书时间的推考、版本的收集辨析，对《夷坚志》的创作方式、创作过程则较少论及。即使各志成书时间的推考也存在材料研读不细、时间推考不准确的问题，如洪迈有两篇序言记述《己志》之成书：先有《庚志序》，其大意说："《初甲志》之成，历十八年，自《乙》至《己》，或七年，或五六年。"这里说《己志》之成书至少花了五六年时间。后来《支甲序》又说："自《甲》至《戊》，几占四纪，自《己》至《癸》，才五岁而已。"这里又说《己》《庚》《辛》《壬》《癸》五志总共才花五年，平均每志不到一年。两篇序言显然是矛盾的，洪迈的记述有了重大错误。这些材料是决定我们对《夷坚志》成书时间推考准确与否的关键，但从现有的研究成果来看，一直未有论者发现这一问题，因此虽然做了很多工作，却不能得到准确客观的结论。

---

① 唐国锋：《从〈夷坚志〉看宋代商业信息的传播途径》，《柳州师专学报》2004年第3期。
② 叶静：《论洪迈的民俗观念及其学术史意义》，《江西社会科学》2009年第3期。
③ 孙薇薇：《〈夷坚志〉与宋代城市民俗研究》，硕士学位论文，黑龙江大学，2010年。
④ 柳清：《〈夷坚志〉的民间信仰研究》，硕士学位论文，上海师范大学，2010年。
⑤ 于国华：《佛禅与〈夷坚志〉》，硕士学位论文，东北师范大学，2006年。
⑥ 朱文广：《〈夷坚志〉报应故事所见南宋民众观念与基层社会》，硕士学位论文，陕西师范大学，2006年。
⑦ 张文飞：《洪迈〈夷坚志〉研究》，博士学位论文，复旦大学，2008年。
⑧ 王瑾：《〈夷坚志〉新论》，博士学位论文，暨南大学，2010年。
⑨ 王桑：《洪迈〈夷坚志〉研究》，硕士学位论文，赣南师范学院，2011年。

又如关于洪迈的小说理论，此前的研究对洪迈的小说理论观作了较深透的分析，但对洪迈有关历代小说的评析却注意不够，其朴素的小说史观基本未论及。再如对《夷坚志》文化价值的探讨，此前的研究对其民俗文化价值作了较多关注，但对其与宋代市井文化、诗歌文化的关联则涉及较少。

鉴于此，笔者拟从成书论、主题论、文化论、传播论等方面入手，对《夷坚志》展开研究，力图对《夷坚志》作出更为细致的发掘考察，尤致力于将《夷坚志》的整体性观照与具体作品的个体性考证、分析结合起来，并努力使已得到的认识系统化、逻辑化，从而使我们对《夷坚志》的研究能提升到更高的层次，具有更为普遍的意义。

第一章　洪迈生平及其著述

洪迈（1123—1202），字景卢，号容斋，别号野处老人，谥号文敏，生于北宋徽宗宣和五年，卒于南宋宁宗嘉泰二年。饶州鄱阳（今江西鄱阳）人，是洪皓的第三个儿子。

洪迈年仅七岁的时候（高宗建炎三年，1129），父亲洪皓出使金国，遭金人扣留长达十五年之久，直至洪迈二十一岁时（绍兴十三年，1143）才回国。因此，洪迈是随兄长洪适、洪遵投奔舅父成长、攻读的，与二兄并称于世，号为"三洪"。他天资聪颖，《宋史·本传》说他："幼读书日数千言，一过目辄不忘，博极载籍，虽稗官虞初，释老傍行，靡不涉猎。"[①] 绍兴十二年，他曾随二兄一起参加博学宏词科的考试，洪适、洪遵都顺利考取了，洪迈却遗憾地落榜了。

绍兴十五年，洪迈登进士第，从此走上仕途。初授两浙转运司干办公事，紧接着又为敕令所删定官。这个时候，洪皓已自金返国，但因为忤逆得罪了奸相秦桧，而被贬饶州。洪迈也因此受到排挤打击，出为添差福州教授。

绍兴二十五年，洪皓去世，洪迈归家葬父守孝。同年，秦桧亦亡。由此，洪迈丁忧期满后得以累迁吏部郎兼礼部、枢密检详文字等职。

绍兴三十一年，朝廷讨论宋钦宗的谥号，洪迈提出："渊圣北狩不返，臣民悲痛，当如楚人立怀王之义，号怀宗，以系复仇之意。"但是没有被采纳。同年，著名抗金将领、四川宣抚使吴璘病重，朝廷派知枢密院事叶义问到前线巡察军队，叶义问奏请洪迈参议军事。来到镇江时，叶义问听说瓜洲官军正与金人对峙，惊恐失措。后来，又有建康驿卒送信告急，叶义问无以应对，想返回，洪迈却非常镇定，劝阻他说："今退师，无益京口胜败之数，而金陵闻返旆，人心动摇，不可。"后迁左司员

[①] （元）脱脱：《宋史》卷373，中华书局1977年版，第11570页。

外郎。

绍兴三十二年正月，金世宗完颜雍继位，他派遣左监军高忠建来临安向南宋朝廷告知登位并议和。朝廷对此进行讨论，宋高宗提出："向日讲和，本为梓宫、太后，虽屈己卑辞，有所不惮。今两国之盟已绝，名称以何为正，疆土以何为准，朝见之仪，岁币之数，所宜先定。""朕料此事终归于和，欲首议名分，而土地次之。"但洪迈却力主："土疆实利不可与，礼际虚名不足惜。"高宗、洪迈的建议都有失偏颇，遭到礼部侍郎黄中、兵部侍郎陈俊卿的反对。洪迈被委派为接伴使，"于是奏更接伴礼数，凡十有四事"，由此"自渡江以来，屈己含忍多过礼，至是一切杀之，用敌国体，凡远迎及引接金银等皆罢"，"持旧礼折伏金使"。此后洪迈进起居舍人。三月，朝廷要派遣使者报金国聘，洪迈又"慨然请行"，以翰林学士名义充贺金国主登位使。高宗亲札赐洪迈等说："祖宗陵寝，隔阔三十年，不得以时洒扫祭祀，心实痛之。若彼能以河南地见归，必欲居尊如故，正复屈己，亦何所惜。"洪迈上奏道："山东之兵未解，则两国之好不成。"来到金国，金阁门见南宋国书后认为"不如式"，"抑令使人于表中改陪臣二字，朝见之仪必欲用旧礼"。洪迈坚决不同意，拒绝了金人的无礼要求，于是金人将他们锁在使馆里，"自旦及暮水浆不通，三日乃得见。金人语极不逊，大都督怀忠议欲质留，左丞相张浩持不可，乃遣还。"

是年，高宗退位，孝宗即位。七月，洪迈回到朝廷，不料，殿中御史张震弹劾洪迈"使金辱命"，洪迈于是被罢免。不过，无论是当时还是后人都认为洪迈出使金国不为威武所屈，坚持了民族气节，范成大即曾作诗《送洪景庐内翰使虏二首》赞他曰："国有威灵双节重，家传忠义一身轻。"[①] 在南宋时期，有很多文人都曾出使金国，但像洪皓、洪适、洪迈父子三人都曾出使金国却为仅见。[②]

隆兴元年（1163），洪迈又被起用，出知泉州。四年后即乾道二年（1166），又知吉州。后又除起居舍人，到职后，洪迈随即对"皇帝起居注"的修撰提出建议："起居注皆据诸处关报，始加修纂，虽有日历、时

---

① （宋）范成大：《送洪景庐内翰使虏二首》，见《范石湖集》卷10，上海古籍出版社1981年版，第119页。

② 按：洪适在隆兴二年也曾出使金国。

政记，亦莫得书。景佑故事，有《迩英延义二阁注记》，凡经筵侍臣出处、封章进对、宴会赐予，皆用存记。十年间稍废不续，陛下言动皆罔闻知，恐非命侍本意。乞令讲读官自今各以日得圣语关送修注官，令讲筵所牒报，使谨录之，因今所御殿名曰《祥曦记注》。"这一重要建议被采纳，这对于记录当时的重要史事、保存重要史料是非常有意义的。

乾道三年，洪迈迁起居郎，拜中书舍人兼侍读、直学士院，仍参史事。洪皓、洪适、洪遵、洪迈父子四人都曾历此三职，这也是难得的历史佳话和历史奇迹。

乾道六年，洪迈知赣州。他在赣州凡五年，非常重视教育，大力兴建学馆。又造浮桥，便利人民。淳熙二年（1175），又徙知建宁府（今福建建瓯），严厉打击地方豪强。

淳熙十一年春，洪迈知婺州（今浙江金华）。在婺州他大兴水利，共修公私塘堰及湖泊八百三十七所。又大力整饬军纪。

洪迈每到一处都颇有政绩，这使他名声大振，也由此深得宋孝宗的赏识信任，淳熙十二年，除提举佑神观兼侍讲，同修国史。淳熙十三年四月，又进敷文阁直学士兼直学士院。九月，拜翰林学士、知制诰兼修国史。孝宗时常召见他议事，往往谈论至夜分。洪迈提出重要建议，认为应在"淮东边备六要地：曰海陵，曰喻迦，曰盐城，曰宝应，曰清口，曰盱眙。谓宜修城池，严屯兵，立游椿，益戍卒。"又提出要补充水军，加强守备，得到孝宗嘉许。

宋光宗绍熙元年（1190），洪迈任焕章阁学士，知绍兴府。年底罢为提举隆兴府玉隆万寿宫。他乃归鄱阳，过了几年清静自守、勤于著书的日子。庆元四年（1198），他上章告老，进龙图阁学士。宋宁宗嘉泰二年（1202），以端明殿学士致仕。不久卒，年八十，赠光禄大夫，谥文敏。

洪迈一生历经徽宗、高宗、孝宗、光宗、宁宗五朝，屡任要职。尽管时至今日，对他的历史评价仍不免略有争议之处，但大体而言，他所到之处，勤政爱民，政绩突出，官声颇佳。宋宝谟阁直学士、提举隆兴府玉隆万寿宫、江西临川人何异曾两次在洪迈任职过的地方做官，他在宋宁宗嘉定五年（1212）作《〈容斋随笔〉总序》中这样写下自己关于洪迈的亲见亲闻："经行之地，笔墨飞动，人诵其书，家有其像，平易近民之政，悉能言之。有诉不平者，如诉之于其父，而谒其所欲者，如谒之于其母。"①

而洪迈最突出的历史贡献莫过于他留下了丰富的文史著作。洪迈一生数任史官，博览群书，学识渊博，熟悉名物典故。他敢于直言，议论时事、史事，往往切中肯綮，见识颇为不凡，所以《宋史·本传》说他："以博恰受知孝宗，谓其文备众体。迈考阅典故，渔猎经史，极鬼神事物之变，手书《资治通鉴》凡三，有《容斋五笔》《夷坚志》行于世。""（洪皓）其子适、遵、迈相继登词科，文名满天下，适位极台辅，而迈文学尤高，立朝议论最多。"

洪迈一生著述极为繁富，据李剑国考证，主要有：《次李翰蒙求》三卷、《宋四朝国史》三百五十卷（与李焘合修）、《钦宗实录》四十卷、《节资治通鉴》一百五十卷、《太祖太宗本纪》三十五卷、《四朝史记》三十卷、《列传》一百三十五卷、《记绍兴以来所见》二卷、《哲宗宝训》六十卷、《汉苑群书》三卷、《会稽和买事宜录》七卷（与郑湜合撰）、《皇族登科题名》一卷、《赘稿》三十八卷、《词科进卷》六卷、《苏黄押韵》三十二卷、《容斋随笔》七十四卷、《经子法语》二十四卷、《左传法语》六卷、《史记法语》十八卷（一作八卷）、《前汉法语》二十卷、《后汉精语》十六卷、《三国志精语》六卷、《晋书精语》六卷、《南朝史精语》十卷（一作六卷）、《唐书精语》一卷、《野处猥稿》一百零四卷、《野处类稿》二卷、《洪文敏制稿》二十八卷、《琼野录》三卷（一作一卷）、《唐人绝句诗集》一百卷、《唐书补过》（与洪适合撰）、《隶纂》《隶释》《隶韵》等，但这些著述已多有散佚。②

《宋史·本传》对洪迈的生平事迹记录比较简略。清钱大昕编有《洪文敏公年谱》一卷，后洪汝奎有所增订。台湾学者王德毅又新编《洪容斋先生年谱》，载于《幼狮学报》1961年第三卷第二期，后增补成《洪迈年谱》，1995年5月曾于台湾新文丰出版公司出版。凌郁之又在此基础上编成《洪迈年谱》于2006年12月由上海古籍出版社出版，可称得上是目前整理介绍洪迈事迹最为详备之著作。

---

① （宋）何异：《〈容斋随笔〉总序》，见洪迈《容斋随笔》，上海古籍出版社1996年版，第1页。

② 李剑国：《宋代志怪传奇叙录》，南开大学出版社1997年版，第336页。

第二章 《夷坚志》之成书

《夷坚志》书名出自《列子·汤问》："终北之北有溟海者，天池也，有鱼焉。其广数千里，其长称焉，其名为鲲。有鸟焉，其名为鹏，翼若垂天之云，其体称焉。世岂知有此物哉？大禹行而见之，伯益知而名之，夷坚闻而志之。"意思是说这奇异的鱼、鸟，是大禹漫游天下时亲眼见过的，伯益所了解并且命名的，而由夷坚听闻后记录下来。洪迈借用这个典故来为自己的小说集命名，自比夷坚，自然是希望借古人、名人抬高自己及《夷坚志》，扩大自己与《夷坚志》的影响。不过，"夷坚志"并非这一小说集的初名，赵与旹《宾退录》卷八记载《辛志序》大意说："初著书时，欲仿段成式《诺皋记》，名以《容斋诺皋》。后恶其沿袭，且不堪读者辄问，乃更今名。"① 且以"夷坚"为书名也不是洪迈首创，早在唐代就有了："昔以《夷坚》志吾书，谓与前人诸书不相袭。后得唐华原尉张慎素《夷坚录》，亦取《列子》之说，喜其与己合。"（《乙志序》）不过，时至今日，张慎素《夷坚录》已不为人所知，洪迈《夷坚志》却已成为了中国文化史、中国小说史上的经典之作。

第一节 《夷坚志》的成书时间

《夷坚志》的编撰历时非常长，大约始于洪迈十九岁时，是年为绍兴十二年（1142），到嘉泰二年（1202）洪迈去世停笔，共持续了将近六十年。以个人之力坚持六十年编撰成一部皇皇巨著，洪迈可谓古今第一人。

从《夷坚志》诸序言的记载来看，《夷坚志》的编撰成书大致可以分为三个阶段，第一阶段为《初志》中《甲志》至《戊志》的编撰，第二

---

① （宋）赵与旹：《宾退录》卷八，见洪迈《夷坚志·附录》，中华书局 2006 年 10 月第 2 版，第 1817 页。

阶段为《初志》中《己志》至《癸志》的编撰，第三个阶段为《支志》《三志》《四志》的编撰。

一　第一阶段——《甲志》至《戊志》的编撰（1142—1189）

第一阶段《甲志》至《戊志》的编撰共费时四十七年，用洪迈自己的话来说是"几占四纪"（《支甲序》），每志的编撰时间长则十八年，短的也有五年，速率为平均九年半左右成一志。可见在这一阶段中，作者用力既勤勉，精神也严谨。

《甲志》的编撰大约有十八年之久，这据《庚志序》之大意可知："《初甲志》之成，历十八年。"至于具体从哪年开始编撰，哪年完成，目前尚有些争议。钱大昕《洪文敏公年谱》说："绍兴二十九年，己卯，三十七岁。《夷坚志》当成于是年。"认为《甲志》完成于绍兴二十九年（1159）。[①] 大冢秀高在《洪迈与〈夷坚志〉——历史与现实折缝间》一文中，认为《甲志》始作于绍兴十二年，成于绍兴二十九年。[②]

《甲志》始作于绍兴十二年，是基本可信的。不过，说《甲志》成于绍兴二十九年恐怕有些问题。因为《甲志》卷十七《孟蜀宫人》一则正文中已明确说到故事主人公陈甲"以绍兴三十年登乙科"。

李剑国《宋代志怪传奇叙录》则认为《甲志》应当成于绍兴三十二年（1162）。其根据主要是《甲志》卷十八《邵昱水厄》正文中提到的最晚时间为绍兴癸酉岁（绍兴二十三年），正文后又有小字注云："后九年，昱以任公（任信孺）守宣州差，捧表贺登极补官，改名侃。予亲扣其详如此。"后九年乃绍兴三十二年，此年六月孝宗登极，而据《建炎以来系年要录》卷二〇〇，也正是这一年八月前任古（信孺）由宣州守升除谏议大夫，所谓补官即此。据此，《甲志》之成当在绍兴三十二年。[③] 这一结论似乎也很难成立，理由大致有三：一是因为它与由《癸志》成

[①]（清）钱大昕：《洪文敏公年谱》，见《夷坚志·附录》，中华书局 2006 年 10 月第 2 版，第 1828 页。

[②]（日）大冢秀高：《洪迈与〈夷坚志〉——历史与现实折缝间》，《中哲文学会报》1980 年 6 月。

[③] 李剑国：《宋代志怪传奇叙录》，南开大学出版社 1997 年版，第 347 页。另外，李剑国还有文《〈夷坚志〉成书考——附论"洪迈现象"》也论述了这一问题，结论也是绍兴三十二年，请参见《天津师范大学学报》1991 年第 3 期。

书时间推导出来的《甲志》之成出入太大。二是与《乙志》始撰时间有冲突。三是《甲志》《乙志》在修成后又有修改，正文后的小字很有可能是修改时加上的，以此为参照（和以正文为参照不一样）推导《甲志》之成书就有可能不确。关于这个问题，后文中我们还要谈到。

《癸志》成书时间的确定对于探讨《甲志》《戊志》等志的成书时间非常重要，因此宜先推导出《癸志》之成书时间，而《癸志》成书时间相对明确，这可以通过多篇序言基本确定。《癸志序》大意说："《癸志》谓九志成，年七十有一，拟缀辑《癸》编。"洪迈于绍熙四年（1193）七十一岁，是年他开始编撰《癸志》。再看《支乙序》：

> 闲不为外夺，故至甲寅之夏季，《夷坚》之书绪成《辛》《壬》《癸》三志，合六十卷，及《支甲》十卷。

《支乙序》说至甲寅夏季即绍熙五年（1194）夏时，《辛》《壬》《癸》及《支甲志》四志均成。① 又《支甲序》说"绍熙五年六月一日，野处老人序"，可知《支甲志》成于绍熙五年六月一日。根据《己志》至《癸志》的编撰速率为近一年成一志，可以考虑到《支甲志》的编撰至少需要几个月时间，姑定其编撰时间为绍熙五年初至六月一日。因此，《癸志》至迟应成于绍熙五年年初，甚或有可能是绍熙四年年底，而就《癸志》《甲志》《戊志》等成书之关联来看，笔者以为，宜定为绍熙五年年初。李剑国《宋代志怪传奇叙录》亦定为"绍熙五年，时当在春季。"②

《癸志》成书时间既定，则可根据《支甲序》来推导《甲志》的编撰时间：

> 《夷坚》之书成，其志十，其卷二百，其事二千七百有九。盖始末凡五十二年。

---

① 按：对《支乙序》中这句话的理解要特别注意"及《支甲》十卷"，这说明绍熙五年（1194）夏时，《辛》《壬》《癸》及《支甲志》四志都编撰了。如果不注意"及《支甲》十卷"，就会理解为绍熙五年夏时，《辛》《壬》《癸》三志编成。

② 李剑国：《宋代志怪传奇叙录》，南开大学出版社1997年版，第348页。

自《甲》至《癸》十志均成书花了五十二年，由《癸志》成书时间上推五十二年，可知《甲志》之编撰早则始于绍兴十一年（1141）年底，至迟也应始于绍兴十二年。又《庚志序》说《甲志》编撰历时十八年，则可推导其完成当在绍兴二十九年（1159），至迟在绍兴三十年（1160）。因卷十七《孟蜀宫人》一则的关系，已将绍兴二十九年排除，故可定《甲志》成书于绍兴三十年。

《乙志》的编撰时间大约为五年（《庚志序》"自《乙》至《己》，或七年，或五六年"），《乙志序》说：

> 《夷坚初志》成，士大夫或传之，今镂板于闽，于蜀，于婺，于临安，盖家有其书。人以予好奇尚异也，每得一说，或千里寄声，于是五年间又得卷帙多寡与前编等，乃以《乙志》名之。……乾道二年十二月十八日，番阳洪迈景卢叙。

据此可知，《乙志》完成于乾道二年（1166）十二月十八日，前推五年，则其开始编撰的时间可能为绍兴三十一年（1161）年底或三十二年年初。这也说明《甲志》不太可能成于绍兴三十二年。

《丙志》的编撰时间大约也是五年，《丙志序》称：

> 既删削是正，而冗部所储，可为第三书者，又已纍积。……于是取为《丙志》，亦二十卷，凡二百六十七事云。乾道七年五月十八日，洪迈景卢叙。

则《丙志》成于乾道七年（1171）五月。由于《乙志》完成于乾道二年年底（十二月），因此，《丙志》最早应于乾道三年（1167）初始编撰，至乾道七年五月成书，最多五个年号实四年半为《丙志》的编撰时间。

《丁志序》没有明确记载作序的时间，所以《丁志》的编撰时间很值得推敲，大冢秀高认为成于淳熙三年（1176），李剑国则认为当成于淳熙五年（1178）。因为《丁志》卷十七的《甘棠失目》一则正文故事纪年明确为"淳熙三年六月"，同卷《薛贺州》一则正文故事纪年也明确为

"时淳熙三年",正文后又有小字注:"后二年薛致仕。"后二年应是淳熙五年。① 由此看来,《丁志》的成书时间当以李剑国定的淳熙五年以后为是。然则《丁志》的编撰时间最多为七年。而《丁志》也正是《庚志序》所谓"自《乙》至《己》,或七年,或五六年"之历时七年者。

《戊志》的编撰时间最值得推敲,最难确定,因而也最具争议。《支甲序》云:"《夷坚》之书成,其志十,其卷二百,其事二千七百有九。盖始末凡五十二年,自《甲》至《戊》,几占四纪,自《己》至《癸》,才五岁而已。"由此,《戊志》的成书时间也要从《癸志》开始推导:《癸志》成书于绍熙五年(1194),上推五年应该是淳熙十六年(1189)。淳熙十六年距绍兴十二年为47年,符合"几占四纪"即"差不多四十八年"之说。然而定为淳熙十六年也有疑问,对此,李剑国论曰:

> 如果据而考为淳熙十六年写成《戊志》的话,其时去《丁志》成书十二年,而且以后各集成书时间则全乱了套,显然不对其实,这里洪迈用了很不正确的计算方法。他在说"自《己》至《癸》才五岁"时,《己志》是从成书之日起算的,而在计算自《甲》至《戊》时则用总数五十二年减去五年,遂有"几占四纪"之说,这就把写完《戊志》后接着写《己志》的那几年时间加给了《戊志》,这是一个疏忽。(《〈夷坚志〉成书考》)②

因为上述原因,李剑国又考为淳熙十年(1183),但也特别说明这只是推断而已:

> 考洪迈淳熙二年知建宁,七年秋解官,十一年起知婺州,七年至十一年间大约为宫祠官,闲居乡里,估计《戊志》作于此间。今姑定为书成于淳熙十年,去《丁志》之成首尾六年,以合"自《乙》至《己》,或七年,或五六年"的话。当然《戊志》已佚,无文可征,所存少许佚文也无迹可寻,这只是推断而已。……这里也有一个

---

① 李剑国:《宋代志怪传奇叙录》,南开大学出版社1997年版,第348页。
② 李剑国:《〈夷坚志〉成书考——附论"洪迈现象"》,《天津师范大学学报》1991年第3期。

问题，出在《支甲序》上，序说十志"始末凡五十二年，自《甲》至《戊》，几占四纪，自《己》至《癸》，才五岁而已"。《戊志》成于淳熙十年，去绍兴十三年才首尾四十一年，远不足"几占四纪"的四十七年。

实际上，据笔者看来，《戊志》成书时间的难题是由《己志》成书时间不确引起的。而《己志》之成书因洪迈序言叙述之重大矛盾引起了人们的误解。洪迈有两篇序言涉及《己志》之成书：

《初甲志》之成，历十八年，自《乙》至《己》，或七年，或五六年。(《庚志序》大意)

自《甲》至《戊》，几占四纪，自《己》至《癸》，才五岁而已。(《支甲序》)

《庚志序》谓"自《乙》至《己》"，当然包含《己》，则这篇序言说《己志》之编撰至少有五六年时间。然《支甲序》却说"自《己》至《癸》"，这也包含《己》，五志总共才花五年时间，则《己志》又费时多少呢？两篇序言显然是矛盾的，洪迈的表述有了重大错误。依《庚志序》与依《支甲序》会得出相距甚远的结论，这就使得《己志》创作和成书时间都比较难于明确，并进而导致《戊志》成书难于推导，如李剑国定《戊志》成于淳熙十六年是依《支甲序》，定成于淳熙十年则依《庚志序》。

不过，就目前的材料来看，我们暂不能否定任何一种说法，只能选取其中一种，笔者以为依《支甲序》更具合理性、可操作性。

《甲志》至《戊志》是洪迈青壮年至老年初期的作品，是《夷坚志》成书的第一个阶段，费时长而较严谨。编撰完成一志后，他还会根据流传情况、读者反映在重新刊刻时进行一些修改，如《乙志序》就说道："(乾道)八年夏五月，以会稽本别刻于赣，去五事，易二事，其他亦颇有改定处。"从《丙志序》看来，他也是一面收集材料编撰《丙志》，一面又对《甲志》和《乙志》进行修订，所以序言才会指出《甲志》和《乙志》进行中存在的问题，并有"删削是正"的话。当然这个阶段也偶有收集他人作品而疏于审听的情况，这在《丙志序》中也有记载。

二 第二阶段——《己志》至《癸志》的编撰（1189—1194）

《己志》至《癸志》的编撰可说是《夷坚志》成书的第二个阶段。《己志》至《癸志》共费时五年，与《甲》《戊》等志相比，无疑已是速成之作，编撰时间已无须用年计算了，都是几个月就完成。

依《支甲序》暂定《己志》开始写作的时间为淳熙十六年（1189），成书时间大致为该年上半年。这是因为《庚志》占用了下半年，《庚志序》说：

> 假守当涂，地偏少事，济南吕义卿、洛阳吴斗南适以旧闻寄，似度可半编帙，于是辑为《庚志》。

可见《庚志》成于当涂任上。《洪文敏公年谱》并未明确记载洪迈何年任职于当涂，但记载："淳熙十五年九月十七日，改除知太平府。"当涂宋时正属太平州。又《年谱》记载："绍熙元年二月，进焕章阁学士，依前宣奉大夫，知绍兴府。"可知洪迈任职太平州是自淳熙十五年（1188）九月至绍熙元年（1190）二月。因此大致可知《庚志》最迟的完成时间应该是绍熙元年二月。又《庚志序》："今《庚志》之成不过数阅月，闲之为助如此。然平生居闲之日多，岂不趣成书，亦欠此巨编相傅益耳。"看来，《庚志》也是速成，因为主要是收入别人的旧作，故不过几个月时间，因此，其编撰时间应该在淳熙十六年（1189）下半年。

《己》《庚》志完成后，洪迈似乎并没有立即着手编撰《辛志》，有可能休息了将近一年。因为这一年洪迈数次调职，先是年初在太平州任上，二月调至绍兴府，年底又罢为提举隆兴府玉隆万寿宫西归，奔波劳顿，宦游飘蓬，而不似以前之"闲居乡里"，加以年岁渐老，不免偶有停顿，《支乙序》称：

> 绍熙庚戌腊，予从会稽西归，方大雪塞途，千里而遥，冻倦交切，息肩过月许，甫收召魂魄，料理策简。老矣，不复著意观书，独爱奇气犹与壮等。天惠赐于我，耳力未减，客话尚能欣听，心力未歇，忆所闻不遗忘，笔力未遽衰，触事大略能述。群从姻党，宦游岷、蜀、湘、桂，得一异闻，辄相告语。闲不为外夺，故至甲寅之夏

季,《夷坚》之书绪成《辛》《壬》《癸》三志,合六十卷,及《支甲》十卷。

绍熙庚戌腊,即绍熙元年十二月,又"息肩过月许",则已入绍熙二年了,方始"料理策简",重新开始编撰。可见,绍熙元年基本处于停编状态。绍熙二年年初复编,是为《辛志》开始编撰。"至甲寅之夏季"即绍熙五年夏,《辛志》《壬志》《癸志》及《支甲志》四志均成,共三年半左右的时间,速率也是一志不到一年。因此《辛志》当于绍熙二年当年成书。又《癸志序》大意说:"《癸志序》谓九志成,年七十有一,拟缀辑癸编。""九志成,年七十有一",可知《壬志》成于绍熙四年,这年洪迈七十一岁。

绍熙四年,开始编撰《癸志》,绍熙五年(1194)成。

《己》至《癸》志是洪迈老年中期之作,已渐入草率,再无《甲》《乙》志之严谨,更不可能有修成之后的修订了,有些甚至是全收别人之文,如《庚志》是别人的作品"相傅益","《壬志》全取王景文《夷坚别志》,《序》表以数语"(《壬志序》大意)。

三 第三阶段——《支志》《三志》《四志》的编撰(1194—1202)

从《夷坚志》诸序言的记载来看,洪迈最初只有《初志》十卷的编撰计划。待《初志》十卷编定后,一方面,因为他的兴趣所在,另一方面,也因为有材料及人们的鼓励和支持,所以他又接着往下编《支志》《三志》《四志》。

《支志》《三志》《四志》的编撰更加快速,不到八年的时间竟然编撰了差不多二十二志,这是洪迈自己都没有想到的,其速率洪迈自己也感到非常惊讶。

由于序言多有记载,所以,《支志》《三志》《四志》的编撰时间大都比较明确:

《支甲》用时不到半年,成于绍熙五年(1194)六月一日,《支甲序》:"绍熙五年六月一日,野处老人序。"

《支乙》用时八个月,成于庆元元年(1195)二月二十八日,这一年,洪迈七十三岁。《支乙序》:"财八改月,又成《支乙》一编。于是予春秋七十三年矣，……庆元元年二月二十八日，野处老人序。""财八改月"即距《支甲》八个月之意①。

《支景》用时也是八个月左右，成于庆元元年十月十三日，《支景序》："岁二月《支乙》成，十月《支景》成，书之速就，视前时又过之。……庆元元年十月十三日序。"

《支丁》用时五个月左右，成于庆元二年三月十九日，《支丁序》："庆元二年三月十九日序。"

《支戊》用时三个半月，成于庆元二年七月五日，《支戊序》："庆元二年七月初五日序。"

《支庚》用时四十四天，始于庆元二年十月二十三日，成于庆元二年十二月八日，《支庚序》说："起良月庚午，至腊癸丑，越四十四日，而《夷坚支庚》之书成，……庆元二年十二月八日序。"

《支癸》用时一个月左右，始于庆元三年四月中旬，成于庆元三年五月十四日，《支癸序》："《支癸》成于三十日间，世之所谓拙速，度无过此矣。……庆元三年五月十四日序。"

《支己》《支辛》《支壬》序已逸，不确此三志之成书具体日期，但由上述各志大致推知：

《支己》编撰于庆元二年七月六日至十月二十二日间。

《支辛》不到两个月，始于庆元二年十二月八日后，成于庆元三年二月间。

《支壬》的写成时间在庆元三年四月中旬以前。

《三志》各志，有比较确切成书时间记载的为《三志己》《三志辛》《三志壬》：

《三志己》成于庆元四年四月一日，《三志己序》："庆元四年四月一日序。"

《三志辛》成于庆元四年六月八日，《三志辛序》："庆元四年六月八日序。"

《三志壬》成于庆元四年九月六日，《三志壬序》："庆元四年九月初六日序。"

---

① 按："财八改月"中的"财"通假"才"。"八改月"可从两个方面来理解，一为八次改变月份，也即经历了八个月；二疑为鄱阳方言"八个月"之音。

《三志甲》《三志乙》《三志丙》《三志丁》《三志戊》的成书时间则在庆元三年五月十四日后至庆元四年二月间了。

　　《三志甲序》曾说："《三志甲》才五十日而成。"又说"不谓之速不可也。"则《三志甲》始于庆元三年五月十五日，其成应在庆元三年闰六月初五（据《二十四史闰朔表》是年为闰年）。实际上，自《支癸》成书之庆元三年五月十四日至《三志辛》成书之庆元四年六月八日间，总共不过十二月零十天，即三百七十五天左右，而洪迈共编八志，平均每志用时不到四十七天，因此，《三志甲》的五十日用时还不是最短的。如《三志己》成于庆元四年四月一日，至同年六月八月又成《三志辛》，中间还隔着一个《三志庚》，六十七天内成《三志庚》《三志壬》两志，平均三十三天成一志，因此，《三志庚》《三志壬》两志之用时比《三志甲》少多了，《三志庚》大致成于庆元四年五月间。

　　《三志癸》《四志甲》《四志乙》的编撰在庆元四年九月六日后至嘉泰二年间（1202）。然而，自庆元四年至嘉泰二年，其间有四年之久，洪迈却只编成《三志癸》《四志甲》《四志乙》三志，甚至三志也没有完全编成，因为《四志乙》并没有真正编完，序还在写。这不是《初志》的速率，也不是《支志》《三志》《四志》的速率，不是此前任何一个阶段的编撰速率。这说明了什么呢？笔者以为，洪迈此时已入垂暮，风烛残年，甚至可能重病在床，其精神、心理、身体等方面的状况恐怕都已无法承受继续编撰之辛劳与艰苦，无法继续编撰下去了。赵与旹说《四志乙》是他的绝笔，然而，也许还有一种可能是，不要等到快去世了才停编，早在庆元年间就停编了。当然，这只是根据此前之编撰速率而作出的一种推测，是否能够成立还希望今后能够找到更多的材料来证明。

　　第三阶段《支志》《三志》《四志》是洪迈暮年之作，编撰时间更是快于此前的第二阶段，其速率为长则三四个月一志，短则三四十天一志，八年间编了二十二志，无怪乎洪迈自己也多次感叹"速就"。陈振孙《直斋书录解题》也说："晚岁急于成书，妄人多取《广记》中旧事，改窜首尾，别为名字以投之，至有数卷者，亦不复删润，径以入录。"[①]

　　概括起来，洪迈《夷坚志》成书时间的分析探讨存在以下几个问题：

[①] （宋）陈振孙：《直斋书录解题》，丛书集成初编本，商务印书馆1937年12月初版，第325页。

其一，成书时间多有记载而能明确，开始编撰时间基本没有记载只能依靠推断。

其二，洪迈在序言中所谓"始末凡五十二年""五年"等，到底是首尾合起来五十二年，还是实足的五十二年？到底是首尾五年，还是实足的五年？李剑国曾指出其用"年""岁"等语，或为虚计，或是实数，并无一定之规，大凡欲见其历时之久则虚言之，欲见其速则实言之，而且计算亦有不确处，凡此都造成时间考证上的麻烦。① 有论者认为是首尾五十二、五年，她是参照洪迈《容斋随笔》而得出这一结论的，② 但笔者却认为应是实足的五十二年、五年，这在《夷坚志》诸序中就可以找到参照，如《癸志序》谓"年七十有一"，是实足的七十一岁，《支乙序》说"财八个月""予春秋七十三年"也是实足的八个月和七十三岁。所以本书在推断各志成书时间时基本是以实足的年限来计算。

其三，洪迈《夷坚志》的编撰长达六十年，以农历、天干地支纪年，距今有一千多年时间，要换算成今天的阳历公元纪年，必然会有误差。

其四，《初志》编成后又有修改，并且某些序言还有错误矛盾，这也在一定程度上影响成书时间的推导。

其五，洪迈编成一志后，是否接着编下一志？中间有没有停顿休息？这也是一个颇具困扰性的问题。据目前的材料来看，我们以为，第三阶段《支志》《三志》《四志》的编撰基本没有停顿，而第一阶段和第二阶段的编撰则不能排除，如《庚志》完成后就有可能休息停顿了一年才开始编撰《辛志》。当然，本书在进行成书时间的推断时基本还是按照不停顿的方式来计算的。总之，《夷坚志》成书时间的推导只能是大致的，而不可能非常精确。

第二节 《夷坚志》的创作方式

《夷坚志》不仅编撰时间长，且采用了多种创作方式，这些创作方式相辅相成，共同成就了《夷坚志》，主要有：

---

① 李剑国：《宋代志怪传奇叙录》，南开大学出版社1997年版，第349页。
② 张文飞：《洪迈〈夷坚志〉研究》，博士学位论文，复旦大学，2008年，第11页。

一　采编记录

《夷坚志》大多数作品都标注了"某某人说""某某人话此""某某亲见之"，这表明《夷坚志》具体作品的创作过程是某人将传闻讲述给作者洪迈，洪迈将传闻加以记录整理、编撰成文。当然，这种标注的另一个意图是要人们相信故事真实可信，是作者求实、求信小说观的体现。如《丁志》卷十一《王从事妻》写绍兴初年，汴人王从事携妻妾到临安调官，妻子不幸被奸徒骗卖，两人经历了近五年的生离死别，后来在西安宰的宴集上终于破镜重圆。作品最后说："予顷闻钱塘俞倞话此，能道其姓名乡里，今皆忘之。如西安宰之贤，不传于世，尤可惜也。"这说明本篇故事是由钱塘人俞倞讲述的，洪迈采编记录此故事的主要目的是将西安宰之贤明通达传之于世，表彰他的美德，同时对王从事夫妻的不幸遭遇表示同情。又如《丁志》卷九《陕西刘生》写绍兴初年，刘生为解救南宋使臣李忠，仗义杀死讹诈李忠的叛国无赖田庠，报效国家，篇末曰："李南还说此，而失刘之名，为可惜也。"则本篇故事是主人公李忠亲自向洪迈叙说其经历，洪迈作了记录加工。

《夷坚志》绝大多数作品都是文末注明素材来源，但也有少数在开头交代故事出处，如《乙志》卷九《胡氏子》第一句话就载明："舒州人胡永孚说。"

有人向洪迈提供一个或少量故事，有人则提供多个甚至大量故事，如《丙志》卷三："此卷皆员兴宗显道说。"《丙志》卷五："此卷皆缙云陈棣说。"《三志辛》卷五："此卷皆徐熙载圣俞所传。"《三志辛》卷六："此卷皆彝之传。"由此看来，洪迈是有闻必录，不计较故事的多寡。

因为有闻必录，所以亲朋好友、士子官员、贩夫走卒各色人等都乐于为洪迈收集素材，提供故事，洪迈又在人们的支持中得到鼓励、感动，更加勤勉地采访记录，就这样，素材的提供者和故事的加工者形成默契和良性互动，推动《夷坚志》的长期编撰。关于这一点，《夷坚志》诸志序言也多次谈到了，如《乙志序》："人以予好奇尚异也，每得一说，或千里寄声，于是五年间又得卷帙多寡与前编等，乃以《乙志》名之。"《丙志序》："好事君子，复纵臾之。"《丁志序》说"寒人、野僧、山客、道士、瞽巫、俚妇、下隶、走卒"等都常"以异闻至"。《支乙序》谓"群从姻党，宦游岘、蜀、湘、桂，得一异闻，辄相告语。"

从《夷坚志》的具体作品中我们也可以看到，洪迈采编记录异常勤奋，一旦有人提供素材，便立即严谨认真地记录，不仅有闻必录且有闻即录，如《三志辛》卷三《许颍贵人》写许颍地区的某贵人生时为人刻薄，死后四十年，其孙女梦入冥间见其在地狱中受尽恶刑，文末曰："予顷得此说于赵季和不鲁，即记录，今犹记其大略，类《乙志》内李孝寿也。"

在采编记录时，洪迈还力求"无差戾"，要与素材提供者反复核对，《支庚序》曰：

> 盖每闻客语，登辄记录，或在酒间不暇，则以翼旦追书之，仍亟示其人，必使始末无差戾乃止。既所闻不失亡，而信可传。

而当因为某种原因没有及时记录以致遗漏有价值的故事时，洪迈会悔恨交加，痛惜不已，几十年后仍耿耿于怀，《三志己序》曰：

> 一话一言，入耳辄录，当如捧漏瓮以沃焦釜，则缵词记事，无所遗忘，此手之志然也。而固有因循宽缓失之者。滕彦智守吾州，从容间道其伯舅路当可得法，而几为方氏女所败。一辅语曰："更有两事，它日当告君。"未及而云亡。黄雍父在之馆时，说东阳郭氏馆客紫姑之异，不曾即下笔，后亦守吾州，又使治铸，申撼旧闻，云已访索，姓字岁月殊粲然，只有小不合处，兹遣询之矣。日复一日，亦蹈前悔，至今往来襟抱不释也。《三志己》编成，因遣书之，以渫余恨，且念二君子之不可复作云。

滕彦智、黄雍父还有故事未及采编即亡故，洪迈非常遗憾。黄雍父所说"东阳郭氏馆客紫姑"故事，主人公姓名年月都非常清楚，只在一些细节上有所遗漏，洪迈还要询问访索，由此可见洪迈对小说创作之热情与严谨。关于这一点，我们还可证之以作品，如《支戊》卷八《解俊保义》记录保义郎解俊在江西南安军遭遇的一段人鬼情缘，洪迈发现与《甲志》卷十一《张太守女》故事似乎很有关联，既非常接近又存在"传闻异辞"的现象，于是说："当更质诸彼间人也。"也即希望能找到当地人进一步了解情况，以确认故事的真实性。又如《乙志》卷二十《潞府鬼》写潞州签判厅为强鬼占据，无人敢居，司法参军王审言与同僚来之邵、綦亢等人携妓载酒游玩，果然遇见了一个能豪饮、善射、有胆气、有学问、知未来的鬼魂。篇末说："王公明说，莱州乃其伯祖也，余中榜及第。《括异志》亦载此事，甚略，误以审言为王丕，它皆不同。"从此标注可知，北宋中期小说集张师正的《括异志》早已记录了此事，但洪迈并没有草率地根据《括异志》"径以入录"，而是找到故事主人公王审言的侄孙王公明，记录王公明的亲口叙述，由此发现《括异志》的错误并指明、订正。

洪迈创作《夷坚志》时求真、求准，但又不是一味拘泥，当更需要突出作品的主题和针砭现实的意义时，其润色虚构、加工提炼也不是完全无迹可寻。我们知道，流行于社会的传闻，洪迈在采编记录，别的小说家也在采编记录，如士子刘尧举赴流寓试的故事，与洪迈同时的郭彖也在其志怪小说集《睽车志》卷一记录了，全文为：

> 龙舒人刘观任平江许浦监酒。其子尧举，字唐卿，因就嘉禾流寓试，僦舟以行。舟人有女，尧举调之。舟人防闲甚严，无由得间。既引试，舟人以其重扃棘闱，无它虑也，日出市贸易。而试题适唐卿私课，既得意，出院甚早，比两场皆然，遂与舟女得谐私约。观夫妇一夕梦黄衣二人驰至，报榜云："郎君首荐。"观前欲视其榜，傍一人忽掣去云："刘尧举近作欺心事，天符殿一举矣。"觉言其梦而协，颇惊异。俄而拆卷，尧举以杂犯见黜，主文皆叹惜其文。既归，观以梦语之，且诘其近作何事，匿不敢言。次举果首荐于舒，然至今未第也。①

同是写刘尧举好色逞欲，对舟人之女轻薄非礼，致流寓试失利，《丁志》卷十七《刘尧举》中的记载则是这样的：

> 绍兴十七年，京师人刘观为秀州许市巡检，其子尧举买舟趋郡，就流寓试。悦舟人女美，日夕肆微言以蛊之，女亦似有意。翁媪觉焉，防察不少懈，及到郡犹憩舟中，翁每出则媪止，媪每出则翁止，生束手不能施。试之日，出《垂拱而天下治赋》《秋风生桂枝诗》，

---

① （宋）郭彖：《睽车志》，见《宋元笔记小说大观》，上海古籍出版社2001年版，第4080页。

皆所素为者，但赋韵不同，须加修润，迫昏乃出。次日试论复然，既无所点窜，运笔一挥，未午而归舟。舟人固以为如昨日也，翁媪皆入市，独女在。生径造其所，遂合焉。是夕，生之父母同梦人持榜来，报秀才为榜首。傍一人曰："非也。郎君所为事不义，天敕殿一举矣。"觉而相语，皆惊异。生还家，父母责讯之，讳不言。已而乃以杂犯见榜。后舟人来，其事始露。又三年，从官淮西，果魁荐，然竟不第以死。

日本学者冈本不二明认为，两部小说集所记录的故事的主要内容没有太大不同，略有差异的是刘观的占籍、官职、任职地点及刘尧举的科举结果。他对这些差异进行比较考证，得出结论是《睽车志》的记载更近于事实，《夷坚志》则经过较大的润色、虚构。① 周榆华《理学束缚下的潜抑情欲——论〈夷坚志〉中的人鬼之恋》则进一步指出，二者差异最大的是刘尧举的结局，《睽车志》是"次举果首荐于舒，然至今未第也。"周榆华认为，刘尧举因不义而落第确有可能，但从考官对他的惋惜可以看出，他确有实力，后来再次应试登科应不成问题，故有"次举果首荐于舒"之事，"然至今未第也"则隐含他健在的可能。而《夷坚志》给他安排的结局是："又三年，从官淮西，果魁荐，然竟不第以死。"明确指出刘尧举因不义遭天谴而死，这样来强调故事主题，针砭教育的效果显然较前者更好。② 这就明显可以看出洪迈编撰故事时是否进行较大的加工、改造、虚构实际上要服从于主题需要，服从于洪迈让人"知忠孝节义之有报，则人伦笃矣；知杀生之有报，则暴殄弭矣；知冤对之有报，则世仇解矣；知贪谋之有报，则并吞者惕矣；知功名之前定，则奔竞者息矣；知婚姻之前定，则逾墙相从者恧矣"（清田汝成《〈夷坚志〉序》）③ 的创作动机。因此可以说，洪迈的采编记录既强调故事的真实性，也注意主题、内涵，二者关系的处理相较《睽车志》《括异志》等小说集要更加圆融。

---

① （日）冈本不二明：《〈睽车志〉与〈夷坚志〉——科学与志怪之一》（王枝忠译），《甘肃社会科学》1995 年第 6 期。

② 周榆华：《理学束缚下的潜抑情欲——论〈夷坚志〉中的人鬼之恋》，《江西广播电视大学学报》2004 年第 2 期。

③ （清）田汝成：《〈夷坚志〉序》，见《夷坚志·附录》，中华书局 2006 年版，第 1834 页。

二　修订增补

《夷坚志》的编撰历时六十年，往往一志编成，即先行刊印流传，在后志编撰时，又常常发现前志作品有不全面、不完善甚至错误的地方，或收集到更好的素材，于是加以修订、修正或补充，写出新的作品，因此修订增补成为《夷坚志》又一创作方式。

如《丙志》卷十八《徐大夫》记载了两浙副漕徐大夫谄媚逢迎的故事，后来在编《支乙志》卷四时，又增补了两个类似的故事，创作成《再书徐大夫误》，篇中说："偶阅王彦辅《麈史》，其末纪乖谬二事，……此两者全与徐大夫相似，信知监司上官，轻薄郡县僚吏，出语讥诮，从昔有之。故备载其语，以资好事者谈助。"从此记载可知，作者在阅读王彦辅《麈史》① 时，获得了两个《徐大夫》同类故事的素材，于是加工创作，增补成新的作品。又如《丙志》卷十六《秦昌龄》：

> 昌龄调宣州签判，归，中途感疾，至溧水，疾亟，寓于王季羔宗丞空宅中。忽觉寒甚，欲得夹帐，县令薛某买紫罗制以遗之，遂死于其间。又是年春，在茅山观前遇一人，目如鬼，着白布袍，担草屦一双，笼饼两枚，歌而过曰："四十三，四十三，一轮明月落清潭。"盖昌龄正四十三岁也。

秦昌龄赴任途中不幸身死在《丙志》中已有记载，但至编撰《丁志》时，洪迈有了更详细的材料，觉得："《丙志》所记秦昌龄咎证事，不甚详的，今得其始末，复载于此。"于是又编撰了一篇《茅山道人》：

> 绍兴癸酉三月，秦同其侄焯诣茅山观鹤会，邀溧水尉黄德琬访刘蓑衣于黑虎洞。林间席地饮酒，遣小史呼能唱词道人。俄二十辈来。迨夜，步月行歌，至清真观路口道堂，众坐，诸人各呈其伎。忽空中如人歌四句，黄尉能记其二云："四十三，四十三，一轮明月落清潭。"秦正四十三岁矣，大不乐，历扣二十人，此谁所言，皆曰：

---

① 按：王彦辅（1036—1116），名得臣，字彦辅，自号凤台子，安州安陆（今湖北安陆）人，嘉祐四年（1059）登进士第，学问广博，以文学驰名当时，著有《麈史》三卷，今存。

"元未尝发口。"乃罢酒而还,九月果卒。前一年,达真黄元道谓秦曰:"君有冤对,切忌四三。"秦恳求解释之术。时幼儿弄磁瓢为戏,黄取其一,呵祝以授秦。秦接之,手内如火,不觉扑于地。黄复拾取,叹息曰:"了不得。"回顾医者汤三益曰:"君宜藏此物,遇有急则倾倒之,得青丸则不可服,红丸则可服。"后三年,汤病伤寒甚笃,试倾其瓢,得红药一颗,服之即瘳,至今犹在。

比较两篇作品,我们可以看到,同是写秦昌龄之死,后者比前者在细节上更丰富,情节更曲折,志怪色彩、因果报应色彩也更浓重,实现了修订增补的目的。

纵观整部《夷坚志》,属增补修订方式创作的作品数量不少。这种创作方式始见于《乙志》,此后几乎每志均见。运用这一创作方式时,洪迈基本会在文中加以说明,从这些说明来看,增补修订主要有以下几种情况:

其一,增补同类故事。

前志中采编了某类故事,后来又发现此类故事素材,仍编撰进来并加以说明。如《支甲》卷十《海王三》写商人王某经商途中,不慎覆舟,同行数十人俱溺亡,唯王某自托木板,漂到一岛屿,为一穴居女子所救,遂共同生活一年多,养育一子,后有客舟至岛上避风,王某乃携子逃回,小儿长大后,人均称为"海王三":

> 《甲志》载泉州海客遇岛上妇人事,今山阳海王三者亦似之。王之父贾泉南,航巨浸,为风涛败舟,同载数十人俱溺。王得一板自托,任其簸荡,到一岛屿傍,遂陟岸行山间,幽花异木,珍禽怪兽,多中土所未识,而风气和柔,不类蛮峤,所至空旷,更无居人。王憩于大木下,莫知所届。忽见一女子至,问曰:"汝是甚处人?如何到此?"王以舟行遭溺告,女曰:"然则随我去。"女容状颇秀美,发长委地,不梳掠,语言可通晓,举体无丝缕朴橄蔽形。王不能测其为人耶,为异物耶,默念业已堕他境,一身无归,亦将毕命豺虎,死可立待,不若姑听之,乃从而下山。抵一洞,深杳洁邃,晃耀常如正昼,盖其所处,但不设庖爨。女留与同居,朝暮饲以果实,戒使勿妄出。王虽无衣衾可换易,幸其地不甚觉寒暑,故可度。岁余,生一

子。迨及周晬，女采果未还，王信步往水涯，适有客舟避风于岸陬，认其人，皆旧识也，急入洞抱儿至，径登之。女继来，度不可及，呼王姓名骂之，极口悲啼，扑地气几绝。王从篷底举手谢之，亦为掩涕。此舟已张帆，乃得归楚。儿既长，楚人目为海王三，绍兴间犹存。

作品开篇即指出本篇与《甲志》卷七《岛上妇人》故事非常相似，是同类故事，别有意趣，故将其记录下来。又如《丙志》卷六《长人岛》写密州板桥镇商人航海漂到长人岛也是如此："予《甲志》书昌国人及岛上妇人，《乙志》书长人国，皆此类也。海于天地间为物最巨，无所不有，可畏哉。"这种类型的故事还有很多：《丁志》卷十四《刘十九郎》写乐平耕民被鬼驱使至刘十九郎家见其害人事："予于《乙志》书石田王十五为瘟鬼驱至宣城事，颇相类。"《支甲》卷六《七姑子》："《乙志》载汀州七姑子，赣州亦有之，盖山鬼也。"《支乙》卷三《董绛兄弟》写董绛兄弟孪生，被妻子姑父徐大声认错，闹出误会："此与前志所书豫章道人、婺源行者事，甚相似也。"《支景》卷三《吴江郑媪》："顷吴斗南书明州民媪一事，全相似，已载《庚志》中。佛力不可思议，普欲示化，不嫌于同也。"《支景》卷三《瓦上冰花》："《笔谈》及《夷坚景志》皆有冰花事，今亦间见之。"《支景》卷五《淳安潘翁》写无头人织草屦："《己志》所书广民亦如此焉。"《支戊》卷六《陈使君》写福州陈使君为官清廉、赋性刚介，四邻火灾、其家独存的故事："此事甚似《支景》所载李绥观察祝火也。"《支戊》卷九《海盐巨鳅》写海盐县濒海沙滩上搁浅一巨鳅："《甲志》所书漳浦崇照场大鱼，正此类也。"

增补同类故事时，洪迈还往往通过比较发现其创新之处，如《支戊》卷十《回香院鸡》：

景德镇管下有小刹名为回香院。绍兴中，山主育一黄牝鸡，不蓄雄。僧老而馋，但冀日得一卵以供馔耳。天将晓，必躬持米一勺，水一器，饲诸栅中，始亲出之。凡两岁久，益以肥泽。当秋夕，僧梦妇人著黄衫拜床下，敛衽请曰："老新妇欠院家钱，逐日旋还了。余欠只七金，乞放此身去。慈悲宽舍之恩，不可胜言矣。"觉而忘之。至晓如常时以水米至栅，则鸡已僵死。僧咨惜不已。令童奴携置后墙上，拟俟晨餐罢燖煮，以备不时之客；若无客不妨饱饫。俄二丐者来觅饭，僧曰："恰淘米欲炊，恐难相待。"丐指鸡欲买，僧靳之，未遽从。丐曰："此鸡或是喫毒虫得病，既已死，不宜留。幸有见钱七十，愿付我，使暂一知肉味，亦师之赐也。"乃许之，而度其必无所酬。丐探箧中，唯存七钱，自相尤责曰："早来方收拾得七十钱，穿得一串，藏护甚谨，此外又求化得此七钱，不在数内。今而失之，真不可晓。"僧猛省夕梦，命取鸡去，而用所偿七钱付小仆，使为撞钟拔度。予谓鸡化为媪妇，见梦乞命，或称别去者，多矣，诸志亦屡有之。此段乃有丐者一节，映带为助，特觉新奇也。

篇末赘言指出，鸡化身为妇女，托梦乞命，这样的故事非常常见，《夷坚志》诸志中有很多记载，如《丙志》卷三《常罗汉》、《丁志》卷十六《鸡子梦》等均是，但本篇在情节设置上更为曲折，丐者买鸡一节使作品有了跌宕之趣，表现出新奇的意味，洪迈对此特别推崇。又如《乙志》卷十一《唐氏蛇》写会稽怪异之蛇："予前志有融州蛇事，与此相反云。"《丁志》卷四《王立燖鸭》写中散大夫史叇遇见故去多年的旧庖卒王立给自己献燖鸭："予于《丙志》载李吉事，固已笑鬼技之相似，此又稍异云。"《支甲》卷六《赵岳州》写建昌人赵善宰、周熺、童括三人相继入冥府任同一阴官："《甲志》记孙点、石倪、徐揩相踵为太山府君，三人同一橛，甚与兹事类。但此皆乡人接武，为小异云。"《支戊》卷四《房州保正》写房州保正李政狡猾贪婪，侵人田园，夺人牛马，官府不能治，死后变身为牛，腹下白黑毛相间，成"保正李政"四字，半年后，为虎所食："人死为牛多矣，诸志中屡书之，兹又独异也。"

其二，增补成姊妹篇。

前志记录了某故事，后志续写其发展衍变，或前志写了某人事迹，后志增补新的事迹，于是形成姊妹篇，如《支丁》卷五《潘见鬼理冥》："庆喜猫报，已载《支景》中。"则本篇与《支景》卷四《庆喜猫报》为姊妹篇。《庆喜猫报》写侍婢庆喜因猫窃食被主母责骂，不胜愤恨，将猫掷于柴堆上，致猫被木叉刺死，后庆喜遭遇报应，铦竹片穿破小腹而死。《潘见鬼理冥》续写庆喜死后二十二年，又寻主母报仇，主母认为自己没有责任："往岁实怒责此婢。然其死也，自因损伤，非我陨厥命，何缘作祟如此？"庆喜则曰："固非主母杀我，但却自渠而发。"虽有术士潘见鬼干预，主母仍一病而亡。

又如《支乙》卷九《张保义》："靖安张保义者，本邑村朝山屠儿，以建炎捍寇功得官，赀产甚富，乃《戊志》所书为宝峰主僧景祥所识者。"其与《戊志》之《宝峰张屠》也正好形成姊妹篇。① 《宝峰张屠》写张屠获得财富的经过，《张保义》则写其荡尽财富的历程，两作筋脉相连，前后照应，将张屠一生的起起落落展现在读者面前。

《支丁》卷七《金郎中》写金郎中读书于浮梁山中，有鬼神告知即将科举高中，并仕至度支郎中，作品一开篇即谓："金君卿，《丙志》载其娶妻事。"是为《丙志》卷十三之《金君卿妇》，则《金郎中》与《金君卿妇》也为姊妹篇，一写科第，一写婚姻，从两个侧面表现了金郎中的人生。

《支戊》卷二《胡仲徽两荐》："胡仲徽以绍兴中两请乡解，毛山人之相，鳌头先生之卜，皆已书于《庚志》，而犹有遗者。"被遗落的是胡仲徽拒绝为某富家子做科考枪手的事迹，现增补与《庚志》中的某作品成姊妹篇（按：《庚志》已佚）。

其他如《丙志》卷十八《桂生大丹》："贵溪桂缜家两事已载《甲志》，缜又言其叔祖好道尤笃，常欲吐纳烟霞，黄冶变化，为长生轻举之计。"增补的事例为误服仙丹而身死。《丁志》卷十九《英华诗词》："缙云英华事，前志屡书，然未尝闻其能诗词也。今得两篇，……殊有情致。"增补的是诗歌创作本事。《三志己》卷一《京师贫士相》的主人公士子王玤："《甲志》尝载其梦中诗云。"增补的是王玤当年参加科考的曲折经历。

其三，订正细节，增补详尽。

前志作品可能比较简略，甚至存在细节上的错误，出现了"传闻异辞"的现象，需要订正增补，这种现象在《夷坚志》中有不少。如《丁志》卷八《乱汉道人》："《乙志》所载阳大明遇人呵石成紫金事，予于《起居注》得之，今又得南康尉陈世材所记，微有不同，而甚详，故复书于此。"《丁志》卷十八《路当可》："《丙志》载梁子正说路当可事，云：'其父为商水主簿，路之父君宝为令，故见其得法甚的。'滕彦智云：'当可乃其舅氏，盖得法于蜀，而君宝是其叔祖，子正之说不然。'"《支甲》

---

① 按：《戊志》已散佚，《志补》卷十四有《宝峰张屠》，应即为该篇。

卷三《闻氏女子》写永州闻十三之女食一道士药化身为男子，纠正《丙志》卷一《文氏女》之错："予是时即闻其事，书于《景志》中，与此差不同，且以闻氏为文氏，然大略非诞也。"《支戊》卷八《解俊保义》记录保义郎解俊遭遇的一段人鬼情缘："《甲志》所记张太守女在南安嘉佑寺为厉以惑解潜之孙，与此大相似。两者相去十三四年，又皆解氏子，疑只一事，传闻异辞。而刘医云亲见之，当更质诸彼间人也。"《支戊》卷八《湘乡祥兆》记潭州湘乡士子王南强淳熙年间科考登第的经过及术士为其卜命的神奇："桃符证应，已载于《癸志》。比得南强笔示本末，始知前说班班得其粗要为未尽，故再纪于此。而《癸志》既刊于麻沙书坊，不可芟去矣。"《支庚》卷四《花月新闻》："《己志》书姜秀才剑仙事，以为舒人。今得淄川姜子简廉夫手抄《花月新闻》一编，纪此段甚的，故复书之。贵于志异审实，不嫌复重，然大概本末略同也。"《支癸》卷五《彭居士》写鄱阳安国寺主僧惟直修葺彭冈神祠，得神灵回报："此寺曾感五神显迹，已载之《丙志》。彭冈祠室正与之同，予旧传其事，不详审。周少陆得此于了祥长老，故备记之。"

三　摘录互证

摘录互证是《夷坚志》的第三种创作方式。所谓摘录互证是指先摘录、介绍前代小说中的某篇或某类作品，然后续上一个或多个当代发生的类似的故事，偶尔也有先写当代故事，再引证前代作品者，使这些故事、作品互相参照，以展现故事的新奇独异，比较古今意趣。如《支甲志》卷八《符离王氏蚕》：

> 《酉阳杂俎·支诺皋》篇载：新罗国人旁氞，求蚕种于弟，弟蒸而与之，氞不知也。至蚕时，有一生焉，日长寸余，居旬大如牛，食数树叶不足。弟伺间杀之，百里内蚕飞集其家，意其王也。是说殊怪诞。近宿州符离北境农民王友闻，居邑之蔡村，与弟友谅同处，娶邑人秦彪女，天性狠戾，日夜谮谅，竟分析出外，或经年不相面。谅尝乞蚕种于兄，秦以火煏而遗之。谅妻如常法暖浴以俟其出，过期亦但得其一。已而渐大，几重百斤。秦氏疑妒焉，伺谅夫妇作客东村但留稚女守舍，秦呼其夫同诣之，诈女往庖下，直入蚕房，见蚕卧牖畔，喘息如牛，食叶如风雨声，秦鞭以巨梃，每一击，辄吐丝数斤。秦震

怖，魂魄俱丧，急促夫归。因病心颤，逾月而死。及谅蚕成茧，嶓然如瓮，缲之，正得丝百斤。

本篇先摘录唐人段成式《酉阳杂俎》中的一则故事，写的是兄长求蚕种于弟弟，弟弟故意将蚕种蒸煮后给他，以此表现逐利社会人性的泯灭及人间亲情的扭曲异化。接着作者又记录了一个发生于当代的故事，故事的情节和主题非常接近，但细节更为丰富，描述更加生动。这样，两个故事形成比较参照，一方面似乎证实了故事真实发生的可能，破除了"是说"之"怪诞"，另一方面见出作者叙述策略、结构故事的推陈出新。

需要指出的是，摘录互证与修订增补有相似的地方又有明显的不同，两者都有故事间的比较，但修订增补是后志针对前志，比较往往发生在两志或两篇作品之间。摘录互证则多是当代故事与前代故事相融于一篇作品之中，如《支丁》卷十《平阳杜鹃花》：

王顺伯为温州平阳尉，尝以九月诣村墅视旱田。道间见有杜鹃花一本，甚高，花正开，几数千朵，色如渥丹，照映人面皆赪。讶其非时，以询土氓。皆云："此种只出山谷，一岁四番开，于春秋为盛。"顺欲访求小者，竟不可得，疑亦但有其一云。予记《神仙传》所载，润州鹤林寺有此花，高丈余，每春末，花烂漫。或窥见三女子，红裳艳丽，共游树下，俗传花神也。是以人共保惜，繁盛异于常花。节度使周宝谓道人殷七七曰："鹤林之花，天下奇绝。尝闻能开非时花，此花可开否？"七七曰："可也。"宝曰："今重九将近，能副此日乎？"而七七乃前二日往鹤林。中夜，女子来曰："妾为上玄所命，下司此花，与道者共开之。"来日晨起，花渐拆蕊，及九日，烂漫如春。一城惊异。然则杜鹃之秋华，在于平阳，固不假女仙及道人之力也。

本篇同样以两代故事参照互证以表神异，只不过在顺序上与前一例正好相反，它先叙当代王顺伯在平阳发现有四季盛开、春秋最为烂漫的杜鹃花，接着引入唐代小说《神仙传》中所记录的道人殷七七与花神在重阳日共同催开润州鹤林寺杜鹃花的故事，两相比较，得出结论：平阳杜鹃花在秋天盛开是其品种和环境使然，无须如唐代润州鹤林寺的杜鹃花那样借助神仙和道人的力量才能开放，因而更加神异。又如《志补》卷四《荆南虎》：

> 唐小说多载虎将食人，而皮为人所夺，不能去，或作道士僧与言语。南城邓秉，见故山阴宰李巨源说一事，大与古类，而微有不同者。建炎间，荆南虎暴甚，白昼搏人，城外民家，多迁入以避。张四者，徙居甫毕，未及闭门，而虎突然遽至，急登梁端伏，虎未之见也。升堂脱其皮，变为男子，长吁而呼曰："吾奉天符取汝，汝安所逃死邪！"遍历室内及居侧林莽间寻之。张度其已远，乃下取所留皮，缚置梁上。日暮虎还，视皮，失之矣！意绪窘扰，大叱曰："汝既避匿，又窃我皮，吾奉取十七人，今已得十有六，独汝未耳。倘不信吾，看我怀中丹书。"遂探出，陈于地，曰："此天符也，十六人姓名勾了，正余汝在，善还我皮，当舍汝，能指示我笔墨处乎？"张念久不使去，患将益生，应之曰："还皮易耳，汝即食我，奈何？"曰："我虽异类，不忍负信，岂有相误理！"张指示之，则径往拈笔，勾其名，张乃掷皮下。虎蒙于体，复故形，哮吼奋迅，几及于梁。张战栗胆落，欲坠再三，虎忽跳出，不反顾。明日，闻六十里外耆长报县，言昨日夜大雷，震死一虎。

作者开篇即明确指出"李巨源说一事，大与古类，而微有不同"，将故事与唐代小说比较异同的用意非常明显。作品写阴间勾魂使者以虎形来到人间取荆南平民张四之命，结果被张四斗败，哮吼离去，后被大雷震死，张四得以保全性命。老虎升堂脱皮、变为男子、皮为人窃去藏匿、虎不能复形等都是唐代小说中早已出现的构思，但乞皮、以皮换命、雷震虎死却是本篇创新的情节。张四对命运的抗争及其智慧、虎使者的憨厚粗朴、天真守信都描写得非常生动，从中我们可以看到由唐至宋小说故事的进步与发展。又如《支甲》卷二《卫师回》：

> 卫渊，字师回，郓府东阿人。嗜酒成疾，敏惠过人，而懒读书，年余四十未仕。当盛夏，偕朋辈投壶聚饮，醉卧牖下，梦身游他所，或报沉洄国入寇，居民挈老稚散走，渊苍忙伏窜。既还家，尽室皆已遭俘掠。独行山间，彷徨累岁，无地驻足。忽遇故人阎中孚、李亨

嘉、王勉夫三人，相问存没，告以其孥无恙。渊大喜，语之曰："吾厄困三年，饥寒漂荡，朝不谋夕，每念平生欢会，一吸数斗，今愿一杯救渴，亦无由致。诸君宁有意乎？"中孚曰："过此数里，有青帘酒肆，二姝当垆，绝妍丽，盍共访之？"渊益喜。到市，果如所言。渊先釂一卮，又令添酒。别一鬟执器愁惨，渊诮之曰："酒家人见当客融怡笑乐，何乃如是！"鬟泣曰："先辈不知也，适所饮者非曲糵酝成，皆人之精血尔。世人居阳间，抛践余沥，崇积殃咎，死则渍其骨髓而为之。"渊昧昧不信，姝乃引入后室巡视，见大屋中罗列醅槽，傍有百余人裸坐，男女淆杂，两大鬼持戟，以次叉置槽内，大石压醉之，血自口流溢，俄而成酒。渊怖栗而觉，小童在侧，宾客踞坐，壶矢之声方锵然。遽话所梦，元不移一时，忆其经历，殆数岁矣。唐人记南柯太守、樱桃青衣、邯郸黄粱，事皆相似也。

本篇写郓府士子卫师回在"沉湎国"先是遭遇战乱，经历了家人失散、流离漂泊的艰难与苦痛，接着又目睹了鬼醉活人、精血成酒的场景，受到不可"抛践余沥，崇积殃咎"的警告，并为之震慑。本以为这是数年的曲折人生，不料竟是"不移一时"的梦境。作品虽然写"人血酿酒"之情节颇有新意，但整个故事的构思脱胎于唐代小说，作者自己也承认与《南柯太守传》《樱桃青衣》《枕中记》非常相似。《夷坚志》中与这几篇唐代小说非常相似的还有《志补》卷二十一《蚁穴小亭》，作品写淳熙元年殿司偏校汤公辅发现一半亩大小的蚁穴，中间有宫室楼阁，花木、池台、小桥、橡瓦、窗户都非常精细，乃感叹："知唐人记南柯太守事，虽为寓言，亦固有之也。"又如《甲志》卷五《江阴民》：

林毅明甫言，绍兴六年，寓居江阴，时淮上桑叶价翔涌。有村民居江之洲中，去泰州如皋县绝近，育蚕数十箔，与妻子谋曰："吾比岁事蚕，费至多，计所得不足取偿，且坐耗日力，不若尽去之，载见叶货之如皋，役不过三日，而享厚利，且无害。"妻子以为然。乃以汤沃蚕，蚕尽死，瘗诸桑下。悉取叶，棹舟以北。行半道，有鲤跃入，民取之，刳腹，实以盐。俄达岸，津吏登舟视税物，发其叶，见有死者。民就视之，乃厥子也，惊且哭。吏以为杀人，拘系之。鞫同舟者，皆莫知。问其所以来，民具道本末。县遣吏至江阴物色之，至其家，门已闭，坏壁以入，寂无一人。试启蚕瘥验之，又其妻也，体已腐败矣。益证为杀妻子而逃。无以自明，吏亦不敢断，竟毙于狱。此事与《三水小牍》载《王公直事》相类。

《三水小牍》是唐末皇甫枚的小说集，本篇所叙江阴蚕民故事正与该小说集中的《王公直事》相参照。又如《支景》卷六《富陵朱真人》写成都教授安处厚游太慈寺，主僧梦见其日后必贵，因而非常隆重地接待他。作者在文末又指出："唐小说载李林甫、卢杞皆称为上仙，殊与安相似。"《支庚》卷一《鄂州南市女》："《清尊录》所书大桶张家女，微相类云。"《支癸》卷四《临淄石佛》写青州临淄县有高丈余的古石佛一躯，为邑宰下令击碎，以防其覆压及妖异惑众："《述异志》载邕州事，盖此类也。"则与南朝梁任昉所作《述异志》故事参照。《志补》卷四《九头鸟》与唐陆长源《辩疑志》故事相照应。《志补》卷十一《满少卿》："此事略类王魁，至今百余年，人罕有知者。"这是与著名的薄倖负心故事《王魁》相参照。《志补》卷二十一《猩猩八郎》："猩猩之名见于《尔雅》《礼记》《荀子》《吕氏春秋》《淮南子》，又唐小说载焦封孙夫人事。"此乃与唐人小说柳祥《潇湘录·焦封》互证。

四　删润傅益

所谓删润傅益是指洪迈将同时代的人已经写好的作品略加增删、润色，然后收录到《夷坚志》中。删润傅益是《夷坚志》后期创作非常常见的方式。关于这一点，洪迈的序言有所说明，如《庚志序》：

> 假守当涂，地偏少事，济南吕义卿、洛阳吴斗南适以旧闻寄，似度可半编帙，于是辑为《庚志》。

可见，《庚志》是济南吕义卿、洛阳吴斗南的作品"相傅益"。根据《壬志序》大意可知《壬志》也是别人的作品收录："《壬志》全取王景文《夷坚别志》，《序》表以数语。"

除整集、整帙作品相"傅益"外，单篇作品的收录也时或可见，且往往也会注明，如《支癸》卷七《苏文定梦游仙》实为收录苏辙自作《梦仙记》："或谓苏公借梦以成文章，未必有实。予窃爱其语而书之。"

又如《支丁》卷八《赵三翁》写中牟县白沙镇人赵三翁遇孙思邈授以道要，能役使鬼神，知未来事，为人治疾痛立愈，"嵩山张寿昌朋父为作记，而郭象伯象得其文，载于《睽车志》末。予欲广其传，复志于此。"《甲志》卷十《孟温舒》写孟温舒为濮州雷泽令时机智神明断聋哑人被拖欠劳资一案，篇末曰："郭枢密三益作《温舒墓志》书此事。"则知本篇系从郭三益作《孟温舒墓志铭》摘录而来。《支景》卷四《姜处恭》写淄州姜处恭赴南安及桂阳探望妻子的两个哥哥，途经峻岭旷谷，曾遇三个持矛执刀的强徒，又翻越阴森恐怖、纸钱缠树、魑魅魍魉频频现身、猛虎恶狼出没的山冈，以前无人能平安通过，姜处恭却安然无恙，作者感叹说："处恭字安礼，工为诗，予前志书之。后锡山士人陈善为记其事，以为姜平生为人行义孝友，故值凶盗，行鬼区，蹈虎境，履危如此，皆获免云。"可知锡山士子陈善曾为姜处恭作记，记录了上述事件，本篇可能是摘录此记而来。《志补》卷十三《高安赵生》写高安赵生与苏辙交往事，文末曰："见苏文定《龙川略志》。"则知是从《龙川略志》摘录在而来。《志补》卷七《刘洞主》记处州人李甲暴死复苏，自言入冥经历，篇中说"郡士著为《李氏还魂录》"，则本篇可能是《李氏还魂录》的删润。《志补》卷七《颛氏飞钱》记太原颛氏有钱飞入其家而不取的故事，可能得之于"曹功显、何晋之皆纪其事"。

有论者指出，洪迈在后期甚至不做任何加工即将他人作品直接植入集中，如陈振孙《直斋书录解题》就说："晚岁急于成书，妄人多取《广记》中旧事，改窜首尾，别为名字以投之，至有数卷者，亦不复删润，径以入录。"①

从实际情况来看，这种现象的确存在，但也非常有限，大部分作品都或多或少有所删润，对此，作者也有交代，如《三志己》卷八末注云："亡友李子永所作《兰泽野语》，已未用之其前志矣。子永下世十年，予念之不释，故复掇其书者十七事，稍加润饰，以为此卷。"《丙志》卷一《九圣奇鬼》写永嘉人薛季宣遇五通九圣群鬼事："宣恨其始以轻信召祸，自为文曰《志过》，纪本末尤详。予采取其大概著诸此。"

可以看到，由于洪迈采用了以上种种创作方式，一方面，促使他保持

---

① （宋）陈振孙：《直斋书录解题》，丛书集成初编本，商务印书馆1937年12月初版，第325页。

与社会各阶层人士的广泛接触,深入社会生活,了解时代现状。另一方面,又使他具有宽广开阔的文献学视野,大力关注唐宋时期的小说集、文人文集,十分细致地把握唐宋文人的小说创作情况,因此,《夷坚志》才能从如此多的文人创作中——甚至细微到杂文、墓志铭等——撷录出作品来比较参照,品味论析,关于这一点,张祝平《〈夷坚志〉材料来源及搜集方式考订》一文也曾论及。①

第三节　洪迈的小说理论观

洪迈不仅是中国小说史上杰出的创作家,而且是重要的小说理论家,程毅中先生认为其小说理论成就"甚至不在他的创作之下"②。洪迈主要通过《夷坚志》序言和某些具体作品阐发他的小说理论观。《夷坚志》共有三十二志,前三十一志都有自序,只有《四志乙》是绝笔之作,未及成序。这些小序记录了《夷坚志》的成书过程与流传情况,介绍了洪迈编撰《夷坚志》的目的及编撰过程中出现的问题、作者的情绪与心理感受。可惜这些序言大多已散逸,现存仅《乙志》《丙志》《丁志》《支志甲》《支志乙》《支志景》《支志丁》《支志戊》《支志庚》《支志癸》《三志己》《三志辛》《三志壬》序言十三篇,所幸南宋学者赵与峕曾对这些序言进行过整理,其《宾退录》卷八道:"洪文敏著《夷坚志》,积三十二编,凡三十一序,各出新意,不相复重,昔人所无也。今撮其意书之,观者当知其不可及。"③ 因此我们今天还能看到这其余十八篇序言的大意。此外,洪迈运用摘录互证、修订增补等方式创作《夷坚志》,通过比较参照,考察了前代和当代小说的成就与特色,分析了某些具体作品,其中也寄寓了洪迈的小说理论观念。

洪迈的小说理论观念涉及小说的作用、小说的创作方法、小说的评价鉴赏、唐代小说的特色与成就等多方面,与时人相比有很大的进步和特色,他对小说创作愉悦感的理解与把握、对小说虚构的朦胧认识、对唐代

---

① 张祝平:《〈夷坚志〉材料来源及搜集方式考订》,《南通师范学院学报》1999年第2期。
② 程毅中:《宋元小说研究》,江苏古籍出版社1999年版,第133页。
③ (宋)赵与峕:《宾退录》卷八,见洪迈《夷坚志·附录》,中华书局2006年10月第2版,第1817页。

小说切中肯綮的评价都在一定程度上接触到了小说的本质特征和小说创作的艺术规律,基本把握了中国古代小说的发展进程。

一 小说创作愉悦感的孜孜寻求

《夷坚志》序言中有多篇谈到洪迈对小说创作的痴迷与热爱,他从小说创作中获得了巨大的乐趣与愉悦,这在中国古代小说发展史上是非常独特的。

我们知道,在中国古代文学发展史中,小说一直处于文坛的边缘,其地位根本不能与诗、文、赋等传统、正统文体相提并论,文人诗人往往视小说为末事,不愿意甚至反对进行小说创作,他们对小说文体颇为轻视,贬晒甚多,因此班固《汉书·艺文志》说:

> 小说家者流,盖出于稗官,街谈巷语,道听途说者之所造也。孔子曰:"虽小道,必有可观者焉,致远恐泥,是以君子弗为也。"然亦弗灭也。闾里小知者之所及,亦使缀而不忘。如或一言可采,此亦刍荛狂夫之议也。①

刘知几《史通·采撰》也说:

> 其事非圣,扬雄所不观;其言乱神,宣尼所不语。②

然而,洪迈却能突破传统的观念,终其一生都以极高的热情投入小说创作,对小说创作乐不能释。如《支壬序》大意曰:

> 子弟辈皆言,翁既作文不已,而掇录怪奇,又未尝少息,殆非老人颐神缮性之福,盍已之。余受其说,未再越日,膳饮为之失味,步趋为之局束,方寸为之不宁,精爽如痴。向之相劝止者,惧不知所出,于是迪然而笑。岂吾缘法在是,如驶马下临千丈坡,欲驻不可。

---

① (汉)班固:《汉书》,中华书局1962年版,第1745页。
② (唐)刘知几:《史通》,引自浦起龙《史通通释》,上海古籍出版社1978年版,第116页。

> 姑从吾志，以竟此生。异时憺不能进，将不攻自缩矣。

创作《夷坚志》费时费力，劳神焦思，似乎不合老年人正常的修身养性之道。但洪迈却不这样认为。他编撰《夷坚志》时并不觉得疲累，而一旦停止不作，表面上看是更清闲了，实际上却坐不安席，食不知味，无所适从，感觉生活没有了任何乐趣。因此他不能停止，也无法停止，他要将小说创作一直坚持到生命的最后时刻。这是他的志向、他的追求。这也正是《丙志序》所谓"习气所溺，欲罢不能。"关于这一点，《三志丁序》也有类似的表述，其大意为：

> 人年七八十，幸身康宁，当退藏一室，早睡晏起，翻贝多旁行书，与三生结愿，否则邀方外云侣，熊经鸱顾，斯亦可耳。至于著书，盖出下下策。而此习胶奉不能释，固尝悔哂，猛臧去弗视，乃若禁婴孺之滑甘。未能几何，留意愈甚，虽有倾河摇山之辩，不复听矣。

若要洪迈不去编撰《夷坚志》，其情形就如同婴孩断乳般难受。他宁可不好好休息，不漫游山水，不亲近林泉，宁可无时间交朋结友、参加社会活动，也要进行小说创作。他所有的空闲时间都盘桓于小说创作中，用《支乙序》的话来说就是"闲不为外夺"，他可以为小说创作如痴如狂，小说创作是他人生最大的快乐，这是常人所达不到的境界，也是时人难于想象和理解的。

《夷坚志》每一志编成，洪迈都仿佛是完成了一项非常重要的工作，"殊自喜也"（《支乙序》），表现出异乎寻常的快乐和满足。对于读者的认同接受，他也欣喜不已，《支庚序》曰："稚子捧玩，跃如以喜，虽予也自骇其敏也。"儿子成为他的第一个读者，喜阅《夷坚志》他是看在眼里，乐在心里。而作品的广泛流传更让他感到骄傲，"《夷坚初志》成，士大夫或传之，今镂板于闽，于蜀，于婺，于临安，盖家有其书"（《乙志序》），"章德懋使虏，掌讶者问《夷坚》自《丁志》后，曾更续否？"（《庚志序》）

正因为痴迷于小说创作的快乐，洪迈才能孜孜不倦，锲而不舍，终其一生以高度的热情笔耕不辍。《癸志序》记载说，自《甲志》至《壬志》

等前九志编成后,他已年届七十一岁,又计划编《癸志》,儿子鼓励他再按地支编序从《子志》编至《亥志》,方能算最后成书。洪迈豪言道:"天假吾年,倍此可也。"可谓是雄心勃勃。《支癸序》又说:"予既毕《夷坚》十志,又支而广之,通三百篇,凡四千事,不能满者才十有一,遂半《唐志》所云。"以一人之力而能编撰如此巨大的著作,洪迈仍不满足,对只有"半《唐志》"还是感到遗憾。又《支乙序》称:

> 绍熙庚戌腊,予从会稽西归,方大雪塞途,千里而遥,冻倦交切,息肩过月许,甫收召魂魄,料理策简。老矣,不复著意观书,独爱奇气犹与壮等。天惠赐于我,耳力未减,客话尚能欣听,心力未歇,忆所闻不遗忘,笔力未遽衰,触事大略能述。

此时的洪迈已是七十三岁高龄,耄耋老人对其他事情的兴趣已经很少了,却仍然一如既往地痴迷、热爱小说编撰。他从会稽千里归来,途中又遭遇大雪,冻馁交加,疲倦不已。然却不顾羁旅奔波、行役劳顿,才休息了一个多月,就又能集中精力,抖擞精神,料理策简图书,整理资料,再次投入到创作中。

正因为痴迷于小说创作的快乐,洪迈一生醉心于小说创作,异常勤奋地编撰《夷坚志》近六十年,这可以说是中国古代小说发展史上的一个奇迹,为其他小说家所难比拟。关于这一点,洪迈自己也有非常清醒的认识和比较,《三志甲序》曾说徐鼎臣、张文定、钱希白、张君房、吕灌园、张师正、毕仲荀等人进行小说编撰,分别有作品《稽神录》《洛阳旧闻记》《洞微志》《乘异》《测幽》《述异志》《幕府燕闲录》等,然"多历年二十,而所就卷帙,皆不能多",与自己是不可同日而语的。因此说,小说创作是洪迈最有魅力的追求,是他的精神家园,他从中得到了自己人生的最大快乐,这种快乐和愉悦正是洪迈孜孜编撰《夷坚志》的动力。

二 好奇尚异的公然标榜

洪迈既以小说创作为一生之追求,于是他公然标榜、宣称自己"好奇"。就这一点而言,洪迈颇有唐代小说家的遗风。——唐代小说家大都热衷于搜求遗逸,记录怪异,他们或借书名与篇名、或以序言、或用篇首和文末赘言公然宣称自己好奇。①

洪迈标榜自己好奇,这在三十一篇序言中随处可见,如《乙志序》说:"凡《甲》《乙》二书,合为六百事,天下之奇奇怪怪尽萃于是矣。"《丙志序》谓:"萃《夷坚》一书,颛以鸠异崇怪。"《丁志序》谓:"以三十年之久,劳动心口耳目,琐琐从事于神奇荒怪。"《支乙序》:"爱奇之过,一至于斯。"《支壬序》:"掇录怪奇,又未尝少息","以竟此生,异时惧不能进,将不攻自缩矣。"洪迈宣称自己要终生爱奇,直到生命停止,目标是要将天下所有的奇奇怪怪之事尽可能地收罗进来。

洪迈爱奇还不是一般的爱,对越奇的事情越感兴趣。《支甲序》说:

初,予欲取稚儿请,用十二辰续未来篇帙。又以段柯古《杂俎》谓其类相从四支,如支诺皋、支动、支植,体尤崛奇。于是名此志曰《支甲》,是于前志附庸,故降杀为十卷。

洪迈对自己的著作命名也不忘要"崛奇",可见他对"奇"的刻意追求。他也正是从唐人段成式的志怪小说集《酉阳杂俎》中获得了灵感和启发,从而命名自己的续作叫《夷坚支甲》。

洪迈不仅自己好奇,他还影响了别人好奇,影响了周围的人好奇,自己好奇与亲朋好友好奇形成良性互动,他们为自己收集素材,提供故事,并时常鼓励、鼓动自己,这也是洪迈能够长期坚持编撰《夷坚志》,使《夷坚志》顺利而快速成书的重要原因。如《乙志序》说:"人以予好奇尚异也,每得一说,或千里寄声,于是五年间又得卷帙多寡与前编等,乃以《乙志》名之。"《丙志序》说:"好事君子,复纵臾之。"《丁志序》言"寒人、野僧、山客、道士、瞽巫、俚妇、下隶、走卒"等都常"以异闻至"。《支乙序》谓:"群从姻党,宦游岷、蜀、湘、桂,得一异闻,辄相告语。"社会各色人等,无论是官员贵族还是下层百姓,人人都有收集奇闻异事的兴趣,因此,在洪迈看来,人皆好奇,好奇是人性之常。

洪迈还认为,"好奇"是小说家的特征,这是自古而然的。《乙志序》和《支癸序》分别说:

---

① 邱昌员:《诗与唐代文言小说研究》,中国社会科学出版社2008年版,第244页。

> 夫齐谐之志怪，庄周之谈天，虚无幻茫，不可致诘。逮干宝之《搜神》，奇章公之《玄怪》，谷神子之《博异》，《河东》之记，《宣室》之志，《稽神》之录，皆不能无寓言于其间。
>
> 《唐史》所标百余家，六百三十五卷，班班其传，整齐可玩者，若牛奇章、李复言之《玄怪》，陈翰之《异闻》，胡璩之《谈宾》，温庭筠之《干䏚》，段成式之《酉阳杂俎》，张读之《宣室志》，卢子之《逸史》，薛渔思之《河东记》耳，余多不足读，然探赜幽隐，可资谈暇，《太平广记》率取之而不弃也。

前代小说家无不好奇，好奇催生了一代又一代之小说。尤其是在唐代，出现了众多的"传奇"小说，这些小说可以扩大人们的见闻，可以发掘人们心中非常幽微的情感情绪，又往往借奇事怪事有所寄托，加以文字优美，词采灿然，因而"整齐可玩"，有不同寻常的可读性和艺术性。不仅如此，好奇在史学家中也不能免，"奇"也是史学作品的特征之一，《史记》中就存在着许多"好奇"的故事和情节，《丁志序》说：

> 若太史公之说，吾请即子之言而印焉。彼记秦穆公、赵简子，不神奇乎？长陵神君、圯下黄石，不荒怪乎？

史学家有好奇者，诸子中也有，《支丁序》进一步论述道：

> 稗官小说家言不必信，固也。信以传信，疑以传疑，自《春秋》三传，则有之矣，又况乎列御寇、惠施、庄周、庚桑楚诸子汪洋寓言者哉！

《列子》《惠子》《庄子》中莫不有奇闻异事。同时，著名文学家中也有好奇者，《支辛序》大意谓：

> 《东坡志林》，李方叔《师友谈记》，钱丕《行年杂记》之类四五事，皆偶附著异事，不颛虞初九百之篇。

苏轼、李方叔、钱丕等著名文学家文集中记录的事情，其奇异者也不亚于虞初等。不仅著名文学家关注奇异之事，甚至儒家经典作品《春秋》三传和《易》《诗》《书》中也存在"好奇"现象，《三志戊序》大意说：

> 子不语怪力乱神，非置而弗问也。圣人设教垂世，不肯以神怪之事诒诸话言，然书于《春秋》、于《易》、于《诗》、于《书》皆有之，而左氏内外传尤多，遂以为诬诞浮夸则不可。

洪迈认为，孔子不语怪力乱神，并不是真正对神怪之事完全置之不理，只是在教育学生时言语上不谈而已，在编述经典著作时还是记录了神怪之事的。而后人对此产生误解，认为虚构荒诞浮夸的事件一律不可亲近，这是不符合历史事实的。

由此可见，洪迈认为，好奇不仅是人性使然，也是文学创作、史学作品甚至儒家经典著作的共同现象、共同规律，因此洪迈可以理直气壮地"好奇"，可以冠冕堂皇地进行小说创作。今人杨义在论及洪迈编撰《夷坚志》的动机时说是"适性自娱的心态""是顺适自己的爱奇习气"。[①]

洪迈不仅公然宣称自己好奇，而且对"奇""异"的内涵作了很大拓展。一般说来，志怪小说主要描叙的是神仙、鬼魂、精怪、灵异等故事，而这也就是小说家所谓"奇""异"的基本内涵。洪迈宣称好奇尚异，将《夷坚志》编成一部以志怪小说为主的小说集，其中自然有大量这方面的故事，如《三志壬序》就说"《夷坚》诸志，所载鬼事，何啻五之一，千端万态"。又《支己序》大意言：

> 神奇诡异之事，无时不有，姑即《夷坚》诸志考之，上焉假诸正梦，腾薄穹霄，次焉犹涉蓬壶，期汗漫，不幸而死，死矣幸而复生，见九地之下，溟涨之海，以至岛鬼渊祇，蛇妖牛魃之类，何翅累千百万。

《夷坚志》中的神仙、鬼怪故事可谓是种类繁多，既发生在人间，也发生在天上地下、海山仙岛等非人间、超人间所在，且有上天入地、生而死、死而生、如梦似幻等种种表现形态。

[①] 杨义：《中国古典小说史论》，人民出版社1998年版，第28页。

然而，在洪迈看来，"奇""异"之内涵又不仅仅是神仙、鬼怪、灵异之事，它还涉及人间之事。《丙志序》写道：

> 始予萃《夷坚》一书，颛以鸠异崇怪，本无意于纂述人事及称人之恶也。然得于容易，或急于满卷帙成编，故颇违初心。如《甲志》中人为飞禽，《乙志》中建昌黄氏冤、冯当可、江毛心事，皆大不然，其究乃至于诬善。又董氏侠妇人事，亦不尽如所说。盖以告者过，或予听焉不审，为竦然以惭。既删削是正，而冗部所储，可为第三书者，又已襞积。惩前之过，止不欲为，然习气所溺，欲罢不能，而好事君子，复纵臾之，辄私自恕曰："但谈鬼神之事足矣，毋庸及其他。"

作者在这里说，自己好奇的本意、初心是谈鬼神之事，"毋庸及其他"，然而在实际写作的过程中，却因为种种原因或有意识或无意识地必然要涉及人事，要写到世间百态。因此"奇"既含鬼神也涉人事，这是不以作者的意志为转移的。也正因为这样，我们看到《夷坚志》中有许多作品取材于平民百姓的市井委巷之说，都直接写当时的社会现实，反映当时的社会现状。《支甲序》又道：

> 虽人之告我疏数不可齐，然亦似有数存乎其间。或疑所登载颇有与昔人传记相似处，殆好事者饰说剽掠，借为谈助。是不然，古往今来，无无极，无无尽，荒忽眇绵，有万不同，锱析铢分，不容一致。蒙庄之语云："恶乎然。然于然。恶乎不然。不然于不然。"又曰："是不是，然不然。是若果是也，则是之异乎不是也，亦无辩；然若果然，则然之异乎不然也，亦无辩。"能明斯旨，则可读吾书矣。

有人指责洪迈《夷坚志》中的一些作品与前人作品相似，认为只是"剽掠"加以修饰而已。对此，洪迈加以反驳。他首先引用《列子·汤问》的观点，认为大千世界的存在是永恒的，无穷无尽，没有止境。世间万物也丰富多彩，千姿百态，千差万别，它们各有各的特点，各有各的造化，没有什么物体和事件是完全一致、没有差别，这是自然的规律。我们要遵循这种规律，道法自然，而不能强求一致、人工造作。《夷坚志》

所要反映的正是这样一个神奇的世界，其中作品对世界的反映与记录是自然而然的。其记录的事件也许与前人作品中的事件有相似之处，但因为事件本来就不可能完全一样，所以《夷坚志》中的记录也必然与前人作品有不同。接着，洪迈又引用《庄子·齐物论》中的话认为，世间万事万物既有值得肯定的也有值得否定的，既有对的也有不对的，对的就是对的，错的就是错的，肯定的就是肯定的，否定的就是否定的，无须过多地加以分辨，一切都自然明了。如果能明白这个道理，则读者对《夷坚志》中的作品就会有更深入的理解，就能体会作者的宗旨和甘苦。从这篇序言可以看到，洪迈认为，小说创作的题材就是大千世界所发生的形形色色的事件，是这个对立统一的世界。这也正是《支己序》所说的"所遇非一人，所更非一事，所历非一境，而莫有同者焉"。这就是洪迈所追求的"奇""异"。因此，这就将"奇"的内涵大大丰富了，也就无怪乎《夷坚志》成为一个反映面异常深广的巨帙之作了。

《支乙序》中有语"爱奇之过，一至于斯"。这是一句看似颇为笼统概括的话，然而，仔细体味这句话，可以感觉到它赋予了"奇"很丰富的内涵。因为爱奇，作品写什么事件，塑造什么人物，采用什么手法都是正常的。"奇"沟通了一切。因为爱奇，所以有了《夷坚志》。

三 求实、求信与虚构的矛盾

宋代是理学的时代，儒学成为"人伦日用"的指导思想进入社会生活中。科举也废诗赋而取经义。文学上，"文以载道"的思想牢固树立，小说往往取材于历史，多寓劝诫规讽之意，近似于杂史杂传，往往排斥虚构，不事藻饰，如北宋的孙复曾说过，作文"必临事撼实，有感而作"，"若肆意虚构，无状而作，非文也，乃无用之謷言尔。徒污简册，何所贵哉"。[①] 正是这样一种观念造成宋代小说"论次多实而彩艳殊乏"，不能与唐代小说的"纪述多虚而藻绘可观"相比肩（胡应麟《少室山房笔丛·九流绪论（下）》）。[②]

我们知道，虚构是小说文体的本质特征之一，没有虚构就没有小说。

[①] （宋）孙复：《答张洞书》，引自郭绍虞《中国历代文论选》，上海古籍出版社1979年版，第297页。

[②] （明）胡应麟：《少室山房笔丛》，上海书店出版社2001年版，第283页。

虚构也是小说创作的重要理论问题。然而，在中国古代，无论是读者或是作者都对小说的虚构不尽理解，因而常常影响小说作品的创作及其理解和流传，如《世说新语》刘孝标注载：

> 《续晋阳秋》曰：晋隆和中，河东裴启撰汉、魏以来迄于今时言语应对之可称者，谓之《语林》。时人多好其事，文遂流行。后说太傅事不实，而有人于谢坐叙其黄公酒垆，司徒王珣为之赋，谢公加以与王不平，乃云："君遂复作裴郎学！"自是众咸鄙其事矣。①

这说明唐前时期，在人们或者说读者的心目中，小说乃史传之附庸、史学之末事，小说作者必须遵循史传"实录"这一原则进行小说创作，一旦超出这个原则涉足虚构，作品就会受到读者的排斥难有存身之地。《语林》曾"大为远近所传，时流年少，无不传写"（《世说新语·文学》第九十条），却仅仅因为略有谢安事记载不符事实即至于"遂废""众咸鄙其事"（《世说新语·轻诋》第二〇四条）。②

在中国古代的多个朝代，不仅一般的读者对小说所述事实的兴趣要超过对小说本身的兴趣，常常自觉不自觉地、感性地以实录标准来衡量小说作品，即使代表读者兴味的评论家也不免如此无视小说虚构之本体特征而热衷于考索小说中影指的真人真事，仿佛小说写了真实的人物和真实的事件才有存在的价值。夏志清在《中国古典小说导论》中就曾指出：

> 在中国的明清时代，如同西方与之相应的时代一样，作者与读者对小说里的事实都比对小说本身更感兴趣。最简略的故事，只要里面的事实吸引人，读者都愿意接受。……即使是荒唐不经的故事，只要附会上一点史实，也很可能被文化程度低的读者当成事实而不是当作小说看。所以当描写家庭生活以及讽刺性的小说兴起时，它们那明显是虚构出来的内容，却常引起读者（以及本身即是文人的高明读者）去猜测书中人物影射的真实人物；……但更重要的是，他们对虚构故

---

① （南朝宋）刘义庆：《世说新语》，引自余嘉锡《世说新语笺疏》，中华书局1983年版，第844页。

② 同上书，第269、844页。

事的不信任表明，他们相信故事和小说不能仅仅作为艺术品而存在：无论怎样加上寓言性的伪装，它们只有作为真事才能证明自己的价值。它们得负起像史书一样教化民众的责任。①

又如纪昀就曾从读者的角度、用评论家的眼光质疑《聊斋志异》的虚构：

> 小说既述见闻，即属叙事，不比戏场关目，随意装点；……令燕昵之词，媟狎之态，细微曲折，摹绘如生，使出自言，似无此理，使出作者代言，则何从而闻见之，又所未解也。(见盛时彦《姑妄听之跋》)②

纪昀认为，"燕昵之词，媟狎之态"，属于夫妻房内床笫之私，当事人不会告诉别人，旁人何以闻见并作如此真切细微的描绘呢？显然，纪昀是不理解也不认同小说合乎逻辑的虚构的。

所幸也有少数理论家对古人以史衡小说的传统接受习惯表示不满，如明人谢肇淛《五杂俎》卷十五《事部三》论道：

> 凡为小说及杂剧戏文，须是虚实相半，方为游戏三昧之笔，亦要情景造极而止，不必问其有无也。古今小说家，如《西京杂记》《飞燕外传》《天宝遗事》诸书，《虬髯》《红线》《隐娘》《白猿》诸传，杂剧家如《琵琶》《西厢》《荆钗》《蒙正》等词，岂必真有是事哉？近来作小说，稍涉怪诞，人便笑其不经。而新出杂剧，若《浣沙》《青衫》《义乳》《孤儿》等作，必事事考之正史，年月不合，姓字不同，不敢作也。如此，则看史传足矣，何名为戏？③

---

① (美) 夏志清：《中国古典小说导论》 (胡益民译)，江西人民出版社 2001 年版，第 14 页。

② (清) 盛时彦：《姑妄听之跋》，引自侯忠义《中国文言小说参考资料》，北京大学出版社 1985 年版，第 33 页。

③ (明) 谢肇淛：《五杂俎》，上海书店出版社 2001 年版，第 313 页。

这一段文字颇具识见。小说戏剧作品是文艺创作，它们与史传有着本质的区别，它们或许有正史的影子，却不是正史，以正史的标准来衡量它们是非常错误的。然而，又诚如其所指出的那样，以正史考诸小说作品是我国古代极为普遍的现象，是我国古代小说读者特有的阅读、欣赏习惯。①

那么，洪迈又是如何理解小说的虚构呢？实际上，洪迈对小说虚构的理解也是相当朦胧。其《乙志序》道："若予是书，远不过一甲子，耳目相接，皆表表有据依者。谓予不信，其往见乌有先生而问之。"洪迈认为《夷坚志》所载都是所见所闻，而且发生的时间距今并不久远，是真实可信的，是有根有据的。在具体的作品中，洪迈也注明故事是"某某人说""某某人话此"等，这种做法也是要表明他的求信、求实的观念，强调故事是确实发生过的。然而他又明知其中很多故事是并不真实的，是不能真正以实录的原则来衡量的。为了堵住这一漏洞，消解读者可能提出的疑问，他又说："谓予不信，其往见乌有先生而问之。""问乌有先生"即是无从可问，无法证实，因此，序言说他的作品都有根有据，并无虚构，而实际上却无从证实。这就是洪迈在求实、求信与虚构中表现出来的认识矛盾。再看其《戊志序》大意：

> 在闽泮时，叶晦叔颇搜索奇闻，来助纪录。尝言近有估客航海，不觉入巨鱼腹中。腹正宽，经日未死。适木工数辈在，取斧斤斫鱼胁，鱼觉痛，跃入大洋。举船人及鱼皆死。予戏难之曰："一舟尽没，何人谈此事于世乎！"晦叔大笑，不知所答。予固惧未能免此也。

这则序言也透露了洪迈小说观念上存在着上述矛盾。一方面，他在某种程度上继承了传统的小说观，认为小说乃史学之末事、史传的附庸，小说作者必须遵循史传的求实精神、"实录"原则进行小说创作，因此，当他听到叶晦叔所讲的故事时认为难于理解，甚至不可能发生。这是不认同艺术想象。另一方面，他又在创作实践中碰到了问题，创作必须借助艺术

---

① 按：关于这一个问题，笔者曾在拙作中有过较详尽的论述，请参考《诗与唐代文言小说研究》，中国社会科学出版社2008年版，第155—162页。

想象,"予固惧未能免此也",自己的小说中也不免存在类似这样的作品,存在着虚构的作品。

洪迈在《乙志序》和《戊志序》中都表现出求实、求信与虚构的矛盾。然而在上文提到的《丁志序》《支辛序》《三志壬序》《支乙序》《支丁序》却又都明确表现出对虚构的认同,如《支丁序》说:

> 稗官小说家言不必信,固也。信以传信,疑以传疑,自《春秋》三传,则有之矣,又况乎列御寇、惠施、庄周、庚桑楚诸子汪洋寓言者哉!《夷坚》诸志,皆得之传闻,苟以其说至,斯受之而已矣,謷牙畔奂,予盖自知之。《支丁》既成,姑摭其数端以证异,如合州吴庚擢绍兴丁丑科,襄阳刘过擢淳熙乙未科,考之登科记,则非也。永嘉张愿得海山一巨竹,而蕃商与钱五千缗,上饶朱氏得一水精石,而苑匠与钱九千缗,明州王生证果寺所遇,乃与嵊县山庵事相类。蜀僧智则代赵安化之死,世安有死而可代者,蕲州四祖塔石碣为郭景纯所志,而景纯亡于东晋之初,距是时二百余岁矣。凡此诸事,实为可议。予既悉书之,而约略表其说于下,爱奇之过,一至于斯。读者曲而畅之,勿以辞害意可也。

"稗官小说家言不必信,固也",小说作品中所描述的事件本来就不能相信它是真实的。而且在洪迈看来,不仅小说中有事实也有虚构,就是儒家经典作品《春秋》三传和《列子》《庄子》中也存在虚构现象。洪迈明言自己知道《夷坚志》中有很多故事是不真实的,不可能发生的,他曾经结合史书进行过考证,"实为可议",但仍"悉书之",将它们全部记录下来,其间的奥秘就是他认可小说是可以虚构的,小说的基本属性是"言不必信",不必拘泥于事实。

同时,洪迈还觉得,对于小说的虚构特性,不仅自己要理解接受,读者也要理解接受,只有读者理解接受,才能"曲而畅之,勿以辞害意",从而读懂作品。

实际上,就求信、求实与虚构的矛盾,洪迈常常希望能从中解脱,他解脱的方法有两种,一种是将责任推给材料提供者,"殆好事者饰说剽掠,借为谈助"(《支甲序》),"盖以告者过,或听焉不审","苟以其说至,斯受之而已矣"(《支丁序》),说是他们提供了不真实的素材,以至于贻误了自己，影响了自己求信、求信的追求。当然这种方式只起到了转移责任的作用，并未真正解决问题。而另一种则是希望读者理解，只要读者理解自己"爱奇"，理解小说宜有虚构与信实并存，理解小说可以幻设想象，不对他进行责难，他也就可以大胆地继续进行创作。这种方式当然是合理的方式，是理想的方式，这体现了洪迈小说观的进步。然而，洪迈的进步似乎是短暂的，因为到《支戊序》中，洪迈又回到了对小说虚构的质疑：

> 《夷坚》诸志记梦，亡虑百余事，其为憪悗朕验至矣，然未有若《吕览》所载之可怪者，其言曰：齐庄公时，有士曰宾卑聚，梦有庄子，白缟之冠，丹绩之袧，东布之衣，新素履，墨剑室。从而叱之，唾其面。惕然而寤，终夜坐不自快。明日，召其友而告之曰："吾少好勇，年六十而无所挫辱。今为是人夜辱，吾将索其形。期得之则可，不得则死之。"于是每期与其友俱立于衢，三日不可得，退而自殁。予谓古人志趣虽若不同，其直情径行者，盖有之矣。若此一事，决非人情所宜有，疑吕氏假设以为词。不然，乌有梦为人所凌，旦而求诸衢，至于以身死焉而不悔。所谓其友，亦一痴物耳。略无片言以开其惑，可不谓至愚乎！予每读其书，必为失笑。《支戊》适成，漫戏表于首，以发好事君子捧腹。

宾卑聚的故事当然不可能是真实的，是"假设以为词"，是《吕氏春秋》作者的虚构之作，洪迈却认为其太过不经，荒诞可笑。然而，洪迈《夷坚志》中的记梦作品又何尝能有真正发生过的故事呢！显然，洪迈是用两种眼光来看待自己与他人的作品，他在这里表现出来对虚构的理解较之以前是大为倒退。又《支癸序》《三志景序》《三志庚序》都在表达他对求信求实的追求：

> 刘向父子汇群书《七略》，班孟坚采以为《艺文志》，其小说类，定著十五家，自《黄帝》《天乙》《伊尹》《鬻子说》《青史》《务成子》咸在。盖以迂诞浅薄，假托圣贤，故卑其书。——《支癸序》
>
> 郡邑必有图志，鄱阳独无，而《夷坚》自《甲》施于《三景》，所稡州里异闻，乃至五百有五十，它时有好事君子，采以为志，斯过

半矣。——《三志景序》大意（《宾退录》卷八）

　　考徐铉《稽神录》，辨杨文公《谈苑》所载蒯亮之是非是。——《三志庚序》

　　《支癸序》对班固《艺文志》中所列小说之虚构，洪迈很显然是采取了排斥的态度，因而才会说它们"迂诞浅薄，假托圣贤"而"卑其书"。《三志景序》则表达了洪迈希望《夷坚志》中的作品能够被修史者、修《鄱阳图志》者所采用的愿望，曲折地说明其作品具有实、信之特点。《三志庚序》考徐铉《稽神录》、杨亿《谈苑》及"《三志癸》言《太平广记》《类聚》之误"，考辨前人小说故事之"非是""误"，都说明洪迈并不认同其中的虚构，是用实录原则来衡量这些作品的。

　　由此可知，洪迈在编撰《夷坚志》的过程中一直表现出在求实、求信与虚构之间的徘徊与矛盾，这样的徘徊与矛盾使得洪迈一方面不能回避虚构，另一方面又力图让人们相信其作品是可信的，是忠于事实甚至史实的。这说明洪迈对小说的本质特征认识并不明确自觉，他的思想中，仍以浓重的史传意识来看待小说。然而，《夷坚志》毕竟是一部小说作品，而且是一部志怪小说集，因此，其中的作品必然主要出于虚构，这是无论洪迈愿意或不愿意都必须接受的事实。

第三章 《夷坚志》与宋代朝政和吏治

政治黑暗、朝纲不振、吏治腐败是北宋末年至南宋中前期最突出的社会问题，《夷坚志》中的作品即多得之于朝野各类人士的传闻，其最具价值的地方当然莫过于借表面上奇幻不经的怪异故事对这些社会问题作细致的描写和生动的反映，这样，《夷坚志》就成为了宋代社会尤其是官场生活的"一面镜子"。

第一节 《夷坚志》中的"宋代官场现形记"之一：阿谀谄附和钩心斗角

洪迈一生为官，对官场现象耳闻目睹，深知官场玄机，因此，《夷坚志》中有许多作品记录了宋代官员的堕落腐败与官场的丑恶污浊，这些作品不啻是"宋代官场现形记"，其揭露的现象和问题主要有：

一 贪贿聚敛

官场最常见的丑恶现象莫过于官员的贪腐。权臣大权在握，贪婪受贿，卖官鬻爵。一般官员则行贿买官，蝇营狗苟。对此，《夷坚志》有深刻的反映，如《甲志》卷十八《杨靖偿冤》写到北宋权奸童贯、蔡京的贪贿卖官：临安人杨靖先是以"衙校部花石"行贿童贯，结果官至武功大夫、州都监。任满时，又造穷极精巧的"螺钿火钻"三合，送到京城，一合进贡给皇上，另二合分别贿赂蔡京、童贯，以求升官再任。作品表现出宋代的行贿受贿明目张胆，花样翻新，有时代特色，即往往用"花石纲"或"生辰纲"、多献奇珍异物的方式，如文中的"衙校部花石""螺钿火钻"即是。

贪腐的官员不仅善于行贿受贿，还往往欺压百姓，四方盘剥，搜刮民脂民膏，对待百姓异常狠毒，如《甲志》卷十七《人死为牛》：

> 永康军导江县人王某者，以刻核强鸷处官。绍兴五年，为四川都转运司干办公事，被檄榷盐于潼川路，躬诣井所，召民强与约，率令倍差认课。当得五千斤者，辄取万斤。来岁所输不满额者，籍其赀。王心知其不能如约规，欲没入之，使官自监煎。既复命，计使以盐额倍增，荐诸宣抚使，得利州路转运判官，未几死。

王某明知盐民不能完成他规定的任务，却故意强迫盐民签约，"倍差认课，当得五千斤者，辄取万斤"，使盐民不能如约满额，最后以此为借口没收盐矿，并致自己升官，作品说他"刻核强鸷"是非常准确的，官吏的贪婪、凶残、阴险从他身上可见一斑。又如《甲志》卷六《黄子方》写宣和初年福州闽清地区的郡守、曾任礼部尚书的黄冕仲，借口为朝廷刊印《政和万寿道藏》，"使十二县持疏敛之民"，大肆掠夺民财，几乎每县都高达"数百万"，同时逼得闽清县令黄琮不得已将自己四个月的俸禄送给他。"持疏敛之民"几个字形象有力地写出官员明火执仗的聚敛丑行。又如《甲志》卷十《南山寺》写广东英州人郑良宣和中仕至右文殿修撰、广南东西路转运使，"累赀为岭表冠。既奉使两路，遂于英筑大第，垩以丹碧，穷工极丽，南州未之有也。"聚敛竟成岭南首富，其贪腐程度可想而知。又如《甲志》卷二十《邓安民狱》：

> 邵博，字公济，康节先生之孙，绍兴二十年为眉州守。郡有贵客，素以持郡县长短通贿谢为业，二千石来者多委曲结奉。邵虽外尽礼，而凡以事来请，辄不答，客衔之。会转运副使吴君从襄阳来，多以襄人自随，分属州取俸给，邵独不与。客知吴已怒，乃诬邵过恶数十条以啗。吴大喜，立劾奏之。未得报，即逮邵系成都狱。司理参军韩抙懦不能事，吴择深刻吏金判杨均主鞫之。时二十二年眉州都监邓安民以谨力得邵意，主仓庾之出入。首录置狱中，数日掠死，其家乞收葬，不许，裸其尸验之。邵惧，每问即承。如是十月许，凡眉之吏民，连系者数百，而死者且十。

邵博因为耿直清廉自守，不愿贿赂巴结转运副使吴某和郡中一位专以搬弄是非、行贿受贿为业，为虎作伥的某"贵客"实即地方恶霸、权仗"捐客"，得罪了这两人，被这两人联手陷入冤狱，并导致手下及无辜吏民数百人牵连其中，冤死者"且十"。吴某和贵客可谓是只手遮天，聚敛搜刮不择手段。《三志辛》卷四《李昌言贪》更写到这样一个贪官李昌言，他于绍兴二十年担任随州郡守，极其贪婪，郡中有一大洪山崇宁保寿禅院，受四方供献，李昌言竟连菩萨的香火费也不放过，"凡百须所仰，尽取办焉，僧不堪命"。后因罪被罢，在归途中：

> 会江水暴涨，家人奔徙以避，李辎重颇多，恋惜不能去。县官见水势泛溢，具舟往救。李伏于屋梁上自言曰："吾平昔所储蓄者在是，敕诰亦在是，宁随流而没，决不可舍。"俄有一筐，浮出波面，李顾舟人曰："此吾敕诰也，天实畀我。"急取之。既登舟，犹痴冀他箧尽出。水忽从后冲断恰所据屋，悉遭漂荡。李虽全家免葬鱼腹，而橐中空空然，数年间仕亦不遂而卒。

"宁随流而没，决不舍敕诰及贪贿之财"正是天下所有贪官的人生信条，因为敕诰是他们贪贿的基础与保障，财物是他们仕宦的目的和追求。

二　阿谀谄附

官员们往往翻手为云，覆手为雨，得意时颐指气使，盛气凌人，踞傲无比，失意时则低三下四，谄媚逢迎，有着一副"变色龙"般的嘴脸，《丙志》卷十八《徐大夫》对此作了十分辛辣的讽刺：

> 绍兴初，韩叔夏璜以监察御史宣谕湖南归，有旨令诣都堂白宰相。时朝廷草创，官府仪范尚疏略。两浙副漕徐大夫者，素以简倨称，先在客次，视韩绿袍居下坐，殊不顾省，久之，乃问曰："君从甚处至此？"韩曰："湖外来。"徐曰："今日差遣不易得，纵见得庙堂，亦何所济？"少焉朝退，省吏从庑下过，徐见之，拱而揖曰："前日指挥某事，已即奉所戒。"吏方愧谢，望见韩，惊而去。徐固不悟，继复一人至，其语如前，俄亦趋避。而丞相下马，直省官抗声言"请察院"，徐大骇，急起欲谢过。燎炉在前，袖拂汤瓶仆，冲灰蔽室，而不暇致一语。是日韩除右司谏，即具所见奏劾之，以为身任使者，媚事胥徒，遂放罢。后数年，起知婺州。时刘立道大中为礼部尚书，旦夕且秉政，其父不乐在临安，来摄法曹于婺，因白事迟缓，

徐责之曰："老耄如此,胡不归?"刘曰："儿子不见容,所以在此。"徐瞠曰："贤郎为谁?"曰："大中也。"遽易嘻为笑曰："君精采逼人,虽老而健,法掾非所处,教官虚席,勉为诸生一临之。"即以权州学教授。

作品中的两浙副漕徐大夫毫无操守和准则,其"变色"之易、之快可谓无出其右。他平时自以为身居要职,目中无人,为人以踞傲著称。初见韩璜时,因为不认识,以为是地方小官,于是"殊不顾省",继而又出言讽刺。待知其为朝廷重臣、监察御史时,不禁"大骇,急起欲谢过",却又手忙脚乱地"袖拂汤瓶仆,冲灰蔽室",可谓丑态百出。他对级别低于自己的官员傲慢无礼,却对宰相府的小吏毕恭毕敬,恬不知耻告诉一个又一个小吏自己已将他们"指挥"交办的"某事"办好,对此,监察御史也看不下去,不得不对身为朝廷命官却"媚事胥徒"的丑陋加以弹劾。在罢官多年后,徐大夫不仅不反思改正,反而变本加厉,在婺州知州任上"变色"堪称更进一步:作品非常细腻地描写他"变色"的过程,先是"责之",而后"瞠",再"易嘻为笑";对刘大中父亲的评价先是"老耄如此,胡不归?"继而是"精采逼人,虽老而健,法掾非所处",并立即提拔其为州学教授。可见,本篇对宋代官场丑陋、官员丑态的揭露是非常深刻而有力的。无独有偶,《支乙》卷四《再书徐大夫误》:

《景志》所载徐大夫二误,谓都堂客次遇谏官,及在婺州称司法为清健老子,每用为戏笑。偶阅王彦辅《麈史》,其末纪乖谬二事,其一曰:"京西宪按行至一邑,辱县尉张伯豪,斥使不骑而步,且行且数其所为,既入传舍,有白直虞候者,憸黠人也,前白曰:'提刑适骂者官员乃五陶中丞女婿。'矍然曰:'何不早告我。'亟召尉,与之坐,茶罢,乃曰:'闻君有才,适来聊相沮,君词色俱不变,前途岂易量邪!'即命书吏立发荐章与之。"其一:"某路宪至一郡,因料兵,见护戎年高,谓守倅曰:'护戎老不任事,何可容也?'守倅并默然,戎抗声曰:'我本不欲来,为小儿辈所强,今果受辱。'宪问小儿谓谁,曰:'外甥。'复问其人,曰:'章得象也。'盖是时方为宰相。宪乃曰:'虽年高,顾精神不减,不知服何药?'戎曰:'素无服饵。'宪曰:'好个健老儿。'惠酒而去。"此两者全与徐大夫相似,信知监司上官,轻薄郡县僚吏,卒贻讥诮,从昔有之。故备载其语,以资好事者谈助。

京西宪按、路宪的"变色"功夫一点也不亚于徐大夫,他们堪称宋代官场"变色龙"之"三甲"。

宋代官场丑陋还表现在官员对权贵的趋附和迎合,如《志补》卷二十五《储祥知宫》写宋徽宗崇宁年间,京师上清储祥宫主知道自己死后将托生为尚书家中的狗,于是请求尚书家人今后要善待他。人们都奇怪这样一个有道行的人怎能转生为狗呢?原来是他曾为了迎合"时相风指",打击元祐党人,打击苏轼,竟然请求磨去苏轼所作《储祥宫碑文》,于是因果报应转生为犬。故事虽然借志怪出之,但连储祥宫主这样一个有"道行"、本应远离尘事的方外之人都攀附迎合权臣,可见宋代这一风气之烈。又如《志补》卷二《英州太守》:

> 刘器之谪英州,宰相章子厚必欲置诸死地。福唐人林某,以书生晚得官,用县尉捕盗赏格改秩,入京,往谒章曰:"岭外小郡,于铨法注知县资叙,今英州见阙,计资可拟,愿得从堂除,冀为相公了公事。"章悟其意,答曰:"君能举职,当遂以转运判官奉处。"林生甚喜,兼程南去,不两月,及境,郡僚出迎。刘公不携妻孥,但从一道人寓近郊五里山寺。道人与孔目吏善,是日,垂泣告刘曰:"适孔目密报,新使君举措殊不佳,未交印,已谕都监使引军围寺,约三更鸣钟,将加害。命我速引避,我不忍也。公必不免,乞自为计,不可坐待迫辱。"执手大恸。

林生为攀附奸相章子厚,竟主动请求任职英州,以便为其除去政敌刘器之,得到任命后,又迅速行动,"兼程南去",还"自谓得策",朝廷命官至此实已沦为权贵家奴,其行径连鬼神也厌恶,故作品说无常促其早死,以免其诡计得逞。

三 钩心斗角

《夷坚志》反映宋代官场丑陋最多的是官员之间的互相倾轧,尔虞我诈,钩心斗角。首先告密诬陷之风十分盛行,无论文人武官,达官显贵或一般士子，将军士卒，直致家庭妇女，莫不有告密者。如《甲志》卷十三《陈升得官》写邵武威果小卒陈升常感叹自己身世微贱，迫切希望能改变境遇，绍兴十三年的一天傍晚，他在宿舍中发现一小卒与军校窃窃私语，于是跟踪这小卒，将其拖入酒家并灌醉，结果得知营中有人图谋兵变起义，欲夜半烧营门、杀太守，陈升迅速到太守那里告密，太守将参与兵变的官兵悉数捕获斩首，而陈升则因告密升为承信郎。

又如《支丁志》卷七《张氏狱》写妇女之告密：宋徽宗政和初年，正是党争异常激烈的时候。宗室郇王赵仲御的四女儿嫁给杨侍郎的孙子为妻，而杨侍郎被打为元祐党人，深受打击，所以赵女也受到牵连，为此常郁郁寡欢，怨恨丈夫。婆婆张氏性情暴猛，本来就与媳妇相处不好，经常发生争执，见此骂道："汝以吾为元祐家，故相陵若此。时节会须改变，吾家岂应终困？"赵女将这些话告诉郇王，郇王次子赵士骊的妻子吴氏常出入权相蔡京家，于是又密告于蔡京，蔡京视为大案，立即指示将张氏捕入开封狱中，府尹为虎作伥，将张氏判为诽谤攻击皇上，言语大逆不道，凌迟处斩，结果有两位法吏难掩不平，说："妇人尚无故杀，法安得有大逆罪？"府尹大怒，又将二人杖杀。案件相当惨烈，一连串的结果连郇王都没想到。

宋代党争持续时间长，大大助长了诬告告密之风。同时，宋代奸臣辈出，自北宋末到南宋初的大奸臣就有如章子厚、吕夷简、蔡京、童贯、秦桧、张邦昌等众多人，这些人当政时，更有意推进了诬告告密之风。如《甲志》卷十五《辛中丞》记载岳飞手下将领王贵迎合宰相秦桧的旨意，诬告岳飞谋叛，致岳飞被下大理狱，最终被迫害冤死。又如《支丁志》卷一《建康太和古墓》写淳熙十一年的一天，建康屯驻中军统制官成彦信接待了一位从临安来的客人，告诉他说："见执趋走之役于甘太尉门下。今此军郭都统本太尉所引荐，而近者颇忘恩背德，故使我来语君，托密廉其过，欲行罢斥。若能衷具其实上之，当擢君为代。"成彦信大喜，"厚犒之。即酿织十数事示所亲，且其性不能谨，又漏言于人"，郭都统听说后大为愤怒，立即向朝廷弹劾他的罪行，使其被罢职为民。后来，成彦信还图谋到其他地方做官，但十多年也没有人敢再任用他，都说是"家贼难防"。本篇最突出之处是揭露甘太尉之公然要人诬告告密，抨击其对诬告告密之风的有意养成，也对甘为走卒、乐于借告密图升迁的成彦信之流予以辛辣的嘲讽。又如《志补》卷二十五《桂林走卒》：

吕愿忠帅桂林，遣走卒王超入都，与之约，某日当还。过期三日乃至，吕怒，命斩之，一府莫敢言。汪圣锡通判府事，持不可，往见之曰："超罪不至死，若加极刑，他日使人或愆期，必亡命不返，脱有急切奏请，将不得闻之，其害大矣。"吕懼然悟谢曰："业已尔，难遽改，明日姑引疾，君自为之地。"明日，吕不出，汪呼超至，但杖而释之。超感再生恩，誓以死报。录事参军周生者，与时相秦益公有学校之旧，倚借声势，跌宕同僚中。尝于国忌日命妓侑酒，汪素恶其人，将纠其事，既而中止。然周衔恨不置，遣一狱典持书与秦。超闻而疑之曰："录曹通太师书，必以吾恩公之故。"乃往狱典家访所以。典愀然曰："我平生未尝远出，况于适京师乎！且吾属受差，非若州兵，可以贷俸，今行赍索然，方举室忧之，未知所出。"超曰："吾力能为办万钱，宜少待。"时吕令闾摄阳朔令，超尝为之役，即往谒，得钱，持与典。典喜，买酒共饮，示以书。典先醉卧，超急就火镕书蜡，密启观，果谮汪者。复缄之，典不觉也。后二日，超复往，谓之曰："吾忽被命如临安，行甚遽，汝果惮此役，当以书并钱授我，我代为持去，汝但伏藏勿出可也。"典大喜，如其言。越三月，超归，以秦府报帖与典，汪既受代还玉山。明年，超诣其居，出周生书示："汪常遣信过海，饷遗赵元镇丞相、李泰发参政。"是时秦方开告讦之路，数兴大狱，使此谤得行，汪必不免。超以一卒能报恩，固已可尚，而用智委曲，终于集事，士大夫盖有所不若云。

本篇表面写小卒王超知恩图报，客观上却深刻地反映了宋代官场的钩心斗角，反映了奸相秦桧当政时期诬告之风的盛行，是南宋初期官场的一面镜子。作品情节曲折，是《夷坚志》中最富小说意味的作品之一，且作品纯属写实，没有志怪内容，人物性格鲜明，如汪圣锡的正直果敢，周生的阴险毒辣，王超的恩怨分明、智慧警觉都跃然纸上。

诬告毕竟没有真凭实据，有时难于将自己的政敌扳倒，于是有人就在诬告的基础上又加入了栽赃陷害，使得官场争斗更加激烈。如《志补》卷一《吴氏父子二梦》写绍兴初年有盗贼曹成横行于湖南湖北，势力非常大，有一天，贼兵攻打武冈县，结果守将黄君兴与其他官员全部躲到山谷中，只有县尉吴信慨然以死自誓，留在城内，募集丁壮抵御。贼兵来了以后，吴信告诉他们城中没有豪户大家，掳掠不到什么东西，得不偿劳，结果贼兵说："闻黄使君囊中之藏甚厚,故来取。"贼兵退去后,黄君兴赶紧回来,将守城之功冒为己有,受到升赏,却栽赃诬陷吴信认识贼兵中的郝姓头领,并以他有上述对话证其通敌,使吴信几乎获罪。又如《乙志》卷十九《马识远》写建炎三年金兵南侵,经过寿春,寿春郡守乃宣和六年武状元、东州人马识远,因其在靖康年间曾奉使金国,金国将领认识他,他们在城下大呼:"马提刑与我相识,何不开门?"这使得马识远非常恐惧,为了避嫌,免被误为通敌,马识远将自己的印信交给通判。没想到通判本来就有投降之心,他亲自写了降书,开城迎拜金兵。可金兵并不入城,只邀马识远到军中。于是通判向朝廷谎报马识远已降敌,自己一人保全寿春一城,退敌有功。没想到奏章刚送走马识远却回来了,原来金将只是邀他叙旧,本无攻打寿春之意。通判见自己的丑行即将败露,非常窘迫恐惧,又心生恶计,危言煽动寿春人众,并暗中操纵城中无赖少年抓获马识远及其家人杀死。朝廷不明真相,嘉奖通判退敌之功,升其为郡守。通判的降敌、冒功、栽赃陷害及杀人灭口行径都十分恶劣。

　　士子是储备官员,自然也与官场紧密相连,官场的告密之风不可避免地影响到士子,引起士风的堕落异化。有不少士子也处心积虑地收罗传闻及人们的言论,以为告密之资,如《支甲》卷二《宿迁诸尹》记宿迁大姓尹氏在宋金战争期间聚集族人起兵,攻占一金兵营垒,缴获被抢掠的北宋前几代皇帝的画像及宫庭中的许多物品,因为道路梗塞,还来不及上交朝廷,暂时存放于家中。没想到同乡周、郭两名秀才,从尹氏那里索求贿货、钱财不如意,于是到官府诬告尹氏私藏宫庭违禁物品,将图谋不轨,狱吏也不仔细勘查审理,信以为真,结果尹氏一族青壮年大都被处斩。周秀才以此做了本县县令,郭秀才做了县丞,还有其他参与的人也都提升为官。又如《三志辛》卷一《林氏馆客》:

　　　　平江林氏兄弟,邻居东西两宅,各邀士人处书馆。居东者建安陈希黯,赋性诚直,兄虽加敬礼,而待之与常时客无异。弟所招闽中黄生,巧逢迎,胁肩诌笑,能得主人欢心,故相得极厚。束修之外,遇有干求,亦应之不靳。陈君每叹羡,谓己不如。黄忽抱病,浸浸困剧,弟过意拯疗,不能愈,发如蓬葆,而不可运栉。主人使仆为梳理,数拒却之,遂至死。主悼惜无已,躬为治丧。方洗沐之次,见髻中有短纸一小卷,漫取视,盖其抄录主家事状及言语疵瑕,巨细不遗,仍谨志月日,以备或失欢时为评诉具也。主大怒,亟令舁其尸置于空室,但置松棺殓葬。汤居宝谈其事。予因忆在婺州日,义乌县下巡检馆客曰全璧,以学课不如期陈状,并告其他过,时淳熙十三年四月,问其授馆以何时,曰:"去岁五月二日入学,及冬,则不肯偿月给。愤其无礼,故具所闻见,达于使君。"予视其条目二十余项,本末历历。语之曰:"所言果实乎?"曰:"不敢一事相罔。"乃出一横册呈示,则是去岁五月四日,命寨兵伐木作胡床,及五日擅用音乐等事。予曰:"汝方以初二日就馆舍,两日之间,便密疏其不法,何也?"使诣曹供对,杖之二十,而荷项令众于寨门。郡人皆传笑,谓全璧遂成碎璧。全生之过受罚于生前,而黄生之愿乃暴于身后,皆非佳士,不满贤者一笑云。

又如《丙志》卷三《李弼违》也写到士子胡生的诬告陷害。作品叙东州人李弼违在建炎年间任蜀州江原县宰,与该县士子胡生交游。胡生的妻子是四川都转运使的女儿,曾被金兵掠去,回归后嫁给了胡生。李弼违于是常常戏弄侮辱胡生,甚至作诗加以嘲笑。胡生内心愤恨,暗中四处搜罗李弼违的罪过,肆意夸张渲染,深文罗织,然后告到官府,又找到其好友、官员张君适为证人,结果案件被准由眉州县审理,录事参军阎恣主办,他逮捕了江原县胥吏十余人下狱,一定要确认李弼违做官贪腐。然而李弼违非常清白,无过可指,只有一次买铁汤瓶,用钱七百五十。阎恣以为他是无辜的,难以治罪。但郡守畏惧转运使报复,不听从阎恣的劝告,派人逮捕李弼违,李弼违不胜愤怒,自刎而死。篇中的胡生因被侮辱而报复,情有可原,但无中生有,必欲置李弼违于死地,用心过于狠恶。然李弼违也并非完全没有过错,他虽为官较清廉,但面对外族入侵,不能奋起抵抗,不能用诗文表达忧国忧民之心怀,对遭受金兵蹂躏的平民百姓毫无同情之心,反而加以侮辱嘲笑,其人品和道德也非常低下,这也是宋代官员无能和丑陋的表现之一。

诬告陷害之风的盛行使官场上人人自危,《丁志》卷十七《王积不饮》非常形象地展示了人们的这样一种心态:作品写严州观察判官王积,与同僚宴会时,从来酒不濡唇,于是大家十分怀疑他,相聚谈论提防道:"得非阴伺吾曹醉中过失,售诸长官,以资进身计乎?"

诬告、栽赃都不能奏效的情况下,有些人则干脆采用谋杀的办法消除政敌，如《乙志》卷十九《贾成之》：

  贾成之者，宝文阁学士说之子，通判横州，有吏材，负气不肯处人下。太守鄱阳王翰不与校，以郡事付之，得其欢心，凡同寮四年。而后守赵持来，始至，即与贾立敌，尽捕通判群吏械于狱，必令列其官不法事。吏不胜笞掠，强诬服，云："通判每纳经制银，率取耗什三以入己。"持以告转运判官朱玘，玘知其不然，移檄罢其狱，且召贾入幕府。持虑为己害，与所善邓教授谋，遣军校黄赐采毒草于外，合为药，而具酒延贾。中席更衣，呼其子以药授官奴阮玉，投酒中，捧以为寿，宁浦令刘俨时在坐。酒入贾口，便觉肠胃掣痛，眼鼻血流，急命驾归，及家，已冥冥。妻子环坐哭，贾开目曰："勿哭，我落人先手，输了性命。不用经有司，吾当下诉阴府，远则五日，近以三日为期，先取赵持，次取邓某，然后及俨、玉辈。"经夕而死，临入棺，头面皆坼裂。

  更有甚者，有官员不惜制造民族争端、调动军队来攻打政敌，《支庚》卷三《林宝慈》记林宝慈与参知政事龚实之为同乡，两人交谊非常深厚。而广西漕使唐某向来与龚实之不和，于是迁怒于林宝慈。在林宝慈知吉阳军时，唐某"着意求其过"。正好有一盐商状告林宝慈，唐某立即借机炒作，派人率官兵围住吉阳城，来势非常凶猛。林宝慈见有性命之忧，不得已派人往黎母山向黎族酋长告急求救。林宝慈因为任职吉阳军时对黎人非常友善，所以黎族酋长感恩图报，派三百多精兵，兼程解围，将林宝慈一家救到船上，经海路向东逃遁到潮阳。唐某则向朝廷谎报说："吉阳守臣林宝慈贪虐，黎人攻陷其郡，俘其妻子入洞矣。"朝廷不知虚实，下令经略司审究。幸亏这时黎人已经退归，略无所犯，才没有酿成民族冲突。数月后，林宝慈逃到福州，面见陈丞相，说明缘由，此一段公案才真相大白。

  《夷坚志》还写到宋代官场其他一些丑陋现象，如宦官干政、以国家公器假人的现象，《三志己》卷八《唐革廉访》就非常典型，作品写宣和年间一宫廷管事太监葬父时，城北壁巡检唐革按京城旧俗派了十数位兵卒持采旗在前面迎导，场面略比以往别家较大，太监非常高兴，在得知唐革仅任职"保义郎"，"不过兵马监押"时，竟主动说："可作廉访乎？"

"廉访"即"廉访使者"。按宋代"廉访使者"原名为"走马承受",政和六年更名为"廉访使者",靖康初年又改回称"走马承受",多由内侍即宦官担任,皇帝和枢密院派出。《宋史·职官志七》记载云:"走马承受,诸路各一员,隶经略安抚总管司。无事岁一入奏,有边警则不时驰驿上闻。"其任务大体是到各地巡视调查官吏的廉政情况,监察各级军政官员,相当于钦差大臣,大权在握,而且据史料记载,任此职者多劣迹斑斑,"然居是职者恶有所隶,乃潜去'总管司'字,冀以擅权。熙宁五年,帝命正其名,铸铜记给之,仍收还所用奉使印。崇宁中,始诏不隶帅司而辄预边事,则论以违制。大观中,诏许风闻言事。政和五年诏:'诸路走马承受体均使华,迩来皆贪贿赂,类不举职,是岂设官之意?其各自励,以称任使。或蹈前失,罚不汝赦。'明年七月,改为廉访使者。宣和五年诏:'近者诸路廉访官,循习违越,附下罔上,凡边机皆先申后奏,且侵监司、凌州县而预军旅、刑狱之事,复强买民物,不偿其直,招权怙势,至与监司表里为恶。自今犹尔,必加贬窜。'"[①] 因此即使封疆大吏对廉访使者也敬而畏之,不敢轻易得罪。本篇写宫廷管事太监让唐革来担任廉访使者,无论从身份还是从官品说,都不符合制度,因此唐革自己也不敢答应,并怀疑此太监不知"外间官秩高下"。没想到,十余日后,唐革还真的被任命为河北路廉访使者,唐革仍是"骇不敢承","宛转再三恳辞,犹改知霸州。任满,竟申前命。"而以国家公器假人的太监竟然在唐革欲面见其致谢时,假装与自己无关,"抗声曰:'朝廷用人,何豫我事?'叱之使出",将一副虚伪的面目展示在众人面前,"珰不招恩归已,一时流辈中,为可嘉也"也是作者无奈的反讽。

《夷坚志》还写到官场人生的变幻莫测。在官场上,每个人并不能主宰自己。如前所举《甲志》卷六《黄子方》中的莆田人黄琼,宣和初年为福州闽清县令,是一位非常清廉的官员,为人端方刚严,不畏强御,郡守黄冕仲曾要求"十二县持疏敛之民",黄琼独不应命。后来又遭遇一"廉访使者"求贿,他坚决抵制。为此,这些贪官们都非常恨他,四处诋毁他,欲断绝他的晋升之路,然而没想到,他的命运却发生了戏剧性的变化:

[①] (元)脱脱:《宋史》,中华书局1977年版,第3962页。

内臣为廉访使者，数干以私，皆拒不答，常切齿思报。会奏事京师，每见朝士，必以溢恶之言诋琮。尝入侍，徽庙问："汝在闽时，知属县有贤令否？"其人出不意，错愕失对，唯忆琮一人姓名，极口称赞之。即日有旨，改京官通判漳州。使者既出，始大愧悔，乃知吉人之报，转祸为福如此。

又如《甲志》卷十《南山寺》写郑良在英州贪腐，靖康元年，朝廷派直龙图阁陈述审理此案，陈述至英州后，先是假惺惺地与郑良推心置腹地会谈，"缔同官之好"，几天后，即"逮良下狱，穷治其赃，榜笞不可计"，对郑良穷极酷刑，致其死亡，然后将郑家"所追录宝货甚多"占为己有。没想到至建炎二年时，陈述也为转运使许某弹劾，也被贬至英州，最后死在英州，重复着郑良的命运。

《夷坚志》还对官场之繁文缛节，只重礼仪、不重能力与业绩的现象加以讽刺，如《支丁》卷五《李晋仁喏样》写磁州郡守老迈昏聩，非常计较下属礼数，结果遭到磁州滏阳令李佑的戏弄却又无可奈何。

《夷坚志》对宋代官场的丑陋和污浊现象加以猛烈抨击，写到的大多是腐败无能的官员。与此作为对比，也写到一些正直廉明、有胆有识的官员，如前文所举力抵贪贿的黄琮，又如李佑，作品也赞他"公直刚明，然性最滑稽，上官有庸缪不见称于士论者，必行侮辱"，他"以唐、邓、房州不奏旱灾及禁民陈诉，皆举劾之"，是一个难得的好官。但从《夷坚志》看来，这样的好官良官实在有些少，因此宋代的官场也就只能是一个污浊黑暗的世界。

第二节 《夷坚志》中的"宋代官场现形记" 之二：冤情策源和邪恶温床

《夷坚志》写到的宋代官场丑行不仅有官员的奸诈贪婪，阿谀谄媚，逢迎趋附，尔虞我诈，钩心斗角，还写到了他们的腐败无能，为非作歹，暴行暴政。因此，宋代官场又是冤情的策源地和邪恶势力的温床。

一 宋代官员是许多冤案的制造者和促成者

《夷坚志》记录了许多形形色色的冤、假、错案故事，这些冤、假、错案大多数都是由腐败官员直接制造或酿成的，由此折射出宋代官员的愚蠢荒唐与无耻枉法，揭露了吏治的腐败，为暴政作了真实写照，如《乙志》卷六《袁州狱》就写到了一个震撼人心的凄惨故事，故事叙袁州司理向子长、某州判官郑某二人回江西宜春省亲，曾在宜春任狱掾的新昌县令黄某被二人强拉同去，没想到到达宜春后，黄某立即神志不清，病痛不已，号叫通夕。向、郑二人不明所以，待黄某稍稍清醒时才弄清楚黄某病症与早年宜春的一桩大冤案有关：

　　向与郑同辞告曰："君疾势殊不佳，盍有以见属？"黄颔首曰："愿见母妻。"向即日为书，走驶步如新昌告其家。又语之曰："君本不欲来，徒以吾二人故。今病如是，尊夫人脱未能来，而君或不起，是吾二人杀君也，何以自明？愿君力疾告我所以不欲来及危惙如此之状。"黄开目倾听，忍痛言曰："吾官于此时，宜春尉遣弓手三人买鸡豚于村墅，阅四十日不归。三人之妻诉于郡，郡守与尉有旧好，令尉自为计。尉绐白府曰：'部内有盗起，已得其根株窟穴所在。遣三人者往侦，恐其徒泄此谋，姑以买物为名。久而不还，是殆毙于贼手，愿合诸邑求盗吏卒共捕之。'守然其言。尉自将以往，留山间两月，无以复命。适村民四辈耕于野，貌蠢甚，使从吏持钱二万，招之与语，曰：'三弓手为盗所杀，尉来逐捕，久不获，不得归。倩汝四人诈为盗以应命，他日案成，名为处斩，实不过受杖十数，即释汝。汝曹贫若此，今各得五千钱以与妻孥，且无性命之忧，何不可者？汝若至有司，如问汝杀人，但应曰有之，则饱食坐狱，计日脱归矣。'四人许之，遂执缚诣县。会县令阙，司户摄其事。劾囚，服实如尉言。送府，吾适主治之，无异词，乃具狱上宪台。得报皆斩，既择日赴市矣。吾视四人者皆无凶状，意其或否，屏狱吏以情诘之，皆曰不冤。吾又摘语之曰：'汝等果尔，明日当斩首。身首一分，不可复续矣。'囚相顾泣下，曰：'初以为死且复生，归家得钱用，不知果死也。'始具言其故。吾大惊。悉挺其缚。尉已伺知之，密白守曰：'狱掾受囚赂，导之上变。'明日吾入府白事，守盛怒，叱使下曰：'君治狱已竟，上诸外台阅实矣。乃受贿赂，妄欲改变邪？'吾曰：'既得其冤，安敢不为辨？'守无可奈何，移狱于录曹，又移于县，不能决。法当复申宪台，别置狱。守曰：'如是，则一郡失入之罪众矣。安有已论决而复变者？'悉取移狱辞焚之。但以付理院，使如初款。吾引义固争，累十数日不得直，遂谒告。郡守令司户尝摄邑者代吾事。临欲杀囚，守复悔曰：'若黄司理不书狱，异时必讼我于朝矣。'令同官相镌谕曰：'囚必死，君虽固执，亦无益。今强为书名于牍尾，人人知事出郡将，君何罪焉？'吾黾俛书押，四人遂死……"

黄某后来接着叙述说，四囚犯死后，将冤情告到上帝，上帝准许他们找一干官员复仇，因此四十日之内，郡守、县令、县尉及二县吏、二院吏先后暴卒，现在轮到他了，所以才会有如此的病症表现，最后黄某与母亲相见后死去。本篇故事向我们描述了一个重大冤案的制造过程，制造和推动这个冤案产生的不是别人，正是一级又一级的官府官员，县尉、郡守、司户，包括狱掾黄某等。县尉是冤案的直接制造者和策划者，他捕贼无能，却骗民有方，偷梁换柱、移花接木以塞责，将无辜的村民置于死地。在狱掾发现真相、事情即将败露时，他又恶人先告状，诬告狱掾受贿，以阻止冤情昭雪。郡守在冤案制造过程中所起的作用一点也不亚于县尉，他在接到三弓手失踪的案情后，不仅不予查办，反而因私人交情，"令尉自为计"，暗示县尉可以为所欲为，不择手段，只要将事情摆平即可。在县尉诬告狱掾时，他也不加审核辨析，却斥责认真办案的狱掾。得知冤案详情后，他先是表现得"无可奈何"，却决没有昭雪冤情的决心。"法当复申宪台，别置狱"，也即必须启动再审程序时，郡守竟然说："如是，则一郡失人之罪众矣。安有已论决而复变者？"可见，他首先关注的不是冤情，而是一郡失职官员包括他自己的脱罪。这既反映出官场官官相护的丑陋，也表现出郡守对受到牵连的恐惧，暴露其无能并枉法的本质。在狱掾坚持的情况下，他又采取撤换狱掾、更换司户办理案件的办法继续将冤案坐实。村民最终被推上了断头台，他为免除后患，免被日后"讼于朝"，又指使官员劝说狱掾书押，暴露出极其奸猾的一面，因此他是这一冤案最大的推手和元凶。狱掾黄某虽然办案比较认真，正是他发现了冤情并曾一度表现得比较正直，欲将冤情昭雪，然而最后却不能坚持，屈服于郡守和同官的压力，抱持自己无罪的心态，最后书押，以致冤案最终制造成功，其精神实质也是麻木不仁、官官相护、同流合污，也正因为这样，即使有四囚犯为其在上帝那里求情也不被准许。司户在案情已经明了的情况下坐实冤案，纯属为虎作伥，是为冤案的又一推手。本篇故事在叙述手法上也颇有特色。一般来说，《夷坚志》的故事叙述模式有两种，一种是按照故事发生的时间顺序叙述，平实简洁，波澜不惊。另一种是倒叙，这种叙述手法更具创意，往往有比较强烈的悬念和疑问，也会使故事的篇幅较长，容量较大，内涵比较丰富，效果较好，较受读者欢迎。本篇采用的正是倒叙，作品细节毕陈，情节也较曲折，因此无论是从思想主旨而言，还是从艺术手法而言，都是《夷坚志》中的上乘之作。又如《丁志》卷二《李元礼》：

> 福州福清人李元礼，绍兴二十六年为漳州龙溪主簿，摄尉事，获强盗六人。在法，七人则应改京秩。李命弓手冥搜一民以充数，皆以赃满论死。李得承务郎，财受告，便见冤死者立于前，悒悒不乐。方调官临安，同邸者扣其故，颇自言如此。亟注泉州同安县以归，束担出城，鬼随之不置。仅行十里，宿龙山邸中，是夜暴卒。

漳州龙溪主簿李元礼捕盗六人，已取得不错的成绩，本可成为一名好官。但在捕盗七人就可以升任京官的刺激与诱惑下，竟然捕一无辜平民来充数，致其冤死。为了领赏，为了自己能升官发财，一方父母官竟千方百计，为所欲为，不择手段，其心是何等的阴暗，其行是何等的可憎。无独有偶，《甲志》卷五《林县尉》写到类似的官员："绍兴初，莆田人林迪功为江西尉。秩满，用捕盗赏改京官，未得调。……林初获贼时，两人颇疑似，林欲就其赏，锻炼死之。"

正因为号称"百姓父母"的各级官员亲自制造和促成冤案，所以，连《志补》卷六《安仁佚狱》中的杀人老吏也不禁感叹当时的社会是"狱之枉滥""不辜蒙冤""罪戾得脱"。

二 达官权贵的暴虐凶残本性与邪恶变态心理

官员们不仅制造冤案，有时甚至视市井细民的生命蝼蚁不如，达官权贵更是对市井细民尤其是奴仆残暴虐待甚至杀害，似乎有着生杀予夺的权力。如《丁志》卷九《张颜承节》写仅仅因为取雨具来迟，张颜承节就害死了仆夫一家老小，被害死的仆夫甚至连抱怨都不敢。而更令人发指的是《支乙》卷八《杨政姬妾》中写到的暴行：

第三章 《夷坚志》与宋代朝政和吏治

> 杨政在绍兴间为秦中名将,威声与二吴垺,官至太尉,然资性憯忍,嗜杀人。帅兴元日,招幕僚宴会,李叔永中席起更衣,虞兵持烛,导往溷所,经历曲折,殆如永巷,望两壁间隐隐若人形影,谓为绘画,近视之,不见笔踪,又无面目相貌,凡二三十躯。疑不晓,扣虞兵,兵旁睨前后,知无来者,低语曰:"相公姬妾数十人,皆有乐艺,但少不称意,必杖杀之,面剥其皮,自手至足,钉于此壁上,直俟干硬,方举而掷诸水,此其皮迹也。"叔永悚然而出。杨最宠一姬,蒙专房之爱,晚年抱病,困卧不能兴,于人事一切弗问,独拳拳此姬,常使侍于侧,忽语之曰:"吾病势洊瀘如此,决不复全生。我倾心吐胆只在汝身上,今将奈何?"是时气息仅属,语言大半不可晓。姬泣曰:"相公且强进药饵,脱若不起,愿相从往黄泉下。"杨大喜,索酒与姬,各饮一杯。姬反室沈吟,深悔前言之失,阴谋伏窜。杨奄奄且绝,瞑目,所亲大将诮之曰:"相公平生杀人如掐蚁虱,真大丈夫汉。今日运命将终,乃流连顾恋,一何无刚肠胆决也!"杨称姬名曰:"只候他先死,吾便去。"大将解其意,使绐语姬云:"相公唤予。"呼一壮士持骨索伏于榻后,姬至,立套其颈,少时而殂。陈尸于地,杨即气绝。

"名将"杨政不仅平日里杀人成性,视人命如草芥,在临死前还要手下将一个宠姬勒死,让她到阴间去伴他,他才能瞑目。而活剥人皮并将之钉于墙壁风干的细节更是将其残暴无耻的行径暴露无遗,又展示了其极端变态邪恶的心理。又如《支乙》卷九《王瑜杀妾》:

> 江东兵马钤辖王瑜者,故清远军节度使威定公德之子也,天资峻刻,略不知义理所在。居于建康,尝延道人严真于家,使之烧金,怒真跌宕失礼,多所求索,讽亲校饮以酒,至极醉,挥铁椎击其脑杀之。婢妾少不承意,辄褫其衣,缚于树,削蝶梅枝条鞭之,从背至踵,动以百数;或施薄板,置两颊而加讯杖;或专搉足相,皆滴血堕落,每坐之鸡笼中,压以重石,暑则炽炭其旁,寒则汲水淋灌,无有不死,前后甚众,悉埋之园中。

三 腐败的官府是不折不扣的邪恶温床

正是朝政混乱、官场黑暗、官员奸毒、吏治腐败导致社会无序、社会不公，社会无序、社会不公既成为恶势力成长、横行的温床，更成为普通百姓、市井细民的噩梦，普通百姓、市井细民也就最易受到侵害而朝不保夕，民不聊生。对此，《夷坚志》也有许多的作品作了反映。如《支戊》卷四《房州保正》记"房州房陵人李政为保正，顽猾健讼，侵人田园，夺人牛马，官司莫能治。"社会恶势力对百姓进行不法侵害时，官府竟不能治，可见官府的腐败无能。

官府的腐败无能还在其次，更令人感慨的是官府竟然明目张胆地为社会邪恶势力撑腰，纵容支持邪恶势力对平民百姓施加侵害，因此官府永远不是百姓的官府，而是邪恶的策源地。如《三志辛》卷六《操执中》：

> 建康城外二十里，乡豪民操执中，赀业本不丰，而善谐结府县胥徒，以为嚣讼地，里人望而畏之。所居近处有田百亩，皆已为己有，唯甲氏一丘介其间，颇为妨碍，屡欲得之而未获。一日，告家人曰："我有计矣，俟栽禾之际，先命数仆掘开田塍，尽插挟稻，合而为一。甲氏必来责问，但加打逐，须它经官理诉可也。"既成讼，县委官验视，吏纳赂，甲受其曲。

操执中自诩有计，实际上，其计很简单，就是强占，逼迫受害者告到官府。他的目的就是要将事情闹到官府。因为他知道，官员贪贿，官府是不会为民做主，却会为他这样的恶霸撑腰的。豪强恶霸就是在官府贪官污吏的支撑下明目张胆地侵占平民百姓的财产和利益。又如《甲志》卷十九《毛烈阴狱》：

> 泸州合江县赵市村民毛烈，以不义起富。他人有善田宅，辄百计谋之，必得乃已。昌州人陈祈，与烈善。祈有弟三人，皆少，虑弟壮而析其产也，则悉举田质于烈，累钱数千缗。其母死，但以见田分为四。于是载钱诣毛氏，赎所质。烈受钱，有干没心，约以他日取券，祈曰："得一纸书为证，足矣。"烈曰："君与我待是耶？"祈信之。后数日往，则烈避不出，祈讼于县。县吏受烈贿，曰："官用文书

耳，安得交易钱数千缗而无券者？吾且言之令。"令决狱，果如吏旨。祈以诬罔受杖，诉于州、于转运使，皆不得直。乃具牲酒诅于社。梦与神遇，告之曰："此非吾所能办，盍往祷东岳行宫，当如汝请。"既至殿上，于幡帷蔽映之中，屑然若有言曰："夜间来。"祈急趋出，迨夜，复入拜谒，置状于几上。又闻有语曰："出去。"遂退。时绍兴四年四月二十日也。如是三日，烈在门内，黄衣人直入，捽其胸殴之，奔迸得脱，至家死。又三日，牙侩一僧死，一奴为左者亦死。最后，祈亦死，少焉复苏，谓家人曰："吾往对毛张大事，善守我七日至十日，勿敛也。"祈入阴府，追者引烈及僧参对，烈犹以无偿钱券为解。狱吏指其心曰："所凭唯此耳，安用券？"取业镜照之，睹烈夫妇并坐受祈钱状。曰："信矣。"引入大庭下，兵卫甚盛。其上衮冕人，怒叱吏械烈。烈惧，乃首服。主者又曰："县令听决不直，已黜官。若干吏受赇者，尽火其居，仍削寿之半。"

吏治腐败、官场盛行钱权交易使得不法的权贵富人公然践踏公理，侵占百姓财产和利益。如本篇所描述，"不义起富""百计谋"他人财产的毛烈侵占了陈祈的田产后，陈祈先是告到县令那里，结果不仅没要回田产，反而被判诬告受到杖责。后来又告到州里，再告到转运使那里，都没有讨回公道。甚至告到神那里，神也说"非"自己所能办。天下之大，哪里是百姓申冤的地方呢！百姓有冤无处诉，最后只好寄希望于阴间冥府了。像这样的故事还有《支戊》卷五《刘元八郎》，作品叙明州人夏主簿与富人林某合伙买一酒坊，经营日久，林某欠夏主簿钱二千缗，索要不得，夏主簿告到官府，没想到官吏受贿，反诬说是夏主簿欠，夏主簿被囚系掠打，得了重病。虽有刘元八郎仗义打抱不平，也无济于事，不得不叹曰："此段曲折虚实，定非阳间可了。使阴间无官司则已，若有之，渠须有理雪处。"夏临死前嘱其子将所有券证放入棺中，到阴曹地府告状，终于将冤屈昭雪。林某及受贿的官吏也得到了惩处。然而，在冥府中可以将冤情昭雪，这只不过是人们无奈的想象和自欺欺人的安慰罢了。又如《支甲》卷三《方禹冤》：

鄱阳县人方禹为郡吏，与凶子杨五有隙。杨从事于驵侩，禹每为所凌。尝因酒酣相值，即执其裾，禹度力不能敌，卑辞请命，杨弗顾，曳之于地，恣行棰踢，伤已甚，傍人劝谏，犹搦之不释。众异禹寸步归家，困惫殆绝，谓妻子曰："我与彼有宿世冤，今为所殴，万一不起，切勿诉于官呈验吾尸，空播羞痛，但置纸笔于柩中，自当理诸上苍。"言讫遂没。妻子衔茹冤恨，不复彰闻。杨自以为得志，愈肆凶虐。历数月，当秋末时，日正中，见禹从远来，二鬼随其后。俄至前，叱杨曰："尔无故杀我，我赴愬于幽冥，蒙助我二使，共捕尔。"杨欲走，禹摔其髻，鬼又从而击之。杨哀恳谢过，禹曰："昔尔苦我时，荒窘之状亦如此，杀人偿命，欠债还钱，岂悠悠闲言词所可救解！"路人过者，见杨垂头惵惵往复自语，且以手捆面，流血不止，为报其家来视之，尚能道所遇。顷之而死。

本篇所说的冤情在人间不能昭雪，冤魂带上纸笔到阴间也要去寻求公道的情节并非作者首创，早在唐代卢肇《逸史·乐生》中就已有了。[①] 本篇的特殊意义在于方禹死前清醒地认识到"万一不起，切勿诉于官呈验吾尸"，因为诉之于官，结果也只是"空播羞痛"，官府不仅不能伸张正义，反而会对冤魂再加羞辱，这就深刻地展现了当时官府的黑暗与腐败。

第三节 《夷坚志》刻画的胥吏群像

胥吏是中国封建统治体系中非常独特而重要的政治群体。这个群体处于官僚集团的末端，为各级官员服务，社会地位虽然不高，但上通权力阶层，下连普通百姓，活动空间非常大。《夷坚志》许多故事都写到胥吏，刻画了独具特色的胥吏群像。

一 胥吏是邪恶的社会群体

在《夷坚志》中，胥吏被描绘成最邪恶的社会群体。《丙志》卷九《温州赁宅》说温州城中有一座非常凶怪的宅子，常年鬼怪不断，先是一个姓仲的监税官租住，结果不久即一家尽死。过了几年，一个姓吕的监税官又住了进去，鬼神、朋友都劝告他："宜急徙以避祸。"他赶紧搬了出

[①] （唐）卢肇：《逸史·乐生》，见李时人《全唐五代小说》卷53，陕西人民出版社1998年版，第1477页。

来。从此一直无人敢住。后来，一胥吏举家而来，也有人劝他搬走，告诉他宅中有鬼，没想到胥吏笑着说："我乃人中鬼也。彼罔两尔，何足畏？"在胥吏眼中，鬼不过是个小玩意儿罢了，有什么可怕呢！胥吏入住后非常平安，宅中群鬼也绝迹不见了。鬼能灭官员和老百姓，却要远避胥吏，这个故事用反衬的手法说明，胥吏不是常人，是"人中鬼"，是比鬼都可怕的人，是鬼都害怕的人。

正因为胥吏非常邪恶，所以《夷坚志》常常写他们非常怪异、惨绝的结局，如有的被雷震死，《甲志》卷十一《大庾震吏》说绍兴二十一年二月晦日正午时分，大庾县令连潜正在处理公事，书吏抱文书环立，突然天昏地暗，雷电大作，所有人都被震倒在地。待黑气散去，县令起来，发现四员小吏被震死：其中二人为录事，二人为治狱者。《支乙》卷三《朱五十秀才》写鄱阳人朱仲山，做过宪台小吏。绍熙五年八月四日晚，急风暴雨，雷震其家，屋瓦破碎。他的妻子知道可能是天谴，请天庆道士张在一前来禳谢，但张拒绝说："是天威也，吾不敢行。"朱仲山果然被震死。他的女婿陶生听说，前去探望，回家两日后亦死去。朱仲山入葬之日，送丧者也遭雷震，以至四散逃窜。至十月六日，雷又将朱仲山的棺柩从坟墓中震出。他的妻子请来僧人诵经作忏哀祈，但各种各样的灾祸变异仍很长时间没有停息。

还有很多的胥吏死后转生为畜类，如《丙志》卷七《大渎尤生》写长洲人尤二十三，曾为县狱吏，做了很多恶事，死后恶报转生为邻县昆山农家牛犊，胁下有黑毛成七字："尤廿三曾做牢子。"《丁志》卷九《滕明之》说临安人滕明之曾为诸司吏，做事失职，"且好把持人语言短长，求取无度，识者畏而恶之"，死后转生为马，妻子也堕落为娼妓。《甲志》卷十一《陈大录为犬》写秀州华亭县录事吏陈生，身上常常带一便袋，凡所要谋划的事情，都用纸写好放在袋中，结果死后因为"冒贿稔恶"，转生为湖州显山寺中的狗，腹下垂有一方形物体，宛如便袋，便袋的皮带匝系在狗身上也隐隐可辨。《三志壬》卷八《祝吏鸭报》写铅山县吏祝六以炉灰杂盐，扑入活鸭的两眼中，使鸭行走如舞，以资取乐，还自以为能，如此虐鸭凡十年，结果晚年病伤不断，先是瞎眼，后又腿病，行走也似鸭舞，苦痛不堪，十年乃死，正是报应所致。

作者甚至觉得，被雷震死或转生为畜类都便宜了这些胥吏，更多的胥吏应该下地狱，因此《志补》卷六《细类轻故狱》说襄邑人许颜在绍兴初任汀州上杭县知县时，曾梦入冥府，见到已逝多年、在冥府担任要职的父亲，问他地狱中受罪最多的是什么人，回答说："吏舞文、僧破戒为多。"无独有偶，《志补》卷十三《高安赵生》写高安一道士赵生与被贬在高安任职的苏辙谈论养生术，苏辙问他游历过什么地方，赵生回答到过泰山脚下的地狱中，在地狱中看到最多的也是僧人和胥吏，并总结原因说："僧逾分，吏坏物故耳。"

《夷坚志》之所以对胥吏充满了憎恶、愤恨之情，是因为胥吏所作所为确实邪恶，不得人心，对此，《夷坚志》有许多故事说明这一点。

二 胥吏欺上瞒下、奸猾不忠

首先，胥吏为官员之助手，本应忠于主官，但他们往往肆意欺瞒、戏弄主官，表现出不忠、不诚、不信、不义的群体特质，因而社会普遍视胥吏为奸吏、猾吏，如《甲志》卷六《猾吏为奸》：

> 福州老胥夏铧者，自治平时为吏。政和中，以年劳得官，首尾四纪。尝言阅郡将多矣，无不为其党所欺，不能欺者，惟得二人焉，其一程公辟师孟，其一罗俦老畸。罗公初精明，人莫敢犯，后亦有罅可入云。罗好学，每读书必研究意义，苟有得，则怡然长啸。或未会意，则搔首踟蹰。吏伺其长啸，即抱牍以入，虽包藏机械，略不问。或遇其搔首，虽小奸欺，无不发摘。以故得而欺之。铧曰："彼好读书，尚见欺于吾曹，况于他哉！"

本篇作品写老胥吏夏铧为吏"四纪"，近五十年之久，经历了无数任主官，莫不为他所欺瞒哄骗，即使是爱好读书、知识渊博、号称精明的罗畸也被他抓住了弱点。"彼好读书，尚见欺于吾曹，况于他哉"一句极形象地反映了胥吏好欺瞒、善欺瞒的群体特质。

胥吏上通官僚，下连百姓，关乎社会的各阶层，本应尽忠职守，为官长分忧解难，然而很多胥吏却不能兢兢业业、勤俭刻苦服务主官，如《志补》卷五《张允蹈二狱》：

> 张允蹈为信州永丰令，尝治夏税籍，命主吏拘乡胥二十辈于县舍，整对文书。吏察录过严，自晓彻暮，不少息。一胥夜走厕，小史

笼灯随之,胥使先还,曰:"我即返,那用尔候!"既而久弗至,吏以为逃去。迨旦白张,张适听讼,望见白衣妇人,执素纸涕泣立众前,呼问之,曰:"夫为乡胥,累日不还家,今早开门,有人报云,浮桥柱上挂衣巾履袜及系书一纸,云为押录苦督,不容展转,生不如死,已投江中。急往验,皆夫物也。"张诘主吏。吏出袖中纠牒呈,亟集津丁里保,捞尸弗得,念其事可疑,缓不即治。胥妻诉于台,台符移甚峻。历三月久,客从长沙来,见此胥在彼,为揽纳人书抄。主吏捐家赀,雇健步持檄往捕之,遂擒以归。胥坐逋逃受杖。张后复宰它邑,一乡胥亦为拘系,越墙挂衣于河梁而赴水。妻来讼,张怒责之曰:"猾胥玩侮人,所在如此,吾固知之矣!"立挞其妻。明日,三十里外里正言,滩边有死尸,张矍然遣视之,则胥果死。张自兴军从武陵守不赴,寓居吉州,每为宾客话此事,以为断狱听讼,不可执一端云。

作品中写到的两个胥吏都不是能够尽忠职守者。前一胥吏不仅逃走以躲避责任,甚至狡猾地制造死亡假象,几乎陷主官于不利不义之境地。后一胥吏虽果然赴死,却有着不能担当的脆弱、虚伪面目。

胥吏虽然实际地位非常低下,有时被视为"贱役",他们的工作本来只是将有关事项的实际情况汇报官长,按照官长的意见起草文书、登记记录等,但由于他们善于欺瞒,诡计多端,很多事情或被歪曲,或被隐匿,加以有些主官昏聩,于是形成了上下沟通不畅、胥吏把持局面、主官难测其情的局面,如《支癸》卷九《沈大夫磨勘》:

朝请沈大夫,用年劳诣铨曹求转朝议,为吏所扼。有弟官中都,呼其小吏,与之钱十千,使访此吏端的姓名及居止处。吏喜甚,他日告曰:"已得之。"即导往官巷,伺于客邸。顷其人自省归,吏持刺迎白曰:"沈大夫拜谒。"逡巡不领略,曰:"吾身为胥吏,岂得与官员亢礼?"谦揖往反,始延坐。须臾,沈启言:"某当磨勘,而以忧制岁月小不同受沮。正当限转一阶,视它秩不同,利害甚切,愿垂护念。"袖出银一笏授之曰:"聊以奉笔札费。"愕然曰:"此为何名?而非理贿我。"沈曰:"吾欲赈济名官。银出我怀,而入君手,定无漏泄之虑。苟为不纳微诚,是君有心败吾事耳。"吏沉吟若不得已,乃受之。挥使少待，自造左畔一室，良久，持一纸示沈曰："依此书写，诉诸尚书。"读之，大抵指考功主事陈仲夷吹毛求疵，拟邀厚赂。且引某某某人例，乞送棘寺或临安鞫治而置于理，庶为奸胥舞文之戒。沈谢曰："词意详尽，皆吾心所欲剖露而不能者。敢问陈主事安在？"笑曰："即我也。"沈曰："既受教于君，何容相诉？"曰："无伤也。"明日，尚书朝退入部，沈持状自言。陈生在旁，切反目而视，尚书责问颇峻。陈诋沈以为不可行，词色颇悖。尚书叱使去曰："今日不书钞，当送狱。"陈羞愤咄咄而退。至晚，文书遂成。沈后屡语人，以为省部事无巨细，尽出此曹手，若挟贵临之，愈生节目。吾所费至微，然能撼之者，盖寻常士大夫行赇，经涉非一，及真入主吏家，不能十二。兹乃悉得之，故其应如响，予亲闻之于沈云。

本篇可以说是《夷坚志》中展示胥吏诡诈最为形象生动的作品，作品详细描述了沈大夫磨勘的过程并借这一过程揭示胥吏对选人磨勘的把持。按磨勘是朝廷勘察、考核官员政绩，以此为依据任命和擢升官员的一种制度。这一制度源于唐代，宋代沿用又有所改革。范仲淹《答手诏条陈十事》曰："今文资三年一迁，武职五年一迁，谓之磨勘。"[①] 又《奏重定臣僚转官及差遣体例》："旧制京朝官三周年磨勘，私罪恶并曾降差遣者四周年，赃罪者五周年。今后内外差遣京朝官无赃私罪者，依旧三周年。"[②] 除了年限外，制度还规定，文官分为"选人"和"京朝官"两个等阶，京朝官又再分为京官与升朝官，"常参者曰朝官，秘书郎而下未常参者曰京官"，也即能上朝议政的叫"升朝官"。选人大体是级别非常低的官员或科考登第、初入仕途的士子，分为两使职官、初等职官、令录、判司簿尉四等七阶，在七阶中逐阶递升称循资；由选人磨勘应格升为京官，称改官；由京官磨勘应格升为朝官，称转官。改官和转官，都是宋代官员升迁的关捩点，决定着他们一生仕途的畅达与否，"尤以选人迁京官为重"。按规定，选人磨勘由吏部流内铨主管，京朝官磨勘则由审官院主管。改官、转官都有相当严格的各方面条件与严苛复杂的审批程序，最后均须中书取旨，宰相审批，才能正式通过。如选人改官时，要有高级别的

---

① （宋）范仲淹：《范仲淹全集》，凤凰出版社2004年版，第473页。
② 同上书，第519页。

官员举荐，先由吏部的南曹审验履历，合格后送至上一级主管部门吏部流内铨审查，确定无误再发回南曹，由南曹呈交中书省经宰相审批。[①] 从本篇作品的情况来看，沈姓朝请大夫属磨勘求改官，所以需要经过吏部的南曹和流内铨。没想到因为主办此事的小吏陈仲夷从中作梗，竟然没有通过。于是沈大夫想方设法找到他行贿、沟通，经过一番曲折后顺利通过。作品中，胥吏陈仲夷的邪恶形象无比鲜明。他没有收到贿银时，尽心阻挠。受贿时，"沉吟若不得已"，虚伪得十分逼真。贿银到手后，立即变脸为不遗余力地设计帮助沈大夫，正所谓"其应如响"，前后对比，判若两人。他为沈大夫出具的投诉文书更是将其诡诈的一面表现得淋漓尽致，他以他对吏部尚书的充分了解，准确地把握人的逆反心理，自导自演地攻击自己一番，运用诡计巧妙地把沈大夫的难题解决了。作品描写其表演的神态，先是"切反目而视"，"诋沈以为不可行，词色颇悖"，"羞愤咄咄而退"，惟妙惟肖，栩栩如生，狡诈的胥吏形象跃然纸上。

有些胥吏不仅欺瞒主官，有时甚至在主官发现他们的问题后，对他们进行询问、责罚时，还非常蛮横无理，根本不把主官放在眼里，如《支景》卷五《临安吏高生》：

> 朱思彦则淳熙初知临安县，因钩校官物，得押录高生盗侵之过。其妻尤贪冒，每揽乡民纳官钱，诈给印钞而私其直。时高以事上府，先逮妻送狱。高归，询诘之，应答殊不逊，遂并鞫治。

押录吏高生夫妇盗没民钱，被主官、县令朱思彦发现后，对他进行询问时，他竟然无礼咆哮，态度极为恶劣，连县丞也看不下去："高某为胥长，而夫妇盗没民钱，且对长官咆哮，诚宜痛治。"然高生与《乙志》卷三《王通直祠》中的录事吏相比则又是小巫见大巫：

> 福州人王纯，字良肱，绍兴二十六年，以通直郎知建州崇安县。摘奸发伏如神，吏惮其严。一日，方治事，食炊饼未终，急还家，即仆地死。死之二日，众僧在堂梵呗，王家小婢忽张目叱僧曰："皆出去，吾欲有所言。"举止语音与良肱无异。遂据榻坐，遣小史招丞簿

[①]（元）脱脱：《宋史》卷158《选举志四》，中华书局1977年版，第3693页。

尉。丞簿尉至，录事吏亦来。婢色震怒，命左右擒吏下，杖之百。语邑官曰："杀我者，此人也。吾力可杀之，为其近怪，故以属公等。吾未死前数日，得其一罪甚著，吾面数之曰：'必穷治汝！'其人忿且惧，遂赂庖人置毒。前日食饼半即觉之，苍黄归舍，欲与妻子语，未及而绝。幸启棺视之，可知也。"丞以下皆泣，呼匠发之，举体皆溃烂为黑汁。始诘问吏，吏顿首辞服，并庖人皆送府。府以其无主名，不欲正刑，密毙之于狱。

崇安县录事吏在主官、县令王纯发现他的罪行后，为逃避惩处，竟然下毒谋杀主官，致主官死于非命，其伦理与行径之罪恶已非寻常可比。

三 胥吏贪婪暴虐、忘恩负义

胥吏的邪恶不仅表现在欺瞒、戏弄主官，还表现在大肆求贿，求贿枉法是这一群体的另一最显著特征。《夷坚志》中有难计其数的作品写到胥吏的贪贿。如《支庚》卷十《刘职医药误》写宋代禁私铸铜器，信州永丰县民犯禁，被逮捕入狱，典吏毛遂、周永受贿后释放了他。《乙志》卷十五《宣城冤梦》写宣州有四案犯抢劫了一富人，富人务欲置四犯以死地，于是向狱吏行贿，狱吏将四犯严刑拷打逼供一个多月，四犯所供也无法被处死罪。后来在狱中的另一犯人、谙熟讼事的士子李南金的精心谋划下，最终将四犯判杖死。狱吏得到了丰厚的贿赂，又为李南金掘地道将其从狱中放走。《志补》卷七《齐生冒占田》写德兴齐村人武义君之子"以豪强擅乡曲，凡他人田畴或与接畛者，必以计倾夺，资产益饶。"处理此事的县吏明明知道其中的曲折，"而受赇畏势"，纵容他霸占抢夺成功。《志补》卷十八《曹仁杰卜术》写一府吏，"因治狱受赇，怨家将告之，惧甚。府尹置不理，遂得钱三百千。"又如《支癸》卷三《张显祖治狱》：

信州吏人张显祖，为狱院推级。鞫大辟罪，囚家富，赂以千缗，使方便脱免。会理掾廉明不可罔。张贪厚贿，既不肯舍，且虑其复索取，阴谕狱卒毙之，而告其家曰："案卷已尽翻换，无奈暴亡。"囚家置不问。张用所获，委甥侄经营贩易，所向称遂。于是谢吏役，益治生，浸成富室。

张显祖得了囚犯厚重的贿赂，竟然又将囚犯暗中打死，并因此而成富室，真是天理难容。

当然，胥吏的贪赃有时也会断送他们自己的性命，《三志己》卷三《解忠报应》写一江洋大盗名解忠者劫杀了临泽布商后被捕送入高邮狱中，他骗狱吏说："我积金五百两，埋于州西之土山，若能出我，当取而中分之。"狱吏贪财，不想这是骗局，于是帮助大盗成功越狱，大盗带着狱吏出城来到一座土山上，让狱吏掘地三尺为坑，假装是埋有金子的地方，随后将狱吏杀死，所挖之坑正好成为狱吏的墓穴。《志补》卷十二《保和真人》更加形象直接地描绘胥吏的贪赃：

潼州王藻，不知何时人。为府狱吏，每日暮归，必持金钱与妻，多至数十贯。妻颇贤，疑其鬻狱所得。尝遣婢往馈食，藻归，妻迎问曰："适馔猪蹄甚美，故悉送十三脔，能尽食否？"藻曰："止得十脔耳！"妻怒曰："必此婢窃食，或与他人，不可不鞫！"藻唤一狱卒，缚婢讯掠，不胜痛引伏，遂杖逐之。妻始言曰："君为推司久，日日持钱归，我固疑锻炼成狱，姑以婢事试汝，安有是哉！自今以往，愿勿以一钱来，不义之物，死后必招罪咎。"藻矍然大悟，汗出如洗，取笔题诗于壁曰："枷栲追求只为金，转增冤债几何深？从今不复顾刀笔，放下归来游翠林。"即罄所储散施，辞役弃众学道。

"枷栲追求只为金"直接道出了狱吏的贪婪与暴虐。胥吏不仅索贿受贿，有时借机直接诈人钱财，《丙志》卷十一《钱为鼠鸣》写一乡里小民，愚钝没有什么技能，日常为人舂谷，只以苦力谋生，辛苦年余好不容易攒钱十四千，细致地藏在床下，告诫妻子不可乱用，每天早上起来都要把钱拿出来观看把玩一番才放心出门。没想到有一天路遇两人斗殴，打得头破血流，拉扯告到官府。胥吏强行逮他去做证，无辜地把他关进牢房。小民没有什么文化，几乎从头至尾不明白是怎么回事，更不知道如何为自己辩解，结果不仅受到杖打，而且胥吏还恐吓欺诈他，将他积攒的钱全部索走了，使他一贫如洗，生活难以维持，可谓是丧尽天良。胥吏还常常监守自盗，《支庚》卷七《盛珪都院》："饶州吏人盛珪，因盗用官库钱事发。"

胥吏也往往是忘恩负义的代名词，《志补》卷二《何隆拾券》写饶州市民何隆有一天在茶肆上拾得官券一沓，数额巨大。他从上午守到天黑，也没有等到失主来取，又为之整晚不敢入睡。第二天继续千方百计寻找失主，终于知道是提刑衙小吏掌钱库子包兴交领官府会子三百道，不慎遗失。包兴夫妇此时正相对颦蹙，愁恼欲自杀，何隆告诉他："汝放下忧心，此物恰是我收得。"拉他回家，将官券如数归还，一无所短。包兴欲拜谢，何隆坚辞不纳。后来，何隆不幸得病，贫困无钱买药，百端无奈的情况下，问包兴借钱三百文，没想到包兴竟不给。于是，"鄱阳人共叹隆获无望之财，舍而不取为可嘉；包负恩不义，虽已罹黥配，未必保厥终也！"

胥吏还常常制造谣言，恶语中伤，谗毁好人，《志补》卷二十五《符端礼》写庆元年乙卯夏，淮浙瘟疫大作，嘉兴城不到十天就有百余人病亡。有一位好善乐施的市民苏轸，主动择招医师，为染病者逐一诊视，并赠送药物，有些贫困无法生活的，他还赈济钱米，因此救人无数。郡守糜师旦听说后非常高兴，认为有如此好人真是难得，准备拨些官费助他救苦救难，没想到孔目吏符端礼以极端邪恶的心理谤毁中伤苏轸，说苏轸是拿着酿坊巷市民捐助的钱款做这些事，并贪污了捐款，更为重要的是，他做这些事实际上是沽名钓誉，挤兑官府，反衬官府不关心百姓，不救助市民。糜师旦也很昏聩，竟然听信了这一派胡言。苏轸听到这些谣言，既非常伤心，又更加恐惧，立即谢医弃药，闭门不出，即使有求医药的，也不敢给，害怕符端礼再造谤毁。后来不到十天，符端礼染瘟疫病死。嘉兴人非常高兴，认为是天诛地灭这样的邪恶之吏。符端礼不仅自己不救助疫民，还造谣中伤阻止别人进行社会关怀，这说明胥吏没有人生准则，没有社会责任感，不能给社会带来积极向上的精神。

胥吏的残暴特性也是常人所难于想象的。《乙志》卷七《宁都吏仆》写赣州宁都县吏李某，到村里收租，让仆人将交不出钱的租户缚在桑树上灌粪。又如《支甲》卷九《蔡乙凶报》写到的狱吏：

> 陈州人蔡乙者，家素贫，父母俱亡，受雇于狱级陈三之门，遂习其业。秉性既凶忍，而目之所见又皆不善事也，久而为恶徒所推，凡囚入其手，虽负罪至微，亦遭毒虐。容貌绝可憎，郡中目为取命鬼。

狱吏蔡乙的凶暴既来源于他的秉性，又与他的成长环境、生活环境有关,更是其从事职业的结果。在作者看来,狱吏"目之所见皆不善事",正是不良的职业环境的熏染铸成这一群体的邪恶特性。又《甲志》卷十五《犬啮张三首》写唐州方城县典吏张三,纵容他的妻子凶暴残虐,婢妾稍有过错,即以各种匪夷所思的方法加以虐待,"辄以钱缒其发,使相触有声。稍息,则杖之。或以针籤爪,使爬土。或置诸布囊,以锥刺之。凡杀数妾"。后来张妻被官府处死,张三也得病不能治,"左支皆废,涕泪出不禁,以首就桉始得食,三年而死。既葬,为野犬啮墓,揭棺衔首,掷之县门外而去。"狱吏常常用残忍的手段折磨拷打罪犯,没想到他们的妻女耳濡目染也能百端杀人,胥吏的邪恶也就不局限于他们自己了。

四 胥吏徇私枉法、制造冤案

胥吏还非常善于制造冤狱,他们或在审案的时候敷衍了事,不能审出真凶以致冤案。如《丙志》卷十二《吴旺诉冤》写南京人吴旺与乡人蔡某饮酒夜归,蔡某大醉,不幸落水溺死。巡逻的兵卒怀疑是吴旺有意将他挤落河中,于是将他捕获治罪,使他蒙冤被杖死。本来这一案情可以侦查清楚,但正如吴旺冤魂所说:"其事尽出狱吏。盖吏惮于推鞫,姑欲速成,不容辩析,而狱官不明,便以为是,竟抵极法。"狱吏草菅人命,不愿意仔细推敲侦查,只想早早完成案子,而官员们完全相信狱吏,结果使得无辜之人被含冤处以极刑。

胥吏贪贿腐败,利用手中便利,移花接木,歪曲案情,以致冤案,如《支甲》卷五《游节妇》:

> 建昌南城近郭南原村民宁六,素蠢朴,一意农圃。其弟妇游氏,在侪辈中稍腴泽,悍戾淫泆,与并舍少年奸。宁每侧目唾骂,无如之何。游尝攘鸡欲烹,宁知之,入其房搜索,得鸡以出。游遽以刃自伤手,走至邻舍大呼曰:"伯以吾夫不在家,持只鸡为饵,强胁污我。我不肯从,怀刀见杀,幸而得免。"宁适无妻,邻人以为然,执诣里正赴县狱。狱吏审其情实,需钱十千,将为作道地。宁贫而啬,且自恃理直,坚不许。吏傅会成案,上于军守戴颛,不能察,且谓间阎匹妇而能守义保身,不受陵偪,录事参军赵师景又迎合颛意,锻炼成狱奏之。宁坐死,而赐游氏钱十万,令长吏岁时存问,以旌其节,由是有节妇之称。

狱吏本已"审其情实",知晓了真实案情,应该秉公办理,但索贿不成的狱吏宁愿办成冤案、笑话案也不愿为老百姓公正地做主,于是无辜之人成了凶犯,淫妇成了节妇,官员的昏聩、狱吏的奸险可见一斑。还有的胥吏以势欺人,栽赃诬陷,制造事端以致冤案,如《丁志》卷十四《孔都》:

> 饶州狱卒孔都,素与酒家妇人游。一日过其门,用他故争阋,郡牙校夏生适见之。明晨,妇人诉于郡,夏生颇左右之。孔受杖,心衔其事。后数日出,至永平监之东,欲买酒,而夏生又先在彼,望见孔入,从后户佚去。孔径回,抵赡军库,以私酝告官。官亟追卖酒人,并比邻送狱。狱成,酿者坐徒刑,且籍产拆屋,四邻皆均赏钱。夏生亦被罪。酿者当出赏百余千,无以偿,至于鬻其女。

狱卒孔都"挟一时之忿,致诸家挠坏如此",因为个人争端,恶意诬告,横生冤案,致无辜百姓家破人亡、妻离子散,其罪恶更甚于前两者。又如《乙志》卷九《王敦仁》写胡汝明在广西任职时,手下有小吏徐竽曾因罪过被胡汝明杖打罚治,于是徐竽怀恨在心,暗地里搜求胡的过失,密告给与其有矛盾的转运使吕源,吕源又以此弹劾胡汝明,时奸相秦桧主政,听信其言,于绍兴十三年六月派大理丞袁柟、燕仰之捕胡入狱,十天之间,将胡整死于狱中,并秘不使人知,令召医者王敦仁证明是病死。

人间胥吏的邪恶、阴毒甚至影响到地狱冥吏,《甲志》卷十三《黄十一娘》记福州候官县黄秀才女十一娘,被一冥吏错追,本应放其生还,但冥吏恐被责罚,恐吓黄女说:"吾所追乃王十一娘,误唤汝。今见大王,但称是王氏,若实言,当搥杀汝。"竟有强行制造其冤死的恶毒意图。

胥吏往往知法犯法,犯法以后又千方百计逃脱法律的惩罚,《志补》卷六《安仁佚狱》写一老吏自言少时曾杀人,其父也是一个胥吏,狡黠无比,以赌博之术结交主事推官,厚加贿赂,遂使凶子逃脱无恙:

> 绍兴八年,临川王大夫璩为饶州安仁宰。一吏老而解事,因受差治狱,因乘间白云:狱讼实公家要务,盖有不辜蒙冤者,有罪戾幸脱者。某昔少年不谨,亲手杀人,幸用诈得免,既经两三次覃恩,言之

无伤。某旧与一巨室女淫通，久而外间藉藉，女父母痛加棰责，遂断往还。尝窃往访，逆相拒绝，当时不胜忿，戕之而归。故父在县作押录，与某言："汝奸状著闻，岂应逃窜，贻二亲之祸！且密藏汝刀，吾执汝告官，但随问便伏，切勿抵讳，空招楚辱，无益也。"乃共埋刀于床下。某既坐狱，父求长假出外，谓家人云："我不见此子受刑，今浪迹他郡，须已论决始还耳。"即日登途，到南康军，适司理勘一大辟，其事将结正。父询推司所居及平日嗜好，都人言："夫妇皆爱赌博，每患无对手。"父使同行一客，委曲达意，以多赀善戏诱之。喜而延入室，自昏达旦，主人败二百千，先偿其半，约明日取余。及期索逋，无以应，父笑曰："本欲博塞为欢，钱何足校！"悉返昨所得。推司感悦致谢。俄反馈以百千，不知所为，疑未敢受。父曰："有一事浼君，吾一子不杀人，而横罹囹圄，缘凶身不获，无由自明。闻此狱有囚当死，愿以此项加之，是于囚罪无所增，而吾儿受再生之恩，为赐不浅。"推曰："此易事耳，如其教。"某初困讯鞫时，供刀所在，而索之不见，不知父已徙瘗于社坛下，由是狱不可成。已而南康移文会本县，县具以报，某遂得释以出。今将四十年，追咎往愆，殊用震悚。以是观之，可以照他狱之枉滥不一而足也！"

作品相当深刻地反映了老吏父子的狡黠及主事推官的愚蠢荒唐与无耻枉法，揭露了吏治的腐败。又如《甲志》卷三《李辛偿冤》：

宣和末，饶州庚人李辛，为吏凶横，郡人仄目。因大雪入府治，一人遇诸涂，辛被酒恃力，奋拳击死之。观者如堵，恐累己，绝不言。辛舍去，街卒以为暴亡，呼其家人葬之。辛益自肆。

正因为胥吏是邪恶的，所以当时社会的各阶层都对胥吏充满了无奈、憎恶和蔑视，关于这一点，《三志辛》卷九《赵珪责妻》很能说明：

鄱医赵珪者，人称为赵三郎中，本上官彦成之隶，粗得绪余，后居城中，虽操术不高，亦颇自足。庆元元年四月病死。二年正月，妻成氏谋改适人，梦其来责，使候释服乃可。至三年春，就纳坑冶司魏客将。又明年六月，复梦之云："我存日有财产及居屋两间，尽可赡给，而必欲归他人。既已如此，何得下交胥吏？我平时交游士大夫间，视此辈为奴仆，汝今自鄙薄以相玷辱。且彼既取汝为正室，却又窃奸我婢，情理不可容。我下诉于阴君，用四十九日为期，定戕其命！"成氏惊觉，不敢与魏言，但密告邻媪所善者。魏果以一月后染疾，七月中身亡。

实际上，对于邪恶奸诈的胥吏群体，不仅《夷坚志》极力批判鞭挞，宋代其他的小说集也多控诉揭露，如《续墨客挥犀》卷二《胥吏魁桀狡狯》写到的故事就十分耐人寻味，发人深省：

> 陈学士贯为省副时，三司有一胥魁桀黠狡狯，潜通权幸，省中之事，率以咨之。每声诺使篯，往往佯为欠伸，不敢当其礼。陈闻而不平，决入省斥逐之。既来参见，严颜以待。胥知其意，奉事弥谨，禀承明敏，举无遗事。岁余，陈亦善待之。一日，陈谓胥曰："宅中欲会一二女客，何人可使干办？"胥曰："某公事之隙，暂往督视，亦可。"陈不知其心有包藏，乃曰："尔若自行，甚善。宴席所须，十未具一。"胥乃携十余岁女子于东华门街，插纸标于首，曰："为陈省副请女客，令监厨，无钱陪备，今粥（按：疑为鬻，笔者）女子要若干钱。"遂结皇城司密逻者俾潜以闻。朝廷行将黜降，赖宰臣辨解，终岁竟罢去，止得集贤学士。①

这位三司胥吏狡猾无比，他先是用勤勉、能干取得陈贯的信任，然后在陈贯不防备的情况下用计败坏其名声，致其罢官。而陈贯徒有大言，不能识人，信任小人，遭小人暗算也是自然。

当然，《夷坚志》中也写到极少数胥吏德、行俱高而为作者歌颂，如《支癸》卷一《余杭何押录》：

> 余杭县吏何某，自壮岁为小胥，驯至押录，持心近恕，略无过恶。前后县宰，深所倚信。又兼领开拆之职，每遇受讼牒日，拂旦先坐于门，一一取阅之。有挟诈奸欺者，以忠言反复劝晓之曰："公门

---

① （宋）彭□：《续墨客挥犀》，中华书局2002年版，第409页。

不可容易入,所陈既失实,空自贻悔,何益也?"听其言而去者甚众。民犯罪,丽于徒刑,合解府,而顾其情理非重害,必委曲白宰,就县断治。其当杖者,又往往谏使宽释。置两竹筒于堂,择小铜钱数千,分精粗为二等,时掷三两钱或一钱于筒中。诸子问何故,曰:"吾蒙知县委任,凡干当一事了,则投一钱,所以分为二者,随事之大小也。"子竟不深晓。迨谢役寿终,始告之曰:"尔曹解吾意乎?吾免一人徒罪,则投一光钱于左筒;免一杖罪及谕解一讼,则投糙钱于右筒,宜剖而观之。"两筒既破,皆充满无余地。笑而言曰:"我无复遗恨。如阴骘可凭,为后人利多矣。"遂卒。后十年,其子伯寿登儒科。绍兴中,位至执政,累赠其父太子师。

还有《支甲》卷三《段祥酒楼》写到一位勇猛有智且颇有几分侠气的小吏段祥。鄱阳郡县治之南有一座酒店,被山魈精怪所占据,为害一方多年。主管酒务榷酤的胥吏段祥与一些勇猛少年密蓄利刃短矛在八月深夜上到酒楼,设计以矛搉精怪之喉,将其擒杀,并剥其皮,煮其肉分食无余,为民除去一方祸害。又如《志补》卷一《谢小吏》塑造一位极其孝顺的小吏:

> 南城县小吏谢某,事父甚孝。父年老,须酒肉。吏家贫,度一日资用可了,则致养不少乏,稍有余,即益市佳馔以进,亦不敢为过举,以贻亲忧。凡二十年间,始终一致。父且死,持其手泣曰:"尔竭力孝我,神天实鉴临之,我无以报,死后愿为尔子。"时妇方妊,临蓐,梦翁入房,寤而生子,状貌宛肖翁。甫数岁,家每祀先,儿辄据父位,饮啖自如。既长,事亲之孝,一如其父。

总之,从《夷坚志》作品的情况来看,宋代胥吏种类非常多,而作品写得最多的是录事吏、狱吏两类,他们的整体特征是邪恶贪婪,不忠无义。但又各有侧重,录事吏更为奸诈、阴险,诡计多端,狱吏则更凶残暴虐。这些形象大都逼真生动,是宋代社会黑暗污浊势力的代表。

第四节 《夷坚志》再现了平民百姓凄凉的生活图景

正因为宋代社会朝纲不振、政治黑暗、吏治腐败、战争频仍，所以宋代平民百姓陷于水深火热之中，《夷坚志》许多作品都写到了他们凄凉的生活，再现了饿殍满地、生民流离的社会场景。

一 宋金战争、盗贼峰起与无数生命的杀戮

《夷坚志》有许多作品以宋金战争为背景，写到金兵南侵给社会带来的严重破坏，写到无数生命被残酷杀戮的场景，如《支甲》卷十《复州菜圃》："湖北罹兵戎烧残之余，通都大邑剪为茂草，复州尤甚。子城内有废地，稍除荡瓦砾，治作菜圃，丁钜斸种植，以供蔬茹。"金兵南侵以后，通都大邑沦为不毛之地，曾经熙熙攘攘的城市没有了人烟。《乙志》卷十七《沧浪亭》："姑苏城中沧浪亭，本苏子美宅，今为韩咸安所有。金人入寇时，民入后圃避匿，尽死于池中，以故处者多不宁。其后韩氏自居之，每月夜，必见数百人出没池上，或僧，或道士，或妇人，或商贾，歌呼杂沓，良久，必哀叹乃止。"《志补》卷十《王宣宅借兵》写建炎金兵南侵时，"虏逢人辄杀，有数百尸聚一处。"而所有这些都还不是最惨烈的，最惨烈的是《支癸》卷七《光州兵马虫》：

> 光州经建炎之乱，被祸最酷。民死于刀兵者，百无一二得免。虽数十年幸安，然不为善国。淳熙初，上饶郑人杰为郡守，邀乐平士人李子庆偕行。既至，见西廊一库，扃钥甚严，而尘埃堆积。问之吏卒，云："旧甲仗库，怪物居之，累政不曾启。"郑素贪，意其中必有伏宝，破锁入视，凡械器弦刀，皆断裂损蚀，无一堪用，惟梁上挂数十百卷，或麻或绢所为。彼人言："方离乱时，民逃匿无地，悉自经于此室，此即缢索也。风雨晦冥之夕，鬼哭不堪听。非特如是，州治之内，掘土过尺，则枯骸枕藉其间，独设厅无之。又有一种名曰兵马虫，才高寸许，而上为人下为马。缯束介胄，全如骑军。各各有所执，好缘走墙壁，甚则登几案，队伍行列殊可观。率四五十骑，必有一部押者，比群辈稍高。值其为怪，则入人寝卧处或饮食间，千百环绕，弥日不去。能用矢刃伤人，极痛楚。苟怒而杀之，立致奇祸。"

李处书馆半岁，本无所见，漫撤卧榻，令数卒治筑地面。发土未及尺，白骨纵横，所谓兵马虫，稍稍出现。日复一日，其来益多。于是始惧，夜不得安寝。遂以妻疾为解，辞郑守而归。

光州就是今天的河南潢川县，北临淮河，地处豫、鄂、皖三省的连接地带，原是中原的富庶之地。然而经过金兵南侵、北宋灭亡的靖康之难后，人民大量被杀戮，社会遭受严重破坏，即使经过数十年的休养生息，直到淳熙（1174）年间，这一地区仍然凄凉不堪，不能恢复为"善国"，却成为人人恐惧的"凶地"。"兵马虫"这一极度怪异、恐怖的志怪意象仅见于《夷坚志》，即使《聊斋志异》等小说中也难以见到如此怪异的意象，从而将战争所带来的凄凉、恐惧氛围推向了极致，十分形象地揭露了无数生命被杀戮的凄惨现实及宋金战争给南宋社会带来的严重破坏。

社会动荡，战争不断，盗贼也趁机四起。盗贼的凶残及其对平民百姓的戕害一点也不亚于金兵，如《支乙》卷五《张花项》：

建炎、绍兴之交，江湖多盗，张花项、戚方尤凶虐。张破池州，驻军于教场，所掠妇女无数，为官兵所逐，不忍弃之，乃料简其不能行者得八百人，谕其徒曰："各纳脚子。"须臾间则八百女双足剁送于庭，然后去。刖者未即死，皆叫呼号泣，经日乃绝。戚在宣城广德，尽戕官吏不遗余。

《支景》卷一《张十万女》写绍熙初年，有巨盗桑伸横行汉、沔间，"所过赤地"，凶暴异常。郢州京山富豪张祥，家中金银布帛数以亿计，人称"张十万"。他听说桑伸将要攻打过来，因为财产、人口众多无法搬移躲避，于是整顿房舍、烹牛屠猪、多酿美酒迎接盗匪们。桑伸大喜，率众在他家驻留，每天醉饱，张祥还要赠送布帛、银两。后来桑伸发现张祥有刚成年的女儿非常漂亮，向张祥索要为妻，张祥不许，桑伸大怒说："吾业为不义，杀人如践蝼蚁。今全尔一家，可谓恩惠，而眷惜一女子耶！"张祥不得已将女儿嫁给他。盗匪在张家祸乱日久，啸聚数万人，终于将张家财物耗尽，无物可食，离开时"尽戕其家"。

二　兵革频仍、旱涝凶年与饥民食子的惨剧

战乱频仍，社会动乱，已使平民百姓处于水深火热之中，如果再碰上大旱、大涝、瘟疫流行的凶年，那流离失所、卖妻鬻儿、饿殍满地、易子相食的情形就会真实上演了，如《丁志》卷二十《乌山媪》：

> 新建乌山村，乾道辛卯岁，邑境饥疫。有田家十余口尽死，唯老妪与小孙在。未几，妪亦死。孙力疾出，哀祈邻里，丐掩葬。皆畏病染，不肯往。

像这样的情形还有很多，如《丙志》卷二《罗赤脚》："绍兴丙辰岁，蜀大饥。"《志补》卷九《建昌赈济》："绍兴五年，建昌军旱饥。"《丁志》卷四《蒋济马》："乾道七年秋，大饥，江西湖南尤甚，民多馁死。"《支甲》卷九《梁小二》："北虏皇统之中，河东荒饥，疫疠荐臻，流徙满道路。"《支戊》卷七《桃源潭龙》："绍熙癸丑大旱，饥民入山掘蕨根。"《丙志》卷十八《国香诗》写黄庭坚建中靖国元年在荆南遇见一异常幽闲美丽的市井女子，赞赏有加，不料后数年，"女在民家生二子，荆楚岁饥，贫不能自存，其夫鬻之于田氏为侍儿。"最凄惨的莫过于《志补》卷九《饥民食子》：

> 自古凶年饥岁，兵革乱离之时，易子而食者有之矣！予所闻二事，抑又甚焉。滕彦智居宋都，闻其父兄言，近郭朱氏，有男女五人，长子曰陈僧，年十六七，能强力耕桑，最为父母所爱。值宣和旱歉，麻菽粟麦皆不登，无所谋食，尽鬻四子，而易他人子食之。独陈僧在，每为人言："此儿有劳于家，恃以为命，不可灭。"他日，诸滕过之，但二翁媪存，不见所谓陈僧者，询所在，翁泣曰："饥困不可忍，乃与某家约，给此子使往问讯，既至，执而烹之矣！"建炎中，荆襄寇盗充斥，荆南小民居城中，一妻一子，家在村野，颇赡足。常载钱米饷给，偶失期不继，民欲食其子，使妻结绳为缳，诱儿入室，置首其中，送绳出壁隙，而己从外掣绞。儿方数岁，妻知不可止，强听之，自引首入缳，而报夫云已竟，夫力掣绳，觉气绝，来视，则死者乃妻也。是日饷车至，已无及，儿幸存矣！

从作品可以看到，易子相食和自食其子的人间惨剧都真实地上演了，作品描绘的细节让人无法卒读，无怪乎作者自己也感叹"抑又甚矣"。

最可恨可叹的是，在此旱涝、瘟疫交加的凶年，朝廷不仅不赈济灾民，反而继续催租逼税，无情地将平民百姓推向更加黑暗的深渊，《丁志》卷二十《姚师文》写道：

> 姚师文，南城人。建炎初登第，得宜春尉以死。家之田园，先以岁饥速售，产去而税存，妻弱子幼，莫知买者主名，阅十余年，负官物至多。邑令李鼎，治逋峻，系姚子于狱累月。会岁尽，鼎怜其实穷，使召保任，立期暂归。子至家，除夜无以享，独持饭一器祀其父，告以久囚不能输税之故，哀号不已。

姚师文面对饥荒无以自存，将家里的田产全部卖光了。在他死后，其妻、子不知买主为何人，却要继续承担田产的税租，因拖欠太多，其子竟被投入牢狱，受尽折磨。保释暂归后，除夕夜连年饭也吃不上，只能徒劳地"哀号不已"。姚师文曾登第为官，其子尚且如此，又何况平常百姓呢！"治逋峻"三字写出官府逼租的冷酷无情，展现了宋代朝廷的腐败无能，表达了作者的无比愤恨之情，其对平民百姓的同情与怜悯也溢于字里行间。

三 易代之际动荡社会的悲欢离合

北宋后期至南宋中前期一直是一个乱离社会，尤其宋金战争给国家、社会带来了巨大的灾难，许多平民百姓流离失所、妻离子散、家破人亡。《夷坚志》常常写到乱离社会的种种情形，尤以惨痛的笔调尽情地抒写了人间的悲欢离合。

其一，宋金战争造成的夫妻离散。

造成平民百姓流离失所、妻离子散、家破人亡的因素非常多，其中最重要的是宋金之间的战争。我们先看《志补》卷十一《徐信妻》：

> 建炎三年，车驾驻建康，军校徐信与妻子夜出市，少憩茶肆旁。一人窃睨其妻，目不暂释，若向有所嘱者。信怪之，乃舍去，其人踵相蹑，及门，依依不忍去。信问其故，拱手巽谢曰："心有情实，将

吐露于君，君不怒，乃敢言。愿略移步至前坊静处，庶可倾竭。"信从之。始言曰："君妻非某州某县某姓邪！"信愕然曰："是也。"其人掩泣曰："此吾妻也。吾家于郑州，方娶二年，而值金戎之乱，流离奔窜，遂成乖张，岂意今在君室。"信也为之感怆，曰："信，陈州人也，遭乱失妻，正与君等。偶至淮南一村店，逢妇人，敝衣蓬首，露坐地上，自言为溃兵所掠，到此不能行，吾乃解衣馈食，留一二日，乃与之俱。初不知为君故妇，今将奈何？"其人曰："吾今已别娶，藉其赀以自给，势无由复寻旧盟。倘使暂会一面，叙述悲苦，然后诀别，虽死不恨。"信固慷慨义士，即许之，约明日为期，令偕新妻同至，庶几邻里无嫌。其人欢拜而去。明日，夫妇登信门，信出迎，望见长恸，则客所携，乃信妻也。四人相对凄惋，拊心号咷，是日各复其故，通家往来如婚姻云。

唐代小说中，孟棨《本事诗·情感》有作品《乐昌公主》，事又见李伉《独异志》卷下，叙陈朝时徐德言与妻陈后主叔宝之妹乐昌公主历经陈亡乱离终于破镜重圆的故事，凄美曲折。① 而本篇凄凉之情则又过之，故事以宋金战争为背景，写两对夫妻极其偶然的劫后重逢，正是乱离社会的真实写照。"四人相对凄惋，拊心号咷"的会面情景，写得辛酸凄恻，更揭示了战乱中夫妻离散、骨肉飘零、家破人亡的普遍性，是《夷坚志》中表现悲欢离合主题最沉痛、最深刻也最具艺术感染力的作品。

徐信两对夫妻虽然经历了乱离之苦，毕竟实现了几乎不可能实现的生时的重聚，更多的夫妻却在战乱中永诀，如《丁志》卷九《太原意娘》：

京师人杨从善陷虏在云中，以干如燕山，饮于酒楼。见壁间留题，自称"太原意娘"，又有小词，皆寻忆良人之语。认其姓名字画，盖表兄韩师厚妻王氏也。自乱离暌隔不复相闻。细验所书，墨尚湿，问酒家人，曰："恰数妇女来共饮，其中一人索笔而书，去犹未远。"杨便起，追蹑及之。数人同行，其一衣紫佩金马盂，以帛拥项，见杨愕然，不敢公招唤，时时举目使相送。逮夜，众散，引杨到

---

① （唐）孟棨：《本事诗·乐昌公主》，见李时人《全唐五代小说》卷67，陕西人民出版社1998年版，第1848页。

大宅门外，立语曰："顷与良人避地至淮泗，为虏所掠。其酋撒八太尉者欲相逼，我义不受辱，引刀自刭不殊。大酋之妻韩国夫人闻而怜我，亟命救疗，且以自随。苍黄别良人，不知安往，似闻在江南为官，每念念不能释。此韩国宅也，适与女伴出游，因感而书壁，不谓叔见之，乘间愿再访我，倘得良人音息幸见报。"杨恐宅内人出，不敢久留连，怅然告别。虽眷眷于怀，未敢复往。它日，但之酒楼瞻玩墨迹，忽睹别壁新题字并悼亡一词，正所谓韩师厚也。惊扣此为谁，酒家曰："南朝遣使通和在馆，有四五人来买酒，此盖其所书。"时法禁未立，奉使官属尚得与外人相往来。杨急诣馆，果见韩，把手悲喜，为言意娘所在。韩骇曰："忆遭掠时，亲见其自刎死，那得生？"杨固执前说，邀与俱至向一宅，则阒无人居，荒草如织。逢墙外打线媪，试告焉。媪曰："意娘实在此，然非生者。昨韩国夫人闵其节义，为火骨以来，韩国亡，因随葬此。"遂指示空处。二人逾垣入，恍然见从庑下趣室中，皆惊惧。然业已至，即随之，乃韩国影堂，傍绘意娘像，衣貌悉曩所见。韩悲痛还馆，具酒肴，作文祭酹，欲挈遗烬归，拜而祝曰："愿往不愿往，当以影响相告。"良久，出现曰："劳君爱念，孤魂寓此，岂不愿有归？然从君而南，得常常善视我，庶慰冥漠；君如更娶妻，不复我顾，则不若不南之愈也。"韩感泣，誓不再娶。于是窃发冢，裹骨归，至建康，备礼卜葬，每旬日辄往临视。后数年，韩无以为家，竟有所娶，而于故妻墓稍益疏。梦其来，怨恚甚切，曰："我在彼甚安，君强携我，今正违誓言。不忍独寂寞，须屈君同此况味。"韩愧怖得病，知不可免，不数日卒。

"太原意娘"韩师厚妻面对金酋掳掠，义不受辱，愤然自刎，从此与丈夫阴阳两隔，永无再聚。沦为鬼魂以后，她仍然对丈夫眷恋不忘，壁间所题小词"皆寻忆良人之语"。与表弟杨从善相见后，更是告诫他要替自己打探"良人"消息，足见其对丈夫的一腔深情。故事虽然缀上了一个负心男子因果报应的尾巴，但更具意义的还是作品的前半部分，小说构思奇特、情节曲折，虽并未直接写人鬼相会的情景，但依然充满着缠绵悱恻、忧伤绝望的气氛，悲剧的情调非常浓郁，有着感人至深的艺术效果。本篇故事南宋时已演为流行话本《灰骨匣》，元代沈贺曾有杂剧《郑玉娥燕山逢故人》，后来改编为《喻世明言·杨思温燕山逢故人》。

前两篇作品写到的夫妻重逢、人鬼再聚都借助了偶然和巧合，是冥冥的天意，而《支丁》卷九《淮阴张生妻》写到的夫妻再聚却是凭借自己的智慧：

> 楚民张生，居于淮阴磨盘之湾，家启酒肆，颇为赡足。绍兴辛巳冬，虏骑南下，淮人率奔京口。张素病足，不能行，漂驻扬州。已而颜亮至，张妻卓氏为夷酋所掠，即与之配。卓告之曰："我之夫在城中，蓄银五铤，必落他人手，不若同往取之。"酋喜，偕诣张处，逼夺之。张戢手恨骂。酋益喜，以为卓氏慕己，凡是行卤获金珠，尽委之，相与如真夫妇。俄亮死军回。卓痛饮酋酒，醉卧之次，拔刀刺其喉，悉囊其物，鞭马复访张。张话前事，责数，欲行决绝。卓出所携付之曰："当时不设此计，渠必不肯信付我。今日之获，乃张本于逼银耳。"于是闻者交称焉。

本篇写楚民张生夫妇在战乱中的痛苦离合与上述两篇并无二致，不同的是，本篇展示他们离散复聚痛苦经历的同时，又着重表现他们的智慧自救，作品为我们塑造了一个有勇有谋的智妇形象，她被金兵掳去以后，并不是绝望无助，而是胆大心细，她先与敌酋虚与委蛇，对丈夫欲纵故擒，最后设计亲手杀了敌酋。既复了仇，救了丈夫，还获得了生活的物资，实现了夫妇的团圆，又避免了重聚后的生活无着，因此张生的妻子是一个智勇双全的妇女。像这样的智妇还有《甲志》卷十五《晁安宅妻》所写到的晁安宅妻：

> 建炎二年，邓民残于胡兵，或俘或死。晁氏男女数百人，皆囚以北，至汾州青灰山，为红巾邵伯邀击，尽失所掠而去。晁安宅之妻某氏，并其女及乳母，皆为邵之党王生所得。张丞相宣抚陕蜀，邵举军来降，王生为右军小将，与晁妇同处于阆中。阆有灵显王庙，妇与乳妪以月二日往焚香。妪视道上一丐者病，以敝纸自蔽，形容甚悴。谛观之，以告妇曰："有丐者，绝类吾十一郎。"遣询其乡里姓行，果安宅也。妇色不动，令妪持金钗与之，约十六日复会，且戒无易服。及期相见，又与金二两，曰："以其半诣宣抚司投牒，其半买舟置某所以待我。"安宅既通诉，宣抚下军吏逮王生。会王出猎，妇携己所

有直数千婚,与妪及女赴晁宅舟,顺流而下。王生家赀巨万,一钱不取也。王晚归不见其妻,而追牒又至,视室中之藏皆在,喟然曰:"素闻渠为晁家妇,今往从其夫,理之常也。"了不以介意。晁氏夫妇离而复合如初。妇人不忘故夫于丐中,求之古烈女可也,惜逸其姓氏。王虽武夫,盖亦知义理可喜者。

晁安宅妻经历了两次被掳,先是金兵,后是王生,因此她与丈夫的"离而复合"更加艰难曲折,凭借的同样是她的智慧,她的智慧不亚于张生妻。作品同时还张扬了她两方面的"义",一是她对丈夫的忠贞之义,所谓"不忘故夫于丐中";二是不贪、不取不义之财的义。

其二,社会邪恶势力制造的离合惨剧。

上述作品都以宋金战争为背景而演绎故事,展现了战争给平民百姓造成的深重灾难,写到的是战争所带来的悲欢离合。然而能造成人间离合惨剧的绝不仅仅是战争,还有许多其他的因素,如市井奸徒之"盗匿妇女"①,《丁志》卷十一《王从事妻》:

> 绍兴初,四方盗寇未定,汴人王从事挈妻妾来临安调官,止抱剑营邸中。顾左右皆娼家,不为便,乃出外僦民居。归语妻曰:"我已得某巷某家,甚宽洁,明当先护笼箧行,却倚轿取汝。"明日遂行。移时而轿至,妻亦往。久之,王复回旧邸访觅,邸翁曰:"君去不数刻,遣车来,君夫人登时去,妾随之矣,得非失路耶?"王惊痛而反,竟失妻,不复可寻。后五年,为衢州教授,赴西安宰宴集,羞鳖甚美,坐客皆大嚼,王食一脔,停箸悲涕。宰问故,曰:"忆亡妻在时,最能馈此,每治鳖裙,去黑皮必尽,切脔必方正。今一何似也,所以泣。"因具言始末。宰亦怅然,托更衣入宅。既出,即罢酒,曰:"一人向隅而泣,满堂为之不乐。教授既尔,吾曹何心乐饮哉?"客皆去。宰揖王入堂上,唤一妇人出,乃其妻也。相顾大恸欲绝。盖昔年将徙舍之夕,奸人窃闻之,遂诈舆至女侩家而货于宰,得钱三十万。宰以为侧室,寻常初不使治庖厨,是日偶然耳。便呼车送诸王氏。王拜而谢,愿尽偿元直。宰曰:"以同官妻为妾,不能审详,其

---

① (宋)陆游:《老学庵笔记》卷6,中华书局1997年版,第73页。

过大矣。幸无男女于此，尚敢言钱乎？"卒归之。

本篇以"绍兴初，四方盗寇未定"为故事发生的背景，写市井奸徒趁乱盗卖良家妇女，制造了王从事夫妻五年的生离惨剧，揭露制造人间悲剧的因素不仅有战争，还有社会的邪恶势力等。王从事夫妻也是在极其偶然的情形下重逢，重逢的过程和细节写得异常生动，夫妻间的真挚情感也极其动人。尤其王从事停箸悲泣、忆妻治鳖一段情节，细腻真实，渲染了十分浓郁的悲剧气氛，使本篇的艺术水准和趣味有较大的升华，成为《夷坚志》中较具艺术美感的作品之一。无独有偶，《志补》卷八《真珠族姬》写少女真珠族姬被盗卖的过程也极相类：

宣和六年正月望日，京师宣德门张灯，贵近家皆设幄于门外，两庑观者亿万。一宗王家在东偏，有姻族居西，遣青衣邀其女真珠族姬者，曰："若肯来，当遣兜轿至。"女年十七八岁，未适人，颜色明艳，服御丽好，闻呼喜甚，请母欲行，时日犹未暮。少顷，轿从西幄来，舁以去。又食顷，青衣复与一笋至，王家人语之曰："族姬已去矣！"青衣骇曰："方来相迎，安得有先我者。"于是知为奸黠所欺，亟告于开封，散遣贼曹迹捕，其家立赏揭二百万求访，杳不可得。明年三月，都人春游，见破轿在野，有女子哭声，无人肩舆，扣窗询之，乃真珠也。走报其家，取以归，雾鬓鬙鬙，不施朱粉，望父母，掷身大哭，久乃能言："初上车时，不复由正路，其行如飞。俄入一狭径，渐进渐暗，车止而出，乃是古神堂。鬼卒十余辈，执兵杖夹立，坐者髯如戟，面阔尺余，目光如炬，我惧而泣拜，而即叱曰：'汝何人？敢奸吾灵宇！'便使人摔拽裸衣，用大杖挞二十，杖毕，痛不可忍，昏昏不知人。稍苏，乃在密室内，一媪拊我甚勤，为洗疮敷药，将护一月，甫能起。先遭奸污，然后售于某家为之妾，主人以色见宠，同列皆妒嫉，因同浴窥见瘢痕，语主人云，我为女时，尝与人奸受杖矣。主人元知我行止，至是乃曰：'若果近上宗室女，何由犯官刑！'遂相弃，还付元牙侩家，犹念旧爱，不督余雇直。侩家既先得金多，且畏终败露，不敢再鬻，故乘未晚送于野，亦幸不死耳。"乃知向来神堂所见，皆群贼诈为之，前后为恶如是者多矣。

市井奸徒盗卖真珠族姬的手法与盗卖王从事妻子的手法完全一致，真珠族姬因此与家人暌隔一年有余。本篇在艺术表现上与《王从事妻》略有不同，后者侧重于写王从事失散妻子后的悲伤及夫妻重聚的过程，盗卖的过程则略写，作品激发的是人们的同情之心；本篇则略写重聚，重点写盗卖的情形，前半节有大略的描述，后半节又有真珠族姬的细节追忆，从而把过程展现得十分完整，曲折跌宕，将真珠族姬的悲惨命运展现在读者面前，激发的更多的是人们对奸徒的痛恨之情。

不仅人间有邪恶势力，有时被人们视为更加公平正义的阴间冥府也有邪恶势力侵害平民百姓，制造人间离散的惨剧，如《支庚》卷九《金山妇人》：

> 有士大夫自浙西赴官湖外，妻绝美。舟过扬子江，大风作于金山寺，所乘舟覆，妻孥尽溺。唯大夫赖小艇得脱，就寺哀恸累日然后去。三年秩满东还，复届故处，就寺设水陆供荐，祷于佛，乞使妻早受生，罢时已四更，少焉僮奴扫荡，逢一妇人，满身流液如瀺灂，裸跣抱柱，如醉如痴，呼之不应。黎明，僧众聚观，大夫亦至。细认之，乃其妻也，骇怖无以喻。命加熏燎，具汤药守之；至食时，稍稍知人，自引手接汤。俄而复活，夫妇相持而泣。遂言其故曰："我于没时，如被人拖脚引下，吃数口水，入水底，为绿衣一官人携入穴。穴高且深，置我土室中，每夜袖糕饼之属饲我，未尝茹荤。问其所从来，初犹笑不言；及既昵熟，方云是水陆会中得来。因告之曰：'我囚闷已久，试带我出瞻仰佛事，少快心意如何？'彼坚拒不肯。求之屡矣，一夕，导我攀险梯危，上寺中，望灯烛荧煌。及诣香案边，听读疏，乃是君官位姓名追荐我者。我料君在此，盘旋绕寺，不肯返。绿衣苦见促，我故逗留。会罢，强拽我行。我闻君咳声，紧抱廊柱不放，遭殴打极困。佗怕天晓，遂舍去。此身堕九泉下不知岁月，赖君再生，皆佛力广大所致。"喜甚而哭，夫亦哭，遂为夫妇如初。满寺之人，莫不惊异。绿衣官人者，盖水府判官也。

扬子江水府判官凭借其邪恶的力量将浙西士大夫乘舟倾覆，夺走其美丽的妻子，囚禁在水底土穴之中，制造了士大夫夫妻三年的生离死别。作品虽借志怪故事出之，却是人间现实的真实反映，水府判官的所作所为不正是人间官吏、土匪、恶霸为非作歹、抢男霸女的真实写照吗？

其三，人性与"天道"造成的骨肉飘零。

生离死别人间惨剧的制造者不仅有战争、邪恶势力等，还有人的贪婪本性，如《三志壬》卷十《邹曾九妻甘氏》：

> 岳州民邹曾九，以绍兴五年春首往舒州太湖作商，留其妻甘氏于兄甘百九家，约之曰："此行不过三两月，幸耐静待我。"已而至秋未归，甘氏逢人自淮南来，必询夫消息，皆云已客死，甘不以为信。又守之逾年，弗闻的耗，晓夕不自安。不告其兄，潜窜而东，欲寻访存亡。既抵江夏县，不能前，为市倡谭瑞诱留，遂流落失节，其心绪悒怏，仅半岁而死。庆元四年正月，邹方自太湖回程，过鄂州城下，泊船于柳林头，登岸憩旅店。一妇人邀之啜茶，邹疑全似其妻，直造彼室，共床而坐，问曰："娘子何姓氏？"曰："姓甘，行第百十，本非风尘中人，缘父丧夫亡，流落于此。"邹曰："故夫为谁？"曰："巴陵邹曾九也。初去舒州时，期一季即反，后来无一音信，往来客程多说他死了。于今恰四周年，孤单无倚，不免靠枕席度日。"邹大怒曰："汝浑不认得我！"妇曰："我亦觉十分相似，只是面色黧黑耳。"邹益怒曰："我身便是汝夫，元不曾死，遭病患磨折，以故久不得归，汝亦何至入此般行户，故意辱我！叵耐百九舅，更无兄弟之情，纵汝如此，目今与谁同活？"妇曰："孑然。"邹即算还店家房钱，挈之回岳。是日就见百九，作色责问，百九曰："尔去之后，妹子一向私走，近日却在江夏谭瑞家，正欲经官，且得尔到。"明日，即同诣州陈状，郡守追逐人赴司来质究问，甘氏于众中出，倒退数步，化为黑气而散，讼事遂止。

本篇写邹曾九与妻子的生离死别主要由于邹曾九行商所致，一别之后，音信全无，其妻独守空房，翘首等待逾年，最后无奈思念之情折磨，离家出来寻找，不慎被诱入风尘之中，流落至死。作品写邹曾九巧遇妻子鬼魂后，不叙阔别之情，却责备妻子为娼辱己，显得毫无情义，隐寓着作者对商人"重利轻义"的批判，揭露的正是贪婪人性对美好生活的戕害。

动乱时代的悲欢离合不仅有夫妻的生离死别，还有父子的劫后重逢，如《志补》卷十八《侯郎中》：

> 魏郡侯栖筠,童幼时值岁大旱,尽室流徙,中途父子相失,独与母依村民翟翁家。已而母死,身无所归。翟翁见其姿性聪悟,遂养为子,教之读书。大观元年,擢贡士第三人及第,始请归宗。宣和中为省郎,以未知父存亡,请还乡。朝廷为降榜寻访,栖筠遣所亲诣相国寺卜卦影,画二马相追逐,一翁一媪一官人拜。卜者云:"恐地名或姓氏有马字,或岁月在午,皆不可知。"既茫无所向,姑用其言。才渡河,先次白马县。县人读所出榜,适有二卜者相遇,其一姓马,其一瞽目,曰:"此处喧阗,何也?"马生曰:"大名府侯郎中,少年失其父,揭榜求之。"曰:"父年几何?"曰:"七十余矣。"瞽者曰:"我适到某州某处,有来卜卦者,自云侯先生,恰七十岁。我许以今年方得运,便当横发,莫非此人乎?"马曰:"闻其人久已亡,今求其死所耳,安得尚在耶!"乃相揖而别。瞽者去,马生往彼处访侯老,且询失子曲折,亟回县,收榜怀之。入白县宰,偕造驿舍报栖筠,遣鞍马迎取。时侯老已更娶一村媪久矣,与之谋曰:"我家有两园枣,尽自可过日,好事不如无,又安知其果吾子否也!"辞不至。宰率丞尉同往,强拉至驿中,未有以辩。宰扣此老:"汝所失子,有何瘢痕之属可识乎?"曰:"五六岁时,因弄刀伤中指。"栖筠矍然起拜,相持恸哭,即并媪迎归京师。徽宗亦甚喜,赠官锡服,皆辞焉。于是赐以两字处士诰,就养阅岁而终。

北宋末年,中原的大旱使老百姓四方逃难,背井离乡,侯栖筠父子因此相失,此后的重聚历尽艰难,但最终还是迎来了骨肉团圆的那一刻。作品以喜为基调,喜中有悲,展现了人世的沧桑,渲染了侯栖筠对父亲的真挚思念之情,彰扬了他的孝心。同时,也对侯栖筠父亲对突然到来的富贵、安贫乐道泰然处之的品性加以赞赏。

当然,悲欢离合的主题似乎更适合以夫妻故事来演绎,因此《夷坚志》中夫妻生离死别的故事非常多,父子劫后重逢的悲喜剧则相对较少。

动乱时代的悲欢离合既是情爱故事的重要类别,又是反映社会现实的重要视角与主题,在《夷坚志》中有非常重要的分量,不少的篇章是《夷坚志》中较有艺术感染力的作品,究其原因,主要表现在以下几个方面:

首先,这类作品往往情节曲折,情思丰富婉转,篇幅漫长,作者可以运用多种艺术手段在构思、细节描绘、情感渲染等方面大加发掘，常常可以取得跌宕起伏的艺术效果，更容易获得读者的共鸣。

其次，这类作品既能展示主人公丰富细腻的情感，又能多方面地反映社会现实，揭示乱离社会的复杂情形、世事的沧桑甚至人性的本质，主题的内涵较为深刻，批判的力度较强，是创作者乐于关注的题材。

最后，这类作品贴近生活，贴近现实，较少使用"志怪"的表现方式，与其他类别的故事如人神恋、人鬼恋、人妖恋等相比，获得了较为新颖的艺术趣味。

第四章 《夷坚志》中的情爱传奇

《夷坚志》中的故事除了揭露朝纲不振、政治黑暗、吏治腐败等社会现实外，还有许多作品描写凄艳动人的婚恋情爱，从另一侧面反映宋代平民百姓的生活情态。《夷坚志》中的婚恋小说或写实，演绎人间的真挚恋情；或采用超现实的艺术手段，以志怪的方式，通过人神、人鬼、人妖（精怪）的婚恋来展现宋人的生活、情感，真实地反映了宋代的社会文化与世俗风情。

第一节 《夷坚志》描绘的真挚人间情爱

《夷坚志》是一部志怪小说集，因此用写实的手法描写人与人之间恋情的作品并不多，但也有影响较大的佳作，并表现出一些鲜明的特色：

一 文人士子的真情之恋

《夷坚志》人间恋情之作张扬的婚恋观念虽仍不脱于才子佳人、门当户对，但真情相悦也占有重要的分量。试如《志补》卷二《义倡传》。故事叙长沙一不知姓氏的歌妓非常喜爱秦观的词作，每得一篇都抄录珍藏，细加吟唱，对秦观极为仰慕。后来秦观被贬广东雷州，路过长沙，歌妓得缘拜识并与秦观相游数日，从此闭门谢客，足不出户，即使官府官员召唤也坚拒不赴，洁身以报秦观，等待秦观北归。没想到一别数年，秦观竟客死藤州。秦观去世的那一天，歌妓有梦感应，梦醒后派人打探，果然如此，于是她穿着孝服行数百里去吊唁，拊棺绕行三周，痛哭而亡。作品表现了歌妓对秦观的一腔深情，赞美了两人间的真挚爱恋，颇具唐代小说的神韵。作品特点大致有三：

其一，曲折有致，细节毕陈，描写细腻，叙述婉转，情韵弥漫，即使置于唐代小说中也毫不逊色。如写秦观与歌妓相会一节：

少游初以潭去京数千里，其俗山獠夷陋，虽闻倡名，意甚易之。及见，观其姿容既美，而所居复潇洒可人意，以为非唯自湖外来所未有，虽京洛间亦不易得。坐语间，顾见几上文一编，就视之，目曰《秦学士词》，因取竟阅，皆己平日所作者，环视无他文。少游窃怪之，故问曰："秦学士何人也？若何自得其词之多？"倡不知少游也，即具道所以，少游曰："能歌乎？"曰："素所习也。"少游愈益怪，曰："乐府名家，毋虑数百，若何独爱此乎？不惟爱之，而又习之歌之，若素爱秦学士者，彼秦学士亦尝遇若乎？"曰："妾僻陋在此，彼秦学士，京师贵人也，焉得至此！藉令至此，岂顾妾哉！"少游乃戏曰："若爱秦学士，徒悦其词尔，若使亲见容貌，未必然也。"倡叹曰："嗟乎！使得见秦学士，虽为之妾御，死复何恨！"少游察其语诚，因谓曰："若欲见秦学士，即我是也，以朝命贬黜，因道而来此尔。"倡大惊，色若不怿者，稍稍引退，入谓母媪。有顷媪出，设位，坐少游于堂，倡冠帔立阶下，北面拜。

秦观开始以为长沙地处偏陋，歌妓应该很庸常无奇。没想到见面后发现歌妓不仅非常美丽，居所环境也很优雅，最重要的是桌上竟然放着自己的词集。交谈后又知道歌妓虽然不认识自己，却非常仰慕自己，所以对自己的词作欣赏有加。秦观"察其意诚"，最后表明身份。这一相见的过程写得一波三折，尤其秦观的心理描绘得非常细致，歌妓对秦观的仰慕崇敬之情也表现得淋漓尽致。接下来，歌妓吊唁秦观一节也很精彩：

一别数年，少游竟死于藤。倡虽处风尘中，为人婉娩有气节，既与少游约，因闭门谢客，独与媪处。官府有召，辞不获，然后往。誓不以此身负少游也。一日，昼寝寤，惊泣曰："自吾与秦学士别，未尝见梦，见梦来别，非吉兆也，秦其死乎！"亟遣仆顺途觇之。数日得报，秦果死矣！乃为媪曰："吾昔以此身许秦学士，今不可以死故背之。"遂衰服以赴，行数百里，遇于旅馆，将入，门者御焉，告之故而后入。临其丧，拊棺绕之三周，举声一恸而绝。左右惊救，已死矣！

其二，作品在形式上采用了"诗传配合"形式，可见其对唐代小说遗风的继承。

作品末尾收录了李次山所作的系赞,认为歌妓"洁其身以许人""虽处贱而节义",可称为"义娼":"倡慕少游之才,而卒践其言,以身事之,而归死焉,不以存亡间,可谓义倡矣!"赞其"义"高于当代的某些士子。最后又附诗歌:

>洞庭之南潇湘浦,佳人娟娟隔秋渚。门前冠盖但如云,玉貌当年谁为主？风流学士淮海英,解作多情断肠句。流传往往过湖岭,未见谁知心已赴。举首却在天一方,直北中原数千里。自怜容华能几时,相见河清不可俟。北来迁客古藤州,度湘独吊长沙傅。天涯流落行路难,暂解征鞍聊一顾。横波不作常人看,邂逅乃慰平生慕。兰堂置酒罗馐珍,明烛烧膏为延伫。清歌宛转绕梁尘,博山空蒙散烟雾。雕床斗帐芙蓉褥,上有鸳鸯合欢被。红颜深夜承燕娱,玉笋清晨奉巾屦。匆匆不尽新知乐,惟有此身为君许。但说恩情有重来,何期一别岁将暮。午枕孤眠魂梦惊,梦君来别如平生。与君已别复何别,此别无乃非吉征！万里海风掀雪浪,魂招不归竟长往。效死君前君不知,向来宿约无期爽。君不见二妃追舜号苍梧,恨染湘竹终不枯。无情湘水自东注,至今斑笋盈江隅。屈原《九歌》岂不好,煎胶续弦千古无。我今试作《义倡传》,尚使风期后来见！

"诗传配合"在唐代小说中曾非常流行,如元稹作《莺莺传》,李绅有《莺莺歌》；白行简作《李娃传》,元稹有《李娃行》；沈亚之作《冯燕传》,司空图有《冯燕歌》；陈鸿作《长恨歌传》,白居易有《长恨歌》等。但在宋代小说中,"诗传配合"的情形并不多见,似本篇之不亚唐人就更少了。

其三,唐代小说中有房千里作《杨娼传》,故事写京城长安红极一时的妓女杨娼受知于岭南帅,岭南帅死了以后,杨娼为其而死,房千里赞她是"义娼":"夫娼,以色事人者也,非其利则不合矣。而杨能报帅以死,义也；却帅之赂,廉也。虽为娼,差足多矣。"[①] 本篇与之可谓异曲同工,

---

① (唐) 房千里:《杨娼传》,见李时人《全唐五代小说》,陕西人民出版社 1998 年版,第 1574 页。

而在情节曲折、情感细腻等方面要超过《杨娟传》，因此，《义娟传》大体可以说是宋代文言小说中最具审美价值的婚恋作品之一。

除《义娟传》外，《夷坚志》中较有影响的恋情之作还有《支丁》卷九《张二姐》：

> 下邳朱邦礼，家于宿预，买少婢曰张二姐。虽无要疾，而形体枯悴，肌肤皴散，绝可憎恶。姑使执庖爨春汲之役，凡六七年。有游士刘逸民扣谒。喜其高谈雄辩，留以教诸子。在馆下历岁，未尝辄出外户，朱极贤重之。每会亲友，称赞其静操。乃命二姐为供给洗醮，盖以其丑陋无所致疑。久之，顾限已满，告辞而去。朱亦不问所往。俄而刘亦谢退。后十余岁，朱赴省试回，因诣市肆，闻有人呼声，回头顾之，元不识面。其人乃邀至所居，具公服再拜。叙致囊契，乃逸民也，既登科第，得京秩矣。方叹羡，又一妇人者，著帻髻拜于廷，如家人初见尊长之礼。朱侧身敛避。刘挽之坐曰："故主翁也，何辞焉！"细询其由，则二姐也。且言曰："自违离之始，无人负笈。偶值此妇，遂与之偕行。念其道涂勤谨，存于家间，而温良惠解，实同甘苦，故就以为妻。恩出高门，不敢忘也。"延朱置酒，罢，而以五百千赠之。时政和末也。

作品写张二姐"形体枯悴，肌肤皴散，绝可憎恶"，十分丑陋，且地位也非常低下，是"执庖爨春汲之役"的仆人。而士子刘逸民"高谈雄辩"，很有才华，且被人称赞有"静操"，后来还科考及第，做了京官。但这样在相貌、门第等方面相距如此之远的两人却结成姻好，成为夫妻，不是什么别的原因，是因为张二姐心地善良，"道涂勤谨"，"温良惠解"，是两人能"同甘苦"。可见，故事强调真情才是婚恋的基础，刘逸民、张二姐是难能可贵的真情之恋。又如《三志己》卷一《吴女盈盈》：

> 魏人王山，能为诗，标韵清卓。因省试下第，薄游东海，值吴女盈盈者来，年才十六，善歌舞，尤工弹筝。容貌甚冶，词翰情思，翘翘出群。少年子争登其门，不惜金玉帛。盈遴简嘉耦，乃许一笑。府守田龙图召使侍宴，山预宾列，相得于樽俎之间，从之欢处累月。山辞归，盈垂泣悲啼，不能自止。

吴女盈盈有无数的"少年"追求者，她都不看在眼里，难得给他们一个笑脸，因为这些大都不学无术，只知挥霍钱财，"不惜金玉帛"。而她与文人王山在府守田龙图的宴会上短暂相处，却一见钟情，真心相恋，因为王山有才华，能诗能文，且"标韵清卓"。王山离开时，吴盈盈"垂泣悲啼，不能自止"。故事也是强调才华、风度、真情才是爱情的基础。又如《三志己》卷三《睢佑卿妻》：

> 睢佑卿，海州钜平人，父祖以农桑为业。至佑卿独亲于学，作文赋诗，为乡里称道。年甫二十，娶同里房秀才女，甚美而慧。绍兴辛未，染时疫而卒，葬郁州东山之阿。睢素所怜爱，殊不能堪，月夕花朝，未尝不兴念。

本篇故事虽约略有"郎才女貌"的模式，但睢佑卿能在女子去世以后，"月夕花朝，未尝不兴念"，也可见其一往情深，两人的情爱也不愧真挚之恋。

二　市民之恋

《夷坚志》婚恋小说类别的丰富性与唐代小说是一致的，但不同的是，唐代婚恋小说中的男女主人公情感细腻，诗才横溢，是诗人才子的形象，作品演绎的往往是诗人间的遇合，是诗人之恋。而《夷坚志》中的男女主人公更多的是市民形象，叙写的多是市井的情爱婚恋，如《志补》卷十九《蔡州小道人》：

> 蔡州有村童，能棋，里中无敌。父母将为娶妇，力辞曰："吾门户卑微，所取不过农家女，非所愿也。儿当挟艺出游，庶几有美遇，以偿平生之志。"遂着野人服，自称小道人，适汴京。过太原真定，每密行棋觇视，自知无出其右者，奋然至燕。燕为虏都，而棋国手乃一女子妙观道人，童连日访其肆，见有误处，必指示。妙观惧为众哂，戒他少年遮阑于外，不使入视。童愤愤，即彼肆相对僦屋，标一牌曰"汝南小道人手谈，奉饶天下最高手一先。"妙观益不平，然揣其能出己上，未敢与校胜负。择弟子之最者张生往试之，张受童一子，不可敌。连增至三，归语妙观曰："客艺甚高，恐师亦须避席。"

未几,好事者闻之,欲斗两人,共率钱二百千,约某日会战于僧舍。妙观阴使人祷童曰:"法当三局两胜,幸少下我,自约外奉五十千以酬。"童曰:"吾行囊元不乏钱,非所望,然切慕其颜色,能容我通衽席之欢乃可。"女不得已许之。及对局,童果两败,妙观但酬钱而不从其请。适虏之宗王贵公子宴集,呼童弈戏,询其与妙观优劣。童曰:"此女棋本劣,向者故下之耳。"于是亦呼至前,令赌百千。童探怀出金五两曰:"可赌此。"妙观以无金辞,童拱白座上曰:"如彼胜则得金,某胜乞得妻。"坐客皆大笑,同声赞之曰:"好!"妙观惭窘失措,遂连败。既退,复背约。童以词诉于燕府,引诸王为证,卒得女为妻,竟如初志。

本篇的主人公不是文人士子,是能棋的村童,是非常典型的市民一族。他虽然出身卑微,却有美好高远的爱情理想,因此不愿听从父母安排,娶农家之女。他对自己的棋艺充满自信,敢于宣称"奉饶天下最高手一先"。同时他还非常具有小市民的谨慎、狡黠与智慧,如他在太原真定与各路高手广泛交流,以了解自己的棋艺水平,确认"无出其右者"后才赴燕都。在燕都时,他钟情于妙观道人,先是故意在妙观道人的棋肆中指出错误,展示棋艺,后又以"激将法"挑战妙观,并大胆表明对妙观的追求之心。第二次赌局时,他处心积虑地将地点选择在宗王贵公子的宴集中,以便有人做证,同时暗中准备五两金子,使妙观仓促之间无对应的赌资,逼迫妙观以婚约相赌,最终赢得自己的爱情。棋童的形象刻画得鲜活生动,妙观的心理也描绘得非常细致,如作品说她"惧为众哂",后"益不平,然揣其能出己上,未敢与校胜负","使人祷童","不得已许之","以无金辞","惭窘失措","复背约"等情态动作,将不服、无奈、懊悔、无理的心态揭示得淋漓尽致。作品充满了喜剧意味,情节跌宕有趣,是不可多得的爱情佳作。

三 婚姻恋情改变人生

《夷坚志》在叙写爱情故事时往往传达一个主题或观念,即"婚姻恋情改变人生",以张扬爱情的美好。如《支丁》卷九《盐城周氏女》就是这样一个曲折跌宕而富有意趣的情爱故事:

盐城民周六，居射阳湖之阴，地名朦胧。左右前后皆沮洳薮泽，无田可耕。且为人阘茸，不自振拔，唯芟刈芦苇，织席以生。一女年十七八，略不识针钮之事，但能助父编苇而已。以神堰渔者刘五为其子娶之，不能缝裳，逐之归。父母俱亡，无以糊口，遂行丐于市。朱从龙寓居堰侧，时时呼入其家，供薪水之役，久而欲为择配。楚士吴公佐，本富家子，放肆落魄，弃父而出游，至寄迹僧寺为行者。后还乡里，亲族皆加厌疾。郡庠诸生容之斋舍，因相与戏谋，使迎周女为妇。假衣襦，具酒炙，共僦茅舍一间。择日聘娶，侪辈悉集，姑以成一笑。意吴生知为丐者，必将弃之。已而相得甚欢。偶钤辖葛玥之子，富于赀财，拉吴博。吴仅有千钱，连掷获胜，通宵赢过百缗，葛不能堪。明日复战，浃辰之间，所得又十倍。吴由是启质肆，称贷军卒，不数年，利入万计。其父唤还家，读书益勤，两预贡籍。周女开敏慧解，妇功不学而能，肌理丰丽，顿然美好。初，里中有严老翁，吻士也。善讲解《孝经》，又能说相。见周于丐中，语人曰："此女骨头里贵。"果如其言。向使在刘渔源家时已如是，则饥寒毕世矣。

盐民周六的女儿因不识针钮之事被前夫休弃，父母双亡后，流落为乞丐。富家子弟吴公佐行为放荡，弃家出游，也是生活无着，入寺为行者。吴公佐的朋友为博一笑，强拉两人成婚以为游戏，设想吴公佐定当气急败坏，弃周女而去。谁料吴公佐竟认可了这桩婚姻。此后，两人命运迅速改变，吴公佐财运亨通，浪子回头，读书入仕，科考连中。周女也变得美丽聪明，女功不学而能，夫妇感情非常深挚。本篇揭示了爱情婚姻在人们生活中的重要性，歌颂了纯真美好的爱情。又如《甲志》卷十一《潘君龙异》：

缙云富人潘君少贫，尝贸易城中。天且暮，值大雨，急避止道傍人家，不能归，因丐宿焉，不知其倡居也。倡夜梦黑龙绕门左，旦起视之，正见潘卧檐下，心以为异，延入，厚礼之。欲与之寝，潘自顾贫甚，力辞至再三，强之不可。一日，醉以酒，合焉。自是倾家赀济之，不问其出入。潘藉以为商，所至大获，积财逾数十百万，因娉倡以归。生子擢进士第，至郡守，其家至今为富室云。

慧眼独具的娼女相中落泊的少年商人潘某，千方百计追求他，倾尽家资资助他行商经营，发家暴富，拥有了数十百万的财富。后来潘某也投桃报李，娶娼女以归，生子擢进士第、官至郡守，两人的命运进一步由富且贵。故事同样意在表现爱情婚姻给人们带来的命运巨变，作品采用帝王将相发迹变泰故事的常用模式以表现商人、娼妓的情感生活，富有浓厚的传奇色彩和创新意味，同时也展现出社会对商人观念的变化，人们已几乎把发家致富的商人与出身草莽、终成王侯的趁时英雄相提并论、等量齐观了。

《夷坚志》毕竟是一部志怪小说，因此其中演绎人与人之间恋情的故事并不多，但特色和主题却非常鲜明，值得我们注意。

第二节 《夷坚志》中人与异类的婚恋奇闻

《夷坚志》中大量的婚恋故事都含有志怪色彩，神、鬼、妖（精怪）莫不向往人间烟火，羡慕人间的生活方式，他们来到人间，与世俗之人瓜葛纠缠，演绎了一幕幕各有特色的人神恋、人鬼恋、人妖（精怪）恋大戏，共同编织了宋人与异类的婚恋奇闻大观。

一 人神之恋

人神婚恋往往是文言小说中非常重要的一类，魏晋及唐五代都有大量的人神婚恋小说，如晋代《搜神后记》中的《剡县赤城》《白水素女》，《幽明录·刘晨阮肇》，唐代《洞庭灵姻传》，《灵怪集·郭翰》，《异梦录》，《湘中怨解》，《感异记》，《秦梦记》，《烟中怨解》，《后土夫人传》，《传奇》中的《裴航》《张无颇》《封陟传》《萧旷》《文箫》，《河东记·卢佩》，《玄怪录·崔书生》，《逸史》之《太阴夫人》《马士良》，《通幽记·赵旭》，《广异记》中的《汝阴人》《华岳神女》等。

《夷坚志》中影响较大的人神婚恋故事主要有《丙志》卷十一《锦香囊》、卷十八《星宫金钥》《志补》卷十五《雍氏女》等。先看《锦香囊》：

> 德兴县石田人汪蹈，绍兴十六年，延上饶龚滂为馆客。书室元设两榻，龚处其东，虚其西以待外客之至者。秋夜，龚已寝，灯未灭，

觉西榻窸窣声,俄有妇人揭帐出,宝冠珠翘,瑶环玉珥,奇衣袿服,仪状瑰丽,图画中所未睹,径前相就。龚喜惧交怀,肃容问之曰:"君何人,何自至此?"曰:"中丞不须问。"龚曰:"吾布衣也,安得蒙此称?"曰:"君明年登名乡书,即擢第,前程定矣。"遂留宿。鸡初鸣,洒泣求去,解所佩锦香囊为别,曰:"谨秘此物,无得妄示人,苟一人见,即不复香矣。过四十年,当复来取之。"恋恋良久,携手出户,仰视天汉,指一大星曰:"此我也。"方谛观次,有物如白练自星中起,下垂至地,妇人即登之。既去丈余,回顾曰:"郎亟反室,脱有问者,勿得应;违吾言,将致大祸。"遂冉冉上腾而灭。龚凝伫詹慕,不忍去,忽思向所戒,急归闭关。未一息,闻人击户,拒不答,怒骂而去。至明,视所遗囊,文锦烂然,非世间物。中贮一合如玳瑁,以香实之,芳气酷烈,不可名状。具以语汪翁。汪婿王庆老,屡求观不得,乘醉发笥偷玩,香自此歇矣。

魏晋与唐代人神婚恋故事的模式一般是文人士子艳遇天界的神女,神女大都美艳绝伦,风流多情,多才多艺,她们虽然地位很高,但对文人士子却一往情深,常常主动追求他们,而文人士子一旦遇上了她们,不仅财色兼得,甚至可能得道成仙,永享富贵。[①] 本篇故事显然继承了这一模式,士子龚滂意外得到星精女神的垂青,收获了奇异的恋情。但星精给龚滂带来的不是富贵,而是他来年登榜中第的消息,离别时赠送的也不是长寿,而是爱情的信物锦香囊。女神对龚滂眷恋不已,还希望有四十年后的重聚,被塑造得有情有义。作品写星精登"白练"回归的情形想象奇特,情景浪漫,龚滂因与女星来往而须闭关拒户以免祸这一情节也有一定新意,因此这是《夷坚志》中有较高艺术水准的人神婚恋作品。又如《星宫金钥》:

《甲志》载建昌某氏紫姑神事,同县李氏亦奉之甚谨。一子未娶,每见美女子往来家间,遂与狎昵,时对席饮酒,烹羊击鲜,莫知所从致。父母知而禁之,不可,乃闭诸空室。女子犹能来,经旬日,谓曰:"在此非乐处,盍一往吾家乎?"即携手出外,高马文舆,导

---

① 邱昌员:《诗与唐代文言小说研究》,中国社会科学出版社2008年版,第360页。

从已具。促登车,障以帷幔,略无所睹。不移时,到一大城,瑶宫琳砌,佳丽列屋,气候和淑,不能分昼夜。时时纵游它所,见珠球甚多,粲绚五色,挂于橡间,问其名,曰:"此汝常时望见谓为星者也。"留久之。一日凭阑立,女曰:"今日世间正旦也。"生豁然省悟,私自悼曰:"我在此甚乐。当新岁节,不于父母前再拜上寿,得无诒亲念乎!"女已知其意,怅然曰:"汝有思亲之心,吾不可复留。汝宜亟还,亦宿缘止此尔。"命酌酒语别,取小幞纳其怀,戒之曰:"但闭目敛手,任足所向。道上逢奇兽异鬼百灵秘怪从汝觅物,可探怀中者以一与之,切不得过此数,过则无继矣。俟足踏地,则到人间,然后为还家计。"生泣而诀。既行,觉耳旁如崩崖飞湍,响振河汉,天风吹衣,冷透肌骨。巨兽张口衔其袪,生忆女所戒,与物即去。俄又一物来,如是者殆百数。摸索所携,只余其一。忽闻市声嘈嘈,足亦履地,开目问人,乃泗州也。空子一身,茫不知为计。启幞视之,正存金钥匙一个,货于市,得钱二十千。会纲舟南下,随以归。家人相见悲喜,曰失之数月矣。

本篇故事也写神女追求凡间男子,但却表现出一些新的特点:

首先,故事的男主人公不再是文人士子,而是一般的市井男子。神女与他相恋既不是要助他脱离困境,也不是要得到永恒的爱情,而是追求世俗之享乐,因此,他们在一起的主要活动是"狎昵","对席饮酒,烹羊击鲜"。在感到人间"非乐处"后,就迅速地离去,返回瑶宫。两人分别时,也不复有更多的眷恋,只有淡淡的"怅然"和一句轻描淡写的"宿缘止此尔"。男子与神女相恋数月,仙宫走了一趟,既未成仙永寿,也未得到富贵,卖"金钥匙"所得钱才"二十千",仅足还家所费。时间上也没有晋唐作品所写"仙境方一日,人间已逾年"的神奇,没有人生易老、世事沧桑的况味。

其次,作品写李氏子虽在瑶宫"甚乐",却感叹新年时不得于"父母前再拜上寿",说明仙境虽非常壮丽,"佳丽列屋,气候和淑",但缺乏人间的温馨亲情,不是久留之地,最后李氏子果断地离去,暗示人间终究比仙境更美好。

最后,本篇故事在情节取舍上表现出一定的新意。晋唐同类作品多重点写士子进入仙境的过程,本篇却重点写李氏子离开仙境的情形。另外,故事写瑶宫椽间挂着的五色珠球是人间仰望的满天繁星,想象新奇,这些都使本篇获得了较为独特的情趣。

上述特点表明,《夷坚志》中的人神婚恋故事缺乏晋唐时代的浪漫浮华情调,表现出更多的世俗气息,反映出宋代小说中的市民思想、市民趣味越来越浓厚。

《雍氏女》叙北阴天王之子爱恋建康犄角库专知官雍璋的女儿,同样表现出浓重的世俗气息。北阴天王之子是神人,他来去自由,法术通灵,可致人富贵,可为人祷冥司增寿,可以打败无数的僧、道法师,但他身上却没有神人那超凡脱俗的气质。他爱恋人间女子,在游真武庙时看中了雍氏女,始是"立女旁,凝目注视",后又一路尾随,无礼至极,雍母不得不责备他:"良家处女,郎君安得如是?"当夜,他侵入女子床帐,占有了雍氏女,还厚颜无耻地劝说雍氏女:"汝美好如此,不幸生胥吏家,极不过嫁一市贾尔。吾乃贵家儿,来与汝偶,真可为汝贺。"为了能长期占有雍氏女,他在她的婚礼上使用法术捉弄新郎,使新郎逃去。他还责怪雍氏父母将女儿许配他人,"将加以殃祸",使雍家在三年内衰败。他的所作所为"故违天律",无疑似市井欺男霸女的无赖恶少,因此杨法师说他得"入无闲狱"。雍氏女及其父母也颇为无耻,并不值得同情,她们贪图北阴天王之子送来的北珠等珍宝,"凡有所需,如言辄至",甘于以不义之财"转盼成富人,建第宅",雍氏女最后落得"无人敢议亲,父母继亡,独当垆卖酒"的结局,然仍"每忆畴昔少年之乐,至潸然陨涕"。作品谴责她们:"一女如此,而甘心付之邪鬼乎?且所得财物,未必皆真,久必将为祸。"因此本篇故事表面写人神相恋,实际是批判神人对人间生活的干扰破坏,是对社会黑恶势力的揭露和影射。

二 人鬼婚恋

《夷坚志》中涉鬼故事占很大分量。据粗略统计,《夷坚志》现存207卷共2700余则故事,涉鬼故事590余则,诚如洪迈在《三志壬序》中自叙:"《夷坚》诸志,所载鬼事,何啻五分之一。"

鬼故事中,以人鬼婚恋之作最精彩,数量有80余则。这些作品的主人公或为求学、赶考的文人士子,或为异乡赴任的官吏,或为不涉世务的青春年少,故事多叙他们获得了令人欣羡的艳遇,往往有秀丽姝女主动就身,他们偷情密约,享一时绸缪之乐,而最后却发现这些美女艳妇都是鬼魂。如《支丁》卷六《南陵仙隐客》写濠梁士子林森,"攻苦读书,汲汲以功名为念。恶城市喧杂,即村野营一室,每夕修业至三鼓。"忽然一夜,有位"容仪甚美"的女子以"室女之身,自媒自献"。而林森虽隐约"知其为异",终究"年少介处,喜于得配,遂乃留与共寝,至旦而去。自是不间朝暮,或经月不窥外庭。""往来逾年,生下一子。"直到后来林森知道女子是鬼魂化身,在女鬼面前揭穿真相,女鬼"若有愧容",绝迹而去。又如《三志己》卷四《暨颜颖女子》写官员暨颜颖省亲途中,独宿旅店,一美貌女子推门而入,自言是南邻京氏女,与暨有一段姻缘,特来相就。暨颜颖大喜,留与同宿,又携回家中,共同生活了一年余,两情相悦,不离片刻。某日,一家人郊游出行,女子见有扫墓者焚纸钱祭奠亡魂,不觉异常悲痛,感叹"未知我父母曾为我添坟上土否?"众从才知其为鬼魂,但暨颜颖仍一往情深,在女鬼离去后,"忆念成疾,竟致沦丧。临终,犹眷眷称京娘不已"。

人鬼婚恋之作在《夷坚志》中大量出现并不偶然,早在魏晋时期就已有了《搜神后记》之《徐玄方女》和《李仲文女》等佳作,至唐代更是涌现了《李章武传》《传奇·薛昭传》《集异记·金友章》《纪闻·季攸》《干𦡳子·华州参军》《续玄怪录·窦裕》《独异志·韦隐》《灵怪集·郑生》《广异记·刘长史女》等名篇,这些作品都为《夷坚志》人鬼婚恋故事的创作作了积淀。

但《夷坚志》人鬼婚恋的故事内涵和美学风格与唐代有明显的不同,这是由不同的时代文化和文人性格造就的。唐代是一个大帝国,国势强盛,经济高涨,文化繁荣,文人士子充满自信、自负、浪漫的情怀,因此唐代的爱情传奇多以曲折生动的故事、精巧细腻的笔墨揭示唐代文人士子奔放豪迈、积极进取的性情特征,弥漫着清新、自由、个性鲜明的文化气息。宋代国力较为贫弱,偏安一隅,文人性格内敛,谨慎多思,敏感脆弱,故而有宋一代的小说崇史尚实,缺乏唐代小说的浪漫气韵和诗情画意,明人胡应麟《少室山房笔丛·九流绪论(下)》曾说:"小说唐人以前纪述多虚而藻绘可观,宋人以后论次多实而彩艳殊乏。"[①] 这也影响《夷坚志》中的人鬼婚恋作品表现出一些新的特点。

宋代盛行理学,理学文化深深地影响着宋人的婚恋观念,这在《夷

---

① (明)胡应麟:《少室山房笔丛》,上海书店出版社2001年版,第283页。

坚志》人鬼婚恋作品中有多方面的折射。如《甲志》卷四《吴小员外》：

> 赵应之，南京宗室也。偕弟茂之在京师，与富人吴家小员外日日纵游。春时至金明池上，行小径，得酒肆，花竹扶疏，器用罗陈，极萧洒可爱，寂无人声。当垆女年甚艾。三人驻留买酒，应之指女谓吴生曰："呼此侑觞如何？"吴大喜，以言挑之，欣然而应，遂就坐。方举杯，女望父母自外归，亟起。三人兴既阑，皆舍去。时春已尽，不复再游，但思慕之心，形于梦寐。明年，相率寻旧游，至其处，则门户萧然，当垆人已不见。复少憩索酒，询其家曰："去年过此，见一女子，今何在？"翁媪颦蹙曰："正吾女也。去岁举家上冢，是女独留。吾未归时，有轻薄三少年从之饮，吾薄责以未嫁而为此态，何以适人，遂悒怏不数日而死。今屋之侧有小丘，即其冢也。"三人不敢复问，促饮毕，言旋，沿道伤惋。日已暮，将及门，遇妇人幂首摇摇而前，呼曰："我即去岁池上相见人也。员外得非往吾家访我乎？我父母欲君绝望，诈言我死，设虚冢相绐。我亦一春寻君，幸而相值。今徙居城中委巷，一楼极宽洁，可同往否？"三人喜，下马偕行。既至，则共饮。吴生留宿，往来逾三月，颜色益憔悴。其父责二赵曰："汝向诱吾子何往？今病如是，万一不起，当诉于有司。"兄弟相顾悚汗，心亦疑之。闻皇甫法师善治鬼，走谒之，邀同视吴生。皇甫才望见，大惊曰："鬼气甚盛，祟深矣。宜急避诸西方三百里外，倘满百二十日，必为所死，不可治矣。"三人即命驾往西洛。每当食处，女必在房内，夜则据榻。到洛未几，适满十二旬，会诀酒楼，且愁且惧。会皇甫跨驴过其下，拜揖祈哀。皇甫为结坛行法，以剑授吴曰："子当死，今归，试紧闭户，黄昏时有击者，无问何人，即刃之。幸而中鬼，庶几可活；不幸误杀人，即偿命。均为一死，犹有脱理耳。"如其言。及昏，果有击户者，投之以剑，应手仆地。命烛视之，乃女也。流血滂沱，为街卒所录，并二赵、皇甫师皆絷囹圄。鞫不成，府遣吏审池上之家，父母告云已死。发冢验视，但衣服如蜕，无复形体。遂得脱。

本篇故事叙富家子吴家小员外在京师纵游，遇一年轻貌美的酒家当垆女，心生爱恋，乃相邀嬉游，被女子父母禁止。吴小员外虽不得不离去，但思慕之心，十分强烈，以至魂牵梦绕。次年又来到该酒家，得知女子因思念自己逝去，不胜伤感。然某日出行时，又突然路遇该女子，吴小员外喜出望外，遂与其相处逾三月，结果容颜变得非常憔悴，后来有皇甫法师善治鬼，识破女子为鬼魂并将其殄杀。本篇故事的情节模式是：吴小员外情挑当垆女—当垆女情恋吴小员外—父母禁止—当垆女因情而死—死后变为女鬼仍眷恋吴小员外—鬼气毒害吴小员外—法师与吴小员外联手灭鬼—悲剧结局，这一情节模式是宋代人鬼婚恋故事极其典型的情节模式，蕴含着作者矛盾的二元心理。一方面，当垆女与吴小员外情意相投，却不仅生时为父母所禁，死后鬼魂也被法师所灭。当垆女对爱情追求的执着为作者赞赏，她的悲惨遭遇深为作者同情，这在一定程度上反映了人性对幸福美好爱情的追求和渴望。另一方面，作品写吴小员外与当垆女鬼魂来往以后，鬼气浸润，颜色憔悴，行将死亡，表明作者对人鬼恋情的鲜明反对。这一细节实际上寄予了强烈的象征意义，即与鬼相处代表的是"情欲"的无度宣泄，"情欲"宣泄得到的是短暂的欢乐，最终的灭亡，作者告诫人们，只有远离"情欲"，才能保全性命，"存天理、灭人欲"的理学教条在这里得到了形象的诠释。本篇作品在后代产生了较大影响，冯梦龙《警世通言》第三十卷据此敷衍成《金明池吴清逢爱爱》，另又有范文若传奇《金明池》（清姚燮《今乐考证》著录）等。

  类似的作品还有《三志己》卷二《建德茅屋女》写筠州人蔡五路遇一女子，自称杨二，不幸被丈夫抛弃，愿嫁予蔡五为妻。蔡五因曾娶妻丑陋，见杨二美貌，欣然同意。两人相处四年余，生一子名兴哥。先后有僧人、术士言杨二为鬼，蔡五均不信，叱骂而去。最终道士张真人揭穿杨二乃杨家小倡女，死去已八年，确为鬼魂，告诫蔡五若继续与其来往，将危及性命，并用法术将杨二除去。

  正因为理学精神的渗透及上述象征手法的运用，《夷坚志》中的人鬼婚恋故事普遍都写到"鬼气伤身"及法师灭鬼这一情节，同时，故事基本都以悲剧告终，不似唐代那样多是喜剧、张扬人鬼婚恋也美好如同人间夫妻。

  宋代封建伦理纲常渐趋严密，礼教思想日益融入人们的日常生活中，因此，宋代的人鬼婚恋作品更多地反映礼教伦理对人们的强烈束缚。如《支庚》卷一《鄂州南市女》：

鄂州南草市茶店仆彭先者，虽廛肆细民，而姿相白皙，若美男子。对门富人吴氏女，每于帘内窥觇而慕之，无由可通缱绻，积思成瘵疾。母怜而私扣之曰："儿得非心中有所不惬乎？试言之。"对曰："实然，怕为爷娘羞，不敢说。"强之再三，乃以情告。母语其父。以门第太不等，将诒笑乡曲，不肯听。至于病笃，所亲或知其事，劝吴翁使勉从之。吴呼彭仆谕意，谓必欢喜过望。彭时已议婚，鄙其女所为，出辞峻却，女遂死。即葬于百里外本家，丧中凶仪华盛，观者叹诧。山下樵夫少年，料其圹柩瘗藏之物丰备，遂谋发冢。既启棺，扶女尸坐起剥衣。女忽开目相视，肌体温软，谓曰："我赖尔力，幸得活，切勿害我。候黄昏抱归尔家将息，若幸安好，便做你妻。"樵如其言，仍为补治茔穴而去。及病愈，据以为妻。布裳草履，无复昔日容态，然思彭生之念不暂忘。乾道五年春，绐樵云："我去南市久，汝办船载我一游。假使我家见时，喜我死而复生，必不究问。"樵与俱行。才入市，径访茶肆，登楼，适彭携瓶上。女使樵下买酒，亟邀彭并膝，道再生缘由，欲与之合。彭既素鄙之，仍知其已死，批其颊曰："死鬼争敢白昼现行。"女泣而走。逐之，坠于楼下。视之，死矣。

本篇故事可谓一波三折，曲折的情节表现了吴氏女对爱情的执着追求及其比上例酒家当垆女更加凄凉的命运结局。她生时爱恋彭先，先是遭到父母的反对，父母的态度改变后，她本以为可以凭借爱和家庭的富有成就婚姻，不料却遭到鄙视和拒绝而至于死。死后又复生，虽有丈夫，却仍爱恋彭生，以为经过生而死、死而生，可以和彭先结合，不料彭先并不为所动，一以贯之地鄙视她，视她为鬼驱逐她，又至于死。吴氏女永远也不可能得到她所渴望和追求的爱情，造成吴氏女爱情悲剧的根源有其父母坚守的"门第不等"观念，更有彭先身上寄托的礼教精神，因此本篇作品相当深刻地反映了礼教伦理的残酷。

《志补》卷十《周瑞娘》反映了青年男女在追求爱情的道路上所遭到的礼教伦理之禁锢及他们的不满和反抗。主人公周瑞娘年方二十一岁，她与青年男子林百七哥一见钟情，欲相婚配。不料周瑞娘的父母却拒绝了林百七哥，以致林百七哥悒怏病亡。林百七哥身亡后，告到冥府阴司，被准娶周瑞娘为妻，于是周瑞娘也夭亡了。在死后的第十一日，她白昼现身回来，与父母见面后，大加埋怨，说自己的死"尽是爷娘做得"。又说"记我生时，自织小纱三十三匹，绢七十匹，绸一百五十匹，速取还我。"父母听到她的埋怨和责备，非常伤感，无言以对，只得默默将纱、绢、绸如数搬出，任其取走。"女出呼林郎，洋洋自如，无所畏怯，然后拜别二亲曰：'便与林郎入西川作商，莫要寻忆。'随语而没。"言辞之中流露出死后不再受世俗礼教伦理束缚、能自主婚姻、与林郎有情人终成眷属的喜悦。

《丁志》卷四《孙五哥》的批判矛头同样指向礼教伦理，但视角却颇为新颖：

> 郑人孙愈，王氏甥也，年十八九岁时到外家，与舅女真真者凭阑相视，有嘉耦之约。归而念之，会有来议婚对者，母扣其意，云："如真真足矣。"母爱之甚，亟为访于兄，兄言："吾数婿皆官人，而甥独未仕。若能取乡荐，当嫁以女。"愈本好读书，由此益自勤苦。凡再试姑苏，辄不利。女亦长大，势不可复留，乃许嫁少保赵密之子。愈省兄愁于临安，因赴饮舅氏，真真乘隙垂泪谓曰："身已属他人，与子事不谐矣。"愈不复留，即还昆山故居。遇侄革于道，邀同舟，问之曰："世俗所言相思病，有之否？我比日厌厌不聊赖，肠皆挚痛如寸截，必以此死。"革宛转慰解，且诮之曰："叔少年有慈亲，而无端恋着如此，岂不为姻党所笑？"既至家，馆革于外舍，愈宿母榻。半夜走出，呼革起曰："恰寝未熟，闻人呼五哥，视之，则真真也。急下床，茫无所睹。此何祥哉？"革留旬日，过临安，适真真成礼于赵氏。次日合宴，恍然见人立其旁，惊曰："五哥何以在此？"便得疾，逾月乃瘳。是时愈已病，羸瘠骨立，与母谒医苏城，及门，为母言："此病最忌哕逆及呕血，若证候一见，定不可活。"语毕，忽作恶，吐鲜血数块而死。方女有所见之夕，愈尚无恙，岂非魂魄已逝乎？

以前的小说多写女子痴情而离魂，本篇则独写男子为情而离魂，为情而死，悲剧控诉的也是等级门第观念。

"三纲五常"、寡妇守节等礼教观念在宋以后逐渐形成，对此，《夷坚志》人鬼婚恋作品也有所揭露，如《支甲》卷四《邓如川》写建昌人邓如川娶宗室赵浍的女儿为妻后不幸病亡，由于生活极其艰难，赵氏无法守志，准备改嫁富室黄某。随即，黄某梦见邓如川责备他："汝何人！乃敢娶吾妻。吾今受命为瘟部判官，汝宜速罢婚。不尔，将行疫疠于汝家，至时勿悔也。"黄某梦醒后，非常害怕，不敢再娶赵氏。赵氏益加贫困，至衣食无着的境地，被迫改嫁南城童久中。过了不久，童久中也梦见邓如川多次来责骂："当以我临终之疾移汝身。"后来，童久中果然患邓如川所患的风劳之疾，被折磨二年后死去。作品写到寡妇赵氏是为生活所迫无奈改嫁的，却仍遭到前夫邓如川亡魂的一再阻挠破坏，从中反映出当时社会对夫权至上、"夫为妻纲"等封建伦理纲常的顽固信守。像这样的作品还有《乙志》卷十六《鬼入磨齐》、《三志辛》卷九《赵珪责妻》等。《丁志》卷十二《吉扬之妻》则从另一个角度揭示了封建伦理纲常对女性的毒害，故事写岳州平江令吉扬初娶王氏，不幸病亡。后娶张氏，王氏鬼魂作祟，张氏所生之女病危，请巫媪作法禳解，鬼魂也不肯离去，问其原因，答曰："必得长官效人间夫妇决绝写离书与之，乃可脱。"吉扬不得已，写一休书杂以纸钱焚付之，"妇人执书展读竟，恸哭而出矣。"女性亡魂竟非要尚在人间的丈夫给一纸休书，才能接受两人缘尽的现实。"生人休死妻，古未闻也"，作品想象很奇特，揭露的现实却非常沉痛。以邓如川为代表的封建男性生死都坚持对女性的控制与占有，以王氏为代表的女性居然也接受和认同这种控制与占有，封建伦理纲常的力量可见一斑。

　　《夷坚志》还借人鬼婚恋小说谴责男性的负心薄幸，如《志补》卷十一《满少卿》：

　　　　满生少卿者，失其名，世为淮南望族，生独跅弛不羁，浪游四方。至郑圃依豪家，久之，觉主人倦客，闻知旧出镇长安，往投谒，则已罢去。归次中牟，适故人为主簿，赒之不能足，又转而西抵凤翔，穷冬雪寒，饥卧寓舍，邻叟焦大郎见而恻然，饭之，旬日不厌。生感幸过望，往拜之，大郎曰："吾非有余，哀君逆旅披猖，故量力相济，非有他意也。"生又拜誓，异时或有进，不敢忘报。自是日诣其家，亲昵无间，杯酒流宕，辄通其室女，既而事露，惭愧无所容。大郎叱责之曰："吾与汝本不相知，过为拯拔，何期所为不义若此？岂士君子之行哉！业已而，虽悔无及，吾女亦不为无过，若能遂为婚，吾亦不复言。"生叩头谢罪，愿从命。既成婚，夫妇相得欢甚。

居二年，中进士第，甫唱名，即归，绿袍槐简，跪于外舅前，邻里争相持羊酒往贺，歆艳夸诧。生连夕燕饮，然后调官，将戒行，谓妻曰："我得美官，便来取汝，并迎丈人俱东。"焦氏本市井人，谓生富贵可俯拾，便不事生理，且厚赆厥婿，赀产半空。生至京，得东海尉，会宗人有在京者，与相遇，喜其成名，拉之还乡。生深所不欲，托辞以拒，宗人骂曰："书生登科名，可不归展坟墓乎！"命仆负其囊装先赴舟，生不得已而行。到家逾月，其叔父曰："汝父母俱亡，壮而未娶，宜为嗣续计，吾为汝求宋都朱从简大夫次女，今事谐矣。汝需次尚岁余，先须毕姻，徐为赴官计。"叔性严毅，历显官，且为族长，生素敬畏，不敢违抗，但唯唯而已，心殊窘惧。数日，忽幡然改曰："彼焦氏非以礼合，况门户寒微，岂真吾偶哉！异时来通消息，以理遣之足矣。"遂娶于朱。朱女美好，而装奁甚富，生大惬适。凡焦氏女所遗香囊巾帕，悉梵弃之，常虑其来，而杳不闻问，如是几二十年。累官鸿胪少卿，出知齐州，视印三日，偶携家人子散步后堂，有两青衣自别院右舍出，逢生辄趋避，生追视之，一妇人著冠帔褰帏出，乃焦氏也。生惶惧失措，焦泣泫然曰："一别二十年，向来婉娈之情，略不相念，汝真忍人也！"生不暇扣其所从来，具以实告。焦氏曰："吾知之久矣！吾父已死，兄弟不肖，乡里无所依，千里相投，前一日方至此，为阍者所拒，恳祈再三，仅得托足。今一身孤单，茫无栖泊，汝既有嘉耦，吾得备侧室，竟此余生，以奉事君子及尊夫人足矣！前事不复校也。"语毕长恸，生软语慰藉之，且畏彰闻于外，乃以语朱氏。朱素贤淑，欣然迎归，待之如妹。越两旬，生微醉，诣其室寝，明日，门不启，家人趣起视事，则反扃其户，寂若无人。朱氏闻之，唤仆破壁而入，生已死牖下，口鼻流血，焦与青衣皆不见。是夕朱氏梦焦曰："满生受我家厚恩，而负心若此，自其去后，吾抱恨而死，我父相继沦没，年移岁迁，方获报怨，此已幽府伸诉逮证矣。"朱氏及问而寤，但护丧柩南还。此事略类王魁，至今百余年，人罕有知者。

士子满少卿浪游四方，无所作为，严冬雪寒之时，饥卧旅舍，得邻人焦大郎帮助，渡过难关。没想到满少卿却勾引私通其女儿，事情败露后，不得已娶以成婚。后来，他考取进士，随即遗弃焦氏，认为焦氏出身寒微，又非明媒正娶，不配做自己的妻子。"遂娶于朱。朱女美好，而装奁甚富，生大惬适。凡焦氏女所遗香囊巾帕，悉梵弃之，常虑其来，而杳不闻问，如是几二十年。"二十年后，焦氏鬼魂寻来报仇，满生横死，死前被痛责："满生受我家厚恩，而负心若此，自其去后，吾抱恨而死，我父相继沦没，年移岁迁，方获报怨，此已幽府伸诉逮证矣。"作者谴责满少卿的忘恩负义，贪图富贵，薄倖负心，肯定焦氏女的复仇精神。故事对后世小说戏曲都产生了较大影响，如《二刻拍案惊奇》卷十一《满少卿饥附饱扬　焦文姬生仇死报》即据此敷演，明傅一臣有杂剧《苏门啸》四种，其中《死生冤报》亦演此故事。

《三志辛》卷五《汪季英不义》同样是一则凄艳的负心故事："大庾丞陈定国女，嫁乐平人汪季英。汪顾其资送不腆，心殊弗惬。已又诞女，愈嫌之，出游郡庠。陈氏病，遣仆屡促其归，暨抵家，既棺殓矣。"不仅如此，汪还欲将陈氏的棺柩焚毁，其薄倖狠毒之情令人发指。后陈氏鬼魂复仇，将"不义者即投之宪纲"，以蜂蜇死亡。这样的故事还有《丁志》卷十八《袁从政》等。

《夷坚志》人鬼婚恋小说在艺术表现上也有些突出的特点，如《支甲》卷六《西湖女子》：

乾道中，江西某官人赴调都下，因游西湖，独行疲倦，小憩道旁民家。望双鬟女子在内，明艳动人，寓目不少置，女亦流眄寄情，士眷眷若失。自是时时一往，女必出相接，笑语绸缪，挑以微词，殊无羞拒意，然冀顷刻之欢不可得。既注官言归，往告别，女乘间私语曰："自与君相识，彼此倾心，将从君西，度父母必不许，奔而骋志，又我不忍为，使人晓夕劳于寤寐，如之何则可？"士求之于父母，啖之重币，果峻却焉。到家之后，不复相闻知。又五年再赴调，亟寻旧游，茫无所睹矣。怅然空还，忽遇之于半途，虽年貌加长，而容态益媚秀。即呼揖问讯，女曰："隔阔滋久，君已忘之耶？"士甚喜，扣其徙舍之由，女曰："我久适人，所居在城中某巷。吾夫坐库务事，暂系府狱，故出而祈援，不自意值故人，能过我啜茶否？"士欣然并行。二里许，过士旅馆，指示之，女约就彼从容，遂与之狎。士馆僻在一处，无他客同邸。女曰："此自可栖泊，无庸至吾家。"乃携手入其室。留半岁，女不复顾家，亦间出外，略无分毫求索，士亦不忆其有夫，未尝问。将还，议挟以偕逝，始敛衽颦蹙曰："自向来君去后，不能胜忆念之苦，厌厌感疾，甫期年而亡。今之此身，盖非人也，以宿生缘契，幽魂相从，欢期有尽，终天无再合之欢，无由可陪后乘，虑见疑讶，故详言之。但阴气侵君已深，势当暴泻，惟宜服平胃散以补安精血。"士闻语惊惋良久，乃云："我曾看《夷坚志》，见孙九鼎遇鬼亦服此药。吾思之，药味皆平平，何得功效如是？"女曰："其中用苍术去邪气，上品也，第如吾言。"既而泣下。是夜同寝如常，将旦，恸哭而别。暴下服药，一切用其戒。后每为人说，尚凄怅不已。

小说写的是江西某官人与西湖女子恋爱的故事，重点描叙了他们间的两次诀别——一次是两人相恋却无由婚配的生离，一次是官人与女子鬼魂的诀别——以这两个生活横断面来表现两人间的真挚感情，作品颇有唐代小说李景亮《李章武传》的神韵。① 实际上，《夷坚志》是一部以志怪为主的小说集，志怪小说的特点即好奇尚异，奇异不仅是作者的一种观念，也是作品的结构方式，又是作品内涵的深化方式。由于好奇尚异，作者可以将各种矛盾统一起来，如作者在婚恋题材上一方面提倡要戒色欲，一方面写痴情，二者看似矛盾，却均在好奇尚异中得到统一。在艺术表现上，作品把幻想性情节和写实性情节结合起来，前半部分写实后半部分写幻，迷离恍惚，摇曳多姿，跌宕起伏。又如《乙志》卷九《胡氏子》写女鬼还魂为人妻：

舒州人胡永孚说：其叔父顷为蜀中倅，至官数日，季子适后圃，见墙隅小屋，垂箔若神祠，有老兵出拜曰："前通判之女，年十八岁，未适人而死，葬此下。今去而官于某矣。"问容貌何似，曰："老兵无所识，闻诸倡言，自前后太守以至余官，诸家所见妇人未有如此女之美者。"胡子方弱冠，未授室，闻之心动，指几上香火曰："此亦太冷落。"明日，取熏炉花壶往为供，私酌酒奠之，心摇摇然，冀幸得一见。自是日日往，精诚之极，发于梦寐，凡两月余。他日，

---

① （唐）李景亮：《李章武传》，见李时人《全唐五代小说》，陕西人民出版社1998年版，第665页。

又往焉,屋帘微动,若有人呼啸声。俄一女子袨服出,光丽动人。胡子心知所谓,径前就之。女曰:"无用惧我,我乃室中人也。感子眷眷,是以一来。"胡惊喜欲狂,即与偕入室,夜分乃去。自是日以为常,读书尽废。家人少见其面,亦不复窥园。唯精爽消铄,饮食益损。父母窃忧之,密以扣宿直小兵,云:"夜与人切切笑语。"呼问子,子不敢讳,以实告。父母曰:"此鬼也,当为汝治之。"子曰:"不然。相接以来,初颇为疑,今有日矣,察其起居上下,言语动息,无少分不与人同者,安得为鬼?"父母曰:"然则有何异?"曰:"但每设食时未尝下箸,只饮酒啖果实而已。"父母曰:"俟其复至,使之食,吾当自观之。"子反室而女至,命具食延之,至于再三,不可,曰:"常时来往无所碍,今食此,则身有所著,欲归不得矣。"子又强之,不得已,一举箸,父母从外入,女骤起,将避匿,而形不能隐,踧踖惭窘,泣拜谢罪。胡氏尽室环之,问其情状,曰:"亦自不能觉,向者意欲来则来,欲去则去,不谓今若此。"又问曰:"既不能去,今为人邪、鬼邪?"曰:"身在也,留则为人矣。有如不信,请发瘗验之。"如其言破冢,见柩有隙可容指,中空空然。胡氏皆大喜,曰:"冥数如此,是当为吾家妇。"为改馆于外,择谨厚婢服事,走介告其家,且纳币焉。女父遣长子与家人来视:"真吾女也。"遂成礼而去。后生男女数人。云今尚存,女姓赵氏。

本篇故事颇类《搜神后记》中的《徐玄方女》和《李仲文女》[①],显然对其有所继承,但又有创新。如作品写胡氏子恋鬼不辍,突出人恋鬼,打破了此前人鬼婚恋作品多是鬼恋人的传统模式。同时作品写人鬼相恋的过程非常细腻,先写胡氏子听说前任官员之女貌美异常,虽知其已死,仍闻之心动,心生爱恋,"私酌酒奠之,心摇摇然,冀幸得一见。自是日日往,精诚之极,发于梦寐,凡两月余",最终感动了女鬼,女鬼现身以就。作品还写女鬼吃了人间酒食就不得再为鬼而可复生为人,这是此前小说中所未见之情节,从而为作品增添了奇情幻彩和新意。本篇还是《夷坚志》中难得一见之人鬼婚恋的结局完满者。胡氏子的父母也被塑造成没有受到礼教思想异化的开明家长,他们得知女鬼还魂后,"皆大喜,

---

① (晋)陶渊明:《搜神后记》,中华书局1981年版,第30页。

曰：'冥数如此，是当为吾家妇。'为改馆于外，择谨厚婢服事，走介告其家，且纳币焉。"成就了一桩美满婚姻，这一结局即使在整个中国古代人鬼婚恋作品中都是非常独特的。

三 人与精怪（妖）之婚恋

什么是精怪？刘仲宇《中国精怪文化》一书论曰：

> 精怪，本来是指各种自然物——山川土木、飞鸟潜鱼、走兽爬虫，老而成精，便能通灵变化；而且常常参与到人的社会生活中来，多数是为害作恶，搞乱生灾，有时又能佑护致福。
>
> 这精怪，与华夏大地人们信仰的神和鬼，有些牵连，但又有些区别。它们有时被包括在广义的鬼神概念中，实际其源头比鬼神观念更早；而且与人死后灵魂变的鬼以及高高在上的神依然有明显区别。最重要的，它们都有一个活的或实在的个体做为原型，原型被毁，它们便烟消云散，与人死之后才从躯壳中解脱出来的鬼大不相同。
>
> 精怪，如同鬼神一样，都是人们观念的产物，现实世界中并不真的存在。[1]

由此可见，精怪实为通俗所说的"妖"，虽然并不真的存在于现实世界中，却是文言小说中频繁出现的故事主角。《夷坚志》中有大量的精怪小说，尤以人与精怪婚恋之类最为精彩。如《志补》卷十《崇仁吴四娘》：

> 临川贡士张挥赴省试，行次玉山道中，暮宿旅店。揭荐治榻，得绢画一幅，展视之，乃一美人写真，其旁题"四娘"二字。以问主者，答曰："非吾家物，比来士子应诏东下，每夕有寓客，殆好事少年所携而遗之者。"挥旅怀淫荡，注目不释，援笔书曰："捏土为香，祷告四娘，四娘有灵，今夕同床。"因挂之于壁。酤酒独酌，持杯接其吻曰："能为我饮否？"灯下恍惚觉轴上应声莞尔微笑，醉而就枕。俄有女子卧其侧，撼之使醒曰："我是卷中人，感尔多情，故

---

[1] 刘仲宇：《中国精怪文化》，上海人民出版社1997年版，第1页。

来相伴。"于是抚接尽欢,将晓告去,曰:"先诣前途侍候。"自是夜夜必来,暨到临安亦然,但不肯说乡里姓氏。择尝谓之曰:"汝既通灵,能入贡院探题目乎?"曰:"不可。彼处神人守卫,巡察周备,无路可入。"试罢西归,追随如初。将至玉山,惨然曰:"明当抵向来邂逅之地,正使未晚,盍弛担,吾当与子决别。"及期,择执其手曰:"我未曾娶,愿与汝同归,白母以礼婚聘。"女曰:"我宿缘合伉俪,今则未也。君今举失利,明年授室,为别不久,他时当自知。"瞥然而去。择果下第,寻约婚于崇仁吴氏,来春好合。妻之容貌,绝类卷中人,而排行亦第四。一日,戏语妻曰:"方媒妁评议时,吾私遣画工图尔貌。"妻未之信。开笥出示,吴门长幼见之,合词赞叹,以为无分毫不似,可谓异矣!

小说记叙士子张择与"画中人"相亲相恋的故事,情节曲折,奇幻浪漫,是《夷坚志》乃至宋代人与精怪婚恋小说的上乘之作。作品有两个重要关目,一是张择得画后,在画上题诗,与画对饮,感动得"卷中人"现身;二是"卷中人"与张择后来娶的妻子"无分毫不似"。这两个关目既上承唐代小说,又下启后世创作。唐杜荀鹤《松窗杂记》记载:"唐进士赵颜,于画工处得一软障,图一妇人,甚丽。颜谓画工曰:'世无其人也,如可令生,余愿纳为妻。'画工曰:'余神画也,此亦有名,曰真真。呼其名百日,昼夜不歇,即必应之,应则以百家彩灰酒灌之,必活。'颜如其言,遂呼之百日,昼夜不止,乃应曰'诺'。急以百家彩灰酒灌之,遂活。下步言笑,饮食如常。曰:'谢君召妾,妾愿事箕帚。'终岁,生一儿。"唐于逖《闻奇录》所记大同小异。这些记载对本篇的影响显而易见。此后,汤显祖《牡丹亭》写柳梦梅拾得杜丽娘去世前留下的画像,对美貌的杜丽娘心生爱慕,于是在画上题诗一首,并把画挂在房中朝夕呼唤,感动得杜丽娘魂灵出现,这一情节又正是来源于本篇。明末吴炳创作的《画中人》传奇也受本篇之影响,传奇写广陵书生庾启凭想象画了一幅美人图,没想到美人容貌竟与刺史的女儿郑琼枝非常相似,庾启对着画上美人呼唤了二十一天,美人果然活了,从画上下来与他相会,这正是郑琼枝的鬼魂。后来琼枝复活,与庾启结成夫妻。[①]

---

① (明)吴炳:《暖红室汇刻粲花斋五种》,江苏广陵古籍刻印社影印1982年版。

有恋"画中人"者，也有恋祠、庙中的塑像者，如《丁志》卷二《济南王生》：

> 济南王生，参政庆曾宗人也。登第出京，行数十里间，憩道旁舍。主人亦士子，留饮之酒。望舍后横屋数楹，帘幌华楚，问为谁，曰："某提举赴官闽中，单车先行，留家于此，以俟迎吏，今累月矣。"遥窥其内，隐隐见女子往来，甚少艾，注目不能去。抵暮留宿，主人夜与语，因及乡里门阀。审其未娶，为言："提举家一女，极韶媚，方相托议亲，子有意否？"生欣然，唯恐不得当也。主人为平章，翌日约定。女之母邀相见，曰："吾夫远宦，钟爱息女，谋择对甚久，不意邂逅得佳婿。彼此在旅，不能具六礼，盍相与略之。"乃草草备聘财，择日成婚，且许生挈女归济南。须至闽遣信来迎，既别，不复相闻，生不以为疑。女固自若，历四五年，生二子，起居嗜好与常人不殊，但僮仆汲水时，只用前桶而弃其后，以为不洁。自携一婢来，凡调饪纫缝，非出其手不可，夜则令卧床下。忽告生云："我体中不佳，略就枕，切勿入房惊我。"生然之。俄顷，震雷飞电，大雨滂沛，火光煜然，尽室危怖。移时始定，女与婢皆失所在矣。初，生之入京，道经某处龙母祠，因入谒，睹龙女塑容端丽，心为之动，默念他年娶妻如此，足慰人心。及出门，有巨蛇蟠马鞍上，驱之弗去，始大恐，复诣祠拜而谢过。洎出，乃不见。后遇兹异，识者疑其龙所为云。

一般而言，婚恋小说中的精怪多为女性，花妖狐魅是为代表，如《乙志》卷十九《秦奴花精》中的花精，《丙志》卷十二《紫竹园女》、《支庚》卷六《蕉小娘子》中的芭蕉精，《丁志》卷十六《玉真道人》中的狐精等，可见《夷坚志》大体也是这个规律。但也有写男性精怪较好的作品，如《三志己》卷四《萧县陶匠》：

> 邹氏，世为充人。至于师孟，徙居徐州萧县之北白土镇，为白器窑户总首。凡三十余窑，陶匠数百。一匠曰阮十六，禀性灵巧，每制作规范，过绝于人。来买其器者价值加倍。又祗事廉且谨，师孟益爱之，遂妻以幼女。历数岁，生男女三人。既皆长大，而阮之年貌俨不

少衰，众颇疑其异，谓非人类，虽师孟亦惑焉。唯妻溺于爱，无所觉。阮或出外，不持寸铁，登山陟巇，渡水穿林，未尝恐怖蛇虎。萧沛土俗，多以上巳节群集郊野，倾油于溪水不流之处，用占一岁休咎，目曰油花卜。阮尝同家人此日出游，抵张不来山，见鹿鸣呦呦，意气踊跃。及暮还舍，语妻曰："我欲归乡省父母，暂与汝别。如要见我时，只来州城下宝宁寺罗汉洞伏虎禅师边求我。"妻固留之，翩然而去。后二年，师孟携家诣宝宁，设水陆斋。幼女忆阮，同母入洞，瞻伏虎像旁一土偶，以手加虎额，容色体态，悉阮生也。始知其前时幻变云。

阮生是土偶幻化的男性精怪，年貌不衰，"不持寸铁，登山陟巇，渡水穿林，未尝恐怖蛇虎"是其作为精怪的标志。他以能工巧匠的形象来到人间，表现得谦和谨慎，勤奋踏实，禀性灵巧，技艺高超，由此完美地融入人间生活，与邹氏女有了诚挚的婚姻恋情。因此，本篇是《夷坚志》中少数张扬人与异物可以有美好恋情的篇章之一。

人与精怪之婚恋和人鬼婚恋非常相似，在《夷坚志》中，这两类作品往往采用相同的情节模式。如《丁志》卷十三《潘秀才》：

> 汉阳学士潘秀才，晚醉出学前，临荷池，欲采莲而不可得。见妇人从水滨来，行甚急，问潘曰："日已暮，何为立此？"潘曰："汝为谁？"曰："东家张氏女也。今夕父母并出，心相慕甚久，良时难失，故来就君。"潘大喜，携手同入。自是旦去暮来，未两月，积以羸悴。同舍生扣其由，秘不肯答。学正张盥苦诘之，乃具以告。张曰："子将死矣！彼果良家女，焉得每夜可出，又入宿学中？此非鬼即妖。若欲存性命，当为验治。"潘惧而求教。张取针串红线付之，使密施诸衣裾上。是夕用其策。明日，一学人分道遍访僧坊祠室，或于桃花庙壁上见绘捧香盘仙女，红线缀裙间，即以刀刮去，且碎其壁。怪遂不复至。

本篇采用的模式是士子艳遇美貌女子—女子主动相就，旦去暮来—精怪妖气毒害士子，士子羸悴—法师揭穿女子为精怪—法师设计灭杀精怪，这一模式一如《吴小员外》等人鬼婚恋作品，由此可以说，人妖之恋与人鬼之恋往往有共同的内涵与指向，甚至在很多情况下是一致的。

当然，也有不少人妖婚恋作品打破上述模式，如《丁志》卷十九《留怙香囊》写衢州士子留怙因独居水滨，遂艳遇了一水仙精，水仙精赠其一香囊，精美非世间所能有，香气特异。父母以为困于鬼魂，深为忧虑。但留怙与水仙精往来日长，不仅没有萎顿，反而精神饱满，容貌越来越年轻，且终生"康宁无疾，至老嗜欲不衰，年八十余尚有少妾十辈，官至中大夫，年几九十。"人们问他是什么原因，他说水仙精向他传授了"养生之术"。则本篇故事又有人神婚恋的意味，精怪不似鬼魂反类仙女，能给士子予长生之术。

由此看来，人妖婚恋比人鬼之恋要复杂纷纭得多，因为鬼的形成只能是亡魂，而精怪的来源却形形色色，千奇百怪，举凡自然界的动物、昆虫、植物，陶、铁所制的日常用具，土偶、雕塑、绘画等无不可幻化成精怪，这些精怪既保持其原有的物性特征，又在与人相处的过程中培育了人的特性、人的思想、人的情感，因此也演绎了更为丰富多彩的人妖恋情。

总之，《夷坚志》多姿多彩的婚恋小说以独特的视角反映了宋代的社会文化，展示了理学、伦理纲常融入宋人日常生活的情景以及青年男女为爱情自由所做的抗争，具有相当高的社会认识价值。同时，这些作品想象奇特，情节曲折，叙事细腻，艺术表现方法丰富多彩，不少作品是中国古代小说的佳构杰作。

第三节 《夷坚志》独具特色的情色骗局故事

《夷坚志》中有一类故事极具特色，这就是骗局故事。这类故事叙写曲折细腻，记述详尽富赡，拓展了社会关注视野，借此淋漓尽致地表现了人性的善恶美丑，由此可见作者洪迈敏锐的思维与不凡的艺术创造力。

宋代社会动荡不安，邪恶势力不断滋生，因此赌骗现象非常严重，周密的《武林旧事》卷六《游手》曾记载南宋京城临安存在的种种骗局类型：

> 浩穰之区，人物盛夥，游手奸黠，实繁有徒，有所谓美人局（以倡优为姬妾，诱引少年为事），柜坊赌局（以博戏关扑结党手法骗钱），水功德局（以求官、觅举、恩泽、迁转、讼事、交易等为

名，假借声势，脱漏财物），不一而足，又有卖买物货，以伪易真，至以纸为衣，铜铅为金银，土木为香药，变幻如神，谓之白日贼。阛阓之地，则有剪脱衣囊环佩者，谓之"觅贴儿"。其他穿窬胠箧，各有称首。以至顽徒如拦路虎、九条龙之徒，尤为市井之害。①

《夷坚志》中记录的骗局也是形形色色，种类繁多，其中最突出的是情色骗局，另外还有以赌局设骗者，以奇珍异宝设骗者，以道教法术设骗者，等等。

一 情色骗局故事

情色骗局故事是《夷坚志》骗局故事中最多也最精彩的一类。所谓情色骗局是江湖骗子利用人们好色之心理弱点，用情色设计骗局，骗取浪荡公子、纨绔子弟的钱财，如《志补》卷八《李将仕》：

> 李生将仕者，吉州人。入粟得官，赴调临安，舍于清河坊旅馆。其相对小宅，有妇人常立帘下阅市，每闻其语音，见其双足，着意窥观，特未尝一觌面貌。妇好歌"柳丝只解风前舞，诮系惹那人不住"之词，生击节赏咏，以为妙绝。会有持永嘉黄柑过门者，生呼而扑之，输万钱，愠形于色，曰："坏了十千，而一柑不得到口。"正嗟恨不释，青衣童从外捧小盒至，云赵县君奉献。启之，则黄柑也。生曰："素不相识，何为如是，且县君何人？"曰："即街南所居赵大夫妻，适在帘间，闻官人有不得柑之叹，偶藏此数颗，故以见意，愧不能多矣！"因扣赵君所在，曰："往建康谒亲旧，两月未还。"生不觉情动，返室发箧，取色彩两端致答。辞不受，至于再，始勉留之。由是数以佳馔为馈，生辄倍酬土宜，且数饮此童，声迹益洽。密贿童，欲一见，童曰："是非所得专，当归白之。"既而返命，约只于厅上相见。生欣跃而前，继此造其居者四五。妇人姿态既佳，而持身甚正，了无一语及于鄙媟。生注恋不舍旦暮，向虽游娼家，亦止不往。一夕，童来告："明日吾主母生朝，若致香币为寿，则于人情尤美。"生固非所惜，亟买缣帛果实，官壶遣送。及旦往贺，乃升堂会饮，晡

---

① （宋）周密：《武林旧事》卷6《游手》，西湖书社1981年版，第97页。

时席罢,然于心终不惬。后日薄晚,童忽来邀致,前此所未得也,承命即行,似有缱绻之兴。少顷登床,未安席,暮闻门外马嘶,从者杂沓,一妾奔入曰:"官人归也!"妇失色惴惴,引生匿于内室。赵君已入房,诟骂曰:"我去能几时,汝已辱门户如此!"挥鞭棰其妾。妾指示李生处,擒出缚之,而具牒将押赴厢。生泣告曰:"倘到公府,定为一官累,荏苒虽久,幸不及乱,愿纳钱五百千自赎。"赵阳怒不可,又增至千缗。妻在傍立,劝曰:"此过自我,不敢饰辞,今此子就逮,必追我对鞫,我将不免,且重贻君羞,幸宽我!"诸仆皆受生饵,亦罗拜为言。卒捐二千缗,乃解缚,使手书谢拜,而押回邸取赂,然后呼逆旅主人付之。生得脱自喜,独酌数杯就睡,明望其店,空无人矣!予邑子徐正封亦参选,与生邻室,目击其事,所费既罄,亟垂翅西归。

故事写到李将仕之所以上当受骗,在于其好色,女骗子引诱李将仕上钩的过程描绘得非常细腻。像这样的作品还有《志补》卷八之《吴约知县》,作品写江湖骗子勾结娼妇妓女假扮宗室赵监庙携妙年美色的妻子卫氏诈骗道州人、赴吏部磨勘的吴约,将其骗得"囊中枵然,几无糊口之费",而吴约却仍执迷不悟,他的朋友同僚点醒他说:"彼岂真宗妇哉!盖滑恶之徒,结娼女诱饵君,而君不悟也!"作者对李将仕、吴约的上当受骗总结说:"士大夫旅游都城,为女色所惑,率堕奸恶计中。"

《志补》卷八《郑主簿》也是一个非常精彩的情色骗局故事。故事写浙西人郑主簿赴京城调官,在旅舍里遇见了同样来调官的衡州通判孙朝请。孙朝请随行有数名兵丁,几天之间就拜访了主管调官的各个部门,并有官员回访,很快他的官职有了着落,几个名郡的要职任由他挑选,最后他选择了去建昌军。这让郑主簿很是羡慕并佩服,觉得孙朝请的气派足、能量大。此后,孙朝请邀请郑主簿陪同他去买两个小妾,在此过程中,孙朝请将一个年少貌美且价格不高的女子推荐给了郑主簿,郑主簿很高兴地买了下来。三天后,他外出办事,等他回来,小妾不见了,行囊中的钱财物品被洗劫一空。他赶紧到买小妾的地方寻找,发现原来是个酒店。孙朝请也不见了踪迹,再一查问,所谓拜访官府、官员回访、任职建昌军都是假的,郑主簿这才知道自己中了奸计,为人所骗。从故事中我们可以看到,骗子的骗局设计非常严密,步步为营,环环相扣。为了取得郑主簿的信任，先是故意在旅舍中上演调官的连环戏。接着，又引诱他买小妾，骗子自己高价买丑妾，让郑主簿低价买美妾，使郑主簿以为捡了大便宜。最后，趁郑主簿外出，里应外合洗劫其财物。而郑主簿好色、贪婪、无能的形象跃然纸上，正是他人格中的上述缺陷才使得骗子的奸计得逞。

二 赌骗或赌、色结合的骗局故事

赌骗故事在《夷坚志》中数量也不少。情色骗局设局非常严密，以赌局设骗者准备也非常充分，如《志补》卷八《鲍八承务》：

> 绍兴十年，鄱阳程汝楫与同郡徐、高、潘、李四人偕入都，每夕舍馆定，必计膳饮仆马之费，相与博赛，使负者输之，因以遣日。在道逾半月，不逞子闻之者，意以为皆富家儿，密迹其后。将次龙山下，日犹未晡，潘生有旧所欢在白壁营，欲往游，强众留止，乃驰担。歇未定，一健丁持黑漆牌挂于对房，题曰"鲍朝请宅八承务占"。少选，一少年下车至，迭相过，室内列行榻纱厨，象盘棋局，药奁茶瓯，胡床汤鼎，种种雅洁，其人白皙美髯，善谑笑。五子退就食竟，复取博具曰："明日离郡，不复如此戏，宜各尽万钱。"战方酣，鲍、徐来立观，连称好则剧，遽反室，系金钗于帕，掷几上曰："我素嗜此戏，愿容预盟。"遂同席，于伎故为不长，即败十之九。潘屡邀程出，程识鲍非佳子，摘语诸人曰："可以止则止，不宜已甚。"三子者犹与之周旋。程与潘饮至夜半，欻起曰："三君必堕鲍生计，当急往援之。"暨还邸，闭户甚坚，方冯陵大叫，程厉声扣户，乃得入。鲍已胜徐生三十五万，正赛徐采，随呼蚍焉，失四万，笑谓程曰："约以五百千为率，因君一呼，败乃公事。"徐有盐直寄霸头大胆家，鲍固已知之，遂使书券付己而散。明旦入城，程馆于叔父诸军粮料官舍。又二日，临安吏持符逮赴府，了不知所犯，吏引立于廷，所谓鲍八承务及其朋俦，并徐、高、潘、李皆集。盖鲍与恶子迭为主仆，以诈欺立计，既得钱，而分张不平，自相殴击，诣厢铺，故其事彰显。方聚博时，天正热，众皆袒裼，独鲍生不脱衲衣，曰："平生不畏暑。"是日始知其尝犯徒刑，虑人窥见背瘢故也。于是受杖，而没所得钱入官。

本篇故事中，我们首先可以看到，骗子行动非常迅速，在得知鄱阳程、徐、高、潘、李五子喜欢博赛后，立即"密迹其后"，紧紧跟踪，并连徐生"有盐直寄霸头大驵家"都调查清楚了。很快又住进了五子的对面房间，房间布置还非常"雅洁"。在此后的赌局中，骗子鲍生又故意表现得"于伎故为不长，即败十之九"，以引诱五子大赌，最后将五人骗得精光。故事将骗局过程记录得非常完整细致，情节跌宕，引人入胜。

有些骗局情色、赌博相结合，对浪游士子更具杀伤力，如《志补》卷八《王朝议》：

> 宣和中，吴人沈将仕调官京师。方壮年，携金千万，肆意欢适。近邸郑、李二生与之游，一饮一食，三子者必参会，周旋且半年，歌楼酒场，所之既倦，颇思逍遥野外。一日，约偕行，过一池，见数围人浴马，望三子之来，迎喏颇肃，沈惊异，以为非所应得。郑、李曰："此吾故人王朝议使君之隶也。"去之而行，又数百步，李谓沈曰："与其信步浪游，栖栖然无所归宿，曷若跨王公之马就谒之乎！翁常为大郡，家资绝丰，多姬侍，喜宾客，今老而抱疾，诸姬悉有离心，而防禁苛密，幸吾曹至，必倾倒承迎，一夕之欢可立得，君有意否乎？"郑又侈言动之，沈大喜，即回池边。李、郑唤马，围人谨奉令，既乘，请所往，曰："到汝使君宅。"遂联镳鞍辔，转两坊曲，得车门，门内宅宇华邃，李先入报，出曰："主人闻有客，喜甚，但久病倦懒，不能具冠带，愿许便服相延。"已而翁出，容止固如士大夫，而衰态堪掬，揖坐东轩，命设席，杯杵果馔，咄嗟而办，虽不腆饫，皆雅洁适口。小童酌酒过三行，翁嗽且喘，喉间痰声如曳锯，不可枝梧，起谢曰："体中不佳，而上客仓卒惠顾，不获尽主礼，奈何！"顾郑生代居东道，曰："幸随意剧饮，仆姑小歇，煮药并服，少定复出矣。"沈大失望，兴绪亦阑珊，散步于外，将舍去，又未忍。忽闻堂中欢笑掷骰子声，穴屏隙窥之，明烛高张，中置巨枨，美女七八人，环立聚博。李径入攘袂。众女曰："李秀才，汝又来厮搅！"遂厕其间，且掷且笑。沈神志摇荡，顿足曰："真神仙境界也，何由使我预此胜会乎？"郑曰："诸人皆王翁侍儿，翁方在寝，恐难与接对，非若我曹与之无间也。"沈祷曰："吾随身箧中，适有茶券子，善为吾辞，倘得一饷乐，愿毕矣！"郑逡巡乃入，睢盱侦伺良

久，介沈至局前，众女咄曰："何处儿郎，突然到此！"郑曰："吾友也，知今宵良会，故愿拭目。"女曰："汝得无与松子良诱我乎！"一姬取酒，满酌与沈，饮釂无余，姬诧曰："俊人也。"戒小鬟伺朝议睡觉亟报，乃共博。沈志意得逞，每采辄胜，须臾得千缗，诸姬钗珥首饰，为之一空。郑引其肘曰："可止矣！"沈心不在赌，索酒无算，有姬最少艾，败最多，愠而起，挟空樽至前曰："只作孤注一决，此主人物也，幸而胜，固善，脱有不如意，明日当遭棰，势不得不然。"同席争劝止，或责之，皆不听。沈捻一掷，败焉，倾樽倒物，盖实以金钗珠琲，评其值三千缗。沈反其所赢，又去探腰间券，尽偿之，尚有余镪。方拟再角胜负，俄闻朝议大嗽，索唾壶急，众女推客出，奔入房。三人趋诣元饮处，翁使人追谢，约后数日复相过。沈归邸，卧不交睫，鸡鸣而起，欲寻盟。拂旦，遣招二子，云已出，候至午，杳不至。遽走王氏宅审之，屋空无人，询旁侧居者，云素无王朝议。畴昔之夜，但恶少年数辈，偕平康诸妓饮博于此耳！始悟堕奸计，是时囊装垂罄，郑、李不复再见云。

本篇故事将骗局娓娓道来，层次分明，尤其细节交代得非常清楚，人物性格也跃然纸上，如郑某的欲擒故纵，诸姬的故作娇痴，沈将仕的好色轻狂以及郑、李二人的狡黠都生动异常。《李将仕》与本篇故事后被演为《二刻拍案惊奇》之卷十四《赵县君乔送黄柑　吴宣教干偿白镪》与卷八《沈将仕三千买笑钱　王朝议一夜迷魂阵》。

三　以宝物和宗教法术设骗的故事

除情色、赌博骗局外，还有以奇珍异宝设骗者，如《三志己》卷九《干红猫》：

临安内北门外西边小巷，民孙三者居之。一夫一妻，无男女。每旦携熟肉出售，常戒其妻曰："照管猫儿，都城并无此种，莫要教外间见。若放出，必被人偷去。我老无子，抚惜他便与亲生孩儿一般，切须挂意。"日日申言不已。邻里未尝相往还，但数闻其语。或云："想只是虎斑，旧时罕有，如今亦不足贵，此翁切切护守，为可笑也。"一日，忽拽索出到门，妻急抱回，见者皆骇。猫干红深色，尾足毛须尽然，无不叹羡。孙三归，痛棰厥妻。已而浸浸达于内侍之耳，即遣人以厚直评买。而孙拒之曰："我孤贫一世，有饭吃便了，无用钱处。爱此猫如性命，岂能割舍！"内侍求之甚力，竟以钱三百千取之。孙垂泣分付，复棰妻，仍终夕嗟怅。内侍得猫不胜喜，欲调驯安帖，乃以进入。已而色泽渐淡，才及半月，全成白猫。走访孙氏，既徙居矣。盖用染马缨绋之法，积日为伪。前之告诫棰怒，悉奸计也。

本篇中的骗局是假以世所稀有的干红猫设局，骗子"告诫棰怒"及卖猫时"垂泣"的表演十分逼真，更具讽刺意义的是，骗子竟然将行骗的对象直指宫廷，将内侍权贵骗倒，其诡谲奸诈的面目跃然纸上，而统治者的腐败无能、宫廷的荒诞也得到淋漓尽致的展现。

《支甲》卷九《宋道人》则写到江湖骗子以道教炼金术行骗：

豫章杨秀才，家稍丰赡，有丹灶黄白之癖，凡以此术至，必行接纳，久而无所成，则听自去，由是方士辐辏。一日，小童报有客，称曰："烧金宋道人欲入谒。"杨喜，束带迎之。其人清瘦长黑，微有髭，两耳引前如帽，着黄练单袍，容仪洒落。即延款书室，朝夕共处，稍稍试小方辄验，然未尝暂出嬉游。杨乘间扣以要法，历旬始肯传，当用药三十余品，悉传疏所阙，买之于市。杨请与偕行，不可，曰："吾习静恶嚣，岂应却投闹处？君宜独往。"杨且行，又曰："君出后，小儿曹必来恼人，幸为扃户，使得憩息。"杨如其言。访数药肆买诸物，最后到一肆，望其中有默坐者，衣制颜状全与宋生等，颇惊。正拟问讯，坐者摇手止之。杨遽归，室户扃锁不动，启而视之，则宋瞑目燕坐，凝然如初。杨几欲下拜，以为虽蓟子训、左元放分身隐现，神游变幻，不能过也。自是益加礼遇，随所需即应。未几，不告而去。取所买药以治铅汞，不能就分铢，计供亿馈谢及药值不啻千缗，自谓亲逢神仙，不少悔。

本篇故事写杨秀才迷恋道教炼金术，骗子投其所好以行骗。然骗局实际上又非常简单，只是"兄弟双生甚相似"，故"售其诈"而已，而杨秀才竟不能识，还"自谓亲逢神仙，不少悔"，结果被骗"不啻千缗"，其迂腐昏昧、有眼无珠之姿实在令人感叹。又如《支丁》卷九《单志远》：

> 单志远，河州人，居会通关之南，世守农业，家稍优赡。志远淳古恬漠，独好长生之术。每道流至，无问善否，一切延纳。虏亮正隆中，有丘德彰者，自云春秋过七十，本江南人，而容仪抗爽，几如三四十岁许。善谈玄理，行吐纳之法。单得之，大喜过望，遂以师礼敬事之，有言必信。一夕，从容语曰："人孰无道心，大抵为嗜欲所败。今将求延生久视之理，苟不先绝此段，鲜有克终者。"单焚香再拜，力请其要，连宵靳固。乃授以箧中丹药，使斋沐澄虑，择吉日服之。仅月余，单精采摧愈，阴囊蓄缩，全若阉宦，欲想未断，已无所能为。单以为适我愿，崇信愈确。丘又戒使静处一室，无与外间相闻，终日危坐，非便溺不窥户。丘出入自如，浸浸用房中战胜之技，悦其妻妾，皆与淫通。邻里悉知之，单殊弗悟。既而挑妻妾奔逭。邻人以告单，单久不历家舍，犹未信。然告者至三四，于是始行追蹑，得于别村，执诣郡，杖杀之。妻妾亦受刑。单弃之而为山林之游，莫知所届。

像这样借宗教法术行骗的故事还有《支甲》卷九《益都满屠》。故事写益都屠夫满义不信鬼神，每每对清元真君庙中供奉的神灵大加谩骂。巫祝袁彦隆乃与其信徒设计密谋，邀满义到家中饮酒，要他在清元庙举行祭祀之礼的时候"乘酒力呼噪而来，挥斥众人，登堂正坐，以神自居，空其酒，食其肉，且大骂其神，使万目倾骇"，满义答应了。到了那一天，袁彦隆故意召集数百少年来观望，先取酒食让满义饮用，然后让满义开骂，结果没骂几句，满义忽然发狂，口鼻耳目七窍流血，倒地而死。观望的人都以为满义触怒神灵致祸，十分相信并畏惧神灵之灵威，争相捐钱入庙，使祠宇大兴。没想到几年以后，袁彦隆及其信徒因分赃不均，互相殴斗，有人告到府，才将这一骗局及毒杀满义之事揭露出来。可见，不论骗局设置如何严密，终有其败露的一天。又如《支癸》卷十《刘自虚斩鬼》写到骗局被揭穿：

> 福州紫极宫道士刘自虚，以正法为人治邪祟。虽颇有效验，然赋性诞妄，留意财贿，且好大言自衒鬻。每对客称："我前月中在西门

某家考治,手斩三鬼,血满剑锷;数日前在东郭某家,亦斩其二,皆流血赫然。大率一月之内,无虑斩诛数十鬼也。"梁绲大仲凤能行法,深嫉其欺妄,欲摧沮之。因访所亲款曲,偶及刘驱制妖魅之妙,咨叹不已。梁笑曰:"刘本无术,但架空吓人耳!君可诈云家有祟,召使来,我当暴其奸,以献一笑。"即遣邀之,刘至,梁告之曰:"吾与是家雅故,目睹忧窘,合为致力。然度非一人所可了。我请先,不克,则子继之。"刘曰:"诺。"梁曰:"我本信步到此,不曾携剑来,幸见借。"刘取付之。又曰:"吾法印却随行,只在小仆处,今出外取入。"良久而还,执印诵咒诀,禹步数匝,置剑袖中。俄叱曰:"神将速掷之地。"流血津津,顾刘而笑曰:"幸不辱命。"刘俯首羞怍,不敢答,密遁去。所亲之家,捧腹大噱。自是声光日削,浸革故态。梁告人云:"此是戏术,须摘一草药淬剑,却顿鞘内,才见风则赤如血。复点滴沾洒,全如刃伤。渠所用以欺世者吾亦能之。聊发其宿憝,俾知省愧。"予二孙偃修尝问之云:"不应辄诵咒诀,媟觑心灵。"曰:"那敢尔?但默念修真秘要。不紧切处,姑以借口副急。"偃后见道人林无无云:"此草名为紫背天葵,与虎耳相类。其色上青下紫,更济以他药,可煅炒砒硫黄之属。究其功用,非止血剑锋而止也。"

总之,《夷坚志》中的骗局故事非常有特色,此前的文言小说集很少有这类故事,因此《夷坚志》颇让读者耳目一新。其特色主要表现在:

其一,江湖骗子奸猾狡诈,用诈骗的手段谋人钱财,有时甚至结合勒索、偷盗、抢夺等方式,不劳而获,是社会邪恶势力的典型代表,《夷坚志》记录这些故事,正是对社会邪恶的批判与揭露,反映了社会的动荡不安,非常具有认识价值。

其二,这些骗局故事中写到的被骗者多是贵族阶层,这一阶层好色、好赌、迷信,轻易即中了江湖骗子的奸计,而且至死不悟,因此这些作品更加重要、更有意义的一点是揭示并辛辣地讽刺了贵族阶层的荒淫与愚蠢。

其三,骗局故事的主要模式是江湖骗子行骗贵族公子、纨绔子弟,即社会邪恶势力之间的互相撕裂,是邪恶的双重展示,因此往往充满了喜剧意味,而批判抨击却非常有力。

其四,《夷坚志》中的骗局故事形形色色,往往情节曲折,描写入微,细节毕陈,悬念丛生,是《夷坚志》中篇幅较长的作品,颇具审美价值,同时又有劝诫意义,因此很受人们赞赏。

第五章 《夷坚志》中的侠义公案小说

侠义公案小说是中国古代小说最具影响的类别之一，这类小说最能反映底层平民百姓无奈的诉求和天真的幻想，他们在封建等级社会中，常常遭受不公平、不公正社会秩序的碾压，气愤填膺却又无处宣泄，含冤在心又往往哭告无门，于是渴望有英雄侠义之士能拯救他们，有清官能吏能为他们伸张正义，因此，侠义公案小说实际上是以一种独特的视角直面现实社会、关怀世俗人生。《夷坚志》中收录了大量的侠义公案小说，一方面反映了洪迈对底层平民百姓、对小人物的关怀与同情，体现了洪迈的仁爱情怀；另一方面，也见出洪迈小说观念的通脱豁达，从中可以看到小说文体的演进与发展。

第一节 《夷坚志》中的侠义小说

一般认为，侠义小说在经过了中晚唐的高潮之后，随即进入了有宋一代相对沉寂的时期，如张健《试论豪侠小说在宋代的新走向》一文就说："到了宋代，随着中央集权的加强，文官政治的确立，刚猛之性渐消，尚柔之风蔓延，侠逐渐失去了生息繁衍的土地，侠之精神也随之发生了质变。"[①]李军辉《唐宋时期武侠小说的勃兴、沉寂与创新》一文也说："到了宋代，武侠小说总体来说，艺术成就不高，在作品创作上追慕唐代武侠小说的创作风格，沿袭唐传奇的创作模式。"[②]

不过，从《夷坚志》所收录的侠义小说情况来看，宋代仍有不少侠义小说堪比中晚唐之作，并富有时代特色，反映了宋人的精神风貌与文化

---

① 张健：《试论豪侠小说在宋代的新走向》，《南开学报》2004年第1期。
② 李军辉：《唐宋时期武侠小说的勃兴、沉寂与创新》，《信阳师范学院学报》2011年第6期。

气质。《夷坚志》中，侠义英雄是形形色色的，主要有：

一　女性侠义英雄

《夷坚志》中的侠义小说塑造了不少女性侠义英雄，这可能是与唐代小说一脉相承的结果，因为唐代小说中有许多作品如《贾人妻》《谢小娥传》《红线传》《聂隐娘》《崔慎思》等都是以女性侠义英雄为表现对象的。[①] 如《乙志》卷一《侠夫人》写江西饶州进士董国庆在宋徽宗宣和年间出任莱州胶水县主簿，后因宋金战争羁留中原，孤独而贫穷。漂泊游荡中，经人介绍娶得一妾，欲相依度日。谁料此妾勤劳聪慧，她经商面粉，早起夜归，几年后，家道逐渐殷实，购有田宅。但董生因阻隔日久，十分思念母亲和妻子，渴望能回归故国而又苦于关隘重重，常常深陷忧伤。其妾知道后，乃用智托一豪客冒险越过金兵的封锁、乘船绕道海上将董生送到江南。一年后，其妾追随而来，并将经商所蓄钱财换成金箔缝在一夹袍中带回，使饱经乱离的董生一家生活有了保障。

    董国庆，字元卿，饶州德兴人。宣和六年登进士第，调莱州胶水县主簿。会北边动兵，留家于乡，独处官下。中原陷，不得归，弃官走村落，颇与逆旅主人相往来。怜其羁穷，为买一妾，不知何许人也。性慧解，有姿色，见董贫，则以治生为己任。罄家所有，买磨驴七八头，麦数十斛，每得面，自骑驴入城鬻之，至晚负钱以归。率数日一出，如是三年，获利愈益多，有田宅矣。董与母妻隔阔滋久，消息杳不通，居闲戚戚，意绪终不聊赖。妾数问故，董嬖爱已甚，不复隐，为言："我故南官也。一家皆处乡里，身独漂泊，茫无还期。每一深念，几心折欲死。"妾曰："如是，何不早告我？我有兄，喜为人谋事，旦夕且至，请为君筹之。"旬日，果有估客，长身而虬髯，骑大马，驱车十余乘过门。妾曰："吾兄也。"出迎拜，使董相见，叙姻连，留饮至夜，妾始言前日事以属客。是时虏下令：宋官亡命许自言，匿不自言而被首者死。董业已漏泄，又疑两人欲图己，大悔惧，乃抵曰："无之。"客奋髯怒且笑曰："以女弟托质数年，相与如骨肉，故冒禁欲致君南归，而见疑若此！脱中道有变，且累我，当取

[①] 邱昌员：《论唐代豪侠小说与咏侠诗之互动关系》，《贵州社会科学》2005 年第 5 期。

君告身与我以为信，不然，天明缚君告官矣。"董益惧，自分必死，探囊中文书悉与之，终夕涕泣，一听客。客去，明日控一马来，曰："行矣。"董呼妾与俱，妾曰："适有故，须少留，明年当相寻，吾手制纳袍以赠君，君谨服之，惟吾兄马首所向。若反国，兄或举数十万钱为馈，宜勿取。如不可却，则举袍示之。彼尝受我恩，今送君归，未足以报德，当复护我去。万一受其献，则彼责塞，无复顾我矣。善守此袍，毋失去也！"董愕然，怪其语不伦，且虑邻里觉，即挥涕上马，疾驰到海上。有大舟临解维，客麾董使登，揖而别。舟遽南行，略无资粮道路之备，茫不知所为，而舟中人奉视甚谨，具食食之，特不相问讯。才达南岸，客已先在水滨。邀诣旗亭上，相劳苦，出黄金二十两曰："以是为太夫人寿。"董忆妾别时语，力拒之。客曰："赤手还国，欲与妻子饿死耶？"强留金而出。董追及，示以袍。客骇笑曰："吾智果出彼下。吾事殊未了，明年当挈君丽人来。"径去，不反顾。董至家，母妻与二子俱无恙。取袍示家人，俾缝绽处黄色隐然，折视之，满中皆箔金也。既诣阙自理，得添差宜兴尉。逾年，客果以妾至。

作者对董生妾十分赞赏，作品首先突出她的"智"，她不仅以智慧经营发家致富，脱董生生活之困窘，而且以智慧助董生及自己南归故国。其次彰扬了她的"忠""义"，因为"忠""义"，所以她理解并支持董生的南归行动并且自己也追随南归。有"智""忠""义"，无怪乎誉其为"侠夫人"。

《志补》卷十四《解洵娶妇》中的解洵夫人可以说也是一位"侠夫人"，她的"智""忠""义"一点也不亚于董生妾，而且在性格方面，解洵夫人似乎还更为豪爽。可惜的是她命运不济，遇人不淑。作品叙靖康建炎年间，解洵"独陷北境，其妻归母家，又为溃兵所掠"，在"孤单羁困"中，幸运地娶了位"奁装丰厚"的继室，继室知道他想回归故国，便为他"防闲营护"，并与他"水宿山行"，克服重重困难，一起回到了南方。作品重点描写了解洵夫人帮助解洵的两次义举，一是在北境成亲时，脱解洵流落饥寒之困境，用她自己的话来说解洵"非我之力，已为饿殍矣"；二是在解洵思家欲归故国时，为解洵备办"川陆之计"，并一起回归，且主动表示在解洵找到故妻后，她愿意分一半财产与解洵，自己离开。这两个义举展示了她的情、义，以至于解洵之兄解潜都颇为敬重她。而解洵一旦得志便忘形，身处安乐就忘记了她的恩情，不但疏远她，甚至"奋拳殴其脑"，对她拳脚相加，"又唾骂之，至诋为死老魅"。解洵的举动和夫人形成了鲜明的对比，展现了解洵的无义，夫人终于果敢地杀了这个负心之人。另外，作品还写解洵之兄"蒙国恩，握兵权"，却每每趁机将并非军人的解洵窜名在军功簿中，牟取私利，谴责了兄弟俩的卑劣行径。

上述两篇作品以宋金战争为背景，写富有侠义精神的女性在战乱中以智慧自救并帮助他人，重点表现他们的"智""忠""义"。

有勇敢面对战争的侠义女子，也有勇敢面对乱世强盗的智慧女子，《丙志》卷十三《蓝姐》：

> 绍兴十二年，京东人王知军者，寓居临江新淦之青泥寺。寺去城邑远，地迥多盗，而王以多赀闻。尝与客饮，中夕乃散，夫妇皆醉眠。俄有盗入，几三十辈，悉取诸子及群婢缚之。婢呼曰："主张家事独蓝姐一人，我辈何预也！"蓝盖王所嬖，即从众中出应曰："主家凡物皆在我手，诸君欲之非敢惜。但主公主母方熟睡，愿勿相惊恐。"秉席间大烛，引盗入西偏一室，指床上箧笥曰："此为酒器，此为彩帛，此为衣衾。"付以钥，使称意自取。盗拆被为大複，取器皿蹴踏置于中。烛尽，又继之，大喜过望，凡留十刻许乃去。去良久，王老亦醒，蓝始告其故，且悉解众缚。明旦诉于县，县达于郡。王老戚戚成疾，蓝姐密白曰："官何用忧？盗不难捕也。"王怒骂曰："汝妇人何知！既尽以家赀与贼，乃言易捕，何邪？"对曰："三十盗皆著白布袍，妾秉烛时，尽以焰泪污其背，但以是验之，其必败。"王用其言以告逐捕者，不两日，得七人于牛肆中，展转求迹，不逸一人，所劫物皆在，初无所失。汉《张敞传》所记偷长以赭汙群偷裾而执之，此事与之暗合。婢妾忠于主人，正已不易得，至于遇难不慑怯，仓卒有奇智，虽编之《列女传》不愧也。

面对几十位凶残的盗贼，蓝姐首先表现出她的"忠"，她忠于主人，爱护主人，她对群盗的唯一要求不是不伤害自己，而是对主人"勿相惊恐"。其次则表现出她的"勇"，她大胆承认"主家凡物皆在我手"，在长达"十刻许"的被抢过程中,她孤身一人毫不怯懦地应付群盗。再次则表现她的"智",她冷静理智,假装配合群盗,对群盗的要求——答应,"使称意自取",既保护了一家老小性命不受侵害,又麻痹了盗贼,使自己有机会"尽以焰泪污其背",为日后迅速擒获盗贼留下了线索。正因为她有上述美好的德行,所以受到作者的高度赞赏。

二 传统典型的侠客

《夷坚志》除了写到侠义女子之外,还写到了非常典型的侠客,这就是《志补》卷十四《郭伦观灯》中的"剑侠":

> 京师人郭伦,元夕携家观灯,归差晚,过委巷,值恶少年十辈,行歌而前,联袂喧笑,睢盯窥伺,将遮侮之。伦度力不能胜,窘甚,忽有青衣角巾道人来,责众曰:"彼家眷夜归,若辈那得无礼!"众怒曰:"我辈作戏,何预尔狂道事!"哄起攻之。妇女得乘间引去,伦独留,道人勃然曰:"果欲肆狂暴邪?吾今治汝矣!"挥臂纵击,如搏婴儿。顷之,皆颠仆哀叫,相率而遁。道人徐徐行,伦追步拜谢曰:"与先生素昧平生,忽蒙救护,脱妻子于危难,先生异人乎!不胜感戴之私,念有以报德,敢问何所欲?"曰:"吾本无心,偶见不平事,义不容已,吾于世了无所欲,岂望报哉!能为一醉足矣。"伦喜,邀至家,买酒痛饮。辞去,伦曰:"先生何之?"曰:"吾乃剑侠,非世人也。"掷杯长揖,出门数步,耳中铿然有声,一剑跃出坠地,蹑之腾空而去。

作品中的青衣角巾道人自称为"剑侠"。他武艺高强,十余辈恶少被他"挥臂纵击"打得"如搏婴儿"。他身带宝剑,剑能"跃出",神奇不亚于唐代小说《聂隐娘》中所写到的"肉剑"。他能"蹑之腾空而去",来去无踪。最为可贵的是,他路"见不平事",能做到"义不容已",果断出手,救人危难,并不求报答。同时,他喜酒。酒、剑、高强的武艺、打抱不平,这些都是传统观念中的侠义英雄的特质[①],因此这一青衣角巾道人是《夷坚志》中所写到的最神奇又最典型的侠义之士。这样典型的

---

① 汪聚应:《中国侠的历史文化诠释》,《社会科学评论》2008年第1期。

侠义之士不仅在《夷坚志》甚至在整个宋代小说中也是非常少见的。

唐代侠义小说在叙述中往往指出"某某人,豪侠重义",或"某某,好为侠"等。但在《夷坚志》中,直接用题目或叙述的语言标明、指出主人公是侠或侠义之人的作品只有少数几篇,如《侠夫人》以题目指出女主人公是"侠",《郭伦观灯》中的青衣角巾道人最后自我介绍为"剑侠"。此外还有《志补》卷二《陈俞治巫》:

> 陈俞,字信仲,临川人。豪侠好义,自京师下第归,过谒伯姊,值其家病疫,闭门待尽,不许人来,人亦无肯至者。俞欲入,姊止之曰:"吾家不幸,罹此大疫,付之于命,无可奈何,何为甘心召祸!"俞不听,推户径前,见门内所奉神像,香火甚肃,乃巫者所设。俞为姊言:"凡疫疠所起,本以蒸郁熏染而得之,安可复加闭塞,不通内外!"即取所携苏合香丸十枚,煎汤一大锅,先自饮一杯,然后请姊及一家长少各饮之。以余汤遍洒房壁,撤去巫具,端坐以俟之。巫入,讶门开而具撤,作色甚怒。俞奋身出,掀髯瞠视,叱之曰:"汝何物人,敢至此!此家子弟皆幼,病者满屋,汝以邪术衒惑,使之弥旬弗愈,用意安在?是直欲为盗尔!"顾仆缚之,巫犹哓哓辩析,将致之官,始引伏请罪。俞释其缚,使自状其过,乞从私责,于是鞭之三十,尽焚其器具而逐之。邻里骇愕,争前非诮,俞笑不答。翌日,姊一家脱然,诮者乃服。又尝适县,遇凶人凌弱者,气盖一市,为之不平,运拳捶之死而遁。会建炎初元大赦,获免。后累举恩,得缙云主簿以卒,终身不娶妻妾,亦奇士也。

作品先直接指出陈俞"豪侠好义",明确陈俞为侠义之士。此后叙述其事迹,一写他不信妖巫,以正确的医术对待疾病,救了伯姊一家,改变了伯姊及邻里的疾病医治观念,惩治了骗人钱财的妖巫。二写他在某县打抱不平,杀死了欺凌弱者的恶人,"气盖一市"。最后赞他为"奇士",也是一个非常典型的侠义之士。

三 市民侠士

与唐代和其他时代写到侠义英雄往往隐居山林不同的是,《夷坚志》小说中的侠义之士往往就是普通的市民,他们平时与常人并无二致,根本看不出其有行侠仗义的可能，如《支甲志》卷八《哮张二》：

> 鄂州大吏丁某死，妻年方三十，与屠者朱四通。其子二郎尚少，不能制。至于成立，朱略无忌惮，白昼宣淫，反怒丁子不揖，以为见我无礼，盖以假父自处也。丁愤懑，以母之故，且虑丑声彰著，隐忍弗言。有哮张二者，密州诸城人，遭乱南徙，亦以屠为业，壮勇负气。丁意其可属此事，而每与侪辈诣市饮酒。张担肉过前，辄呼买之而厚酬厥价，久或至数倍。他日，邀之饮，问何以不作区肆而行贾仆仆，张曰："非不能之，但赤手乏本耳。"丁乃付之数百缗，默念彼当感我恩谊，必可使，从容曰："君知我心中有不平事乎？"曰："不知也。"丁以乞殴朱为请，张艴然曰："讶汝贷我钱，盖欲陷我于争斗。"奋衣而起。自后相遇，邈然如不相识，迫于绝交。众哂丁不知人而下交非类，丁亦衔之。未几，张拉朱同渡江，买猪于汉阳，争舟相殴击。既归，夜入朱室，杀朱与男女并三人。自缚告官，终不及丁一词。时岳少保领大兵驻鄂，嘉其志义，移檄取隶军中，不问其罪。后以功补官。

哮张二是再平常不过的市井屠夫，从外表、职业看与典型的侠义之士都相去甚远。但他壮勇负气，知恩图报，尤其行事非常严密，不露破绽，无疑是一个有智有勇的侠义之士，与任何时代的侠士相比都毫不逊色。他实际上已有意为丁二郎打抱不平，铲除朱四，但为了不祸及丁二郎，所以表面上严词拒绝了他，甚至装着"迫于绝交"的样子。设计杀掉朱四后，他自缚于官，供词丝毫不及于丁二郎，无怪乎岳飞也"嘉其志义"，代表官府赦免了他，让他到军中任职。像这样的市井侠义之人还有《三志壬》卷八的《徐咬耳》：

> 池州人徐忠者，虽出市井间，而好勇尚气节，赴人患难，急于己私。闾里有争阋不平之事，横身劝解，必使曲直得其情然后已，以故与之处者，无不心服。一日，有少年来云："昨夜泄水桥畔，厉鬼迷杀一丈夫汉，汝何不为断理！"徐不能答，闷而归。至晚，径诣桥上默坐，往来者询其何所营干，而暮夜单独在此，曰："我寻鬼打。"人皆传笑，以为痴绝。邻右恶子差有胆者，相与伏于隐处，观其所

为，亦虑或逢鬼困，当共救护也。约三更后，望见鬼物三四辈出水中，勃窣而来，徐阳睡不顾，内一鬼云："徐忠粗人在此，是落它便宜，切不可与斗。"又一鬼云："且去看它如何！"众皆留驻不动，此鬼孑孑前进。渐逼徐侧，不觉遭搊捕，痛殴数十拳，如击腐草。鬼亦伸臂相持，不能胜，遂毙于地。徐才脱手，失其所在矣。此桥素为怪区，从此宁贴。后渡淮省亲，过崇阳，道中值一屠，执棰一客索钱。徐知曲在屠，责之曰："他是远乡小客，汝是当地屠户，岂得耽嗜村酒，欺凌取财！"客得脱去。而两人争忿不息，自朝至午，面血淋漓，屠左眼为徐所枯，屠亦啮下徐右耳，各以倦极分散。徐自是不复还乡，虑以缺耳取笑，人呼为徐咬耳。

　　作品明确徐忠出身市井，与市民乐处，是普普通通的市民。但他"好勇尚气节，赴人患难，急于己私"，喜好打抱不平，这又正是侠客的典型特质。作品写了他的两个故事，第一个故事叙池州泄水桥畔"素为怪区"，常有人为厉鬼迷杀，有少年讥讽徐忠"不为断理"，徐忠郁闷异常。当晚，他来到桥上默坐，直接向鬼宣战，三四辈鬼物"勃窣而来"，他也毫不畏惧，捕获一鬼后，他"痛殴数十拳，如击腐草。鬼亦伸臂相持，不能胜，遂毙于地。"从此，鬼物也怕他，互相告诫"切不可与斗"，泄水桥归于平安宁静。这个故事表现了他的疾恶如仇与勇武威猛。第二个故事写他在崇阳打抱不平，指斥不义，与一屠夫发生争斗，两人"自朝至午"缠打整天，结果互有所伤，徐忠被咬掉右耳，从此人称"徐咬耳"。这个故事揭示的是徐忠作为市井英雄的庸常性，反映他并没有什么超凡脱俗的气质、出神入化的武功，他的打斗方式就是市民的常用方式，他与普通屠夫相斗也未必能占到上风。他还有非常脆弱的自尊心，因怕人取笑缺耳，"自是不复还乡"。两个故事非常奇特，前者以志怪的形式，后者以琐事的手段，塑造了一个真实鲜活的侠义英雄形象。

　　如果说陈俞、哮张二、徐咬耳等人的义行是针对个人的话，《丁志》卷九《陕西刘生》所写到的义行则是报效国家民族，是更高层次也更积极的侠义了。

　　绍兴初，河南为伪齐所据，枢密院遣使臣李忠往间谍。李本晋人，气豪，好交结，人多识之。至京师，遇旧友田庠。庠，亡赖子也，知其南来，法当死，捕告之赏甚重，辄持之曰："尔昔贷我钱三百贯，可见还。"李忿怒曰："安有是？吾宁死耳。"陕西人刘生者闻其事，为李言："极知庠不义，然君在此如落穽中，奈何可较曲直？身与货孰多？且败大事，盍随宜饵之。"李犹疑其为庠游说，然亦不得已，与其半。刘曰："勿介意，会当复归君。"李伴应曰："幸甚。"庠得钱买物，将如晋绛，刘曰："我亦欲到彼，偕行可乎？"即同途。过河中府，少憩于河滩，两人各携一担仆共坐沙上，四顾无人，刘问庠乡里年甲，具答之。刘曰："然则汝乃中国民，尝食宋朝水土矣。"庠曰："固然。"刘曰："我亦宋遗民，不幸沦没伪土，常恨无以自效。朝廷每遣人探事，多采道听途说，不得实。幸有诚悫如李三者，吾曹当出力助成之，奈何反挟持以取货？"庠讳曰："是固负我。"刘曰："吾素知此，且询访备至，甚得其详。吾与汝无怨恶，但恐南方士大夫谓我北人皆似汝，败伤我忠义之风耳。"遂运斤杀之。仆亦杀其仆，投尸于河，并其物复回京师，尽以付李，乃告之故。李欲奉半直以谢，刘笑曰："我岂杀人以规利乎？"长揖而别。

刘生的义，既有为李忠解围救困、急人所难的义，更有为南宋国家民族除去卖国奸贼的义。刘生自述为北宋遗民，虽不幸陷于沦陷之地，为金人所统治，却不失报效国家之念，因此他是个忠于国家民族的人。他杀田庠首先是出于对出卖国家、有害国家、败坏忠义行径的愤恨，他训斥田庠的一番话说得大义凛然，他杀田庠也光明磊落。刘生还非常具有智慧，在条件不成熟的时候，表现得能屈能伸，刚柔相济。因此当李忠面对田庠的要挟非常愤怒时，刘生劝他要忍耐以不败大事。杀田庠后，刘生将李忠被诈去的财物全部归还，并不图报答："我岂杀人以规利乎？"因此，他的义行保护了国家使臣，维护了民族的利益，甚至可以上升到爱国的高度来加以评价。

四　文人侠

《夷坚志》不仅写到女性侠士、市井侠士，还写到一般士子及当代文人、大臣的侠义行径，如《丁志》卷十一《霍将军》写士子：

> 吴兴士子六人入京师赴省试，共买纱一百匹，一仆负之。晚行汴

第五章 《夷坚志》中的侠义公案小说

堤上，逢黥卒，蓬首黧面，贸然出于榛中。见众至，有喜色，左顾而啸。俄数人相继出，挟槊持刀，气貌凶悍。皆知其贼也，虽惧而不可脱。同行霍秀才者，长大勇健，能角抵技击，乡里目为霍将军。与诸人约勿走，使列立于后，独操所策短棒奋而前。群贼轻笑，视如几上肉。霍连奋击，辄中其膝，皆迎杖仆地不能兴。然后得去。前行十余里，过巡检营，入告之。巡检大喜曰："此辈出没近地，杀人至多。官立赏名，捕不可获，何意一旦成擒？"邀诸客小驻，自率众驰而东。俨然在地，宛转反侧，凡七八辈。尽执缚以归，护送府而厚谢客。五士谓霍："非与君偕来，已落贼手矣。"霍曰："吾若独行，亦必不免。诸君虽不施力，然立卫吾后，无反顾忧，此所以能胜也。"

霍秀才不是文弱书生，他"长大勇健，能角抵技击"，具有一般士子所不具备的武艺。更为重要的是，当他面对强贼时，他不是坐以待毙，而是具有超出常人的勇猛反击之心，他能在极为不利的情形下打败平时不可能打败、官兵巡检都一直没有打败的强盗。事成之后，他又表现得极为谦逊，不居功自傲。因此，从品质和义行等方面看，霍秀才都是一个真正意义的侠义之士。《志补》卷三《曾鲁公》写的是著名大臣的义行：

曾宣靖鲁公，布衣时游京师，舍于市。夜闻邻人泣声甚悲，朝过而问焉，曰："君家有丧乎？何悲泣如此！"曰："非也。"其人甚凄惨，欲言有惭色。公曰："忧愤感于心，至于泣下，亦良苦矣！第言之，或遇仁心者，可以救解。不然，徒泣继以血，无益也。"其人左右盼视，欷歔久之，曰："仆不能讳，顷者因某事负官钱若干，吏督迫，不偿且获罪，环视吾家，无所从出。谋于妻，以笄女鬻于商人，得钱四十万，今行有日矣！与父母诀而不忍焉，是以悲耳！"公曰："幸勿与商人。吾欲取之。商人转徙不常，又无义，将若女浪游江湖间，必无还理，一旦色衰爱弛，将视为贱婢。吾江西士人也，读书知义，倘得君女，当抚之如已出，视弃与商人相万矣，可熟计之。"其人跪谢曰："某平生未尝有一日之雅，不意厚贶若此，虽不得一钱，亦愿奉君子。然已书券受直，奈何？"公曰："但还其直，索券而焚之。彼不可，则曰诉于官，彼畏，必见听矣！"遂出白金约四十万，置其家，曰："吾且登舟矣，后三日中以女来，吾待于水门之外。"

公去而商至，用前说却之，商果不敢争。及期，父母载女来访所谓曾秀才者舟，不见，询之旁舟人，言其已去三日矣！女后嫁为士人妻。公行状碑铭，皆载此事。公至宰相，年八十，及见其子入枢府，其曾孙又至宰相，盖遗德所致云。

曾鲁公名曾公亮（999—1078），字明仲，号乐正，泉州晋江（今福建泉州市）人。仁宗天圣二年进士，仕仁宗、英宗、神宗三朝，官至知制诰、翰林学士、端明殿学士、参知政事、枢密使和同中书门下平章事等，封鲁国公，赐谥宣靖。本篇写的是他年轻时的义举，他在游学京师途中发现落难女子，仗义疏财，出白金四十万，挺身救护，使她免于被卖入商家、父女分离。他还行侠不留名，不图报答，让女子三日以后来找他，而他早已飘然离去，诚如李白《侠客行》所说："事了拂衣去，深藏身与名"。唐代小说中也有写著名大臣侠举义行的作品，如牛僧孺《玄怪录·郭代公》写唐代名相郭元振早年落第回乡，路过一村投宿，发现当地民众信奉一将军神。这个乌将军每年向村民索要一女子为妻。郭元振听了受害女子的泣诉以后，愤然大怒，决计为民除害。他用智接近乌将军，趁乌将军不备斩断了它的一只手，却原来是一只猪蹄，最后他又说服了前来对他责难的乡民，带领他们沿着血迹探地洞挖出了猪精，不但彻底为民除了害，而且破除了迷信。[①] 两个朝代的两篇作品可以并肩媲美。

《夷坚志》中还有一篇非常特别的作品涉及豪侠主题，这便是《乙志》卷六的《刘叉死后文》：

> 知保德军王清臣请紫姑神，既而作文数百言，自云唐进士刘叉。其词曰："余少为侠，遍走天下，史谓亡命，非也。退之赠余金百镒，余辞而不受，史谓窃之，非也。洛阳恶少年恃权强妄良家子，既而又族其室。余不忍吉民无诉，乘夜厌从聚淫，余奋剑断其颈十数人，且脍其肝而脯之。日夕游于市，人自不识，史谓杀平人窜山林，非也。余数世为人直信，弃己济众，设教化人，报不平之事，行无极之道，以是故用达仙。至于歌诗，皆末迹也。因子见契，聊为一启。

[①]（唐）牛僧孺：《玄怪录·郭代公》，见李时人《全唐五代小说》卷30，陕西人民出版社1998年版，第847页。

思史之谬词,昔之异行,令余怛然感叹。余终于终南,门人葬于山之阳清溪之侧,至今坟犹在,但人不知为余墓也。以余无勋庸于国,故史氏听小人之言,书'不知所终'。设如子仪、光弼辈,后世皆知其大功,然当时史词褒饰甚多,盖世之情如斯也。呜呼!尽信史则不如无史。彼若不能据实,但务华以媚天子,自可询有知而书之,何必纵谬言诬介义之士于有过之地哉?使余当时闻之,必令此佞夫首足异处。余既为仙,不复竞,姑隐之。后世哲者,其为我鉴诸。"

作品假托唐代进士刘叉的口吻,以自叙的方式讲述自己少年时行侠之事,说自己"为人直信,弃己济众,设教化人,报不平之事,行无极之道",最典型的义举是曾消灭抢男霸女、杀人越货的洛阳恶少。然而让他"怛然感叹"的是,史书"纵谬言诬介义之士于有过之地",对自己的任侠行为加以歪曲,记载为"窃金""亡命""杀平人窜山林",所以他总结说:"尽信史则不如无史。"这实际上是作者虚构荒诞之文批判历史对豪侠义士的否定性评价。我们知道,韩非子《五蠹》曾说:"儒以文乱法,而侠以武犯禁",认为游侠以武力铲除不平貌似公正,实则破坏了正常的统治秩序,要严加禁止。司马迁《史记》虽为游侠作传,赞赏"其言必信,其行必果,已诺必诚,不爱其躯,赴士之困",但也明确说他们的行为"不轨于正义"[①],不值得提倡。本篇故事的用意正在于驳斥上述观点,肯定豪侠义士行为的正义性。

《夷坚志》中的侠义小说主要有这样一些,无论从数量还是质量上来说,在侠义小说进入低潮的宋代,这都是代表性的成就。概括而言,《夷坚志》中的侠义小说表现出以下主要特点:

其一,多以宋金战争为背景演绎故事,侠义之士的义举不局限于为市井细民打抱不平,有时涉及国家民族利益,融入了他们的爱国之情,如陕西刘生除田庠,董生妾、解洵妇护送宋朝官员南归等,因此他们的义举有更多的正义性、更崇高的意义。这些故事真实地记录了南北宋之交的社会现实,反映了平民百姓在动乱时代的艰难处境和邪恶势力的猖獗,揭露了南宋朝廷的苟安与腐败。

---

① (汉)司马迁:《史记·游侠列传》,引自韩兆琦《史记集注杂说》,江西人民出版社1982年版,第417页。

其二，与其他时代的同类小说相比，《夷坚志》较少写到侠士的武艺，更多表现他们的智、忠、义，因此，这些侠士可以是重门深闺的女子，可以是文弱的书生，而不是来无踪、去无影，"十步杀一人，千里不留行"（李白《侠客行》）的侠客。

其三，与宋代市民文化发达相联系，《夷坚志》中的侠士疏离了超凡脱俗的山林异客，更多地来自市民阶层，作品表现出浓重的市民情趣，玄虚的气息少了，显得更真实，更富有生活的质感，当然，也缺少了神奇和浪漫。

第二节 《夷坚志》之市井豪雄传奇

《夷坚志》不仅塑造了众多的江湖侠士形象，还写到了更多的市井豪雄。江湖侠士与市井豪雄有共性，也有一些不同。大体而言，侠士和市井豪雄都是"以武犯禁"的人，但前者崇尚独来独往，充满了鲜明的个人英雄主义和冒险色彩。后者多是群体中人，甚至是群体的首领。侠士的标志性特征是豪爽仗义，一诺千金，打抱不平，急他人所难，其行为多被社会大众所欢迎、肯定。市井豪雄则比较复杂，他们的所作所为或为脱己之困，或率众起义，或抗击国家敌人，或啸聚为盗，有的是正义的，有的介于正邪之间，有的则是被否定的。

一 抗击邪恶和外侮的勇士

《夷坚志》中的市井豪雄有多种类型。首先是与乱贼强盗斗争的勇士或抗金志士，如《丁志》卷五《陈才辅》：

> 建炎末，建贼范汝为、叶铁、叶亮作乱。建阳士人陈才辅，集乡兵杀叶铁父母妻子，贼猖獗益甚。绍兴元年，遂据郡城。朝廷命提举詹时升、奉使谢向向同招安。群盗皆听命，独叶铁不肯，曰："必报陈才辅，乃可出。"詹为立重赏擒获以畀之。铁选二十辈监守，人与钱一千，戒之甚至，曰："失去则皆斩。"欲明日邀使者及诸酋高会而甘心焉。监者以巨索缚陈脚，倒垂梁间，大竹箠奉其手，剑戟成林，相近尺许，插一刀甚利。至二更，众皆醉，陈默祷曰："才辅本心忠孝，为国为民，老母在堂，岂当身受屠害？若神明有知，愿使此

曹熟睡，刀自近前，为破索出手，使得脱去。"良久，刀果自前，如神物推拥。陈以掌就断其篾，两手既释，稍扳援割截，系缚尽断，遂握刀趋门。一人睡中问："谁开门？"应曰："我。"其人不知为陈也，曰："不要失却贼。"陈曰："如此执缚，何足虑！"及出门，已三鼓，行穿后巷，约一里，闻彼处喧呼曰："走了贼！"陈益窘，顾路旁坎下箅竹蒙翳，急藏其间。而千炬齐发，搜寻殆遍，坎中亦下枪刀百十，偶无所伤。诸人言："必归建阳，或向剑浦，宜分诣两道把截。"陈不敢择径路，但屈曲穿林莽中。明日，抵福州古田境，卖所持刀，得钱买饭，直趋泉州，就其姊婿黄秀才。逾八日而十卒持詹君帖至，复成擒。陈知不免，亟自碎鼻，以血污身，佯若且死，十卒自相尤曰："奈何使至此？"扛置邸中，真以为困悴，不复防闲。又三日，黄生来视，适茶商置酒招黄及十人者，商家相去稍远，唯七人往赴，留三人护守。陈又默祷如囊时，三人皆饮所饷酒，亦醉。买菜作羹，一坐房前，一吹火灶间，一洗菜水畔。陈乘间携棍棒挥击，即死。南走漳州，竟得脱。明年，韩蕲王平贼，陈用前功得官。

本篇写到的建阳士子陈才辅就是一个勇于抗击邪恶的市井豪雄。他不仅与社会的邪恶势力斗争，还与朝廷的奸臣斗争。他聚兵杀叛乱盗贼，诚如其自己所言是"本心忠孝，为国为民"的正义之举，应当受到朝廷的表彰和社会的肯定，然因提举詹时升、奉使谢向向与贼寇有招安协定，务欲除去陈才辅而后快，致陈才辅连遭捕杀，不得不亡命天涯，无处藏身，历尽艰辛。直至一年后，蕲王韩世忠平定叛乱，陈才辅才沉冤昭雪，有功得官。作品写正义之士遭受贼寇与奸臣的联手迫害令人愤慨，朝廷使者与乱军饮宴高会、反称陈才辅为"贼"充满了讽刺意义，南宋社会的动荡、朝政的黑暗可见一斑。陈才辅两次突围的过程描述得一波三折，扣人心弦，逼真细腻，其机智、勇猛、顽强不屈的英雄形象塑造得较为成功。《支甲》卷二《吴皋保义》同样写到豪士的被害：

吴皋十一保义者，符离人。绍兴初，从楚州镇抚使赵立军，得将尉。长六尺二寸，勇健有力。至三十年庚辰，寓居北神堰，往盱眙，聚亡赖，潜度淮，入泗东城，劫富室王氏，获金具二万缗。时完颜亮方桀骜，移文对境诘索，州县绘形立赏格甚厚。皋恬不之畏，与其党入楚城，呼画工赵四者，指图语之曰："汝所画全与我不类，宜易之。"郡守蓝师稷使人招致，欣然应命，答对如流，举止自若。蓝以为奇士，壮而释之，曰："异时边上缓急，斯人真可用。"明年，盱眙守周淙择效用使臣来捕之，始奔淮北兔屯庄。淮民素严惮之，莫敢问，独王云者蔑视皋，奋愿出力。淙檄捕盗官乔顺领戍兵三百，直抵其所。天将晚，皋闻有呼者曰："官捕汝！"如是至于三。已而兵至，尚率凶徒拒战。其一人曰李四，叛而从云，持矛刺其鼻，流血晕倒，遂成擒。云斩其首，双目不闭如生，顾众斜视，切齿鸦鸦作声，见者毛发竦立。时当剧暑，越两夕方到盱眙，掷首郡庭。三日，怒目乃瞑。

本篇故事的主人公吴皋本是南宋将尉，他曾潜入金人统治区抢劫富民。面对追捕，吴皋颇为不屑，竟比照悬赏图像对画工说："汝所画全与我不类，宜易之。"按说吴皋的这一行为不值得提倡，但在宋金战争的背景下，却表达了对金兵的极度蔑视，体现了一定程度的正义，不应当被治罪杀害。楚州郡守蓝师稷就看到了这一点，故"以为奇士，壮而释之，曰：'异时边上缓急，斯人真可用。'"但南宋朝廷却迫于金兵的压力，花重金、派重兵、揽叛兵，不择手段将其擒获斩杀，使豪雄含恨，死不瞑目。作品将吴皋的嘲笑挖苦、勇猛豪强、桀骜不驯与南宋官员对金主完颜亮"移文诘索"的闻声响应、屈辱顺从进行了强烈的对比，辛辣地讽刺了南宋朝廷的腐败无能。又如《志补》卷十四《宝峰张屠》：

豫章靖安县宝峰山下屠者张生，素无赖而贫。每入寺，长老景祥必善视之，亲饲以食，或令左右烹茶，待之若上官。侍僧怪笑，白曰："此亡赖小人，常以盗狗为生，何待之过！"祥曰："非尔曹所解，此人异日必富贵，乃山门大檀越，藉其外护，故我先施恩结之。"僧问故，祥曰："张生盖真饿鬼形，他日打破世界，却是饿鬼出来做事，张定不作碌碌人也。"及建炎末，金房寇江西，张率里人捍御，获七俘，尽得其所掠金宝，因致富。府奏为上功，得官。后家累巨万，豪于一乡。享年八十。果尽力于宝峰，众始服祥师之先见。

靖安张生以屠狗为业，贫穷落魄，是非常典型的市井无赖。但他在外族入侵、国家危难的关键时刻，却能够挺身而出，勇敢反抗，率领乡人坚决打击金兵并取得胜利，因此无愧于英雄的称号。又如《三补·负御容赴水死》：

> 宋靖康元年，王禀为宣抚司统制守太原，太原守御，禀功为多。及至城陷，禀引疲乏之兵欲出西门，无何，西门插板索断，不能出。军已入城，仓皇之间，士卒劝禀降。禀叹曰："城陷，士无斗志，又且门阻，天亡禀也。禀岂惜死，违天命而负朝廷哉？"遂负原庙太宗御容赴汾水而死。转运韩总以下死者三十六人。围城凡二百六十日，城中军民饿死者十之八九，固守不下，至是始破。后粘罕得其尸，令张孝纯验之，既实，向尸大骂，率诸酋执兵同践之而暴于野。

面对金兵的入侵，宣抚司统制王禀率领民众坚守太原二百六十日，城破以后又坚贞不屈，慷慨赴死，他忠于国家，忠于民族，同样是一位值得人们敬仰的抗金英雄。

《夷坚志》还写到抗金女英雄，《支庚》卷七《村民杀胡骑》：

> 建炎庚戌，胡骑犯江西。郡县村落之民，望而畏之，多束手毙。间有奋不顾身者，则往往得志焉，虽妇女亦勇为之。其过丰城剑池也，铁骑行正道，通宵不绝，盖使我众闻其声而不测多寡耳。一骑挟两女子，独穿林间。女指谓避者言"可击"，于是众举挺椿之而坠，旋碎其脑。马嘶鸣不已，似寻其主，众逐而委之井，遂脱。又胡掠一妇，使汲井。妇素富家子，辞不能。胡呶呶怒骂，夺瓶器低头取水。妇推其背，失足入于井中。

南侵的金兵烧杀抢掠，凶暴异常，许多郡县的村民都"望而畏之"，即使须眉男性，束手待毙的情况也非常多，却有柔弱的女子能奋不顾身，勇敢反抗，如江西丰城有一被金兵掳掠挟持的女子，毫无畏惧，机智地指导村民乘机击打金兵，不仅消灭了金兵，还救了自己及一村人。另一女子是富家妇人，比前一女子更加柔弱，却同样能以智慧推金兵入井，实现自救。

二 起义领袖和绿林好汉

《夷坚志》不仅写斗贼勇士和抗金英雄，还写到起义领袖和绿林好汉。如《三志辛》卷四《巴陵血光》：

> 建炎四年五月，武陵陈莘叔尹自巴陵舟过洞庭，夜泊青草湖金沙堆岸。是时兵戈震扰，群盗如蝟。一更后邻船聚话间，遥望东北方火光亘天，照耀湖心，上下一色，皆谓岳州又遭贼焚。既而此光迤逦转东南去。明日，商客从城内来，言天上昨夜血光见，方金房犯湘洒北还，而钟相、孔彦舟、曹火星、刘超、彭筠各拥众数万，遍行寇毒，一道生灵，靡灭殆尽。钟相者，邵阳人，善咒水治病，好作神语，人呼为钟颠，又称钟老爷。时已昏耄，特为其徒愚弄，遂据士大夫家伊氏女为妻，未几，为彦舟所败，执其父母妻子。彦舟诡言效顺，槛送长沙，以明己功，揭榜文曰："天大圣楚王钟相，伪皇后伊氏，伪太子昂，并凌迟处斩于攸县。"余党杨太，于兄弟最幼，湖口人目为么子，据龙阳濒湖作过，至绍兴六年，岳武穆公讨平之。妖祲之气，上干星象，涉七年乃息。

本篇写到的是南宋初年发生在洞庭湖地区的一次起义，钟相、杨么是起义的领袖，他们给南宋社会带来了严重的破坏。作品记录钟相之败是义军内讧，另一首领孔彦舟失败是被出卖所致，而杨么则为岳飞镇压剿灭。

实际上，《夷坚志》对北宋及南宋初年发生的多次绿林起义都有记录和反映，如《乙志》卷六《蔡侍郎》一则涉及北宋末年的梁山起义："侍郎去年帅郓时，有梁山泺贼五百人受降，既而悉诛之，吾屡谏不听也。"《丙志》卷十九《汪大郎马》、《三志己》卷七《真如院塔》、《志补》卷一《程烈女》、《志补》卷三《黄汝楫》等则涉及方腊起义。

另外值得我们注意的是，《夷坚志》中有许多描写市井豪雄的作品都对《水浒传》英雄的塑造有直接影响。如《宝峰张屠》写宝峰寺众僧看不起张屠，只有长老景祥慧眼独具，尽识英雄行藏，知其日后必定富贵发达并将对寺庙有重大恩惠，劝众人忍耐并施恩以结交之，故事对《水浒传》第四回《赵员外重修文殊院 鲁智深大闹五台山》写鲁智深在五台山文殊院出家之情节似有直接影响。而对鲁智深形象塑造影响更大的篇目还是《支癸》卷八《赵十七总干》：

> 东武赵恬季和之子十七总干，壮岁梦吞一牛，自是臂力过人百倍。居福州城中，与一僧善。每从唤索酒馔，所啖肉非数斤、酒非斗许，不能醉饱。僧虽勉为供设，久而颇厌。赵戏怀其袈裟，置于廊庑间大柱下，已而舍去。僧窘愧，经日无由可揭取，亟治具延谢。乃谈笑举柱，就还之。尝暂寓泊西禅寺，出外夜归，阍仆拒不纳。呼叫稍久，怒击其扉者再，且排撞门颊。少焉双扉及拴楔悉堕地，其声如雷，寺人皆惊起。又赴调入都，自衢僦小舟，携两仆俱。舟人偶非良善，妄意箧中之藏，辄萌戕害计，到一村步，四无居人，谓赵曰："少住片时，当买酒来。"盖欲饮之至醉。赵觉其诈，思所以待之。望其去稍远，见一席倚仓板上，缠绊甚紧。解视之，正贮一尖刀，锋芒铦利。其人有一子，赵戒仆曰："听我高声叫，则投之水中。"俄而提酒至，赵升岸迎就之。乃示以刃曰："汝欲用此杀我乎？"奋拳痛殴之数十。攀大竹一根，执缚于杪，而纵竹使起，去地已数尺。恶子既溺，赵乃令仆舍舟陆行。

赵总干"啖肉非数斤、酒非斗许，不能醉饱"的特性也成为鲁智深的典型特性，"臂力过人"，"谈笑举柱"似为"花和尚倒拔垂杨柳"（第七回）所本，夜闹西禅寺、打坏山门正是"鲁智深大闹五台山"重要关目。

《夷坚志》中不仅有直接启迪《水浒传》塑造鲁智深的篇目，还有影响塑造李逵的故事：

> 婺民朱四客，有女为吴居甫侍妾。每岁必往视，常以一仆自随。因往襄阳，过九江境，山岭下逢一盗，躯干甚伟，持长枪，叱朱使住，而发其箧。朱亦健勇有智，因乘间自后引足蹴之，坠于岸下，且取其枪以行。暮投旅邸，主媪见枪扣之，遂话其事。媪愕然，如有所失。将就枕，所谓盗者，跛曳从外来，发声长叹曰："我今日出去，却输了便宜，反遭一客困辱。"欲细述所以，媪摇手指之曰："莫要说，他正在此宿。"乃具饭饷厥夫，且将甘心焉。朱大惧，割壁而窜，与仆屏伏草间。盗秉火求索，至二更弗得，夫妇追蹑于前途十数

里。朱度其去已远,遽出,焚所居之屋。未几盗归,仓皇运水救火,不暇复访。朱遂尔得脱。(《支丁》卷四《朱四客》)

绍兴二十五年,吴傅朋除守安丰军,自番阳遣一卒往呼吏士。行至舒州境,见村民穰穰,十百相聚,因弛担观之。其人曰:"吾村有妇人为虎衔去,其夫不胜愤,独携刀往探虎穴,移时不反。今谋往救也。"久之,民负死妻归,云:"初寻迹至穴,虎牝牡皆不在,有二子戏岩窦下,即杀之,而隐其中以俟。少顷,望牝者衔一人至,倒身入穴,不知人藏其中也。吾急持尾,断其一足,虎弃所衔人,踉跄而窜。徐出视之,果吾妻也,死矣。虎曳足行数十步,堕涧中。吾复入窦伺牡者,俄咆跃而至,亦以尾先入,又如前法杀之。妻冤已报,无憾矣。"乃邀邻里往视,舁四虎以归,分烹之。(《甲志》卷十四《舒民杀四虎》)

前一则写朱四客健勇有智,胆大心细,面对拦路抢劫的强盗,沉着应战,最终逃脱了魔爪,实现自救。后一则写英勇无畏的打虎英雄因妻子被虎衔去,一个人深入虎穴,机智地消灭四只猛虎。这两篇作品又正是《水浒传》第四十三回《假李逵剪径劫单人 黑旋风沂岭杀四虎》的蓝本。

三 其他类型的市井豪雄

《夷坚志》还写到其他类型的市井豪雄,如《支庚》卷十《韩世旺弓矢》写到一位神箭英雄:

临川王椿者,平甫之孙,待制游之子。绍兴初为临安幕官,能弧矢。将官韩世旺,蕲王兄也,家本西州,故谙此技,而不以自名。为王所轻,每对客侮之,韩不与较。吕丞相都督江淮,辟王为僚。王收拾赀装,贮一簏,逢韩于教场。适诸将置宴席,因留之。韩忽言:"今当与君别,能以弓矢角胜负赌簏中物乎?"王恃其技,即应曰:"诺。"且指坐间数客为证。各分箭一把,王引弓先发,其四中的,其八皆在垛内,无一不中。王意欣然自得,坐客无不敛衽称赞。韩逡巡起应曰:"我军旅中人,若以十二箭争胜负则为不武,愿止以两箭决之。"众咸不晓其语。韩使虞侯持筵上金钱立垛前,一发中钱孔心，再发破筈。满坐呼噪。开篦取物，得金六百两。王惭悔气，不终席而归。

本篇写将官韩世旺、王椿间的射箭比赛异常生动逼真。作品最具艺术魅力的是塑造了神箭英雄韩世旺的形象，他不仅箭术高超，而且心胸宽广，豁达大度，虽然常常为王椿轻侮，却从不与其计较；他能深藏不露，韬光养晦，身怀绝技而不为人知；他不贪财，与王椿较箭只是为了教育他，所以当王椿向他"丐还元金"，讨回所赌"篦中物"时，他即日归其所获；他很有智慧，知道如何才能最好地显现自己的射术，故提议两箭决胜负。因此韩世旺是《夷坚志》中塑造得较成功的一位英雄人物。

以上诸例中的人物都是正面英雄，而《丁志》卷三《谢花六》塑造的则是邪恶的市井盗贼：

> 吉州太和民谢六以盗成家，举体雕青，故人目为花六，自称曰"青师子"，凡为盗数十发，未尝败。官司名捕者踵接，然施施自如。巡检邑尉数负累，共集近舍穷索之。其党康花七者，家已丰余，欲洗心自新，伪为出探官军，密以告尉。尉孙革又激谕使必得，遂断其足来，乃遣吏护致。扣其平生，自言："精星禽遁甲，每日演所得禽名，视以藏匿。如值毕月乌，则以月夜隐于乌巢之下。值房日兔，则当昼访兔蹊。往来若与本禽遇，则必败。家居大屋，而多栖止高树上。是时与康七同行劫，事既彰露，课得觜火猴，乃往水滨猴玃所常游处。忽一猴过焉，甚恶之。明日复得前课，又明日亦如之。而猴无足，知必无脱理。见康七来，疑之，欲引避，为甘言所啖，又念相与为盗十年，不应遽卖我。才相近，右足遂遭斫，尚能跳行数十步。得一草药，解止血定痛，拔以裹断处，又行百步，痛极乃仆，今无所逃死也。"是年会赦，亦以一支折得放归。今犹存，虽不复出，但为群盗之师，乡里苦之。

本篇写到的吉州太和盗贼谢六为害一方，"乡里苦之"。其害一方面是"自为盗数十发"，官府名捕也难奈其何；另一方面是其被赦归后又为"群盗之师"，培养出许多的后继之盗，继续祸扰乡邻。谢六邪恶的形象塑造得非常逼真，其为同党康花七告发，最终被断足擒获的过程描绘得较细腻,作品同时还揭示了宋代官府的腐败和社会的黑暗。

总之,市井豪雄传奇是《夷坚志》中非常有价值的作品,一方面,它揭露了宋代社会的动荡不安和朝廷的腐败状况,记录了宋代多次豪雄起义的过程及其对社会带来的严重破坏,有非常重要的史料价值和认识价值;另一方面,这类作品叙事完整,情节曲折,人物形象鲜明,对后世小说特别是《水浒传》的创作产生了重大影响,有较高的文学价值,因而值得我们重视。

第三节 《夷坚志》中的公案故事

公案小说是我国古代小说的重要类型之一,曾产生一大批影响深远的优秀作品。一般认为,最早记载公案小说创作及传播情况的著作是南宋灌圃耐得翁的《都城纪胜·瓦舍众伎》,其条目中说:"说话有四家:一者小说,谓之银字儿,如烟粉、灵怪、传奇。说公案,皆是搏刀赶棒,及发迹变泰之事。"① 将"公案"明确列在"小说"一家之中。此后,宋元之际的罗烨在《醉翁谈录》"小说开辟"篇中,说到"话本"的题材有灵怪、烟粉、传奇、公案、朴刀、捍棒、神仙、妖术等八类,并列举了16种公案故事篇目:"言石头孙立、姜女寻夫、忧小十、驴垛儿、大烧灯、商氏儿……此乃谓之公案。"② 由于《都城纪胜》《醉翁谈录》的记载都指向宋代"说话",也即白话通俗小说,因此现在一般的观点都认为,公案小说源于宋代说话,是白话通俗小说中重要的一类,主要指以官吏审案为题材内容的作品。

但《夷坚志》中已有"公案"一说。据笔者统计,在《夷坚志》中,至少有八篇作品言及"公案"一词,其中《乙志》卷十六《何村公案》、《支甲志》卷十《艾大中公案》两篇以"公案"为题名,《乙志》卷四《张文规》与卷七《毕令女》、《支乙志》卷九《鄂州遗骸》、《支戊志》卷二《章茂宪梦》与卷七《信州营卒郑超》、《三志辛》卷六《胡婆现梦》等六篇都以"公案"为关键词。就这八篇作品的故事内容来看,莫不与审案有关,则由此看来,"公案小说"应在文言小说中也有,且早

---

① (宋)灌圃耐得翁:《都城纪胜》,中国商业出版社1982年版,第11页。
② (宋)罗烨:《醉翁谈录》,古典文学出版社1957年版,第3—4页。

于宋代说话。另外,《夷坚志》中还有大量未用"公案"一词却有关审案断案的作品。笔者认为,这些作品大体都符合所谓"公案小说"的性质要求,可以明确为"公案小说"。《夷坚志》中的公案小说内容丰富,反映面广,主要有:

一 冤案故事抨击社会黑暗

《夷坚志》"公案小说"最重要的内容之一即是冤案故事。本书在第三章第二节中已列举了许多的冤案故事,如《甲志》卷五《林县尉》、《乙志》卷六《袁州狱》、《丁志》卷一《许提刑》与卷三《李元礼》、《志补》卷六《安仁佚狱》等。《何村公案》同样是一个冤案故事:

> 秦棣知宣州,州之何村,有民家酿酒,遣巡检捕之。领兵数十辈,用半夜围其家。民,富族也,见夜有兵甲,意为凶盗,即击鼓集邻里,合仆奴,持械迎击之。巡检初无他虑,恬不备,并其徒皆见执。民以获全火盗为功,言诸县。县既知之矣,以事诱尉,尉度不可以力争,乃轻骑往,好谓之曰:"吾闻汝家获强盗,幸与我共之。"民固不疑也,则大喜,尽以所执付尉,而与其子及孙凡三人,同护以征,遂趋郡。棣释巡检以下,而执三人,取麻绠通缠其体,自肩至足,然后各杖之百,及解索,三人者皆死。棣兄方据相位,无人敢言。通判李季惧,即丐致仕。明年,棣卒于郡。又明年,杨原仲为守,白日见数人驱一囚,杻械琅珰至阶下,一人前曰:"要何村公案照用。"杨初至官,固不知事缘由所起,方审之,已不见。呼吏告以故,吏曰:"此必秦待制时富民酒狱也。"抱成案来,杨阅实大骇,趣书史端楷录竟,买冥钱十万同焚之。

按故事中写到的秦棣是秦桧的弟弟,他依仗奸相之势,在知宣州时胡作非为。何村村民酿酒,虽然违反了宋代酒曲专卖、不许私人酿酒的法律制度,应予惩处,但"遣巡检捕之。领兵数十辈,用半夜围其家",足见其残暴凶佞。对平常百姓使用匪夷所思的酷刑,"取麻绠通缠其体,自肩至足,然后各杖之百",致何村村民祖孙三人无端丧命,竟还无人敢言,此情形实是骇人听闻,连通判李季也感到非常恐惧,赶紧请求致仕,离开这是非之地,后任杨原仲阅案牍后也不禁"大骇"。可见这是由朝廷官员滥刑暴虐制造的重大冤案。

类似的冤案非常多，如《丁志》卷七《大庾疑讼》写大庾县黄节的妻子趁丈夫不在家带着三岁的儿子与人私奔，路上小儿啼哭不止，妇人遂将其遗弃路边。李三恰巧路过，乃领回家中收养。黄节回家不见妻儿，到处寻找，发现儿子在李三处，于是到官府状告李三杀妻盗子，李三无以自明，被拷打不过，只好自诬，酿成冤案。又如《丁志》卷九《西池游》写宣和年间京师内酒库吏周钦仙因疑其妻为鬼魂，不敢回家，夜晚饮酒后漫无目的地四处行走，被路上一具尸首绊倒，身上沾满血污，随即被疑为凶犯，遭残酷拷打死于狱中，而真正的杀人犯却逃到京东，因他案供出这一次的杀人经过。又《丁志》卷十《新建狱》写江西豫章新建县某村夏夜发生命案，被指作案的某人拒不承认，县令就捕来村中的二十余人，要他们做证，这些人开始都说未亲眼见其杀人，但架不住严刑拷打，又改词指证其杀人，某人仍不服，指天起誓说："某果杀人，不敢逃戮。若冤也，愿天令证人死于狱以为验。"没几天，证人相继死去。县令知道他不是凶手，但因为抓不到真正的凶手，所以也不释放他，最终导致其在狱中郁郁死去。《三志辛》卷四《孟广威狖猴》写一狖猴将婴儿掐死，致乳母被冤杀人。

从上述故事我们可以看到，大量冤案都是朝廷官员制造的，这些官员腐败无能，他们找不到真正的凶手，往往动用酷刑冤枉好人，并且这些冤案在人间都没有昭雪的机会，几乎无一例外地幻想假借冥报或神灵公断的方式还冤死者公道，这实际上是平民百姓面对黑暗社会无可奈何的心理反应。现实社会中没有公平公正的秩序，普通小人物只能渴望有超常的力量来帮助、解救他们。

二 疑案公断歌颂清官能吏

明清白话"公案故事"的重要表现内容是对清官能吏的赞赏，歌颂他们廉洁自守、刚直不阿，歌颂他们断案神明，目光如炬，平冤狱，纠错案，为民做主，执法如山。《夷坚志》中的公案故事也是如此，如《艾大中公案》写绍兴三十一年，叶伯益任临川守时，"以刚猛疾恶布政"，对土豪恶霸严厉惩治，崇仁县富民艾大中，横行不法，"资给劫盗"，杀人无数，凶悍异常，官府几莫能治，而叶伯益使其伏法，时人无不称快。又如《支景志》卷十《向仲堪》：

> 乐平向仲堪，字元仲，绍兴十一年通判洪州。府帅梁扬祖侍郎峻于治盗，尝有杀人盗委向审问，吏以成牍来，问盗所在，对曰："彼已伏罪，例不亲引，恐开其反复之端，但占位书名足矣。"向曰："人命至重，安得不见而询之？"干官赵不系谮于梁，梁召向责其生事，向曰："如帅司即日径诛之，何必审实？既付之狱，则当准式引问，若无罪而就死地，想仁人不忍为也。"梁感悟，遂竟其问，果平人耳，遂得释。

对于人命关天的案件，整个洪州府府衙上下，只有通判向仲堪严守法律程序，坚持对嫌犯细加审问，避免了冤案的产生。而从府帅梁扬祖到干官赵不系对嫌犯连面都不见一回，还说是"例不亲引"，就在案牍上签字认可审理结果，这怎能不产生冤案呢？又何尝不是草菅人命呢！最可恨的是赵不系，他不仅自己渎职，还无耻地背后中伤向仲堪"无端生事"。作品对向仲堪的表彰与对赵不系的谴责批判形成了强烈的对比。又如《志补》卷九《胡乞买》：

> 燕北人胡乞买，为北寿州下蔡令，以能政称，有村民来诉其家瓜园五亩，瓜且成熟，昨夜被人锄坏根藤，遂不可鬻。胡询所居去县远近，曰二十里，即索马亲往，凡胥吏僮奴，皆骑从于后。既至，尽唤左右居民七八家，亦种瓜者也，命各携常用锹锸来。一一舔铁，独一锹味苦，又顾从吏使舔之，亦然，呼谓其人曰："此是汝所坏，那得尔！"叩头伏罪曰："某与彼为同业，而彼瓜先五日熟，乘新入市，必获上价，心实愤之，是以为此。"胡使两家即日对换其地，而此人之园财三亩，念翻为其利，乃与约，姑只换易今年，瓜时毕则还本处。对众鞭之一百，不复立案牍，亦无文书，即反邑。

作品中的下蔡县令胡乞买表现得非常有智慧，将一个十分疑难的案件很快侦破并公正地处理完毕，无怪乎作者赞其"能政"。又如《甲志》卷十《孟温舒》：

> 孟温舒为濮州雷泽令，吏不敢欺。尝有瘖者，投空牒诉事，左右皆愕。温舒械之曰："彼恃废疾来侮我。"命二吏随扶以出，肆诸通

衢，复潜遣谨厚者物色其旁，曰："有所闻即告。"果有语者曰："是人佣于某家，累年负其直不偿，故诣令诉，特口不能言耳。今乃获罪，安用令。"吏以白，温舒遣执语者讯之，遂得直，一县称为神明。

瘖者即哑巴，既不能说，也不能写，其冤情只有靠案件审理者自己去侦破。孟温舒假装惩治哑巴，巧妙地找到了线索和突破口，还哑巴以公道，不枉"吏不敢欺""一县称为神明"。又如《支癸》卷一《薛湘潭》：

薛大圭禹玉，本河东简肃公之裔。为人倜傥俊快，不拘小节，而深负吏材，淳熙中为湘潭令。新牧王宣子侍郎临镇，诣府参谒。时湘乡县有富家女子，夜为人戕于室，迨晓，父母方觉之，但尸在地而失其首。告于都保，诉之郡县，历数月不获凶身。府招诸邑宰晏集，坐间及其事，薛奋请效力。乃假吏卒数十辈，枉道过彼县境。每一程减去五人或十人，唯留四卒荷轿，殊不晓其意。渐近女家，下而步行。遇三四道人聚野店，各有息气竹拍，从而求之。且脱巾换其所戴缁布，解衫以易布道袍服，与钱两千。薛多能鄙事，遂独身前进，戒从者曰："缓缓相随，视我所向，俟抛息气出外，则悉趋而集。"望路次小民舍，一老媪在焉。入坐，将买酒，媪曰："此间村酒二十四钱一升耳，我家却无。"薛取百钱，倩买二升。媪利其所赢，挈瓶去。少顷，得酒来，与媪共饮。媪喜甚，献熟牛肉一盘。酒酣，薛云："邻居安静，想住得好。"媪曰："正为一件公事，连累无限平民，我儿子也遭囚禁。"问何事？曰："某家小娘子，与东家第三个儿郎奸通，后来却被杀了，砍去头，埋于屋背树下。此郎日前累次手杀人，凶恶无比。他有钱有势，更不到官。乡人怕他如虎，都不敢说。"薛徐徐询其姓氏状貌居止，径造之，唱词乞索。两后生与之十钱，弃于地曰："何得相待如此？"增至五十及百钱，皆掷之曰："我远远到来，须要一千足陌，若九百九十九钱，亦不去。"两生盖凶子之兄也，疑为异人或有道之士，逊言慰谢。凶子在内窥见，忿怒不能忍，趋出，拟行拳。薛就门掷竹拍，从卒争赴，遂执之。凶子咆勃，薛批其颊曰："汝杀了某家女子，却将头埋树底，罪恶分明，如何讳得？我是本县捕盗官，那得拒抗？"子无语，即缚往。发地取头，送于府，鞫治伏辜。宣子嘉赏无已，率诸台交荐，因改京秩。

本篇塑造了薛大圭这样一个有勇有谋的清廉能吏形象。面对数月不获的凶手，薛大圭主动请缨破案，可见其勇气和信心；破案的过程中，他不辞辛劳，换道袍，巧伪装，细致查访，终于获得线索，可见其沉稳干练；抓捕凶犯时表现得极有智慧，用激将法引蛇出洞，使案犯无可逃遁。故事曲折有致，有较强烈的悬念。像这样写破案能吏的还有《丁志》卷十五《水上妇人》等。

三 案情巧合与灵物义兽

有些案件的侦破是清官能吏努力的结果，有些案件的侦破却极其偶然，如《支庚》卷三《莆田人海船》写一莆田官员惩治了家中的一位仆人，仆人怀恨在心，乃勾结海盗将官员一家全部杀害。其中一老兵被砍伤但未中要害得以逃脱，他乞讨回家，历尽艰难报信，不料官府却认为官员一家人都遇害了，一病弱老兵怎么可能逃脱，怀疑其与强盗有勾结，将其下至狱中，百般拷打，老兵终不承认。后在转押司理院的路上，老兵看到三个强盗前来打探消息，于是指而大呼，主簿黄揆派兵卒将他们擒获，这才没有酿成大冤案。此案的侦破并非官员努力，全在于老兵拒不供认及偶然发现案犯，实属侥幸。又如《志补》卷五《楚将亡金》：

> 隆兴元年，镇江军将吴超守楚州。魏胜在东海，方与虏抗，遣统领官盛彦来索资货。它将袁彦忠者，主押金帛，从丹阳来，盛谒之，见舟内白金盈载，语袁曰："银置篓中甚易负，吾今夕当携壮士共取之，可乎？"袁笑曰："无伤也。"是夕有二十盗，挟刀登舟劫缚袁，掠银四百锭以去。明日，袁诣府泣告吴，备道盛语。吴捕盛及其亲校讯治，不胜惨酷，皆自诬。追赃无所有，妄云："即时付一姻旧，赍往湖湘贩鱼米矣。"吴不俟狱成，将先诛盛。前一日，市人王林者，素亡赖，其妻冶容年少，当垆于肆，与邻恶子通。适争言相詈，林妻持杖击其七岁儿，儿曰："尔家昨日拆灶修治，必是偷官银埋窖耳！"逻卒闻之，相议曰："小儿忽有此言，出于无意，而王生固穿窬之雄也，盍往察之！"乃率五六辈，往肆沽酒，且乞鱼肉，妻曰无有。群卒佯醉殴，突入厨，推灶砖落，妻大骂，卒谢曰："此细事，当为整

之。"妻遽遮止，卒故毁之，见白铤满中，即执王及妻赴府，并侪党皆弃市。盛彦几死而得生矣！

  本篇所写案件从发生到侦破都极其偶然，纯属用巧合组织故事。统领官盛彦可谓玩笑成奇祸，一句戏言几陷自己于死地；市井小儿的詈语使案件线索突现，峰回路转；言者无心，听者有意，群卒"踏破铁鞋无觅处，得来全不费功夫"，他们佯装醉殴也用心巧妙。盗贼最终现出原形，还真相于天下。

  还有些案件侦破是借助精灵义兽的帮助。如《支甲》卷三《刘承节马》写浙西人刘承节携子、仆从江西赣州调官回乡途中，被一群强盗抢劫杀害，"所乘马蹀躅于道。适主簿出按田，马迎之车前，局足如拜，已退复进，凡六七返。主簿异之，曰：'是必有冤诉。'遣数辈随马行，到冈畔坡陀下，马跑土凝立，满地血点，腥触人，四尸在穴，肢体尚暖。立督里正访捕，不终朝尽成擒，并坐诛死。"又如《志补》卷四《李大夫庵犬》写无锡华丽庵庵主法嵒寒冬大雪天收留一路客，使其免被冻饿而死，谁料路客以为法嵒富有财物，竟将法嵒残忍杀死，夺一银香炉逃去，庵中一犬随恶徒翻山越岭，紧追不舍，悲鸣不已，终于引起村民的注意，将恶徒擒下。作品最后感叹说："是日非义犬报恩复仇，必里保僮奴之累矣！"又如《支乙》卷九《全椒猫犬》：

  绍兴中，乐平魏彦成为滁州守。全椒县结证一死囚狱案，云县外二十里有山庵，颇幽僻，常时惟樵农往来，一僧居之，独雇村仆供薪爨之役。养一猫极驯，每日在傍，夜则宿于床下。一犬尤可爱，俗所谓狮狗者。僧尝遣仆买盐，际暮未反，凶盗乘虚抵其处杀僧，而包裹钵囊所有，出宿于外。明日入县，此犬窃随以行，遇有人相聚处，则奋而前，视盗噪吠。盗行，又随之，至于四五，乃泊县市，愈追逐哀鸣。市人多识庵中犬，且讶其异，共扣盗曰："犬如有恨汝意，得非去庵中作罪过乎？"盗虽强辩，然数低首如怖伏状。即与俱还庵，僧已死。时正微暑，猫守护其傍，故鼠不加害。执盗赴狱，不能一词抵隐，遂受刑。此犬之义，甚似前志所纪无锡李大夫庵者也。蠢动含灵，皆有佛情，此又可信云。

四　公案故事暴露罪犯的狡诈与凶残

形形色色案件的频发，说明社会动荡不安，官府腐败无能，邪恶势力猖獗，不法横行，因此，公案小说具有重要的认识价值即反映社会现实，暴露社会黑暗，表达作者对社会的不满。如《支庚志》卷三《兴化官人》：

> 绍兴末，兴化有官人仕于潮阳，任满浮海归。中道抵一村步，舟众登岸买酒，邀其子同游。子年十一二岁，整衣而出，抱以往。久之，持酒一壶并肉羹饷官人，夫妇食之称美。越两时，子不返，使童呼之。篙工嘻笑答言："官人如何理会不得，恰所吃羹，乃其肉也。"官人拊心悲痛，知不免，谓曰："事已到此，我不惜就死，告容我自为计。"其人曰："尔计奈何？"曰："幸见许，取公裳穿着，拜谢天地神明，然后赴水。"诺之。既死，又杀其家十余口。唯留厥妻及女，裸其体肤，不挂片缕，意欲使之不能窥外。于是众迭奸污。觉甚馁，则量与之食，稍啜泣，必行痛棰，回次泉南境。初，此官人携乡里一姻旧为馆舍客，当治装时，俾先归理家务。望之逾期，杳杳不至，乃傃小艇，循岸迎访。到某港，见二妇探首，视客而哭。是凶徒尽散入村民家。二妇挥手使客去，客解其意。偶巡检廨舍近在数里内，径往赴愬。巡检悉栅兵追捕，凡二十辈，无一漏网者。狱未具，会壬午覃恩赦至，除毙于狱户者，余多得生。时人莫不冤惜。

这个故事写到的惨案就是南宋初期动乱社会的真实写照。凶徒不仅奸污妇女，杀死十几人，更加残忍的是烹其子送给父母吃，其人性泯灭令人触目惊心。然而，这二十多位凶徒虽然无一漏网，却得不到应有的惩处，因为他们得到了朝廷的大赦。时人及读者无不叹息，作者也不能不对朝廷的这一制度表示质疑。《三志辛》卷九《桃源凶盗》写到的案情非常相似，但结果却不一样。故事叙绍熙五年五月，靖州东路巡检宋正国任满，雇桃源县船户送自己东归，在汉阳白湖停靠时，一家十二口都为强盗杀害，十分凄惨。正好这一年（1194）赵宁宗继位，全国上下都知道将要大赦天下，所以官府不再努力破案惩凶，凶犯们也大都明目张胆地出来活动。恰在此时，吴兴俞子清被派往桃源任职，到任后他说："盗所居在吾境,奈何容其漏网不问!"于是布置追捕凶犯,很快抓获了虢和、宋文彦、彭世亮、周彦程、张彦清、虢诚等从犯,经审讯,知道主犯是程亮,但逃去无踪。此时,俞子清被调离,继任者范子由对凶犯更加愤恨,继续追捕,他自己捐钱五百千悬赏捉拿程亮。实际上,早有人知道程亮的去处,但担心程亮不被处决或逃去,会凶残地报复,所以都不敢说。这时大家见俞、范两任官员惩处凶犯的态度都非常坚决,于是合力将程亮擒获。范子由非常高兴,但幕僚们告诉他说,朝廷大赦了,处治凶犯恐被追责。结果,范子由援引历史上案例,说宋太祖继位的时候,也是大赦天下,而周朝显德年间,有凶犯范义超杀一家十二口,朝廷认为是前朝所犯的罪行,虽然经历多年,但罪行重大,特别下旨,不能赦免。今天的案情非常相似,也应该如此处理。于是将四大首犯处死,其他从犯也视情节轻重治罪。这一处理结果大快人心,俞、范两位官员也得到朝廷的封赏。

公案故事不仅反映了清官能吏的清明与智慧,同时反映了犯罪分子的邪恶。如反映他们的狡诈与贪婪,《志补》卷五《湖州姜客》:

> 湖州小客,货姜于永嘉,富人王生,酬直未定,强秤之。客语侵生,生怒,殴其背,仆户限死。生大窘,祷祈拯救,良久复苏。饮以酒,仍具食,谢前过,取绢一匹遗之。还次渡口,舟子问何处得绢,具道所以,且曰:"使我一跌不起,今作他乡鬼矣!"时数里间有流尸,无主名,舟子因生心,从客买其绢,并丐筲篮。客既去,即运篙撑尸至其居,脱衫袴衣之,走叩王生门,仓皇告曰:"午后有湖州客人过渡,云为君家捶击垂死,云有父母妻子在乡里,浼我告官,呼骨肉直其冤,留绢与篮为证,不旋踵气绝。绢今在是,不敢不奉报。"王生震怖,尽室泣告,赂以钱二百千,舟子若不得已者,勉从其请,相与瘗尸深林中,翌日徙居,不知何所届。黠仆闻其故,数数干求,与者倦矣,而求者未厌,竟诣县诉生。下狱,不胜拷掠,以病死。明年,姜客又至,访其家,以为鬼也,骂之曰:"向者汝邂逅仆绝,继而无他,却使我家主死于非命,今尚来作祟邪!"客引袖怪叹曰:"我去岁几死,赖君家救活,蒙赐绢,卖与渡子,径归矣。今方赍少土仪,以报大德,何谓我死为鬼乎!"王子哀恸,留客止泊,而执故仆诉冤,索捕舟子,得于天台穷壑中,遂皆毙于狱矣!

篇中的舟子片刻之间即能生心将湖州姜客的遭遇与无主流尸联系起来，设计诈骗富户王生并成功地付诸实施，真是心机复杂，积虑甚深。可惜他的智慧用在邪路而非正道上，虽满足了私欲，也断送了自己的性命。王生的仆人更加贪婪，"数数干求，与者倦矣，而求者未厌"，最后的结果也只能是"毙于狱"。

更多的公案故事反映了犯罪分子的凶残，如《支庚》卷二《新建信屠》："隆庆府新建县屠者信生，居城外。尝有外间女子过门，呼与语，诱至后舍，刺杀之，刎其首，夜举尸投江中。而以锯屑糁颈血，纳诸竹畚，旦持入城。盖素与某家有仇，将置其门，为诬污计。既而不果，复携归，首已臭。乃伺隙处，抛于道侧。"这一凶犯不仅手段残忍地杀害无辜，而且还欲借此诬陷他人，其狠毒真是令人发指。又如《丙志》卷十九《朱通判》：

绍兴九年，邕州通判朱履秩满，携孥还家，装赍甚富，又部官银纲直可二十万缗。舟行出广西，朱有棋癖，每与客对局，寝食皆废。尝愿得高僧逸士能此艺者，与之终身焉。及中涂，典谒吏通某道士求见，自言棋品甚高。朱大喜，亟延入。其人长身美须，谈词如云，命席置局，薄暮不少倦。遂下榻留宿，从容言欲与同行之意。道士曰："某客游于此，常扣人门而乞食，得许陪后乘，平生幸愿也。"朱益喜。及解维，置诸船尾，无日不同食。别一秀才作伴，皆能痛饮高歌，颇出小戏术娱其子弟，上下皆悦之。相从两旬，行至重湖，会大风雨，不能进，泊于别浦，饮弈如初。二鼓后，船忽敧侧，壮夫十余辈突门入，举白刃啸呼。朱氏小儿争抱道士衣求救，道士拱手曰："荷公家顾遇之极，不得已至此，岂宜以刃相向？"命以次收缚，投诸湖，明旦分擘财货以去。县闻之，遣官验视，但浮尸狼藉，莫知主名。而于岸侧得小历一卷，乃群盗常日所用口食历，姓第具在，凡十有七人，以告于郡。事至朝廷，有旨令诸路迹捕，得一贼者，白身为承信郎，赏钱二百万。建昌县弓手数辈善捕寇，因踪迹盗。海客任齐乳香者，请于尉李镛，愿应募。西至长沙，见人卖广药于肆，试以姓第呼之，辄回首，走报戍逻执之，与俱诣旅邸。一室施青纱厨，列器皿甚济，访其人，则从后户遁矣，盖伪道士者也。狱鞫于临江，囚自通为王小哥，乃同杀朱通判者。其徒就获他处者十人，道士曰裴□，秀才曰汪先,皆亡命为可恨。

亡命凶徒裴道士、汪秀才等十七人团伙为劫杀朱通判一家可谓用心良苦,蓄谋已久。他们把握朱通判爱棋如痴的特点,投其所好,获得了朱通判的好感,打开了罪恶得逞之门。在暴风骤雨之夜,他们里应外合,露出狰狞的真面目,开始了凶残的杀戮。面对朱氏小儿的求救求饶,裴道士竟冷酷地说:"荷公家顾遇之极,不得已至此,岂宜以刃相向?""命以次收缚,投诸湖",至湖中"浮尸狼藉"。群盗的凶残暴虐真是无以复加,以致人神共愤,连一向腐败、对百姓疾苦漠然的官府朝廷也难以再保持沉默,"赏钱二百万"外加直接授"承信郎"官职重赏捕获"一贼"者。最终,在天罗地网式的通缉追捕中,群盗覆亡,得到了应有的下场。作品对裴道士的形象刻画得逼真细腻,其邪恶无情的性格特征跃然纸上。另外,作品对朱通判也曲折地表达了批判,作为朝廷官员,他带着一家老小,财物富赡,还有官银二十万缗,竟对可能遭到盗匪的抢劫毫无防范,甚至因为一己之爱好末技引狼入室,与盗匪共卧而不知,天天"痛饮高歌",其迂腐、愚蠢也只有令人"哀其不幸,怒其不争"。

总之,《夷坚志》中数量不少的公案故事开启了后世公案小说之先河,这些作品以曲折机巧的构思,引人入胜的悬疑,生动细腻的笔墨,再现了宋代动乱社会中发生的一件件骇人听闻的惨案,既反映了盗贼的残暴狰狞,又讴歌了清官能吏的机智敏锐,既暴露了贪官的寡耻无能,又揭示了朝廷的腐败,具有较大的社会认识价值的同时,又获得了很高的美学价值,成为这部小说集中非常有影响的作品类型和重要主题之一。

第六章 《夷坚志》与宋代市民文化

宋代虽然偏安，但随着江南的开发，经济仍然获得了空前的发展。尤其是城市经济日益发达，在全国各地出现了数量众多的大中小城市。在这些城市里，商业气息浓郁，手工业者非常活跃，市民阶层不断壮大，市民文化得到迅速发展。《夷坚志》作为宋人的生活史、风俗史、心灵史，大力关注城市商业活动，关注手工业者及广大市民阶层的生活情态，对宋代市民文化有充分的表现和真实的记录，是市民文化的载体。

第一节 《夷坚志》展现的商人世界

《夷坚志》作为宋代市民文化的载体，首先表现在其作品大量反映商人生活，展现了一个鲜活的商人世界。在《夷坚志》中，直接反映商人生活的作品有70多篇，间接反映的就难计其数了，这已大大超过了此前历代商人题材小说的总和。

《夷坚志》对宋代商人生活的多维度观照，极大地丰富了商人题材小说，它一方面继承了前代文学的优良传统，揭示商人的人格品性；另一方面又有新的发展和创新，它深入挖掘商人的内心世界，细致展现商人的日常生活和社会处境，更加凸显出宋代商人世界的特点。

一 商人的奸猾贪婪

宋代都市"商客杂沓"，坐贾、行商云集。所谓坐贾，是指有固定店铺贸易买卖的商人，所谓行商，则指远途贩运或没有固定店铺、游动经营的商人，范成大诗句"君看坐贾行商辈，谁复从容唱渭城"（《题南塘客舍》）①，写的就是坐贾行商的忙忙碌碌、行色匆匆。《夷坚志》许多的篇章也写到形形色色的坐贾行商，如《甲志》卷十八《乘氏疑狱》："兴仁府乘氏县豪家傅氏子，岁贩罗绮于棣州。"《乙志》卷一《侠夫人》写董国庆小妾"罄家所有，买磨驴七八头，麦数十斛，每得面，自骑驴入城鬻之，至晚负钱以归。率数日一出，如是三年，获利愈益多。"《丙志》卷十四《王八郎》："唐州比阳富人王八郎，岁至江淮为大贾。"《支景》卷五《童七屠》："台州近城三十里有小寺，亦曰径山。路口有屠者童七，累世以刺豕为业，每岁不啻千数，又转贩于城市中，专用以肥其家。"《三志辛》卷八《湘潭雷祖》："湘潭境内有昌山，周回四十里，中多筱荡，环而居者千室，寻常于竹取给焉。或捣为纸，或售其骨，或作簟，或造鞋，其品不一，而不留意耕稼。"《三志壬》卷九《古步王屠》："余干古步，有墟市数百家，为商贾往来通道，屠宰者甚众。"《志补》卷二十《桂林秀才》："乐平向十郎者，为商，往来湖广诸郡。尝贩茜杯数十箧之桂林。"

  市井拜金气习首先在商人群体身上表现出来。商人最突出的特点是贪财逐利，这是几乎所有文学作品在塑造商人形象时最常见、最重点表现的一个方面，这也包括《夷坚志》在内。如《支戊》卷一《陈公任》写福州长乐县巨商陈公任往浙江经商，途中遇舟覆，陈公任留恋财物不肯舍弃，结果被溺死，是"要钱不要命"守财奴的典型代表。又如《丁志》卷六《泉州杨客》写杨客海上经商十余年，每遇风浪之险，必求神灵保佑，指天发誓，将设水陆道场为谢。等到船只平安到岸后，则吝惜舍不得财物，不履诺言，不酬许愿。后来，其存放货物财产的仓库发生火灾，神灵不再佑护，烈焰将其十余年的经营烧得干干净净，杨客只好自经而死。

  商人奸猾无义，为逐利往往不择手段，如掺假作伪、缺斤少两、以次充好就是他们惯用的伎俩。《丁志》卷二十《许德和麦》写江西乐平商人许德和得知城里米麦价高，就在米麦里掺入砂粒，每石竟五升之多，以图暴利，结果人神共愤，被雷震死。《支癸志》卷二《黄州渠油》写黄州卖油商人渠生，每次新榨油都趁热加入便尿三分之一，父母劝之不听，获利颇丰，后染奇疾，痛苦万状，经年才死，家人也相继夭亡。《志补》卷七

---

① （宋）范成大：《题南塘客舍》，见《范石湖集》，上海古籍出版社 1981 年版，第126 页。

《祝家潭》写衢州祝大郎"富而不仁，其用斛斗权衡，巨细不一"，结果其家为大水冲为深潭，家人尽死。《丁志》卷九《许道寿》写建康人许道寿，"居临安太庙前，以鬻香为业，仿广州造龙涎诸香，虽沉麝笺檀，亦大半作伪。"《三志壬》卷九《古步王屠》写余干屠夫王某"每将杀一豕，必先注水沃灌，使若充肥，因可剩获利，人食其肉者，痼疾辄发动"，由此积累财物不可胜数，七个儿子买田做室，结果晚年得异疾，痛苦万状，但求速死，逾月乃亡。

有些商人不仅贪婪，而且狠毒，巧取豪夺，如《志补》卷七《直塘风雹》写常熟直塘商人张五三"稔恶黩货，见利辄收"，有买家与他立约籴米五百斛，议价已定，张五三却突然每斗增加二十钱，买家不同意，张即强行吞没了订金。

《夷坚志》写到的最为贪利无义的商人当属泉州人王元懋，故事写他兼通番汉文字，因随贸易的海船到占城，得到番国国王的赏识，"延为馆客，仍嫁以女，留十年而归。所蓄奁具百万缗，而贪利之心愈炽。遂主舶船贸易，其富不赀。"淳熙五年，他派吴大为首领，率三十八人的贸易商船出海，一去十年，获利数十倍。淳熙十五年七月，商船回到惠州罗浮山南，内奸林五、王儿等人见财起意，将吴大以下二十一人杀害，只有宋六一人被砍断手指逃脱。林五、王儿坐小船回到泉州，向王元懋报告说大船遭水倾覆，人货俱损失过半。王元懋有非常丰富的航海经验，心中生疑，问道："船若遭水，则毫发无余，何故得存一半？"林五、王儿见欺瞒不过，就将实情告知了王元懋，并说："今货物沉香、真珠、脑麝，价值数十万，倘或发露，尽当没官，却为可惜。"王元懋听后，利其物、贪其财，沉吟良久，决定不再报官，与凶犯一起私分所有财物，并为使阴谋不败露，主动设计、出重金贿赂都吏吴敏等人。直到九月初，宋六回到家中，到官府告发，这起重大案件才暴露。但提举张逊新到任，对情况不太了解，将案件发往南安县审理，县宰施宣教又为推吏欺骗，断为"船漏损人"、"将寝不治"，不予处理。最后告到安抚使马会叔那里，案件改送晋江县鞫勘，县宰赵师硕躬阅案牍，悉力审听，王儿、林五等人获剐刑，王元懋被认定"知情杀人，包赃入己"，遭逮捕下狱，但此时他身任朝廷从义郎一职，"隶重华宫祗应"，只判了"停官羁管兴化军"，被贬不过数月就放还了，几乎没有得到任何实质性的惩处。在归途行至上田岭时，吴大领众冤魂拦住他的去路，向他索命，王元懋终于呕血而死。从故事中我们可以看到，财富早已敌国的王元懋永远不会满足，无厌的贪婪之心驱使他对二十一人的性命毫不顾恤，竟然与凶残的案犯合作分赃，并积极主动地掩盖真相，其恶行、恶性真是罄竹难书、无出其右者，无怪乎《三志己》卷六以"王元懋巨恶"为题叙写他的罪恶嘴脸。而更为荒唐的是，一级又一级的官员、胥吏包庇纵容他，朝廷官职也可以为他提供护身符，他得不到罪有应得的制裁，作者和世人只有幻想冥司地府的空灵之手能主持公道、伸张正义，这也充分反映了南宋社会的腐败与动乱。

商人有钱了，加以品性不好，很容易堕落为欺天凌人、横行一方的恶霸，如《支甲志》卷三《方禹冤》写鄱阳侩商杨五常公然欺凌郡吏方禹，有一天，将其"曳之于地，恣行棰踢"，最终折磨至死。

二 商人的情感生活

《夷坚志》不仅对商人贪财的本质特性作了淋漓尽致的揭示，还有许多作品关注商人的情感生活，如写他们好色，《丁志》卷十五《张客奇遇》：

> 余干乡民张客，因行贩入邑，寓旅舍，梦妇人鲜衣华饰求荐寝。迨梦觉，宛然在旁，到明始辞去。次夕方阖户，灯犹未灭，又立于前，复共卧，自述所从来曰："我邻家子也，无多言。"经旬日，张意颇忽忽。主人疑焉，告曰："此地昔有缢死者，得非为所惑否？"张秘不肯言。须其来，具以问之，略无羞讳色，曰："是也。"张与之狎，弗畏惧，……妇人嗟唶良久，曰："我当以始终托子，忆埋白金五十两于床下，人莫之知，可取以助费。"张发地得金，如言不诬。妇人自是正昼亦出，他日，低语曰："久留此无益，幸能挈我归乎？"张曰："诺。"令书一牌，曰"廿二娘位"，缄于箧，遇所至，启缄微呼，便出相见。张悉从之，结束告去。邸人谓张鬼气已深，必殒于道路，张殊不以为疑。日日经行，无不共处，既到家，徐于壁间开位牌，妻谓其所事神，方瞻仰次，妇人遂出。妻诘夫曰："彼何人斯？勿盗良家子累我。"张尽以实对。妻贪所得，亦不问。

故事中的商人张客贪恋美色，遇见缢死的鬼魂仍"与之狎，弗畏惧"，鬼气缠身，也不为疑，甚至为了五十两白金，答应带妇人鬼魂回家。到家后他的妻子也贪恋财物，不追究张客的婚外之情，张客既贪财又好色的形象跃然纸上。

实际上，商人面对财与色有着非常相似的心态。经商求财是充满风险的事业，不可能一帆风顺，但并不妨碍商人克服各种困难谋求最大的利润。艳遇好色，也常常错恋鬼魂，性命攸关，同样要求商人有胆量面对。因此，《夷坚志》常常写到商人们既向往得到从天而降的巨额财富或美色艳遇，又害怕伴随而来的危险。但害怕的同时，并不会打消他们追求酒色财气的愿望，相反危险愈大，他们愈加向往。如《支乙》卷八《南陵美妇人》写宣州南陵一开酒店的商人某生：

> 尝以月夜出户，逢美妇人，若自宅堂而来，见生即与笑语。时东平郭尧高叔为宰，生谓姬妾浪游，不敢应。妇人前执其手，径趋店中。生固市井屠沽儿，迷于色，便留之寝。旦而去，他夕复至。如是数月。每至必有赠饷，初但得钱，久而携银盏，浸浸及于瓶罍，所获不胜多，益疑为窃主家物，然贪财溺爱，不以为虞。偶往郊外行干，逢道人乞钱，见生颜色枯悴，语之曰："汝满面是邪气，将死于鬼手。"生惊悟，弗隐，尽以告之。

某生明知妇人来历不明，与之浪游必有危险，然既"迷于色"，又贪其"赠饷"，"贪财溺爱"，不知鬼魂缠身，死之将至。像这样的商人还有《三志辛》卷二《宣城客》中写到的襄阳宜城商人刘三客，他贪恋一美貌女子，谁知却是"古墓狐精"等。

商人既奸猾无义，复好色，也就缺乏伦常观念，感情往往易变，加以他们常年在外奔波，生活多别离，很少与妻子在一起，对妻子的情感比较淡漠，因此他们常常背妻弃子，多负心薄幸之人，如《丙志》卷十四《王八郎》写商人王八郎背妻狎妓，最后客死他乡：

> 唐州比阳富人王八郎，岁至江淮为大贾。因与一倡绸缪，每归家必憎恶其妻，锐欲逐之。妻，智人也，生四女，已嫁三人，幼者甫数岁，度未可去，则巽辞答曰："与尔为妇二十余岁，女嫁，有孙矣，今逐我安归？"王生又出行，遂携倡来，寓近巷客馆。妻在家稍质卖器物，悉所有藏箧中，屋内空空如窭人。王复归见之，愈怒曰："吾

与汝不可复合,今日当决之。"妻始奋然曰:"果如是,非告于官不可。"即执夫袂,走诣县,县听讼离而中分其赀产。王欲取幼女,妻诉曰:"夫无状,弃妇嬖倡,此女若随之,必流落矣。"县宰义之,遂得女而出居于别村,买瓶罂之属列门首,若贩鬻者。故夫它日过门,犹以旧恩意与之语曰:"此物获利几何,胡不改图?"妻叱逐之曰:"既已决绝,便如路人,安得预我家事?"自是不复相闻。女年及笄,以嫁方城田氏,所蓄积已盈十万缗,田氏尽得之。王生但与倡处,既而客死于淮南。后数年,妻亦死。既殡,将改葬,女念其父之未归骨,遣人迎丧,欲与母合祔。各洗涤衣敛,共卧一榻上,守视者稍息,则两骸已东西相背矣。以为偶然尔。泣而移置元处,少顷又如前,乃知夫妇之情,死生契阔,犹为怨偶如此,然竟同穴焉。

故事中王八郎的妻子作为商人之妇,最后被无情地抛弃了。王八郎留恋娼妓,重利无行,是无义商人的典型代表。其妻没有因为被弃而命运凄惨是好在她同样具有商业头脑,她对王八郎的感情背叛没有怨天尤人,顾影自怜,而是奋起抗争,自己努力做生意、抚养幼女,因此作品赞她是"智人"。她有强烈、独立的人格尊严,死后尸骨也与王八郎"相背",坚决不相妥协,自强自立之精神为人们赞叹。

像王八郎这样狎妓的商人大有人在,如《甲志》卷十八《乘氏疑狱》中的兴仁府乘氏县商人傅子"岁贩罗绮于棣州,因与一倡狎……为筑室于外"。《志补》卷六《王兰玉童》中的王兰"性靳啬多疑,只收蓄金珠,出则自随。酷好冶游,每入郡,不携亲仆,畏其泄语于妻也。虽馆逆旅,亦不报所在。"《支甲》卷十三《杨大同》写一鬼魂纠缠商人杨大同并自述说:"我乃尔三生前妻。此女,尔女也。尔为商往他州,顾恋倡女,不知还,我贫困不能自存,携此女赴井死。诉之帝,帝令天狱□法曰:'尔逐利忘家,致妻子死于非命,虽有别善业当登科,然终不能享,自此十年间将受报。'"《支乙》卷一《翟八姐》则直接指出:"江、淮、闽、楚间商贾,涉历远道,经月日久者,多挟妇人俱行,供饮爨薪水之役,夜则共榻而寝,如妾然,谓之婢子,大抵皆猥娼也。"作品写商人王三客开始引诱翟八姐,继而又将其抛弃,其过程极为恶劣:

上饶人王三客,平生贩鬻于庐寿之地,每岁或再往来,得居婢曰翟八姐。翟虽为女妇，身手雄健，臂力过人，其在涂，荷担推车，颊肩茧足，弗以为劳，壮男子所不若也。性又黠利，善营逐什一，买贱贸贵，王获息愈益富，锱铢收拾，私所蓄藏亦过千缗，密市黄白。而更无姻眷，年且四十，欲谋终身计。王客，狡诈大驵也，虽丑鄙其色，而以财货动心，诱之为妻，翟罄橐中物畀付。他日，将渡江，先一夕，同宿旅舍，未旦先起，挈装赍登舟，趣解缆。及翟至水滨，其去已远，悲恸移时，念进退无门，径赴水死。王遥望见，良自以为得策，遂归故里。

《夷坚志》中的商人移情别恋、抛妻弃子，大都没有好结局。如王三客后来沦于家破人亡，四个儿子有三个为人杀死，余一子也被流放岭南，王三客自己"衰颓愁苦而终，妻贫薐饿死，暴尸不克葬，屋庐入于宗人之家"。

在中国封建社会时期，商人居"士农工商"四民之末，商人即使发展再好，也只是钱财多，地位、声誉仍非常低下，因此商人们发财之后，又非常向往达官显贵的权势。这也常常促使他们见异思迁，负心薄倖。如《志补》卷二《吴任钧》写帽商吴某多与儒生交往，教子吴任钧读书求仕，故有"虽为市贾，亦重儒术"之誉，引得邻居商人史某前来高攀，将女儿许配吴任钧。后来有道人预言吴任钧"行作官人"，吴任钧立即沾沾自喜，"岂不能于京华贵家及乡里富室择佳婚，奉二亲甘旨，顾倦倦一民女哉！"吴任钧是商人子弟，本与史家门当户对，却因为道人对其前程的预测而想入非非，尚未飞黄腾达，就已经想着毁弃婚约，攀龙附凤，商人唯利是图的本性表露无遗。

三 商妇子子守家的孤独与寂寞

与商人的好色、负心薄倖相联系，商妇子子守家的孤独与寂寞、被抛弃时的无辜与无助也多是文学作品关注的焦点。无论是诗词还是小说，都常常写到商人"重利轻别离"，奔波在外，只落得商妇独守空闺，感情无所寄托，如唐李益《江南词》："嫁得瞿塘贾，朝朝误妾期。早知潮有信，嫁与弄潮儿。"又如宋代江开《商妇怨》："春时江上帘纤雨，张帆打鼓开船去。秋晚恰归来，看看船又开。嫁郎如未嫁，长是凄凉夜。情少利心多，郎如年少何。"诗歌写从春到秋，商妇与丈夫都没有相聚的机会，她谴责埋怨丈夫把金钱看得比感情更重要，作品对商妇内心世界的刻画非常细腻，很有艺术感染力。再如林景熙的《商妇吟》："良人沧海上，孤帆渺何之。十年音信隔，安否不得知。长忆相送处，缺月随我归。月缺有圆夜，人去无回期。回期倘终有，白首宁怨迟。寒蛩苦相吊，青灯鉴孤帏。妾身不出帏，妾梦万里驰。"

《夷坚志》多维度地展现宋代商人生活，关注商人的家庭婚姻，其中也有很多关于商妇苦闷、情欲无托的描写与表现，如《三志壬》卷十《邹曾九妻甘氏》写岳州商人邹曾九经商多年不归，其妻甘氏不堪忍受思念的痛苦，外出四处寻找丈夫，结果为"市倡谭瑞诱留，遂流落失节……孤单无倚，不免靠枕席度日"。很快心绪怏怏而死，死后魂灵又偶然与丈夫相遇，互诉思念之情，一同回家。回家后，丈夫才发现实际是妻子的魂灵与自己在一起。又如同卷的《解七五姐》写房州人解三师的女儿七五姐年二十三岁时，招归州人施华入赘为婿。后来，施华出外经商，偶有书信曰："我在汝家，日为丈人丈母凌辱百端。况于经纪不遂，今浪迹汝宁府。汝独处耐静，勿萌改适之心。容我稍遂意时，自归取汝。"七五姐看完书信后，不胜悲伤，掩面而泣，即日不食，不久病死。后其鬼魂找到丈夫，与丈夫厮守在一起。甘氏与解七五姐和很多商妇一样，经受了独守空闺的难耐寂寞，在她们的身上发生了由情感进而到性命生活的双重悲剧，同时她们的形象又超出了一般耐受寂寞、自嗟自叹、顾影自怜的商妇，她们是敢爱敢恨的真情女子，因思念而死，死后托为鬼魂也要与丈夫在一起，生生死死追求真爱。她们的故事虽以志怪的形式表现，却张扬着真挚的感情。

从作品中我们还可以看到，《夷坚志》描写的商妇世界比前代显得更为"肉欲"，原始的生命力更为张扬，更为真实，人物形象也更为饱满。如《支乙》卷一《王彦太家》写临安人王彦太远航南海经商，年久不归，其妻方氏妙年美色，不免幽闷，后为少年精怪骚扰，虽严加拒绝，但难于抗拒，终为其占有。《志补》卷五《张客浮沤》写张客为商，其妻年少，不耐寂寞，与仆人李二私通，后发现李二谋害丈夫，毅然报告官府，使其伏法。两篇作品写到的都是充满矛盾情怀的商妇，她们一方面追求情欲满足和短暂幸福；另一方面又在情感大节上不愿意背叛丈夫。

四　商人的善举

与前代小说相比，《夷坚志》虽沿袭着传统对商人仍有大量抨击，但也表现出新的观念和特点，即作者不再是一味地谴责商人贪财逐利、奸诈无义，有时能根据实际情况肯定商人获利也非常艰难，指出他们的财产大体也是劳动所得。更为突出的是，《夷坚志》往往强调商人要有好的品行，时有善举，善待他人，乐于助人，他们就有资格和机会一本万利，可以大发横财，如《乙志》卷七《布张家》：

> 邢州富人张翁，本以接小商布货为业。一夕，闭茶肆讫，闻外有人呻痛声，出视之，乃昼日市曹所杖杀死囚也。曰："气绝复苏，得水尚可活。恐为逻者所见，则复死矣。"张即牵入门，徐解缚，扶置卧榻上，设荐席令睡，与其妻谨视之，饲以粥饵，虽子妇弗及知。经两月，胁疮皆平，能行。张与路费，天未晓，亲送之出城，亦未尝问其乡里姓名也。过十年久，有大客，乘马从徒，赍布五千匹入市，大驵争迎之，客曰："张牙人在乎？吾欲令货。"众嗤笑，为呼张来，张辞曰："家赀所有，不满数万钱。此大交易，愿别择豪长者。"客曰："吾固欲烦翁，但访好铺户赊与之，以契约授我，待我还乡，复来索钱未晚。"张勉如其言。居数日，客谓翁："可具酒饮我，勿招他宾。"既至，邀其妻共饮，酒酣，起曰："翁识我否？乃十年前床下所养人也。平生为寇劫，往来十余郡，未尝败。独至邢，一出而获。荷翁再生之恩，既出门，即指天自誓云：'今日以往，不复杀人，但得一主好钱，持报张翁，更不作贼。'才上太行，便遇一人独行，劫之，正得千余缗，遂作贾客贩卖。今于晋绛间有田宅，专以此布来偿翁媪恩。元约复授翁，可悉取钱营生产业，吾不复来矣。"拜诀而去。张氏因此起富，赀至十千万，邢人呼为"布张家"。

邢州小布商张翁因为曾经善待一个死囚，后来突发横财，成为当地首屈一指的富人。在作者看来，张翁的善举不仅救护了死囚，还改造了死囚，感化其"不复杀人""更不作贼"，并且在送其走的时候"未尝问其乡里姓名"，明显不图回报，品德可嘉，因此应该得到财富的补偿，于是细微的付出获得了非常丰厚的回报。这就表现出作者对商人品德与财富相辅相成关系的一种认识。

商人是否真正具有良好的品德，是否真正愿意付出善行，需要得到社会的检验。《夷坚志》有不少作品写神仙站出来考验商人，凡是经受住了神仙考验的，就会在品德、善行上得到确认，然后有福报绵绵。之所以要由神人来考验，是因为神人才能直接给商人福报，这样也才更有说服力，更有道德劝诫的力量。如《甲志》卷一《石氏女》写吕洞宾几番考验京师茶肆店主石氏的幼女：先是假装病癫的乞丐，衣衫褴褛，索茶一月有余，继而不付茶钱，商女均"每旦择佳茗以待"，"敬而与之"，父母打骂她，她也"略不介意，供伺益谨"。这一番考验过后，吕洞宾又设置新的考验，要她喝自己剩下的"不洁"的"残茶"。商女能够不嫌弃疯癫的乞丐，能给予恭敬的关怀，这说明其品德良好，故通过了考验，吕仙人给予其"随汝所愿，或富贵或寿皆可"的丰厚回报。又如《志补》卷十二《华亭道人》写华亭客商贩芦席往临安，满船装载，但仍然让假扮道人的吕洞宾搭顺风船，吕洞宾离去时回报："谢汝载我，使汝多得二十千以相报。"此作品反映出作者对商人的认识观：品德良好、乐于助人的商人即使发横财也是可以被社会认可的。

五　商人经商路上的杀机

《夷坚志》对商人世界的观照有新突破、新视点还表现在其细致地表现商人的生活情态与生活处境，从平等、理解的角度出发，表达了对商人经商艰辛、生活不安定并需经受各种凶险的怜悯与同情。如写商人投宿旅店，往往杀机四伏。商人并不是每个人都能家财万贯，可以安乐在家，尽情享受。他们中的大部分人都是小本经营，要辛苦地奔波在买卖贩运途中，风餐露宿是他们最常见的生活情态，而最大的危险还来自于心怀不轨者对商人的见财起意，谋财害命。如《乙志》卷三《浦城道店蝇》写被旅店老板夫妇谋财害命的丝绢商人：

> 浦城永丰境上村民作旅店，有严州客人赍丝绢一担来僦房安泊。留数日，主妇性淫荡，挑与奸通。既而告其夫云："此客所将货物不少，而单独出路，可图也。"夫即醉以酒，中夜持刃斫之。客大叫救人，声彻于邻。彼处居者甚少，仅有一邻叟奔而至。妇走立于门，以右手遮拒使勿入，左手持客丝一把与之，叟喜而去，客遂死。夫妇共

舁尸埋于百步外山崦里，仓卒荒怖，坎土殊浅，主人自意无由泄露。经数月，客之子讶父久役不返，向时固相随作商，凡次舍道途，悉所谙熟，于是逐程体访。到此店迹绝，因驻物色。正昼闷坐，一蝇颇大，飞着于臂，挥之复来，至于五六。子念父心切，极疑焉，祝之曰："岂非神明使尔有所告乎？但引我行。"遽飞起，此子从其后。蝇营营如语，径飞至客窆处。群蝇无数，子伸首探之，尸俨然存。走报里伍，捕凶人赴县。邻叟之过亦彰，遂为明证。店夫妇并伏诛，叟坐杖脊，官毁凶室为墟。

故事中的丝绢商人单独外出，旅店主妇"挑与奸通"，继而被店主"持刃斫之"，邻居老叟满足于旅店夫妇的贿赂，对商人的被害不管不顾。这反映了商人经商谋生的不易，若是身无分文，则会缺衣少食，受尽生活的艰难；若是略有富余，则不免被人觊觎或谋财害命。又如《甲志》卷八《金刚灵验》写寿春府司理柴注在审理案件时发现离城三十里一黑心旅店谋害了很多独行商人，商人被杀后，尸首投于白沙河下，无从寻踪。《支丁》卷八《王七六僧伽》写丽水商人王七六绍熙四年贩卖布帛至衢州，被当地市侩赵十三拿去，价值三百千而不付款，王七六不得不长时间留住索要，赵十三则百般拖延，最终有一天，乘王七六酒醉，夫妻两人将其扼喉杀死。《支戊》卷四《吴云郎》写吴江县渎村富人吴泽曾杀一独行少年，夺其所携财物，后少年转世为其儿子讨要。《志补》卷六《周翁父子》写丝帛商人周翁三十年前曾谋害一外州独行少年商人，吞没了他的资金，少年转世做了他的儿子实施报复。《支癸》卷五《陈泰冤梦》写抚州布商陈泰每年从崇仁、乐安、金溪等地贩货至吉安，后来有当地市侩曾小六，先是借用陈泰五百千钱不想还，又见其存货积布至数千匹，且随行只有一仆人，于是起不义之心，先杀死仆人，又勒死陈泰。这些故事反映出单独在外经商、住宿的商人，周围的环境充满险恶，处处潜伏着杀机，稍有不慎，即可能引来杀身之祸。而更为怪异的是谋害外出行商的杀人犯如旅店老板等人，往往本身也是商人，从中可看到商人阶层内部"仇富""贪财""不劳而获"等奸邪阴暗的心理。而商人在遇见危险的时候，呼救也往往无人理睬，反映了社会重视利益、泯灭良心、冷漠残酷的一面。

除了旅店的杀机四伏、市侩的血腥恶霸，商人们还要面对奔波途中的飞来横祸。如水运是中国古代最重要的交通方式，水运的顺利寄托着商人养家糊口、扬名立万的梦想，但水行途中诸如海盗、水寇、倾覆等问题也严重威胁着商人们的生命、财产安全。如《甲志》卷四《方客遇盗》写婺源盐商方客行至芜湖，遭遇强盗打劫，被人绑上大石头投江淹死。方客死后数月，托梦给妻子告到官府，才沉冤得雪。古代交通不便，商人经常离家数月，所以即使被人杀害也一时无人知晓，尸骨无存。又如《丙志》卷十三《长乐海寇》中被群盗谋财害命的无辜商人们：

> 绍兴八年，丹阳苏文瓘为福州长乐令，获海寇二十六人。先是，广州估客及部官纲者凡二十有八人，共僦一舟，舟中篙工、柂师人数略相敌，然皆劲悍不逞，见诸客所赍物厚，阴作意图之。行七八日，相与饮酒，大醉，悉害客，反缚投海中，独留两仆使执爨。至长乐境上，双橹折，盗魁使二人往南台市之。因泊浦中以待，时时登岸为盗，且掠居人妇女入船，无日不醉。两仆逸其一，径诣县告焉。尉入村未返，文瓘发巡检兵，自将以往。行九十里与盗遇，会其醉，尽缚之。还至半道，逢小舟双橹横前，叱问之，不敢对，又执以行，无一人漏网者。时张子戬给事为帅，命取舟检索，觉柂尾百物萦绕，或入水视之，所杀群尸并萃其下，僵而不腐，亦不为鱼鳖所伤。张公叹异，亟为殓葬。

故事中杀人的强盗恶魔就是平时温良不起眼的船工水手，这些以艰辛劳动维持生计的下层劳动者，原本应看惯商人劳碌奔波的辛苦，但金钱的诱惑使他们的人性本质发生了变异，他们将罪恶的黑手伸向了商人，杀人毫不手软，凶残狠毒，令人不寒而栗。而那些无辜的商人则沉尸江底，沦为他乡之孤魂。《夷坚志》对商人经商危险的表现，其恐怖程度大大超过了前代文学，洪迈在写作中不直接对故事发表评论，但传达出对商人强烈的人道主义同情。

六 海外贸易的奇遇与历险

《夷坚志》对宋代商人生活反映的一个新突破还表现在它写到了许多海外贸易商人的奇遇与历险。实际上，前代小说也有这方面的作品，但与前代小说相比，《夷坚志》这类作品不仅数量大大增加了，而且表现内容也有不少新变化，如唐五代文言小说中，海外寻宝发财的主角多是士子和贵族，宝物往往是异国君主和贵族的赠予，而在《夷坚志》中主角变为商人，宝物则多是商人在遥远海岛的偶然寻获。如《支丁》卷三《海山异竹》写温州商人张愿海外野岛获得聚宝竹：

> 温州巨商张愿，世为海贾，往来数十年，未尝失时。绍兴七年，涉大洋，遭风漂其船，不知所届。经五六日，得一山，修竹戛云，弥望极目。乃登岸，伐十竿，拟为篙棹之用。……十竹已杂用其九，临抵岸，有倭客及昆仑奴，望桅樯拊膺大叫"可惜"者不绝口。既泊缆，众凝睇船内，见一竹存，争欲掇买，曰："吾不论价。"愿度其意必欲得，试需二千缗，众齐声答曰："好。"即就近取钱以偿。愿曰："此至宝也，我适相戏耳。非五千缗勿复议。"昆仑尤喜，如其数，辇钱授之，而后立约。约定，愿问之曰："此竹既成交易，不可翻悔。然我实不识为是何宝物，而汝曹竞欲售如此。盍为我言之？"对曰："此乃宝伽山聚宝竹，每立竹于巨浸中，则诸宝不采而聚。吾毕世舶游，视鲸波拍天如平地。然但知竹名，未尝获睹也。虽累千万价，亦所不惜。"愿始嗟叹而付之。

《夷坚志》中海外寻宝故事有一个常见的叙事模式：商人在海外历险—躲过大难之后偶然获取了宝物—商人自己并不知道宝物的真正价值—回来后被识货者高价求购—商人大发横财。这一故事模式在后代的文学作品中多有阐发，如《初刻拍案惊奇》卷一的《转运汉遇巧洞庭红 波斯胡指破鼍龙壳》等。

海外获宝自然欣喜，海外历险却备尝艰辛。如《甲志》卷七《岛上妇人》写泉州商人航海经商，因舟覆漂至一岛，被岛上体无丝缕的妇人收留，拘禁石室中，直至七八年，生育三子后，妇人放松警惕，商人偶然发现有船近岛，才设法逃离，得返家园。《乙志》卷八《长人国》和《丙志》卷六《长人岛》等篇记载商人来到海外海岛，几被岛上野民捕捉甚至烹食的历险经过。又如《甲志》卷十《昌国商人》：

> 宣和间，明州昌国人有为海商，至巨岛泊舟，数人登岸伐薪，为岛人所觉，遽归。一人方溷，不及下，遭执以往，缚以铁绠，令耕

田。后一二年，稍熟，乃不复絷。始至时，岛人具酒会其邻里，呼此人当筵，烧铁箸灼其股，每顿足号呼，则哄堂大笑。亲戚间闻之，才有宴集，必假此人往，用以为戏。后方悟其意，遭灼时，忍痛啮齿不作声，坐上皆不乐，自是始免其苦。凡留三年，得便舟脱归，两股皆如龟卜。

上述作品说明，宋代的海外贸易得到巨大发展。在宋代，由于辽、西夏、金等少数民族政权的建立，中原通往西域的传统商路受阻，加以经济重心南移，以东南沿海港口为依托、以海路为交通的海外贸易方式得到发展，而且宋代造船业在当时居于世界领先水平，为海外贸易提供了条件和保证，在此社会背景下，《夷坚志》记录了大量商人在海岛经商、历险题材的故事。

总之，《夷坚志》所展现的宋代商人世界丰富多彩，既表现商人艰难的行商生活，又关注商人的内心世界，传达他们的真实愿望和幻想，揭示他们渴望丰厚回报的传奇般情感体验，富于世俗色彩。从《夷坚志》我们已可看到，商人已经从前代的"配角"跃升为宋代文学中的"主角"之一。《夷坚志》塑造的血肉丰满的商人形象，极大地拓展了文学的表现范围，为当时及后来的市人小说及其他描写商人的文学作品作了很多有益的探索，具有重要的启示意义。

第二节 《夷坚志》对市井拜金气习的批判

宋代都市繁华，商品经济日益发达，市民阶层不断壮大，市井社会充满了对金钱的迫切渴望与热烈追求，弥漫着拜金主义的气习，对此，《夷坚志》有深入的反映和尖锐的批判。

一 "一夜暴富"的市井白日梦

拜金气习弥漫的社会，不仅商人蝇营狗苟、贪财逐利，普通市民也对财富充满了赤裸裸的艳羡，做着"天上掉馅饼"、不劳而获的白日梦，幻想着突发横财、一夜暴富。《乙志》卷十一《涌金门白鼠》写到的故事就充分反映了他们的这种心态：

  京师人鲁時，绍兴十一年，在临安送所亲于北闸下，忘携钱行，解衣质于库，见主人如旧熟识者，思之而未得。退访北关税官朱子文，言及之，盖数年前所常见丐者也。其人本豪民，遭乱家破，与妻行乞于市，使三子拾杨梅核，椎取其实以卖。少子尝见一白鼠在聚核下，归语父。父戒曰："明日往捕之，得而货于禽戏者，必直数百钱，勿失也。"迫旦，母与偕至故处，果见鼠，逐之，及涌金门墙下，入穴中而灭。母立不去，遣子归取锸劚地，深可二尺，望鼠尾犹可见。俄得一青石，揭去之，下有大瓮，白金满中，遽奔告其父。父至，不敢启，亟诣府自列，愿以半与官，而乞厢吏护取。府主从其言，得银凡五千两。持所得，即日鬻之，买屋以居，而用其钱为子本，遂成富家，即质库主人也。

  本篇采用倒叙的手法，以鲁時的视角展现质库主人的跌宕命运。因战乱破落的豪民，流落京城为丐，一家大小行乞于市，艰难度日。偶然见到一小白鼠，也要想方设法捕获它"货于禽戏者"，以图换取"数百钱"。然而，谁也没有想到，他们在追逐小白鼠的过程中，意外地得到了一笔横财，于是一夜之间，挣扎于社会的最底层、过着最卑微生活的他们一跃成为富可敌国的质库主人。质库为唐宋时期抵押放款收息的商铺，亦称质舍、解库、解典铺、解典库等，即后来典当行的前身，往往只有富商大贾、官府、军队、寺院、土豪才能有足够的资金支撑经营。质库主人的神奇暴富"一定被人们津津乐道，口耳相传，最终被洪迈采进《夷坚志》"。[①] 无数的艳羡者都盼望着这种极其偶然的幸运能降临到自己的头上。同卷的《米张家》一则更加离奇地写到"财富送上门"的故事：

  京师修内司兵士阚喜，以年老解军籍为贩夫，卖果实自给。其妻汤氏，旧给事掖廷，晚乃嫁喜。宣和二年六月，喜卖瓜于东水门外汴堤丛柳间，所坐处去人居百许步，柳阴尤密。午暑方盛，行人不至。闻木杪呼小鬼，继有应之者。呼者曰："物在否？"应者曰："在。"如是再三。仰头周视，无所睹，惧不自安，欲归，而妻馈食适至，具以事语之。妻曰："老人腹虚耳聩，妄闻之，无惧也。"明日，复如

[①] 余丹：《宋代文言小说的文化阐释》，中国社会科学出版社2010年版，第301页。

前，又以语妻。妻曰："然则翼日我于此代汝，汝当为我馈。"汤氏，慧人也。伺其时至，闻应答声毕，遽曰："既在，何不出示？"即于树间掷金数十颗，银十余铤，黄白烂然。妻四顾无人，亟收置瓜篮中。未毕而喜至，惊笑曰："吾不暇食矣。"喜见黄物形制甚异，疑不晓。妻曰："此裹蹀金也。"尽拾瓜皮与所坐败簟覆篮，共异以归。仅能行百步，重不能胜，暂寄于张家茶肆中，出募有力者挈取。张氏讶其苍黄如许，发苫见物，悉以瓦砾易之。喜夫妇不复阅视，及家始觉。妻曰："姑忍勿言，明当复用前策，尚可得也。"泊坐树下，过时无所闻，乃效其呼小鬼，亦应曰："诺。"妻曰："再以昨日之物来。"曰："亡矣。"问："何故？"曰："已烦卖瓜人送与张氏竟。"喜将讼于官，妻曰："鬼神不我与，虽诉何益？不若谋诸张氏。"张曰："物已归我，又无证验，安得取？且尔夫妇皆老而无子，多赀亦奚为？幸馆于吾门，随所用钱相给，毕此一世，可也。"喜乃止。张氏由此益富，徙居城北，俗呼为"米张家"云。

本篇写米张家的暴富比质库主人来得更加容易而且合乎天理命运。一开始，神鬼小心翼翼地看护着属于米张家的"裹蹀金"，每天都要反复查验其是否存放好，后来为阚喜夫妇所获，却是"烦卖瓜人送与张氏竟"，张氏懵然间坐收横财，托神鬼之赐成为巨富。故事蕴含着命定论思想，生动地反映了市人对富贵临门的企盼。

既然神灵在冥冥之中左右着人间的穷通，市井细民们也就将白日梦的希望寄托在神灵身上，于是，他们毫无原则地祀神，如奉事五通神即非常有代表性。什么是五通神呢？《丁志》卷十九《江南木客》这样介绍说：

二浙江东曰"五通"，江西闽中曰"木下三郎"，又曰"木客"，一足者曰"独脚五通"，名虽不同，其实则一。考之传记，所谓林石之怪夔罔两及山獠是也。李善注《东京赋》云："野仲游光，兄弟八人，常在人间作怪害。"皆是物云。变幻妖惑，大抵与北方狐魅相似。或能使人乍富，故小人致奉事，以祈无妄之福。若微忤其意，则又移夺而之他。

由此可见，五通神不是什么正神，是类似于山妖的邪神，能变化形状,好淫人妻女,但传说中五通神"能使人乍富",使市井细民的白日梦美梦成真,所以得到市民们恭谨的奉祀。如《志补》卷七《丰乐楼》就非常有代表性,作品写临安酒肆店主沈一,有一天接待了五位贵族公子,他们挟姬妾十数人、饮酒过百樽:

> 沈生贪而黠,见其各顶花帽,锦袍玉带,容止飘然,不与世大夫类,知其为五通神,即拱手前拜曰:"小人平生经纪,逐锥刀之末,仅足糊口。不谓天与之幸,尊神赐临,真是凤生遭际,愿乞小富贵,以荣终身。"客笑曰:"此殊不难,但不晓汝意问所欲何事?"对曰:"市井下劣,不过欲冀钱帛之赐尔!"客笑而颔首,呼一驶卒至,耳边与语良久。卒去,少顷负一布囊来,以授沈,沈又拜而受。摸索其中,皆银酒器也,虑持入城,或为人诘问,不暇解囊,悉槌击蹴踏,使不闻声。俄耳鸡鸣,客领妾上马,笼烛夹道,其去如飞。沈不复就枕,待旦,负持归,妻尚未起,连声夸语之曰:"速寻等秤来,我获横财矣!"妻惊曰:"昨夜闻柜中奇响,起视无所见,心方疑之,必此也!"启钥往视,则空空然。盖逐日两处所用,皆聚此中。神以其贪痴,故侮之耳。沈唤匠再团打,费工直数十千,且羞于徒辈,经旬不敢出,闻者传以为笑耳。

沈一巧遇五通神,一开口就乞求赏赐钱财,其殷切的贪利之心可见一斑,以致被五通神作弄,五通神作弄沈一的方式及沈一被作弄后的心理展示令人拍案叫绝,有痛快淋漓之感。作品警醒人们:现实生活中不可能有什么一本万利、不劳而获的美事,大发横财的梦想大多数情况下都是不切实际的,商人的贪婪逐利要适可而止,尤其不要贪恋不义之财,否则就会遭到戏弄甚至惩罚。又如《丁志》卷十三《孔劳虫》:

> 荆南刘五客者,往来江湖,妻顿氏与二子在家,夜坐,闻窗外人问:"刘五郎在否?"顿氏左右顾,不见人,甚惧,不敢应。复言曰:"归时倩为我传语,我去也。"刘归,妻道其事,议欲徙居。忽又有言曰:"五郎在路不易。"刘叱曰:"何物怪鬼,频来我家,我元不畏汝!"笑曰:"吾即五通神,非怪也。今将有求于君,苟能祀我,当使君毕世巨富,无用长年贾贩,汩没风波间。获利几何,而蹈性命不

可测之险？二者君宜详思，可否在君，何必怒？"遂去，不复交谈。刘固天资嗜利，颇然其说，遽于屋侧建小祠。即有高车骏马，传呼而来，曰："郎君奉谒。"刘出迎，客黄衫乌帽，容状华楚，才入座，盘飧酒浆络绎精腆。自是日一来，无间朝暮，博弈嬉笑，四邻莫测何人。金银钱帛，赠饷不知数。如是一年，刘绝意客游，家人大以为无望之福。他夕，因弈棋争先，忿刘不假借，推局而起。明日，刘访箧中，所畜无一存，不胜悔怒，谋召道士治之。

作品写到的刘五客是个"天资嗜利"的商人，在与五通神相逢后，为五神通所蛊惑，一夜暴富、不劳而获的心态极度膨胀，于是"绝意客游"，为五通神建小祠，日夜与五通神游戏博弈，虔恭地奉事着五通神，不再以自己的辛勤劳作来赢得财富，连其家人都以为这是"无望之福"，而刘五客却沉溺不悟。最后的结果只能是镜花水月一场白日梦。不过，刘五客祀五通神与《支癸》卷三《独脚五通》中写到的新安吴十郎相比则简直是小巫见大巫了：

  吴十郎者，新安人。淳熙初，避荒，挈家渡江，居于舒州宿松县。初以织草屦自给，渐至卖油。才数岁，资业顿起，殆且巨万。里落莫不致疑，以为本流寓穷民，无由可富。会豪室遭寇劫，共指为盗，执送官。困于考掠，具以实告云："顷者梦一脚神来言：'吾将发迹于此，汝能谨事我，凡钱物百须，皆可如意。'明日，访屋侧，得一毁庙，问邻人，曰：'旧有独脚五郎之庙，今亡矣。'默感昨梦之异，随力稍加缮葺。越两月，复梦神来曰：'荷尔至诚，即当有以奉报。'凌晨起，见缗钱充塞，逐日以多，遂营建华屋。方徙居之夕，堂中得钱龙两条，满腹皆金。自后广置田土，尽用此物，今将十年，未尝敢为大盗也。"邑宰验其不妄，即释之。吴创神祠于家，值时节及月朔日，必盛具奠祭，杀双羊、双猪、双犬，并毛血粪秽，悉陈列于前。以三更行礼，不设灯烛。率家人拜祝讫，不论男女长幼，皆裸身暗坐，错陈无别，逾时而退。常夕不闭门，恐神人往来妨碍。妇女率有感接，或产鬼胎。庆元元年，长子娶官族女，不肯随群为邪，当祭时独不预。旋抱病，与翁姑相继亡。所积之钱，飞走四出，数里之内，咸有所获。吴氏虔启谢罪，其害乃止。至今奉事如初。

吴十郎本是逃荒流寓的贫民，为能一夜暴富，他率全家虔诚地奉事五通神。不仅创神祠于家，逢节日隆重祭奠，更加令人不可思议的是男女老幼裸身拜寿，任由家中妇女与五通神淫乱，以致生产鬼胎。因长媳不愿同流合污，为五通神报复致亲人连续暴亡，他们仍不悔悟，继续"奉事如初"。可见，他们利欲熏心，为了财富，早已罔顾礼义廉耻，市井社会丑陋的拜金习气于此可见一斑。

二 金钱对亲情的扭曲

拜金气习的弥漫异化了伦理，扭曲了亲情，财富纷争使许多人六亲不认，如《丁志》卷五《三士问相》写政和初年，建州贡士李弼、翁粲、黄崇三人一起入京师科考，游相国寺时找术士看相，李弼、翁粲都被断言可及第为官，黄崇却"非久当死，不必赴省试也"，而且三个儿子也将相继夭亡，原因是黄崇"作不义事，谋财杀人"，黄崇听了以后：

> 不乐而退，果下第，归不一年而死。三子继夭，妻改嫁，其嗣遂绝。初，崇母既亡，父年过六十，买妾有娠，临就蓐，崇在郡学，父与崇弟谋："晚年忽有此，吾甚愧。今将不举乎，或与人乎？不然，姑养育，待其长，使出家，若何？"对曰："此亦常理，唯大人所命。不若举而生之，兄归须有以处。"妾遂生男。弟遣信报崇，崇即还，揖父于堂。父告以前事，命抱婴儿出。时当秋半，闽中家家造酒，汲水满数巨桶置廷内，以验其渗漏。崇以手接儿，径掷桶中溺杀之。父抆泪而已。盖黄氏赀业微丰，崇畏儿长大必谋分析，故亡状如此，宜其陨身绝祀也。

原来是黄崇担心父亲小妾所生子长大后分其家产，遂毫不迟疑地将这个同父异母的弟弟掷入酒桶中溺杀。本应知书达礼、成为时代精英的士子为了钱财竟然如此泯灭人性。又如《志补》卷五《闻人邦华》：

> 信州贵溪闻人氏有二子，长曰邦荣，次曰邦华。父在时预为区处生理，于县启茶肆以与邦华，于州启药肆以与邦荣。及父殁数岁间，华纵游荡费，破坏几尽；而荣独能立身节用，衣食丰余。母爱季子，密助之，且导使兴讼，以为母在堂，不应分析。荣不服，诉于有司。

台府官僚，定夺至五六，最后监赡军库张振之子理承其事。时厥母已亡，张议令悉籍遗赀中分，各受若干，其先为华所坏者，理为所得之数，华不伏，至于狱。华使所善买生砒霜置羹中，赂门卒传与荣，荣接食，下咽即呕吐，遍身肿赤。吏以告理官，遣还家，半日死。其子廉夫，虽知父被毒，而无证佐可发其冤，隐忍殡葬。事经岁，华入理院对状，廉夫一仆献计，请仍用前策，别携一人，偕诣食店，买面四碗，各食其一，而赍其一送华，细切砒于中，华食不尽而止。有大辟囚在旁，馋其余，覆汁地上，犬舐之。俄顷，囚犬皆呕，华遂得疾，宛如兄状，明旦死。

兄弟为争家产竟至于投毒杀害对方，血浓于水的亲情在金钱面前已是荡然无存。《支庚》卷一《丁陆两姻家》写德兴人陆二翁的弟弟客游他乡，二十余年后归来与兄长分家产，陆二翁拒绝了，弟弟告到县府，陆二翁将家里的金帛浮财寄存到亲家丁六翁那里，待与弟弟的争产诉讼结束后，更加激烈的财产争夺开始了：

> 陆访丁索所藏，丁曰："君兄弟争讼方竟，遽取物归，万一彰露，是自启祸端。我亦当受追逮证左之扰，且牵连获罪矣。宜更少留吾家，徐取之未晚。"陆喜谢，以为诚言。过两岁，复扣之，则谰词抵触曰："君盖戏我。安得寄橐如是而无片文只字可凭？盍理于有司？"陆虽知丁已萌掩有之志，念终不可泄露以招弟讼，但隐忍茹苦，怏怏而殂。

《丁志》卷六《陈墓杉木》写建阳陈氏祖墓旁有一株大杉木，族人共同议定卖给同乡人王一，每人分得一千零八十钱后，尚余四十钱，结果一族十二房人为争这四十钱大打出手，多人头破血流，手断足折。王一见状，担心有官司牵连，不敢再买杉木，要求退款，众人又不肯，又发生群殴，并诉讼到县邑，陈氏族人竟多因此讼荡尽家产，也有人不得已迁居他乡。《支景》卷一《员一郎马》：

> 荆门军长林县民蹇大，居郭北七八十里间。有一女，纳同里邹亚刘为赘婿。邹愚陋不解事，薄有赀业，且常为人佣，贩涉远道，在家

之日少。蹇据其屋，耕其田，又将致诸死地而掩取其产。少年李三者，数至蹇氏，浸浸与女通。蹇常讽之曰："苟能杀邹郎，以女嫁汝。"李欣然承命，特未得间。绍熙四年秋，城人员一贩牛往襄阳，邹辅行。毕事南还，蹇遥见员生跨马，邹负担在其后，急呼语李，使持刃出迎之。才相值，奋斫员背，坠马死。继又戕邹，亟舁置道侧。

为了能霸占女婿的房屋、田产，蹇大不仅纵容女儿与人私通，而且公然鼓动女儿奸夫杀死女婿。蹇大之流还有什么礼义廉耻呢！而这样的人在市井甚至上层社会中都还大有人在，如《志补》卷二十四《贾廉访》：

> 宝文阁学士贾说之弟某，以勇爵入官。宣和间为诸路廉访使者，后避地入岭南，寓居德庆府。济南商侍郎之孙知县者亦寓焉。商无妻，一女笄，二儿绝幼，唯侍妾主家政。商死，其女嫁廉访之子成之。率旬日顷，女辄归家抚视二弟，且检校囊钥，以为常。他日，归启箧笥，凡黄白器皿皆不见，但公牒一纸存，惊扣妾。妾曰："比者府牒以赴天申节，尽数关借，当时遣仆驰白姐姐及贾郎，回云：'府命不可不与。'遂悉以付之，望其持还而未可得。"女抚膺大哭，走问其夫，夫亦愕然，曰："无此事。"乃诣府投牒，立赏捕盗，竟失之。计直逾万缗，商氏由此贫匮。而廉访者数使仆以竹节银鬻于肆，肆主问何处用竹筒铸银，仆曰："廉访手自坯销者。"于是人疑商氏亡金，必其所为也。

商家孤儿一夜之间被骗至贫，行骗者不是别人，是他们的亲人、姐姐的公公贾某所为。贾某身为长者，本应抚孤恤幼，助儿媳养育幼弟，却反而乘人之危，谋人钱财，无行无义，宜其后来入地狱受尽"血肉糜溃"之楚毒，社会的冷漠与缺乏温情也从中得到展示。更具讽刺意义的是，他还是朝廷任命的"廉访使者"，这一职务与其贪婪之品性恰好形成鲜明的对比，因此作者又特地以其为"贾"姓，不言其名，称"贾廉访"，实则寓"假廉访"之意，以表达作者的愤怒抨击之情。

三 金钱对道德、人性的异化

金钱不仅扭曲亲情，甚至异化道德、人性。这首先在表现社会各阶层人性泯灭、不择手段追逐财富的现象十分常见，官员大肆贪贿，恶霸巧取豪夺，凶徒充斥在社会的各个角落，他们为金钱而疯狂，为非作歹，铤而走险，如《三志己》卷四《燕仆曹一》写舒州人燕五的仆人曹一"经过连州，见有十二商客，所赍颇厚，因诈作提茶人，就山冈上倾茶与喫，而和药于中，皆困倒不醒，即杀之。而拣取金银北还。"《三志辛》卷三《建昌道店》写建昌一屠夫在道边开黑店，"寻常多杀害行旅，伺客熟睡，则从高以矛搘其腹，死则推陷穴中，吞略衣装，续剐肉为脯，售于墟落。"《支癸》卷七《古田民得遗宝》写福州古田一贫民得到一朱红小合，可畜蛊毒，"乃贮藏之，施毒于人。积岁所杀不少，赀业日盛。"《三志己》卷三《颍昌赵参政店》："焦务本，陈州人名田足谷，而于闾里间，放博取利，积之滋多，渔夺人子女，或遭苦胁至死，皆怨之刻骨。"等等，开黑店、卖人肉、放毒，各种心狠手辣、谋财害命的不法现象不一而足。

金钱对人性的异化还表现在人们丧失价值观，丧失人生操守，缺乏道义，漠视社会责任、职业责任，如《支丁》卷八《陈尧咨梦》写士子陈尧咨苦于贫穷，向往富贵，公然宣称："有官便有妻，有妻便有钱，有钱便有田。"图谋为官贪腐之心昭然若揭。又如《支癸》卷八《杨道珍医》写饶州医生杨道珍善于针灸，为市民余百三治鼻病时，"知其家启肆贩缯帛，近年以来，资力颇赡，杨深有所邀需。"又如《丁志》卷十《徐楼台》：

当涂外科医徐楼台，累世能治痈疽，其门首画楼台标记，以故得名。传至孙大郎者，尝获乡贡，于祖业尤精。绍兴八年，溧水县蜡山富人江舜明背疽发，扣门求医。徐云："可治。"与其家立约，俟病愈，入谢钱三百千。凡攻疗旬日，饮食悉如平常，笑语精神，殊不衰减，唯卧起略假人力，疮忽甚痛且痒，徐曰："法当溃脓，脓出即愈。"是夜用药，众客环视，徐以针刺其疮，捻纸张五寸许，如钱缗大，点药插窍中。江随呼："好痛！"连声渐高。徐曰："别以银二十五两赏我，便出纸，脓才溃，痛当立定。"江之子源怒，坚不肯与，曰："元约不为少，今夕无事，明日便奉偿。"徐必欲得之。江族人元绰亦在旁，谓源曰："病者痛已极，复何惜此？"遂与其半。时纸捻入已逾一更，及拔去，血液交涌如泉，呼声浸低。徐方诧为痛定，家人视之，盖已毙。

救死扶伤的医生竟然在医治病人的时候，特地停下来多要赏钱，以致病人病亡。而江舜明之子江源不顾父亲病痛，舍父命而不舍财，也很荒唐愚蠢。像这样荒唐的人还有《丁志》卷十九《陈氏妻》中写到的陈氏母子：

  新淦民陈氏，所居在修德乡之郭下里。隆兴初，元妻为物所魅，经数年，百方禳逐弗效。夫问之："汝常日所见几何人？厥状何如？"妻曰："先有白衣人强我同寝，我每绩麻时，老妪必来伴绩，仍携两童为执爨，无日不然。"姑亦苦之，谓妇曰："若至，当报我。"妇奉教。会妪入室，走白姑。姑挟刃径往褰帐。妪正理麻，即斫之。妪示以囊金曰："所为来，欲富汝家，安得杀我？"姑遂止。

陈氏妻为精怪妖物纠缠奸淫，一家老小痛苦不堪，本应毫不犹豫、果敢决绝地将其消灭，但其婆婆一听狐精能"富汝家"，立即停手放弃，可见在陈氏一家看来，钱财比尊严、脸面都重要。

《志补》卷十六《嵊县山庵》写一鬼物费尽周折找到其生前友人诉说："我不幸去世，未期年，妻即改嫁，凡箱箧货财，田庐契券，席卷而去。一九岁儿，弃之不顾，使饥寒伶仃，流于丐乞。幽冥悠悠，无所愬质，愿君不忘平生，为我言于官。使此子得以自存，吾瞑目九泉无恨矣。"鬼物之妻改嫁时竟然将家中财物席卷而去，扔下九岁的儿子无以为生，"饥寒伶仃，流于丐乞"，其人性、母亲的责任荡然无存。而已逝的父亲在沦为鬼物以后仍痛惜眷顾幼子，千方百计托生前友人帮助看护，期其"得以自存"。作品的用意非常鲜明：向世人指明钱财异化人的本性、母性，堕落得没有人性、母性的女人甚至不如鬼！

又如《支癸》卷五《连少连书生》写饶州安仁书生连少连春夜灯下读书，忽来一老媪要为他介绍一美貌女子为妻，立即成婚。连生一开始拒绝，说："无乃太急乎？我谈笑得一好妻，岂不大愿？然要俟归白母，虽正贫悴，须略备采问名之礼，始为允当。"然老媪说："秀才终岁辛苦，所获几何！今萧女奁具万计，及早成婚，即日可化穷薄为豪富。但一诺，立谐矣。"连生听后，沉吟良久，答应了。稍后见到该女子，连生又目眙心荡,默自计曰:"姑与之结好,则奁中物皆吾有耳。"士子不顾礼仪,虚情假意地与人结婚,目的只有一个即是财物,为了钱财,他将所有的道德、操守、节义都抛弃了。

总之,在《夷坚志》作者洪迈看来,拜金气习的弥漫是社会堕落的标志,也是社会堕落的罪魁祸首,因此他在作品中予以大力抨击和批判,这种抨击和批判不仅在当时具有深刻的警醒作用,对于此后千余年中国社会的发展也不无启迪和借鉴。

第三节 《夷坚志》与宋代市井百工

《夷坚志》有许多故事以宋代市井百工如医工、园艺工、陶工、铸造工、雕塑工等为主人公,既写他们巧夺天工的神奇技艺、精益求精的追求精神,也反映他们的婚姻、家庭、日常生活,从中我们可以看到宋人的工艺巧思与科技想象,充分认识和了解中华民族的勤劳与智慧。

一 宋代医学历法的科技想象

在市井百工中,医工是《夷坚志》最为关注的。《夷坚志》写到的许许多多医工都医术高超、重情重义、救死扶伤,如《甲志》卷九《王李二医》写到互相推崇、德技双馨的李、王二医。又如《三志壬》卷九《刘经络神针》写到一位善针灸的神医:禁卫幕士盛皋得了一疑难疾病,胸膈噎塞刺痛,不能饮食,被痛苦折磨二百多天,请许多医生诊疗都不见效。后来听说殿前司外科医生刘经络有针灸奇技,遂请他治疗。刘一见就说:"此病甚异,众人固不识,非我莫能治也。然病根深固,是为肺痈,艾炷汤剂,力所不及,须当施火针以攻之。"于是用两枚长近尺余的针,先左后右刺入病人两臂上的两穴,再轻轻按摩病人背部,病人毒血流出,两日不止。第三天,刘又将膏药两枚敷于疮口,并说:"吾不复更来,三数日间,便当履地,无所患苦也。"果然,盛皋的病就此痊愈了。再如《甲志》卷十《庞安常针》写到处理难产的神医:桐城一妇女难产,"七日而子不下,药饵符水,无所不用,待死而已"。后请来名医庞安常诊治,他命孕妇家人以热汤温烫其腰腹部,然后亲手上下抚摩按压,孕妇只觉肠胃微痛,呻吟间生下一男孩,母子皆平安。孕妇家人非常高兴,却不知所以然。庞安常解释说:"儿已出胞,而一手误执母肠胃,不复能脱,故虽投药而无益。适吾隔腹扪儿手所在，针其虎口，儿既痛，即缩手，所以遽生，无他术也。"故事表现了庞安常医术之精妙。

不仅中华传统的针灸医术非常神奇，更加神奇的外科手术在《夷坚志》中也有记录，如《甲志》卷十九《邢氏补颐》：

> 晏肃，字安恭，娶河南邢氏。居京师，邢生疽于颐，久之，颐颔连下腭及齿，脱落如截，自料即死，访诸外医。医曰："此易耳，与我钱百千，当可治。"问其方，曰："得一生人颐与此等者，合之则可。"晏氏惧，谢去之。儿女婢仆辈相与密赀医，使试其术。是夜，以帛包一物至，视之，乃妇人颐一具。肉色阔狭长短，勘之不少差，以药缀而封之。但令灌粥饮，半月发封，疮已愈。后避乱寓会稽，唐信道与之姻家，尝往拜之。邢氏口角间有赤缕如线，隐隐连颐。凡二十余年乃亡。

故事写到的"补颐"十分相似于现代医学中的器官移植，虽然这样的器官移植在宋代不可能真的实现，但故事既提出颐可补、可换，补、换以后功能如旧，病人完全康复，存活"二十余年乃亡"，其所展现的医学科学想象十分大胆，而且从现代医学发展的情况来看，这种想象还不是不可能实现的荒唐梦想，因此非常难能可贵。

又如《丁志》卷十三《叶克己》写寿昌人叶克己十岁时得"腐肠病"，初时痢血，大小便结塞，肠胃剧痛，随后肠子腐烂、脱落，又在肛门处生一痈疽，溃烂出七孔，粪尿流淌，病情十分复杂，家人以为必死。后偶遇一道人医工为之医治，先是"烧通赤火箸剢入尾间六七寸"，在腹内进行手术，将内腔腐烂止住，继而"烧铁剢烙疽上"，"填六窍而存其一"，再行手术消除外部溃痈，竟神奇地将病人治好了，病人存活四十二年，娶妻生子，年过五十才去世。按似本故事所描述的"腐肠病"即使在现代医学中也属疑难杂症，治愈的可能性极小，而宋人却举重若轻地把它攻克了，虽出于幻设想象，作者对中华传统医学的自信、自豪却跃然纸上。

对科学充满执着想象和追求的还有喜爱星象历法的术士，《三志辛》卷九《萧氏九姐》写弋阳人易生，好观星象，庆元四年六月，因事到饶城，与另一卜士徐谦讨论历法：

谦固精于此技,谓之曰:"自既望以来,日月皆失度。"易扣其说,曰:"大暑之后,未至立秋,日长五十七刻有余,夜才四十三刻,今乃短于秋分,此两曜皆行迟,以是短促。"易曰:"容吾暮夜细审,明当再至。"及旦,复来云:"日出卯乙间,渐向南道,其失度分明。"遂辞归邑。过夜,远适百步外,露立郊墟,仰观不息。

他们精于历法,不惧寒露,勤奋不息地观看天象,探究日月运行的规律,发现历法推演计算的错误,表现出严谨的科学精神,是非常难能可贵的。

二 杂剧优伶嬉笑怒骂的时政关怀

《夷坚志》另一写得较多的是优伶,也即戏剧表演者。优伶是典型的市民阶层,他们为社会提供文化娱乐、戏剧表演艺术,但在中国封建社会时期,社会又非常轻贱他们,他们的地位非常低下。至宋代时,中国传统戏剧日益成熟,优伶阶层日渐壮大,社会影响也越来越大,如《丙志》卷二《魏秀才》写成都双流县大族宇文氏,"它日,家有姻礼,张乐命伎,优伶之戏甚盛,诸生皆往观"。《三志壬》卷九《诸葛贲致语》写永嘉士子诸葛贲曾梦两诗句:"金牛杂剧仍逢斗,芍药花开偶至明。"诗句暗示其家双喜临门。后果然在丁未年赴省试高中,又恰逢叔祖母戴氏生辰,"相招庆会,门首内用优伶杂剧。过四更,报捷者至,其日为辛丑,下直斗宿。"从这两条记载我们可以看到,在宋代已形成一风俗,即有喜庆时往往请来优伶进行戏剧表演,可见,戏剧在那时已逐渐深入平民百姓的日常生活中。因此,《夷坚志》对优伶的关注也非常多。除上述几则外,还有《支癸》卷六《野和尚》写襄阳南关寺僧宝枢与一优伶之妻交往的故事。《支景》卷四《赵葫芦》记载宗室赵公衡天性滑稽,喜作"嘲谑诗词"讽刺嘲笑他人,里间亲戚把他视为"优伶"。《三志壬》卷四《陶氏疫鬼》写宜黄伶人詹庆,家里非常贫困,兄嫂虽然富有,却不肯相容,于是行乞来到城中,适逢一贵族举行宴会,詹庆有了表演的机会,"其夫妇皆善丝竹,且并坐听庆吹笛,聆其过度一字,工妙之极,主妇至啮夫臂大叫曰:'奇哉!'自是以技得名,渐亦温饱。"故事表现了詹庆吹笛艺术的精妙,同时赞扬其通过艺术表演而自食其力。最生动全面表现优伶艺术表演魅力的作品是《支乙志》卷四《优伶箴戏》:

俳优侏儒，固伎之最下且贱者，然亦能因戏语而箴讽时政，有合于古蒙诵工谏之义，世目为杂剧者是已。崇宁初，斥远元祐忠贤，禁锢学术，凡偶涉其时所为所行，无论大小，一切不得志。伶者对御为戏，推一参军作宰相据坐，宣扬朝政之美。一僧乞给公凭游方，视其戒牒，则元祐三年者，立涂毁之，而加以冠巾。一道士失亡度牒，问其披戴时，亦元祐也，剥其羽衣，使为民。一士人以元祐五年获荐，当免举，礼部不为引用，来自言，即押送所属屏斥，已而主管宅库者附耳语曰："今日于左藏库请得相公料钱一千贯，尽是元祐钱，合取钧旨。"其人俯首久之，曰："从后门搬入去。"副者举所持挺扶其背曰："你做到宰相，元来也只好钱。"是时至尊亦解颜。蔡京作相，弟卞为元枢，卞乃王安石壻，尊崇妇翁，当孔庙释奠时，跻于配享而封舒王。优人设孔子正坐，颜、孟与安石侍侧。孔子命之坐，安石揖孟子居上，孟辞曰："天下达尊，爵居其一。轲仅蒙公爵，相公贵为真王，何必谦光如此。"遂揖颜子，颜曰："回也陋巷匹夫，平生无分毫事业，公为明世真儒，位号有间，辞之过矣。"安石遂处其上。夫子不能安席，亦避位，安石惶惧拱手不敢，往复未决。子路在外，愤愤不能安，径趋从祀堂挽公冶长臂而出，公冶长为窘迫之状谢曰："长何罪？"乃责数之曰："汝全不救护丈人，看取别人家女壻。"其意以讥卞也。时方议欲升安石于孟子之右，为此而止。又尝设三辈为儒、道、释，各称诵其教。儒曰："吾之所学，仁义礼智信，曰五常。"遂演畅其旨，皆采引经书，不杂媟语。次至道士，曰："吾之所学，金木水火土，曰五行。"亦说大意。末至僧，僧抵掌曰："二子腐生常谈，不足听。吾之所学，生老病死苦，曰五化。藏经渊奥，非汝等所得闻，当以观世佛菩萨法理之妙为汝陈之。盍以次问我。"曰："敢问生。"曰："内自太学辟雍，外至下州偏县，凡秀才读书者，尽为三舍生。华屋美馔，月书季考，三岁大比，脱白挂绿，上可以为卿相。国家之于生也如此。"曰："敢问老。"曰："老而孤独贫困，必沦沟壑。今所在立孤老院，养之终身。国家之于老也如此。"曰："敢问病。"曰："不幸而有病，家贫不能拯疗，于是有安济坊，使之存处，差医付药，责以十全之效。其于病也如此。"曰："敢问死。"曰："死者人所不免，唯穷人无所归，则择空隙地为漏泽园，无以敛，则与之棺，使得葬埋，春秋享祀，恩及泉壤。其于死也如此。"曰："敢问苦。"其人瞑目不应，阳若恻悚然。促之再三，乃蹙额答曰："只是百姓一般受无量苦。"徽宗为恻然长思，弗以为罪。绍兴中，李椿年行经界量田法，方事之初，郡邑奉命严急，当其职者颇困苦之。优者为先圣、先师鼎足而坐，有弟子从末席起，咨叩所疑。孟子奋曰："仁政必自经界始。吾下世千五百年，其言乃为圣世所施用。三千之徒，皆不如我。"颜子默默不语。或于傍笑曰："使汝在世非短命而死，也须做出一场害人事。"时秦桧主和议，闻者畏获罪，不待此段之毕，即以谤亵圣贤，叱执送狱，明日杖而逐出境。壬戌省试，秦桧之子熺、侄昌时、昌龄皆奏名，公议藉藉而无敢辄语。至乙丑春首，优者即戏场设为士子赴南宫，相与推论知举官为谁，或指侍从某尚书某侍郎当主文柄，优长曰："非也，今年必差彭越。"问者曰："朝廷之上，不闻有此官员。"曰："汉梁王也。"曰："彼是古人，死已千年，如何来得？"曰："前举是楚王韩信，信、越一等人，所以知今为彭王。"问者嗤其妄，且扣厥旨，笑曰："若不是韩信，如何取得他三秦？"四坐不敢领略，一阕而出。秦亦不敢明行谴罚云。

从这一作品我们可以看到，宋代优伶非常关注现实，他们从生活中取材，演绎非常贴近现实的戏剧故事，以讽刺社会的丑陋现象，如元祐党争、奸臣贪贿、结党营私、谄媚趋附、腐败无能、百姓苦难等，他们的表演非常有现实意义，令人深思，同时又幽默滑稽，形象生动，深为广大民众所接受。

此外，《支乙》卷六《合生诗词》记江浙一带有四处表演的伶女，写到戏剧表演的一些类别和风俗："有慧黠知文墨能于席上指物题咏应命辄成者，谓之合生；其滑稽含玩讽者，谓之乔合生。盖京都遗风也。"《三志辛》卷三《普照明颠》还记有"手影戏"表演者，故事说华亭县普照寺僧人惠明遇见他们，为题诗一首描写他们的职业与生活情态："三尺生绡作戏台，全凭十指逞诙谐。有时明月灯窗下，一笑还从掌握来。"从这些作品我们可以充分了解到宋代戏剧发展的情形，是研究中国戏曲发展史非常珍贵的资料。

三　市井百工的智慧巧思与神奇技艺

除了写医生、优伶之外,《夷坚志》还记载了许多能工巧匠的故事,如写园艺工的《志补》卷十九《刘幻接花》:

> 宣和初,京师大兴园圃,蜀道进一接花人曰刘幻,言其术与常人异。徽宗召赴御苑,居数月,中使诣苑检校,则花木枝干,十已截去七八。惊诘之,刘所为也。呼而诘责,将加杖,笑曰:"官无忧,今十一月矣,少须正月,奇花当盛开。苟不然,甘当极典。"中使入奏,上曰:"远方伎艺,必有过人者,姑少待之。"至正月十二日,刘白中使,请观花,则已半开,枝萼晶莹,品色迥绝。酴醾一本五色,芍药牡丹,变态百种,一丛数品花,一花数品色。池冰未消,而金莲重台,繁香芳郁,光景粲绚,不可胜述。事闻,诏用上元节张灯花下,召戚里宗王连夕宴赏。叹其人术夺造化,厚赐而遣之。

"酴醾一本五色",芍药、牡丹"一丛数品花,一花数品色",就是一株枝干上结有多种不同颜色或不同品形的花,这在现代园艺科学中运用嫁接技术即可以做到,从本故事来看,宋人应已大体掌握植物嫁接栽培技术,"花木枝干,十已截去七八"非常符合花木嫁接的工艺流程,而证之于史料——1376 年俞宗本《种树书》已记载多种树木的嫁接方法——历史情况确实是这样。[①] 但故事进一步写这众多在四、五月才能盛开的鲜花被精确地控制在"池冰未消"的正月十五一起怒放,恐怕即使综合运用温室栽培及其他现代园艺技术也不容易做到,何况刘幻在御苑之大、露天之下岂可实现?!看来,这只能是宋人的美丽幻想,故事赞美了以刘幻为代表的园艺工匠技术的巧夺天工,表现了宋人对美好生活的追求及对园艺科学大胆不凡的幻想。

相较于医工、园艺工,陶器工匠的科技想象也毫不逊色:

> 张虞卿者,文定公齐贤裔孙。居西京伊阳县小水镇,得古瓦瓶于土中,色甚黑,颇爱之,置书室养花。方冬极寒,一夕忘去水,意为

[①]　(元) 俞宗本:《种树书》,清光绪二十三年 (1897) 桐庐袁氏渐西村舍刻本 (线装)。

冻裂。明日视之，凡他物有水者皆冻，独此瓶不然，异之。试注以汤，终日不冷。张或与客出郊，置瓶于箧，倾水瀹茗，皆如新沸者。自是始知秘惜。后为醉仆触碎，视其中，与常陶器等，但夹底厚几二寸，有鬼执火以燎，刻画甚精，无人能识其为何时物也。（《甲志》卷十五《伊阳古瓶》）

这里写到的古瓦瓶在极寒之时，"注以汤"而"终日不冷"，有厚近二寸的"夹底"，与今天的保温瓶非常相似。中国古代无论能否真正造出这样的瓦瓶都非常了不起，至少从这里我们又看到了古代能工巧匠的超常智慧和神奇思维。保温瓶是苏格兰科学家詹姆斯·杜瓦于1892年发明的，而中国人的科技想象早在公元10世纪就有了。当然，以小说家洪迈为代表的宋人对瓦瓶的保温原理还不能进行科学的解释，说"有鬼执火以燎"仍是志怪小说家的思维。

宋人不仅想到了保温瓶，还想到了"保质甑"，《志补》卷二十一《铁鼎甑》：

乾道三年，北人东路总管李邦也遣间仆持异物数种至楚州，托统领陈涉货易，一铁鼎，容一斗，口广七寸，状甚粗拙，一铁甑，形类瓦鼎，其底广与鼎口等，口广一尺七寸。二物之高皆尺有五寸，甑底有穿，以透湿气。需钱五千缗。涉问其所以异，曰："三伏内炊物于中，经一月不馊腐。"命蒸饭二斗试之，信然，莫知为何代物。

为了将食品较长时间保质，人类进行了无数次探索，宋人幻想的这尊形似瓦鼎、容状不大、铸造还嫌粗拙却能三伏天将蒸煮食物保存一月不馊腐的铁甑不啻是其中的一次。正是在无数次这样的探索的基础上，现代科学运用冷冻冷藏的原理制造出冰箱大体上解决了这一难题。似此由铸造工铸造的"神器"还有《三志壬》卷九《开州铜铫》写到的"速熟锅"：天台人陈达善"得一铜铫，不知其为异物，阔径刚三寸，下列三足，上有盖，其薄如纸。或告之曰：'投食物于中，然纸炬燎之，少顷即熟。'陈试取猪石一双，使庖人如常法批切，渍以盐酒，仍注水焉。自持一炬燎其腹，俄闻铫中汩汩有声，及炬尽举盖，石子已糜熟。"《志补》卷二十一《玉狮子》写镇江总领吕彦升得"一白玉双狮子，高二寸许，共抱一球，小台承之，制作精巧，色雪如也。"这都展现了市井能工巧匠的精湛技艺。

市井百工的科技想象不是无本之木，无水之源，而是来源于他们丰富的生活、实践，来源于他们高超的技艺，来源于他们的智慧巧思，如《丁志》卷十七《瑠璃瓶》：

> 徽宗尝以北流离胆瓶十，付小珰，使命匠范金托其里。珰持示苑匠，皆束手曰："置金于中，当用铁箧熨烙之乃妥贴，而是器颈窄不能容，又脆薄不堪手触，必治之且破碎，宁获罪不敢为也。"珰知不可强，漫贮箧中。他日行廛间，见锡工扣陶器精甚，试以一授之曰："为我托里。"工不复拟议，但约明旦来取。至则已毕，珰曰："吾观汝伎能，绝出禁苑诸人右，顾屈居此，得非以贫累乎？"因以实谂之。答曰："易事耳。"珰即与俱入而奏其事，上亦欲亲阅视，为之幸后苑，悉呼众金工列庭下，一一询之，皆如昨说。锡工者独前，取金锻治，薄如纸，举而裹瓶外，众咄曰："若然，谁不能？固知汝俗工，何足办此？"其人笑不应，俄剥所裹者，押于银箸上，插瓶中，稍稍实以汞，掩瓶口，左右顽捅之。良久，金附著满中，了无罅隙，徐以爪甲匀其上而已。众始愕眙相视。其人奏言："瑠璃为器，岂复容坚物振触？独水银柔而重，徐入而不伤，虽其性必蚀金，然非目所睹处，无害也。"上大喜，厚赉赐遣之。予又记元祐间，中官宋用臣谪舒州，郡作大乐鼓甚华，饰以金采。既登架旁，镮忽断，欲剖之，重惜工费。宋命别为大环，歧其股为锁须状，以铁固鼓腹之窾，使极窄，即敲环入窾中，才入而须张，遂不复脱。是皆巧思得之于心，出人意表者。

瑠璃瓶脆薄如纸，且瓶口窄小，要在瓶胆里面衬上金箔，其难度可想而知，连见多识广的宫廷御用工匠也束手无策。但一个再普通不过的乡野锡工却轻而易举、非常精巧地做到了，他对琉璃瓶、金箔、汞等物体、物质的特性都了如指掌，因此，他的成功既得之于心，也得之于生活；既得之于技艺，更得之于智慧。第二个故事写到的鼓环制作原理和工艺颇似现代的膨胀螺栓，宋用臣的巧思也不同寻常。又如《志补》卷二十一《凤翔道上石》：

> 赵颁之朝散，自京师挈家赴凤翔通判，子弟皆乘马，女妾皆乘车，独一妇以妊身，用四兵荷轿。秦卒不惯此役，前者为石所麖失肩，轿仆地，妇坠于外。有乳媪跨驴而从，急下扶掖，就石拊摩，少焉稍定。四兵恳拜，乞勿言。妇适爱此石，欲携去为捣衣砧，则谕之曰："能为负此，当舍汝。"欣然听命，共雇两村民，舁以行。赵还京日始见之，亦以石体细腻，取置书室。它日，玉工来售绦环，偶见之，谛玩不释手。石之阔一尺，厚寸余，长尺有半。工曰："是可解为两屏，能以一见与则可。"许之。唤匠携锯，攻治几月，中分焉。玉质莹洁，卓然可宝也。云林泉石，飞鸦翅鹭，渔翁披蓑棹舟，境象天成，绝类王右丞、李将军画山水妙处。工取一归，又阴析为二，先持外边者示贵珰。珰包裹入献徽宗，大喜，命阙为砚屏，答赐甚厚。工复言所从来，诏索之于赵，赵不敢隐，亦献之。两屏相对，列于便殿燕几，他珍器百种皆避席。居数月，工徐出其所秘，诣珰曰："向两者固尽美矣，奈不过各得一偏，若反复施之，则为不类。今吾此物面背如一，略无镵削点注之功，非归之天上不可也。"珰具奏所以，赏赉巨万，而颁之用此得提举常平官。

本篇中写到的玉工不仅手巧，而且心巧。他能在一瞥之间即判断出宝石的价值并作出雕治计划，可见其独特的眼光。他将宝石解为三屏，略加雕治，使宝石中蕴含的"云林泉石，飞鸦翅鹭，渔翁披蓑棹舟"等天然境象得以展露，即使仅"两屏相对"，宫廷中的百种宝物也被比下去了，可见玉工之高超技艺。他连施诡计，将三屏宝石皆献入宫廷，得到宋徽宗的青睐，从而得到"赏赉巨万"，可见其心巧。

《甲志》卷十六《蒲大韶墨》写阆中制墨工蒲大韶，得制墨法于黄庭坚，所制作的墨非常精良，为士大夫喜爱使用。大韶死后，子知大体传承了他的技法，与同郡的史威齐名，两人同为制墨名工，可惜后来两人因为不能按期完成夔州军政大帅韩球下令造制的数千斤墨而被捕，途中船覆皆溺死。所幸他们的制墨工艺还是留传了下来，造福于文人士子及中华文明。

正因为深刻认识到人的想象力和创造力来源于生活，要有丰富的实践做基础，所以市井百工热爱生活，努力深入生活，从生活中获取灵感，如《丙志》卷十九《汪大郎马》写雕塑工：

崇宁中，婺源县市人汪大郎得良马，毛骨精神，翘然出类。使一童御之。童又善调制，以时起居，马益肥好。它郡塑工来，邑人率钱将使塑五侯庙门下马。或戏谓曰："能肖汪大郎马则为名手，致谢当加厚。"工正欲售其技，锐往访此童，啖以果实，稍与之狎，日即其牧所睥睨之，又时饮以酒，引至山崦，伺其醉睡，以线度马之低昂大小，至于耳目口鼻、鬃鬣微茫，无不曲尽，并童亦然。已悉得其真，始诣祠下为之。既成，宛然汪氏马与仆也。

本篇写到的雕塑工为了能将五侯庙门下马塑得生动逼真，他努力地深入生活，细致地了解马及马童的生活情态，对马的大小、形状、特性有了精准的把握后，再进行艺术的创作，最终将马及马童塑造得栩栩如生。故事展现了艺术精品由生活到创作的流程，充分反映并表彰了雕塑工对艺术追求的严谨认真精神。

《夷坚志》还写到其他市井手工艺者，如刻书工，《丙志》卷十二《舒州刻工》："绍兴十六年，淮南转运司刊《太平圣惠方》板，分其半于舒州，州募匠数十辈置局于学。"《丁志》卷二十《陈磨镜》写衡州陈道人以磨镜为业。《支甲》卷二《九龙庙》写潼州白龙谷梁氏世世以陶冶为业。《支景》卷八《诸暨陆生妻》写诸暨县民陆生以打凿纸钱为业。《支丁》卷八《王甑工虿异》写处州松杨人王六八以箍缚盆甑为业。《支戊》卷一《石溪李仙》写南剑州顺昌县石溪村人李甲以伐木烧炭为业。《支癸》卷四《画眉上土地》写侯官县市民杨文昌以造扇为业。《支癸》卷八《李大哥》写饶州天庆观居民李小一以制造通草花朵为业。《三志壬》卷四《杨五三鬼》写抚州杨五三既是当地的剃剪工，又善为"傧相"。《志补》卷七《叶三郎》写到替富户办税获取丰厚利润的职业称"揽户者"，等等，不一而足。

《夷坚志》不仅写到传统的工种如医生、优伶、制作工等，还写到一些奇特的新工种，如医酒工，《三志壬》卷六《罗山道人》写一道人向信阳军罗山县沈媪女婿王甲传一秘方，告诉他"遇酒或酸涩欲败，以药投之，则无有不美"。故事记叙王甲一次为人医酒的情形，说武官刘舍人家有春酿数十瓮，色味已坏，招王甲医治，王甲暗将药面掺入酒瓮中，不让刘家人知道，然后假装料理作法，片刻后，刘家人再看酒，都已变成香清滑腻的好酒。刘家大喜，厚谢王甲。从此以后，王甲以医酒为业，邻里亲朋，即使酒再差再坏，只要得到王甲的药面少许，都会化为醇酿美酒。

又有所谓相船业，《丁志》卷八《宜黄人相船》写宜黄人多能相船，只父子之间口耳相传诀要，没有文字记录。乾道五年，县民莫寅造一大船，邀一善相船者视之，说："此为雌船，而体得雄。一板如矛，崒焉居中。其相既成，在法当凶。官事且起，灾于主翁。"后来莫寅果然遭遇官司被流放邵武军。

总之，《夷坚志》对宋代市井百工的关注表现出以下特点和意义：

其一，具有为"小人物"作传、张扬底层平民的意味，真实细腻地再现了宋代普通民众的生活，有较高的社会认识价值。

其二，作者对市井百工是抱着极其赞许的态度来写的，对能工巧匠的工艺巧思与科学想象予以大力表彰，肯定他们对满足民众物质与文化生活需求及社会发展所做出的重要贡献，颂扬了中华民族的勤劳与智慧。

其三，这类作品多将巧夺天工的技艺与大胆新奇的想象结合在一起，富有传奇色彩，引人入胜，有很高的美学价值，非常值得我们关注。

第七章 《夷坚志》与宋代诗歌文化的流传传播

虽然宋代小说崇史尚实，缺乏唐代小说的浪漫气韵，但宋代与唐代一样，也是诗歌文化异常发达的时代，《夷坚志》也是诗歌时代产生的小说，必然受到诗歌文化的影响。洪迈能文能诗，诗名卓著，他对唐代小说的诗意之美曾大加赞赏，是文学史、小说史上把唐代小说与唐诗相提并论的第一人：

> 唐人小说，不可不熟，小小情事，凄婉欲绝，洵有神遇而不自知者，与诗律可称一代之奇。刘贡父谓小说至唐，鸟花猿子，纷纷荡漾。（《容斋随笔》）①

另外，洪迈也是最早对唐人小说中融入的诗赋韵文进行关注的人，他编《万首唐人绝句》，就从唐代小说中撷取了许多的仙、鬼、妖、怪诗。②

正因为如此，《夷坚志》对宋代诗歌文化也必然大力关注，据粗略统计，《夷坚志》记录了诗词的故事有160多个，这些故事不乏情韵流动、诗意葱茏的佳构，它们保存了大量的宋人诗作，记录了宋人的诗歌活动，

---

① 按：据笔者检阅洪迈《容斋随笔》（上海古籍出版社1978年版），并无这一段话。另据李剑国《唐五代志怪传奇叙录》考，洪迈《容斋随笔》《野处类稿》，刘颁《中山诗话》《彭城集》等都无此语，认为是明人伪托（见第89页注①，南开大学出版社1993年版）。但自明清至今，历代论者均多引用此语，如《五朝小说·唐人百家小说序》、汪辟疆《唐人小说序》等，且正如李剑国所说"其概括唐稗特色颇为精当"，故本书也引于此。

② 按：洪迈编《万首唐人绝句》是为进献皇帝"御览"。由于编次不整，遗漏复多，至明万历三十四年（1606），赵宧光、黄习远等作了整理、增补，共收录唐人绝句10500余首。请参见刘卓英校点本（书目文献出版社1983年版）以及武秀珍、阎莉等编《万首唐人绝句索引》（书目文献出版社1984年版）。

反映了宋代诗歌的创作、传播状况，是宋代诗歌文化的重要载体。

第一节 《夷坚志》的诗歌文献学和传播学价值

《夷坚志》中的诗歌故事，表现出丰厚的诗歌文献学和传播学价值，凸显出这部小说集对于宋代诗歌文化的意义。

一 《夷坚志》记录留存了大量宋人诗词

《夷坚志》中的诗歌故事首先记录了许多诗人士子的诗歌作品，这些诗歌甚至是赖《夷坚志》得以保存留传的。如《甲志》卷二《齐宜哥救母》：

> 山谷诗云："萧寺吟双竹，秋醪荐二螯。破尘归骑速，横日雁行高。"又"拥膝度残腊，攀条惊浅春。"皆洋川公养浩堂故事，而集中不载。家君在北方，宗室子伯璘言如此。予家有大年画小景二幅，山谷亲书两绝句其上曰："水色烟光上下寒，忘机鸥鸟恣飞还。年来频作江湖梦，对此身疑在故山。""轻鸥白鹭定吾友，翠柏幽篁是可人。海角逢春知几度，卧游到处总伤神。"今集中亦无。

故事中记录的三首诗歌及两句残句，作者特别说明都是黄庭坚诗集中所没有的，因此本篇故事对黄庭坚的诗歌有辑逸补遗作用，具有文献学价值。三首诗歌中的五言绝句写秋景，意境阔大，远处有高飞的大雁，飞奔的骏马，近处有宁静的寺院，挺拔修长的竹子，诗人吟着诗，喝着酒，品味着美味的蟹螯，情怀潇散，自得其乐。两首七言绝句都是题画诗，因为是题在年画上，所以借春景抒情，表达了对客游逢春、到处漂泊的伤感及对家乡的思念之情，诗歌同时借鸥鸟、白鹭寄寓了自己对自由自在、无所羁绊生活的向往。两残句对仗工稳，对寒冬过去、新春来临的喜悦之情跃然纸上。

又如《丁志》卷十九《英华诗词》："缙云英华事，前志屡书。然未尝闻其能诗词也。今得两篇。"从而将缙云英华的一诗一词保存了下来。又如《三志壬》卷七《郫县铜马》记录保留王晦叔所作的《铜马歌》：

成都郫县村民凿古墓,遂得一铜马,高三尺余,制作精妙。前筒池守景季渊取以归,中宵风雨,辄闻嘶声,怪而不敢留,移送佛寺。绍熙二十六年,王晦叔自小溪至成都,士人黄伯渊请作《铜马歌》,其词曰:"君不见武皇逸志役九垓,追风蹑影思龙媒。鲁班门外立铜马,天厩万匹皆尘埃!又不见伏波将军破交贼,归来殿前献马式。据鞍习气殊未衰,想见老子真矍铄。两京翻覆知几秋,只有山河供客愁。孤烟落日蚕丛国,惯出神物与荒丘。千年黄壤谁作主,犹把归心泣风雨。只恐一朝去无踪,有似丰城宝剑化双龙。"王此歌甚工,不知此马今安在也。

按南宋有两人叫王晦叔,一为王灼(1081—1162后),字晦叔,号颐堂,四川遂宁人。他出身贫寒,终身未曾入仕。晚年闲居成都和遂宁潜心著述,成为宋代有名的学者和文人,著作今存《颐堂先生文集》五卷、《颐堂词》一卷、《碧鸡漫志》五卷、《糖霜谱》一卷等。另一为王炎(1137—1218),字晦叔,一字晦仲,号双溪,婺源(今属江西)人,乾道五年(1169)进士,历任太学博士,秘书郎,著作佐郎兼实录院检讨,著作郎,军器监兼权礼部郎官,知饶州、湖州等,有《双溪集》二十七卷,也是南宋颇有影响的文人。《铜马歌》为前一王晦叔王灼所作,这可与《宋诗纪事》卷四十四相印证。[①] 不过,洪迈记录诗作于绍熙二十六年有误,绍熙为宋光宗年号,1190—1194年,不应有二十六年,因此实为绍兴二十六年。诗作借铜马咏史怀古,传达出山河无限、天地永恒,英雄为历史和时间淘尽的无奈与伤感。诗作为七言歌行体,优美流畅,颇具艺术价值。

又如《丙志》卷四《庐州诗》收录张晋彦所作咏史长诗《庐州诗》,诗歌记叙了绍兴丁巳年(1137)八月八日发生于庐州的"淮西兵变"或曰"郦琼之难"——南宋著名将领刘光世部下统制官郦琼等因不满朝廷对自己的任用与节制,发动叛乱,杀死监军吕祉、知州赵康国及统制官乔仲福、张璟等人,率部众四万余人,并掳掠庐州官员,裹胁眷属、百姓二十余万投降伪齐刘豫。诗歌歌颂了爱国将士"临难节不亏""骂贼语悲壮""忠血溅路歧"的取义成仁壮举,揭露了叛军凶狞残暴、滥杀无辜与

[①] (清)厉鹗:《宋诗纪事》,上海古籍出版社1983年版,第1133页。

叛国投敌的罪恶行径，同时对朝廷、时人不祀死难者提出批评："奈何后之人，邈然弗吾思。"告诫人们要永远铭记勇赴国难、为国捐躯的英烈。诗歌直抒胸臆，语言平直，感情充沛，是叙事咏史的佳作。又如《丙志》卷九《聂贲远诗》：

> 聂贲远，靖康元年冬以同知枢密院为和议使，割河东之地以赂北虏。闰十一月十二日至绛州，州门已闭，郡人登诸城上，抉其目而脔之。时其父用之尚无恙。绍兴十一年，张铢自北方南归，过绛驿，见壁间有染血书诗一章，绛人言聂之灵所作也。其词曰："星流一箭五心摧，电彻双眸两胁开。车马践时头似粉，乌鸢啄处骨如灰。父兄有感空垂念，子弟无知不举哀。回首临川归不得，冥中虚筑望乡台。"铢录之以示其子昂，载于行状。

《夷坚志》不仅保留了许多诗歌，还保留了许多的词作，如《志补》卷二十二《懒堂女子》存留托言鳖精所作的《烛影摇红》词：

> 绿净湖光，浅寒先到芙蓉岛。谢池幽梦属才郎，几度生春草。尘世多情易老，更那堪秋风袅袅。晚来羞对，香芷汀洲，枯荷池沼。恨锁横波，远山浅黛无心扫。湘江人去叹无依，此意从谁表！喜趁良宵月皎，况难逢人间两好。莫辞沉醉，醉入屏山，只愁天晓。

词作上片写秋景，秋风袅袅，湖水明净，芙蓉岛上已可感受到轻微的寒意，池塘中的荷花也枯败了，这让词人真切感受到秋天的来临。词作下片抒怀，作者目睹湘江船来船往，却都是与己无关的行人，不禁感叹人间真是难以找到两情相悦的真心恋人，落得虽有良宵明月，自己却孤独无依，一腔愁恨充满心头，无心梳妆打扮，只能借酒浇愁，并希望白天不要来得太早，以使自己能一直醉入睡梦中。词作意象密致精美，语言也比较典雅。

《三志己》卷八《富池庙诗词》记录了士子李子永在兴国军大江富池口甘宁将军庙凭吊时所作的七律一首："卷雪楼前万里江，乱峰卓列森旗枪。上有甘公古祠宇，节制洪流掌风雨。甘公一去逾千年，至今忠义延凛然。我来再拜揽尘迹，斜阳白鸟横苍烟。"又词《望月·水调歌》云：

"危楼云雨上，其下水扶天。群山四合飞动，寒翠落檐前。尽是秋清阑槛，一笑波翻涛怒，雪阵卷苍烟。炎暑去无迹，清驶久翩翩。夜将阑，人欲静，月初圆。素娥弄影，光射空际绿婵娟。不用濯缨垂钓，唤取龙公仙驾，耕此万琼田。横笛望中启，吾意已超然。"诗词都是咏史佳构。

二 《夷坚志》反映了宋代文人诗歌文化背景下的生活情态

《夷坚志》中的诗歌故事记载了一些诗歌创作的经过和本事，如《三志壬》卷七《王彦龄舒氏词》记载：

> （王彦龄娶）舒氏女，亦工篇翰。而妇翁出武列，事之素不谨，常醉酒漫骂，翁不能堪，取女归，竟至离绝。而夫妇之好元无乖张，女在父家，一日行池上，怀其夫而作《点绛唇》曲云："独自临流，兴来时把阑干凭。旧愁新恨，耗却来时兴。 鹭散鱼潜，烟敛风初定。波心静，照人如镜，少个年时影。"

本篇不仅将舒氏女创作的《点绛唇》词完整地保存流传下来，而且记录了其创作的背景和历程，写到一段美好婚姻的无奈破离。词作主题为怀念离异的丈夫，抒写了自己形单影只的落莫之情，语言平易晓畅。又如《丁志》卷十二《西津亭词》：

> 叶少蕴左丞初登第，调润州丹徒尉。郡守器重之，俾检察征税之出入。务亭在西津上，叶尝以休日往，与监官并栏干立，望江中有采舫，傫亭而南，满载皆妇女，嬉笑自若。谓为贵富家人，方趋避之，舫已泊岸。十许辈袨服而登，径诣亭上，问小史曰："叶学士安在？幸为入白。"叶不得已出见之，皆再拜致词曰："学士隽声满江表，妾辈乃真州妓也，常愿一侍尊俎，愜平生心，而身隶乐籍，仪真过客如云，无时不开宴，望顷刻之适不可得。今日太守私忌，郡官皆不会集，故相约绝江此来，殆天与其幸也。"叶慰谢，命之坐。同官谋取酒与饮，则又起言："不度鄙贱，辄草具肴酝自随，敢以一杯为公寿。愿得公妙语持归，夸示淮人，为无穷光荣，志愿足矣。"顾从奴挈榼而上，馔品皆精洁，迭起歌舞。酒数行，其魁奉花笺以请，叶命笔立成，不加点窜，即今所传《贺新郎》词也。其词曰："睡起闻莺

语。点苍苔、帘栊昼掩，乱红无数。吹尽残花无人见，唯有垂杨自舞。渐暖霭、初回轻暑。宝扇重寻明月影，暗尘侵、尚有乘鸾女。惊旧恨，镇如许。　江南梦断横江渚。浪黏天、蒲陶涨渌，半空烟雨。无限楼前沧波意，谁采苹花寄取？但怅望、兰舟容与。万里云帆何时到？送孤鸿，目断千山阻。重为我，唱金缕。"卒章盖纪实也。此词脍炙人口，配坡公《乳燕华屋》之作，而叶公自以为非其绝唱，人亦罕知其事云。

叶少蕴即叶梦得（1077—1148），字少蕴，苏州吴县人。绍圣四年（1097）登进士第，历任翰林学士、户部尚书、江东安抚使等官职。晚年隐居湖州弁山玲珑山石林，故号石林居士，有《石林燕语》《石林词》《石林诗话》等著作。叶梦得是宋代著名词人，其词对南渡词人词风之转变影响非常大。从本篇故事可看到其词在社会上的广泛流传，深受欢迎，无论是文人士子、贵族官僚，还是歌妓舞女都非常仰慕叶梦得，都以能得到叶梦得的一首词作而感到"无穷光荣"。叶梦得才情充盈，"命笔立成，不加点窜"，一派大家风范。篇中的《贺新郎》词为惜春怀人之作，上片写闺中女子晨起听见莺鸟的鸣叫，面对春残，眼看落花无数，不禁触景生情，感叹时光流逝，青春老去，内心涌起无限的离愁别恨。下片进一步渲染烟雨迷蒙，江浪滔天，闺中女子登楼眺望，江中征帆点点，游子却徘徊不归。目送飞鸿，视线还被千山万水阻断。思念既没有着落，主人公只好转而沉浸于歌舞诗酒中销愁。词作语言华丽精美，情感深挚动人，洪迈评价说："此词脍炙人口，配坡公《乳燕华屋》之作，而叶公自以为非其绝唱，人亦罕知其事云。"认为可与苏轼的名作《贺新郎·乳燕飞华屋》相媲美，是叶梦得的绝唱之作，尽管叶梦得自己不这么认为。按《贺新郎·乳燕飞华屋》确是苏轼的著名词作，主题也是伤春怀人。洪迈将二作相提并论，可见其推崇与欣赏。另外，洪迈还特别指出，"人罕知其事"，因此将词作创作经过记录下来，存留本词创作的本事。

有些诗歌故事本身非常优美，情节曲折，人物生动形象，真实地反映宋代文人士子的诗歌活动与诗歌文化背景下的生活情态，如《支景》卷八《小楼烛花词》就记录一段诗人佳话：

绍兴十五年三月十五日，予在临安试词科第三场毕出院，时尚早，同试者何作善伯明、徐搏升甫相率游市。时族叔邦直应贤、乡人许良佐舜举省试罢，相与同行。因至抱剑街，伯明素与名娼孙小九来往，遂拉访其家，置酒于小楼。夜月如昼，临栏几煽，两烛结花灿然若连珠，孙娼固黠慧解事，乃白坐中曰："今夕桂魄皎洁，烛花呈祥，五君皆较艺兰省，其为登名高第，可证不疑。愿各赋一词纪实，且为他日一段佳话。"遂取吴笺五幅置于桌上。升甫、应贤、舜举皆谢不能，伯明俊爽敏捷，即操笔作《浣溪沙》一阕曰："草草杯盘访玉人，灯花呈喜坐添春，邀郎觅句要奇新。 黛浅波娇情脉脉，云轻柳弱意真真，从今风月属闲人。"众传观叹赏，独恨其末句失意。予续成《临江仙》曰："绮席留欢欢正洽，高楼佳气重重。钗头小篆烛花红。直须将喜事，来报主人公。桂月十分春正半，广寒宫殿葱葱。姮娥相对曲栏东。云梯知不远，平步揖东风。"孙满酌一觥相劝曰："学士必高中，此瑞殆为君设也。"已而予果奏名赐第，余四人皆不偶。

《夷坚志》中有些诗歌故事充分反映了宋代诗歌的创作情况。如《三志己》卷八《浪花诗》：

曹道冲售诗于京都，随所命题即就。群不逞欲苦之，乃求《浪花诗》绝句，仍以红字为韵。曹谢曰："非吾所能为，唯南熏门外菊坡王辅导学士能之耳，他人俱不可也。"不逞曰："我固知其名久矣。但彼在馆阁，吾侪小人耳，岂容辄诣？"曹曰："试赍佳纸笔往拜而求之，必可得。"于是相率修谒下拜有请，王欣然捉笔，一挥而成。其语曰："一江秋水浸寒空，渔笛无端弄晚风。万里波心谁折得？夕阳影里碎残红。"读者无不嗟伏。

本篇故事写到宋代诗歌创作限题、限韵以较才艺、炫才艺的风尚。诗歌要以"浪花"为题，体裁为绝句，又只能押"红"字韵，这就难度非常大，连诗才敏捷的曹道冲也难以完成。但王辅导学士却"一挥而就"，而且诗歌写江上秋景，情韵悠长，末两句将夕阳下江心的浪花比喻为不可攀折的鲜花，构思新奇，形象精美，是难得的佳句，无怪乎"读者无不嗟伏"。《三志壬》卷五《醉客赋诗》也有异曲同工之妙：

> 德兴新营士人张得象，字德章。淳熙十一年，省场失利，就趋大学补试，少留旅邸，以待榜出。尝与二友生夜诣市访卜，因入肆沽酒三升，对月清饮。俄一客落拓跌宕，造前曰："能以一杯惠我否？"张见其已大醉，答曰："甚好。"取杯满酌置几上，戏之曰："观吾人姿貌，定不庸俗，能赋一诗，然后尽此杯乎？"客披襟不辞，且请命韵。张正欲困以险韵，笑曰："只用吞字。"随即高吟一绝句："行尽蓬莱弱水源，今朝忍渴过昆仑。兴来莫问酒中圣，且把金杯和月吞。"举杯一吸而尽。方惊叹其雄新，出迹之，无见矣。张悟为神仙者流，恨交臂不能识也，为之怅惘经日。

宋诗经过"江西诗派"之后，崇尚瘦硬峭拔、奇崛险怪之美，诗歌创作往往以"险韵"为能，炫才心态非常鲜明。本篇作品写张得象欲以"吞"字韵困住落拓客，按"吞"字属平水韵"上平十三元"，是比较险的韵，写作难度较大，然落拓客随口即能吟出，诗才之敏捷不亚于王辅导学士。诗歌表达自己的落拓之感，却并不狼狈，末句"且把金杯和月吞"气势非凡，想象奇特，连张得象也"惊叹其雄新"。

三 《夷坚志》与宋代诗歌文化的传播

《夷坚志》的一些诗歌故事还记载了诗歌在宋代社会的传播情况，如《三志己》卷七《范元卿题扇》记载杜诗的影响和传播：

> 魏南夫与范元卿充殿试官，同一幕。范好书大字，于是内诸司祗应者，皆以扇乞题诗。范各为采杜公两句，或行或草，随其职分付之。仍为解释其旨，无不欢喜而退。仪鸾司云："晓随天仗入，暮惹御香归。"翰林司云："春酒杯浓琥珀薄，冰浆盌碧玛瑙寒。"御龙直云："竹批双耳骏，风入四蹄轻。"卫士云："雨拋金锁甲，苔卧绿沉枪。"钩容部云："银甲弹筝用，金鱼换酒来。"御厨云："紫驼之峰出翠釜，水晶之盘行素鳞。"惟司圉者别日亦致，仍致请，魏公曰："正恐杜诗无此句。"范执笔沉吟久之云："端臣思得之矣。"遂书："雨洗娟娟净，风吹细细香。"相与一笑。内侍传观，亦皆启齿。

范元卿在题诗时能结合各司的职能灵活运用，可见他对杜诗非常熟悉，有深入的研究，人们都喜欢杜诗，可见杜诗在当时社会的影响。虽然最后为司圊所题有些牵强（司圊是负责打扫皇城内厕所的部门），却展现了范元卿的幽默风趣。

《夷坚志》中的诗歌故事还记录了洪迈对一些诗词的评价，反映了洪迈的诗歌观念。如前所举《丁志》卷十二《西津亭词》有洪迈对叶梦得词作的评价。又如《支丁》卷六《刘改之教授》记载南宋词人刘过在淳熙甲午年赴省试时，因眷恋一爱妾，不忍分别，赋《水仙子》一词，表达自己的情感："宿酒醺醺犹自醉，回顾头来三十里，马儿只管去如飞。骑一会，行一会，断送杀人山共水。 是则青衫深可喜，不道恩情拼得未。雪迷前路小桥横，住底是，去底是，思量我了思量你。"对此，作品评曰："其词鄙浅不工，姑以写意而已。"由此可见洪迈对语言过于鄙俗的词作是不接受赞同的。又《支景》卷七《九月梅诗》：

  绍兴三十八年九月，潮州揭阳县治东斋梅花盛开，岭外梅著花固早于江浙，然亦须至冬时乃有之，邑人甚以为异，士子多赋诗，大抵皆谄令尹。时梁郑公正为馆客，寓此斋，亦作一篇曰："老菊残梧九月霜，谁将先暖入东堂。不因造物于人厚，肯放梅枝特地香。九鼎燮调端有待，百花羞涩敢言芳。看来水玉浑相映，好取龙吟播乐章。"语意不凡，殊类王沂公"虽然未得和羹用，且向百花头上开"之句。明年还泉州，解试第一。又明年遂魁天下，致位上宰。

洪迈在本篇中谈到潮州揭阳县梅花盛开，许多士子作咏梅诗，却都是谄媚逢迎之作，不值一提，故略而不录。而梁郑公所作却非同一般。按：梁郑公指梁克家（1128—1187），字叔子，福建晋江人，宋高宗绍兴三十年中状元，历任平江府签判、秘书省正字、著作佐郎、醴泉观使等职。淳熙九年（1182），拜右丞相，封仪国公，淳熙十三年，进封郑国公。洪迈认为其咏梅诗"语意非凡"，可与北宋王沂公的名作相媲美。

《夷坚志》还记载了宋代诗歌的民族交流，其中有非常珍贵的民族诗歌交流的研究资料，如《支景》卷四《完颜亮词》：

  建康归正官王和尚，济南人，能诵完颜亮小词。其《咏雪·昭君怨》曰："昨日樵村渔浦，今日琼川小渚。山色卷帘看，老峰峦。

> 锦帐美人贪睡,不觉天花剪水。惊问是杨花?是芦花?"其《中秋不见日·鹊桥仙》曰:"持杯不饮,停歌不发,坐待蟾宫出现。片云何处忽飞来?做许大、通天障碍。 愁眉怒目,星移斗转,懊恼剑锋不快。一挥挥断此阴霾,此夜看、姮娥体态。"读其后篇,凶威可掬也。

金主完颜亮词作收录在《夷坚志》中,可见其流传也非常广。两首作品非常有特色。如《咏雪·昭君怨》中"昨日樵村渔浦,今日琼川小渚"对比生动形象,"天花剪水"比喻新奇。《中秋不见日·鹊桥仙》中"懊恼剑锋不快,一挥挥断此阴霾",想象奇特,颇有气势,所以洪迈评曰:"读其后篇,凶威可掬也。"

《夷坚志》反映民族诗歌交流最珍贵的材料莫过于《丙志》卷十八《契丹诵诗》:

> 契丹小儿,初读书,先以俗语颠倒其文句而习之,至有一字用两三字者。顷奉使金国时,接伴副使秘书少监王补每为予言以为笑。如"鸟宿池中树,僧敲月下门"两句,其读时则曰:"月明里和尚门子打,水底里树上老鸦坐。"大率如此。补锦州人,亦一契丹也。

从这条材料我们可以看到,唐宋诗词流传到少数民族地区,深受少数民族人民的喜爱,因此"契丹小儿"也诵习唐诗,虽然语言不通需要翻译,但诗歌的美感还是深深地吸引着深爱它的人们。

第二节 从《夷坚志》看宋代女性诗词的传播方式

两宋文化教育比较发达,女性也有机会接受教育,因此宋代有众多的女性知书能文,甚至诞生了李清照、朱淑真等女性文学大师。但女性的创作毕竟不如男性那样能够得到较好的保存、流传、传播,很多女性的诗词作品可能都局限于深闺自娱自乐,难于传播到以男性为主的文坛,最后湮没无传。宋代的野史笔记有时会记录、保存一些女性的诗词创作,如《夷坚志》就记录、保存了许多宋代女性的诗词作品,从中也可以看到宋代女性诗词的传播方式。

一 宋代许多女性诗才敏捷

《夷坚志》虽然是一部志怪小说,也记录了一些女性诗词创作、流传、传播的情况,这些女性有歌妓,有士大夫的妻女。由于志怪小说文体性质的因素,有时不免也假托为女神、女鬼,但却是宋代女性诗词创作的真实反映。如《丁志》卷十九《英华诗词》:

> 缙云英华事,前志屡书。然未尝闻其能诗词也。今得两篇,其诗云:"夜雨连空歇晓晴,前山重染一回青。林梢日暖禽声滑,苦动春心不忍听。"其惜春词云:"东风忽起黄昏雨,红紫飘残香满路。凭阑空有惜春心,浓绿满枝无处诉。春光背我堂堂去,纵有黄金难买住。欲将春去问残花,花亦不言春已暮。"殊有情致,故或者又以为神云。

缙云英华是一女神,《夷坚志》多处写到她的故事。本篇记录了她创作的一首绝句和一首词,两首作品表达的都是惜春的情怀,文辞雅洁,作者赞叹"殊有情致",这说明宋代有很多女性能写出很优秀的诗词作品。

《夷坚志》记录更多的是现实世界真实女性的诗词创作,在洪迈的笔下,这些女性都才思敏捷,不亚于饱学的文人士子,创作诗词时往往都是即兴即景,援笔立成,而且情致非凡,文辞优美,构思精巧,以至于广大文人士子也为之感叹,有时自愧不如,争相收藏,如《支乙》卷五《紫姑咏手》:

> 吉州人家邀紫姑,正作诗,适有美女在其旁,因请咏手,即书曰:"笑折夭桃力不禁,时攀杨柳弄春阴。管弦曲里传声慢,星月楼前敛拜深。绣幕偷回双舞袖,绿衣闲整小眉心。秋来几度挑罗袜,为忆相思放却针。"信笔而成,殊不思索,颇有雅致也。

紫姑被要求即兴作诗咏美女之手,她无须思索苦吟,信笔而成,才思十分敏捷。诗作咏叹美女之手折夭桃,弄杨柳,弹琴曲,舒袖歌舞,巧绣罗袜,写得非常精细,最后一句融入相思之情,又使作品在情感上有所升华,因而被赞为"颇有雅致"。又如《支乙》卷六《合生诗词》:

江浙间路歧伶女，有慧黠知文墨能于席上指物题咏应命辄成者，谓之合生；其滑稽含玩讽者，谓之乔合生。盖京都遗风也。张安国守临川，王宣子解庐陵郡印归次抚，安国置酒郡斋，招郡士陈汉卿参会。适散乐一妓言学作诗，汉卿语之曰："太守呼为五马，今日两州使君对席，遂成十马。汝体此意做八句。"妓凝立良久，即高吟曰："同是天边侍从臣，江头相遇转情亲。莹如临汝无瑕玉，暖作庐陵有脚春。五马今朝成十马，两人前日压千人。便看飞诏催归去，共坐中书秉化钧。"安国为之叹赏竟日，赏以万钱。予守会稽，有歌官调女子洪惠英正唱词次，忽停鼓白曰："惠英有述怀小曲，愿容举似。"乃歌曰："梅花似雪，刚被雪来相挫折。雪里梅花，无限精神总属他。梅花无语。只有东风来作主。传语东君，宜与梅花做主人。"歌毕，再拜云："梅者惠英自喻，非敢僭拟名花，姑以借意。雪者指无赖恶少也。"官奴因言其人到府一月，而遭恶子困扰者至四五，故情见乎词。在流辈中诚不易得。

　　作品写到的京都遗风"合生""乔合生"都赞叹了歌女的敏捷，而一代风俗的形成竟然与宋代女性的诗词创作有关，这是非常奇特的，也可以说是文学史上的佳话。临川妓的七言律诗虽为应酬、祝颂之辞，但既表达了张安国、王宣子两郡守的相遇相聚和友情，又能祝愿他们做一方高官、将来成为朝廷肱股之臣，内涵丰富，即兴即景而成，文辞雅洁而不低俗，中间两联对仗工整，确实是非常难得。洪惠英的词借写景咏物抒写自己内心的情怀，情感真挚感伤，更加为世人叹赏。

二　女性诗词的主要传播方式

　　《夷坚志》小说不仅记录了宋代女性诗词创作的有关情况，而且记载了宋代女性诗词传播的情形。女性诗词的传播既有与男性共同的方式，又有其独特的途径，主要有：

　　其一，题壁。所谓题壁，就是将诗词写在驿馆、旅舍的墙壁上供人们阅览、抄录而得以广泛传播。

　　题壁是中国古典诗词重要的传播方式，很多的古代典籍都记载到这一点。如《古今词话·词评》上卷引《复斋漫录》记载北宋临川词人谢逸曾过黄州关山杏花村驿馆，题了一首《江神子》词于驿壁，过者爱赏，纷纷抄录，每索笔于馆卒，卒苦之，以泥涂去。《夷坚志》也多处记载了这类故事，如《乙志》卷十四《新淦驿中词》记载：

> 倪巨济次子冶，为洪州新建尉，请告送其妻归宁，还至新淦境，遣行前者占一驿，及至欲入，遥闻其中人语，逼而听之，嘻笑自如，而外间略无仆从，将询为何人而不得，入门窥之，声在堂上，暨入堂上，则又在房中。冶疑惧，亟走出，遍访驿外居民，一人云："尝遣小童来借笔砚去，未见其出也。"乃与健仆排闼直入，见西房壁间题小词云："霜风摧兰，银屏生晓寒。淡扫眉山脸红殷，潇湘浦，芙蓉湾，相思数声哀叹，画楼尊酒闲。"墨色尚湿，笔砚在地，曾无人迹，倪氏不敢宿而去。

故事记录了假托鬼物而作的词题于新淦县驿馆墙壁上，表达的是悲愁相思之情，也是写景真切、抒怀真挚的佳作。

一般而言，题壁者更多的是男性诗人词人，男性诗词更有机会借题壁而传播，因为在中国古代，男性要"齐家治国平天下"，他们要去实现自己的人生理想而走出家园，常年漂泊在外，往往于羁旅中将自己的人生感想、所见所闻形诸诗词，信手题于驿馆、旅舍的墙壁。这样的作品因为是有感而发，激情之作，美学价值很高，经常得到所谓同是"天涯沦落人"的过往者的赞赏，谢逸的《江神子》词即是如此。关于这一点，王兆鹏《宋代的"互联网"——从题壁诗词看宋代题壁传播的特点》有深入论述。[①] 古代的女子由于生活在深闺之中，很少走出家门，也就自然难得有机会题诗词于驿馆、旅舍墙壁。但在宋代尤其是南宋，由于战争不断，金兵占领中原地区，导致大量的士民南渡，于是也有许多的闺中女性无奈地被卷进了奔波的生活中，也就有了诗词题壁的人生经历，她们的诗词佳作也因题壁得以流传传播。我们试看《甲志》卷八《南阳驿妇人诗》：

> 靖康元年，邓州南阳县驿，有女子留题一诗曰："流落南来自可嗟，避人不敢御铅华。却怜当日莺莺事，独立春风雾鬓斜。"字画柔

---

① 王兆鹏：《宋代的"互联网"——从题壁诗词看宋代题壁传播的特点》，《文学遗产》2010年第1期。

弱，真妇人之书，次韵者满壁。

作品写一女子在邓州南阳县驿馆的墙壁上题了一首诗，诗作记录自己在北宋灭亡的靖康元年南逃的情形，感叹自己南逃途中形象狼狈，无法梳妆打扮，而当年自己生活在深闺时却非常美丽而有风韵。诗歌富有真情，用对比的手法写出了今昔生活的巨大变化，曲折表达了自己因国破家亡而生活漂泊的沉痛心情。这首诗得到了过往者的激赏，"次韵者满壁"，有许多人酬和，由此可见这首诗流传广泛。

其二，女性诗词不仅见于题壁流传，而且见于士大夫日常生活用器流传。诗人将诗词题于扇子、屏风等士大夫日常生活用器或装饰品上，既为士大夫生活增添风雅之气，又使作品得以进入上流阶层，促进了作品的传播。如《乙志》卷三《陈述古女诗》：

> 陈述古诸女多能诗文，其一嫁婿曰李生，为晋宁军判官。部使者知其妻于诗最工，以所藏小雁屏从之求题品，妇自作黄鲁直小楷细书两绝句，其一曰："蓼淡芦欹曲水通，几双容与对西风。扁舟阻向江乡去，却喜相逢一枕中。"其二曰："曲屏谁画小潇湘，雁落秋风蓼半黄。云澹雨疏孤屿远，会令清梦到高唐。"两篇清绝洒落如是，不必真见画也。

陈述古女的丈夫李生是晋宁军判官，应该是能诗能文的士子出身。然而他的部下并不向他求题品，却向他的妻子求诗，可见陈述古女很有诗名，影响甚至超过了包括丈夫在内的许多男子。她题的两首诗为题画之作，富有画意，萧瑟秋景跃然纸上，同时又寄托了相思离别的情感，情景交融，意境苍凉，深为世人赞赏。诗歌通过题写在屏风上得到传播。

其三，借助命运波折事件传播作品。人的生活和命运中总会有些波折，有些文人士子在生活和命运的波折中创作了诗词佳作，又借波折传播了自己的作品，成就了文学史上的创作和传播佳话。如北宋孔平仲《孔氏谈苑》记苏轼在"乌台诗案事件"中创作诗歌《狱中寄子由二首》即是如此，诗句"是处青山可藏骨，他年夜雨独伤神。与君世世为兄弟，更结人间未了因"表达兄弟真情，通过"诗案"事件流传广泛，脍炙人口。《夷坚志》写女性通过命运波折事件传播诗词的是《支庚》卷十《吴淑姬严蕊》：

> 湖州吴秀才女，慧而能诗词，貌美家贫，为富民子所据。或投郡诉其奸淫。王龟龄为太守，逮系司理狱。既伏罪，且受徒刑。郡僚相与诣理院观之。仍具酒，引使至席，风格倾一坐。遂命脱枷侍饮，谕之曰："知汝能长短句，宜以一章自咏，当宛转白待制为汝解脱。不然危矣。"女即请题。时冬末雪消，春日且至，命道此景作《长相思》令。捉笔立成，曰："香霏霏，雨霏霏。雪向梅花枝上堆，春从何处回？　醉眼开，睡眼开。疏影横斜安在哉？从教塞管催。"诸客赏叹，为之尽欢。明日，以告王公，言其冤。王淳直不疑人欺，亟使释放。其后无人肯礼娶。周介卿石之子买以为妾，名曰淑姬。王三恕时为司户摄理，正治此狱，小词藏其处。又台州官奴严蕊，尤有才思，而通书究达今古。唐与正为守，颇属目。朱元晦提举浙东，按部发其事，捕蕊下狱。杖其背，犹以为伍伯行杖轻，复押至会稽，再论决。蕊堕酷刑，而系乐籍如故。岳商卿霖提点刑狱，因疏决至台，蕊陈状乞自便。岳令作词，应声口占云："不是爱风尘，似被前身误。花落花开自有时，总是东君主。　去也终须去，住也如何住。若得山花插满头，莫问奴归处。"岳即判从良。

本篇记述了两个能词的女子遭遇的命运曲折及在这一命运曲折中创作的词作的传播。吴淑姬被系狱治罪后，竟引得湖州一郡的官僚来观看她，这真是非常奇特的事情。官僚们观看她的目的既为她的美貌，更为她的诗词创作———一郡的官员都知她"能长短句"。由此可见，她的词作应该是流传很广，早负盛名。官员在亲眼见到她以后，都为她的风仪所倾倒，更为她的词作叹赏。她的这首《长相思》是由官员们命题，并在官员们的注视下即景立刻写成的作品，词作描写了雪压梅枝，梅枝斜逸，梅花似开未开，幽香浮动的情景，表达了对春天即将到来的憧憬。同时又在作品中寄寓了自己的身世与命运，透露出无法主宰自己命运的无奈与悲伤。严蕊虽为官妓，却富有才情，博古通今。她的词是在主审自己的官员岳霖的命令与注视下写出的，词作以惜春为题，伤感悲凉，对自己命运的感叹比吴淑姬《长相思》更加沉痛。两人都靠自己的词作得以脱罪，而这一命运曲折又都使她们为自己的词作传播迎来了一次良机，这一次命运风波之后，吴淑姬、严蕊的词作应该影响更大，流传更广。这两首词也都被当时的官员争相收藏。

其四，借与士子、官员交往、婚恋的酬唱、赠答传播。

宋代的歌妓舞女都有比较高的文化素养，这使得他们有能力与文人士子进行诗词对话。而宋代的文人士子又盛行狎妓之风，因此歌妓舞女与文人士子广泛往来，他们依附于士子，并且常常与他们发生恋情，借诗词与士子传递情感，这就使得与士子、官员的酬唱、赠答成为宋代女性诗词作品的重要传播途径。如《甲志》卷六《古田倡》记崇宁至绍兴年间福州古田县妓女周氏能诗，曾与士子陈筑相恋，诗歌往来：

> 陈筑，字梦和，莆田人。崇宁初登第，为福州古田尉，惑邑倡周氏。周能诗，赠筑绝句曰："梦和残月到楼西，月过楼西梦已迷。唤起一声肠断处，落花枝上鹧鸪啼。"首句盖寓筑字也。又《春晴》诗曰："瞥然飞过谁家燕，蓦地香来甚处花。深院日长无个事，一瓶春水自煎茶。"后与筑作合欢红绶带，自经于南山极乐院，从者知之，共排闼救解，二人皆活。

故事记录了古田妓女周氏与陈筑相恋交往的过程，周氏赠送给陈筑的两首诗将惜春的情怀与恋情相融合，前一首感伤，后一首闲适，清新雅致。诗歌通过与陈筑的酬唱往来得以流传。又如《三志己》卷一《吴女盈盈》：

> 魏人王山，能为诗，标韵清卓。因省试下第，薄游东海，值吴女盈盈者来，年才十六，善歌舞，尤工弹筝。容貌甚冶，词翰情思，翘翘出群。少年子争登其门，不惜金玉帛。盈遴简嘉耦，乃许一笑。府守田龙图召使侍宴，山预宾列，相得于樽俎之间，从之欢处累月。山辞归，盈垂泣悲啼，不能自止。明年，寄《伤春曲》示山，其词云："芳菲时节，花压枝折。蜂蝶撩乱，阑槛光发。一旦碎花魂，葬花骨，蜂兮蝶兮何不来？空使雕阑对寒月。"山作长歌答之……

本篇同样写到了歌女与士子相恋、诗词酬唱往来的情形，吴盈盈的词作通过寄往王山而流传。

其五，歌妓舞女的自我创作、自我演唱成为了宋代女性诗词区别于男性诗词的独有的传播方式。

唐宋词完整的创作传播模式应是文人士子填词，歌妓舞女进行演唱。陈世修在《阳春集序》中记述南唐冯延巳作词情景时说："公以金陵盛时，内外无事，朋僚亲旧，或当燕集，多运藻思，为乐府新词，俾歌者倚丝竹而歌之，所以娱宾而遣兴也。"① 因此当男性词作者作词以后，如果没歌妓舞女加以演唱，其创作和传播效果就会大打折扣，南宋词人王炎《双溪诗余自序》中言："长短句宜歌而不宜诵，非朱唇皓齿无以发其要眇之声"，而吾"家贫清苦，终身家无丝竹、室无侍姬，长短句之腔调，素所不解。"② 而歌妓舞女自己创作的词自己就可以演唱，从这个角度说，这就使她们的词作获得了比男性词作更加优越的传播方式。如《支丁志》卷六《刘改之教授》：

> 刘过，字改之，襄阳人。虽为书生，而赀产赡足。得一妾，爱之甚。淳熙甲午预秋荐，将赴省试。临岐眷恋不忍行，在道赋《水仙子》一词，每夜饮旅舍，辄使随直小仆歌之。其语曰："宿酒醺醺犹自醉，回顾头来三十里，马儿只管去如飞。骑一会，行一会，断送杀人山共水。 是则青衫深可喜，不道恩情拚得未，雪迷前路小桥横。住底是，去底是，思量我了思量你。"其词鄙浅不工，姑以写意而已。到建昌，游麻姑山，薄暮独酌，屡歌此词，思想之极，至于堕泪。二更后，一美女忽来前，执拍板曰："愿唱一曲劝酒。"即歌曰："别酒未斟心先醉，忽听阳关辞故里。扬鞭勒马到皇都，三题尽，当际会。稳跳龙门三级水。 天意令吾先送喜，不审使君侯知得未？蔡邕博识爨桐声。君背负，只此是，酒满金杯来劝你。"盖赓和元韵。刘以龙门之句喜甚，即令再诵，书之于纸，与之欢接。

在这里，刘过创作的词作只能自己吟诵，或由小仆人加以简单的演

---

① （宋）陈世修：《阳春集序》，见黄进德《冯延巳词新释辑评》，中国书店2006年版，第185页。

② （宋）王炎：《双溪诗余自序》，见《双溪诗余》卷首，《四印斋汇刻宋元三十一家词》本。

唱。而麻姑仙却可以自己作词，自己执拍板演唱，两者的传播效果显然是相去甚远的。

又如前文所举《支乙》卷六《合生诗词》的洪惠英也是自己作词自己演唱，得以将自己受到恶少的纠缠迫害情形表达得淋漓尽致。

三　女性诗词的传播特点

从《夷坚志》所反映的宋代诗词创作传播的情况来看，女性诗词往往是被动传播，而男性诗词则更多的是主动传播。男性的生活是开放式的，他们要大胆展露自己的才华，扩大自己的社会影响，因而往往主动将自己的作品结集刻版，或通过赠送给友人等各种方式促进它的传播。而女性的生活是封闭式的，她们诗词创作的目的不是用来追求功名利禄，不是用来营造社会影响，而是自娱自乐，日常消遣，因此她们的作品更多的只是在深闺中流传，她们往往是应世人的主动求索而创作传播，或是无意中被别人记录收藏而传播。如《丙志》卷十《雍熙妇人词》：

> 姑苏雍熙寺，每月夜向半，常有妇人往来廊庑间，歌小词，且笑且叹，闻者就之，辄不见。其词云："满目江山忆旧游，汀洲花草弄春柔，长亭横住木兰舟。　好梦易随流水去，芳心空逐晓云愁，行人莫上望京楼。"好事者往往录藏之。士子慕容岩卿见而惊曰："此予亡妻所为，外人无知者，君何从得之？"客告之故，岩卿悲叹。此寺盖其旅榇所在也。

士子慕容岩卿偶然发现有人传录自己妻子所作的《浣溪沙》词，颇为吃惊。"亡妻所为，外人无知者，君何从得之"的疑问正说明女性的诗词创作多局限于闺中自娱，很少流传到外界。又如《甲志》卷十七《孟蜀宫人》：

> 陈甲，字符父，仙井仁寿人，为成都守李西美馆客，舍于治事堂东偏之双竹斋。绍兴二十一年四月，西美浣花回，得疾。旬日间，甲已寝，闻堂上妇人语笑声，即起，映门窥观。有女子十余，皆韶艾好容色，而衣服结束颇与世俗异，或坐或立，或步庭中。甲犹疑其为帅家人，以主人翁病辄出，但怪其多也。顷之，一人曰："中夜无以为

乐,盍赋诗乎?"即口占曰:"晚雨廉纤梅子黄,晚云卷雨月侵廊。树阴把酒不成饮,识著无情更断肠。"一人应声答之曰:"旧时衣服尽云霞,不到迎仙不是家。今日楼台浑不识,只因古木记宣华。"余人方缀思。甲味其诗语,不类人,方悟为鬼物,忽寂无所见。

本篇记士子陈甲于月夜看见成都太守李西美的治事堂中有一群妇女相聚嬉戏,赋诗为乐。两首绝句表达的是时光流逝的悲伤,陈甲细细体味,知道是女鬼所作。小说写到的作诗情形、过程正是现实世界女性相聚、以诗相娱的真实写照。陈甲无意中的偷窥也正说明女性诗词的传播往往独立于作者的意志之外,女性诗词的传播者常常不是作者自己,而是她们可能永远不相识的"好事者"。

第三节 《夷坚志》与宋代"嘲谑诗词"的传播

《夷坚志》不仅关注女性诗词,在其诗歌故事中,还记录了一类非常有特色的诗词,即"嘲谑诗词"。

一 洪迈通脱豁达的诗词观念及其对"嘲谑诗词"的大力关注

所谓"嘲谑诗词",《三志己》卷七《善谑诗词》曰:

> 滑稽取笑,如酿嘲辞,合于《诗》所谓"善戏谑不为虐"之义。陈晔日华编集成帙,以示予。因采其可书并旧闻可传者,并记于此。……皆可助尊俎间掀髯捧腹也。

从洪迈的这段论述可以知道,"嘲谑诗词"是指一些风格幽默滑稽,对某种社会现象加以嘲笑、讽刺的诗词作品。从传统观念来看,这些诗词似乎与"温柔敦厚"的原则相悖,因而自古以来多不被重视。而洪迈却认为,这类作品粗看起来有些荒诞不经,粗俗而不典雅,不能登大雅之堂,但实际上,这些作品也是符合儒家诗教传统的。洪迈指出,《诗经·卫风·淇奥》就曾说过:"善戏谑兮,不为虐兮",意思是说人们爱谈笑,说话诙谐风趣,不算是刻薄、待人不善。因此,这类诗词有其价值,有其美学作用，一方面可以批判社会的不良现象，有益于世道人生；另一方面可让人们在"尊俎间掀髯捧腹"，也即茶余饭后谈笑助乐，可以作为人们娱心遣兴的手段，丰富人们的精神文化生活，增添生活情趣。这实际上体现了洪迈对诗词作品社会认识价值和消遣娱乐功能的双重关怀。

有着这样双重功能的诗词也必然在社会生活中产生反响，《夷坚志》作品就记录这一点，如《支景》卷四《赵葫芦》记载宗室赵公衡"居秀州，性情和易，善与人款曲，但天资滑稽，遇可启颜一笑，冲口辄嘲。里间亲戚以至倡优伶伦，无所不狎侮，见之者无敢不敬畏。"《乙志》卷十八《张山人诗》记"张山人自山东入京师，以十七字作诗，著名于元祐、绍圣间，至今人能道之。其词虽俚，然多颖脱，含讥讽，所至皆畏其口，争以酒食钱帛遗之。"赵公衡、张山人都因为善于写作"嘲谑诗词"，对社会现象多加讥讽，所以人人畏惧，从这一点也可以看到"嘲谑诗词"的力量。

正是充分认识到了这类诗歌的社会认识作用和娱乐审美作用，所以洪迈对这类诗词非常重视，如他在《三志壬》卷七《王彦龄舒氏词》中借故事表达自己的观点：

> 旧传一官士在官，爱唱《望江南》词，而为上官所责者，不得其姓名。今知为王齐叟字彦龄，元祐枢密彦霖之弟也，任侠有声。初官太原，作此词数十曲嘲郡县僚佐，遂并及府帅，帅怒甚，因群吏入谒，面数折之云："君今恃尔兄，谓吾不能治尔邪！"彦龄敛板顿首谢，且请其过。帅告之，复趋进倚声微吟白曰："居下位，只恐被人逸。昨日但吟《青玉案》，几时曾作《望江南》？"下句不属，回顾适见兵官，乃曰："请问马都监。"帅不觉失笑，众亦匿笑而退。今世所传《别素质》一阕云："此事凭谁知证，有楼前明月，窗外花影"者，其所作也。尝鼎一脔，恨不多见。

故事中谈到王齐叟作《望江南》词"数十曲嘲郡县僚佐，遂并及府帅"，讽刺官僚、官场丑行，并记录了其中的一首，极诙谐通俗，洪迈最后评价说"尝鼎一脔，恨不多见"，竟对这类诗词太少表示遗憾，可见其对嘲谑诗词的态度。

同时，他对文人陈晔收集这类诗词编集保存传播非常赞同，并在

《三志己》卷七《善谑诗词》中特别转摘了其中一些作品。

从洪迈的上述论述及其选录的作品我们可以看到洪迈豁达通脱的诗学观念，可以看到洪迈对诗歌特征的独特认识，这是非常难能可贵的。这也正是其平生能编撰如此众多小说、诗歌文集的重要原因之一。

二 "嘲谑诗词"的讽刺批判功能与矛头指向

嘲谑诗词最主要的社会功能就是讽刺批判社会的不良、丑恶现象，如对宋代不良士风的针砭：

> 吉州举子赴省，书先牌曰："庐陵魁选，欧阳伯乐。"或者讥之曰："有客南来自吉州，姓名挑在担竿头。虽知汝是欧阳后，毕竟从初不识羞。"

诗歌讽刺吉州士子没有真才实学，却假托家乡先贤欧阳修的威名为自己营造阵势，自吹自擂，不知羞耻。像这样讽刺不学无术士子的还有《丙志》卷十九《薛秀才》中的诗：

> 王荆公居金陵半山，又建书堂于蒋山道上，多寝处其间。客至必留宿，寒士则假以衾裯，其去也，举以遗之。临安薛昂秀才来谒，公与之夜坐，遣取被于家。吴夫人厌其不时之须，应曰："被尽矣。"公不怿，俄而曰："吾自有计。"先有猕坐挂梁间，自持叉取之以授薛。明日，又留饭，与弈棋，约负者作梅花诗一章。公先输一绝句，已而薛败，不能如约，公口占代之云："野水荒山寂寞滨，芳条弄色最关春。欲将明艳凌霜雪，未怕青腰玉女嗔。"薛后登第贵显，为门下侍郎，至祀公于家，言话动作率以为法，每著和御制诗，亦用字说。其子入太学，夸语同舍曰："家君对御作诗，固不偶然。顷在学时，举学以暇日出游，独闭门昼卧，梦金甲神人破屋而降，呼曰：'君可学吟诗，它日与圣人唱和去。'今而果验。"客李骥者，素滑稽，应声麾颐连言曰："果不偶然，果不偶然。"薛子诘之再三，骥曰："天使是时已为尊公烦恼了。"盖以薛不能诗，故戏之也。韩子苍为著作郎，人或谮之薛云："韩改王智兴诗讥侮公，其词曰：'三十年前一乞儿，荆公曾为替梅诗。如今输了无人替，莫向金陵更下

棋。'"薛泣诉于榻前，韩坐罢知分宁县。其实非韩作。

本篇故事情节曲折，细腻生动，人物鲜明，饶有趣味。托名为韩子苍的诗平易浅近，诙谐幽默，将薛昂虚华帮闲、不学无术的形态形象地展现了出来。《善谑诗词》一则中还收有几首类似主题的诗词：

后章盖初为秀才，乃削发卒为德士也。咏举子赴省，有《青玉案》云："钉鞋踏破祥符路，似白鹭，纷纷去。试盝幞头谁与度？八厢儿事，两员直殿，怀挟无藏处。　时辰报尽天将暮，把笔胡填备员句。试问闲愁知几许？两条脂烛，半盂馊饭，一阵黄昏雨。"

董参政举场不利，作《柳梢青》云："满腹文章，满头霜雪，满面埃尘。直至如今，别无收拾，只有清贫。　功名已是因循，最懊恨，张巡、李巡。几个明年，几番好运，只是瞒人。"

后章的《青玉案》写科举士子参加省试的情形，词的上片写士子们戴着幞头，身穿白衣，携着试盝，像白鹭一样熙熙攘攘赶赴祥符路的考场，"踏破""白鹭""纷纷去"形象地描写出士子们紧张、慌忙的情态。考场戒备森严，有"八厢儿事"即许多兵士、"直殿"即朝廷侍卫武官搜查、监督，因此"怀挟无藏处"，根本无法作弊。词的下片写时间分分秒秒地过去，天色已暮，才粗学疏的士子文思滞塞，一筹莫展，只好乱写了。"试问闲愁知几许？两条脂烛，半盂馊饭，一阵黄昏雨"四句，明显模仿贺铸的《青玉案》以嘲讽调笑，展现出考场中士子的难堪、困苦、窘迫情景。董参政的《柳梢青》词也反映了科场的残酷，广大士子痴迷科考，然而有多少人能幸运及第？他们中的大多数只能寄希望于一个又一个明年，一番又一番地期盼着好运，生活清贫、终生奔波、历尽艰辛，为科考虚耗着生命，这不能不让士子们感到悲伤，内心有着无法排解的愁恨。又如《乙志》卷一《李三英诗》：

旧传郑獬榜进士周师厚者，策名居五甲末，才压一人曰陈传。师厚戏为语曰："举首不堪看郑獬，回头犹喜见陈传。"绍兴二十七年，永嘉王十朋魁多士，同郡吴已正为殿，李三英以特奏名得出身，列于吴下。吴效前语曰："举头不敢攀王十，伸脚犹能踏李三。"其歇后体殆若天成云。

周师厚、吴已正的诗都对自己的科考结果既表示遗憾又感到幸运,展现出他们自信而又无奈的复杂矛盾心怀。又如:

有题笔而名轼者,或书绝句云:"马相如慕蔺相如,两个才名总不殊。试问此间名轼者,不知曾识子瞻无?"

历史上的马相如、蔺相如都是名垂青史的名人,两人名叫相如都没有辱没这个名字。而现在有人名为"轼",那他能不能与苏轼一样也不辱没这个名字呢?

嘲谑诗词更多地将讽刺批判的矛头指向腐败堕落的贵族阶层,如《支戊》卷五《文惠公梦中诗》:

淳熙四年七月二十四夜,文惠公在乡里,梦至一野寺,不见僧,而数羽人环坐。其一高吟曰:"六十方买妾,七十犹生儿。旁人掩口笑,老子知不知。"公生于丁酉,是岁本命年正六十有一矣,此客若有所讽也。而公清居累岁,未尝蓄姬妾,即应声答以五十六言云:"桑榆景迫鬓毛苍,已过耆年去路忙。不把精神陪绮席,从他歌舞竞新妆。扫除万事身如梦,断送一生性弗狂。赖有清风与明月,肯来相伴一炉香。"众皆大笑,而高吟者有惭色。啜茗清谈,良久乃散。既觉,命笔记之。所谓七十之语,公不登此数而终。

前一首五言绝句讽刺了贵族的荒淫行为。后一首则表明老年人应有的生活态度,不与歌妓舞女为伍,不将精力浪费在酒席歌宴,而要与美好的自然山水亲近,修身养性。又如:

秦伯阳春室案上芝草一本,装饰甚华,一客蒙其延遇,见而言曰:"乡里此物极多,谓之铁脚菰。记得往日曾有一诗云:'元是山中铁脚菰,移来颜色已焦枯。如今毁誉元无主,草木因人也适呼。'"秦默然不乐,不复容其登门。

原本乡间极为常见的野草"铁脚菰"进入官宦家庭之后，装饰华丽，而且改名称为"芝草"，诗歌讽刺了贵族阶层的附庸风雅、生活奢华现象，也借此讽刺了趋炎附势的社会现象。

"嘲谑诗词"中的许多作品直接将讽刺批判的矛头指向奸臣权贵，如：

> 明椿都统立生祠于玉泉关王庙侧，士人题云："昔日英雄关大王，明公右手立祠堂。大家飞上梧桐树，自有旁人说短长。"

这是讽刺当朝权贵明椿都统立生祠、攀附关公的可恶行径，"自有旁人说短长"意即人们心中自有公道、历史会做出正确的评价。《丙志》卷十六《华阳观诗》更是直指秦桧：

> 绍兴二十五年春，秦丞相在位。其子熺谒告来建康焚黄，因游茅山华阳观，题诗曰："家山福地古云魁，一日三峰秀气回。会散宝珠何处去，碧岩南洞白云堆。"时宋为建康守，即日镌诸板，揭于梁间。到晚，秦往观之，见牌侧隐约有白字，命举梯就视，则和章也。曰："富贵而骄是罪魁，朱颜绿鬓几时回？荣华富贵三春梦，颜色馨香一土堆。"读之大不怿。方秦氏权震天下，是行也，郡县迎候趋走唯恐不至，无由有人敢讥切之如此者。穷诘其所自，了不可得，宋与道流皆惧，不知所为。是岁冬，秦亡。

秦熺在华阳观题诗自诩，一副扬扬得意的腔调，而和章则嘲讽其"富贵而骄"，必然走向灭亡。诗歌总结历史规律，告诫秦桧之流，荣华富贵、高官厚禄、美色权力最终都不过一场梦幻，必将归于消亡，因此不要得意。诗歌虽然简易，但讽刺却非常辛辣。又如讽刺奸相蔡京的《甲志》卷十《廖用中诗戏》：

> 廖尚书用中，崇宁初，以士人为辟雍录，已而擢第。宣和中，复以命士为录于太学。时蔡鲁公方盛，用中尝戏作诗寄所善者，曰："二十年前录辟雍，而今官职俨然同。何当三万六千岁，赶上齐阳鲁国公。"好事者传以为口实。

北宋徽宗时期的名臣廖用中在崇宁年间担任过太学教职辟雍录,没想到过了将近二十年,到宣和年间,再次被任命为太学录,官职又回到了原点。而此时与其同朝的奸相蔡京正权势熏天,独擅朝野,于是廖用中写了这样一首诗对此加以嘲讽,说要是像自己这样做官,得有三万六千岁,也许能赶得上蔡京,既对自己的曲折人生进行了自嘲,更重要的是对当时官场黑暗、奸臣当道进行了揭露。

嘲谑诗词对腐败的朝政也加以批判讽刺,如:

政和改僧为德士,以皂帛裹头,项冠于上。无名子作两词,《夜游宫》云:"因被吾皇手诏,把天下、寺来改了。大觉金仙也不小。德士道,却我甚头脑。 道袍须索要,冠儿戴、恁且休笑。最是一种祥瑞好。古来少,葫芦上面生芝草。"《西江月》云:"早岁轻衫短帽,中间圆顶方袍。忽然天赐降宸毫,接引私心入道。 可谓一身三教,如今且得逍遥。擎拳稽首拜云霄,有分长生不老。"

这是讽刺政和年间朝廷将和尚改称德士。宋徽宗时,由于国力贫弱,屡受外族侵凌,刺激了汉人的民族自尊心,于是影响到对宗教进行了一次荒唐的改革。对凡非本民族的宗教,一律禁止。佛教源于印度,本也应禁止。但因在中国流行已久,遂允佛教徒所请,诏佛归道,这就是历史上有名的《宣和诏》,封释迦牟尼为大觉金仙,菩萨为大士,罗汉为尊者,和尚改称德士。本篇作品讽刺经过这次荒唐的改革后出现的僧不僧、道不道的现象。又如讽刺奸党中伤好人:

张才甫太尉居乌戍,效远公莲社,与僧俗为念佛会。御史论其白衣吃菜,遂赋《鹊桥仙》词云:"远公莲社,流传图画,千古声名犹在。后人多少继遗踪,到我便失惊打怪。 西方未到,官方先到,冤我白衣吃菜。龙华三会愿相逢,怎敢学他家二会。"

词中说慧远结莲社、论佛法,为千古佳话,后世多少人学习效法,这都是再正常不过的事情,可没想到,"我"召集几个和"我"一样的信徒研究,却被人诬告说是"白衣吃菜",是信了朝廷禁止的"吃菜事魔"("吃菜事魔"曾参与方腊作乱,是被禁的邪教摩尼教),弄得我们聚会切磋佛理没成（"西方未到"），却被得到举报赶来的官方（"官方先到"）当成非法集会误抓（"冤我"）了。

嘲谑诗词还讽刺批判社会的恶势力：

> 小官在任，俸给鲜薄，答攫士诗云："满目生涯齿一签，无端宾客自相磨。欲抽己俸忧家累，待掠民钱奈法何。一饭与君愁里饱，三杯听我苦中歌。更陪一具穷枪剑，唾骂慊憎总任他。"

所谓攫士是指社会上一些帮闲、无赖的士人到官员家中巧立名目、求取钱财甚至敲诈勒索。这首诗歌写一员小官，薪俸本来就很少，自己的生活尚难于维持，却碰到了这样一些攫士，要自己拿出钱财来给他们，自己只好不予理睬，送他们"穷枪剑"，任由他们憎恨谩骂自己了。

三 "嘲谑诗词"的艺术特色

"嘲谑诗词"的批判讽刺矛头整体是指向社会邪恶现象，但也有少数针对平民百姓，且在讽刺批判时表现得不够厚道，缺乏同情心，不符合儒家诗教之"温柔敦厚"之传统，如：

> 都城富春坊，皆诸倡之居，一夕遭火，黎明烧尽。有诗云："火星飞入富春坊，莫道天公不四行。只恐夜深花睡去，高烧银烛照红妆。"

富春坊因为是娼妓所居，遭大火后，作者不仅不表示同情，反而用诗加以嘲讽，这就失去了"嘲谑诗词"的积极意义了。又如《支景》卷四《赵葫芦》写宗室赵公衡因为喜作嘲谑诗，又秃发，人们都称他赵葫芦，有好事者作小词讽刺他："家门希差，养得一枚依样画。百事无能，只去篱边缠倒藤。几回水上，轧捺不翻真个强。无处容他，只好炎天晒作巴。"又如《乙志》卷十八《张山人诗》写张山人："年益老，颇厌倦，乃还乡里，未至而死于道。道旁人亦旧识，怜其无子，为买苇席，束而葬诸原，楬木书其上。久之，一轻薄子至店侧，闻有语及此者，奋然曰：'张翁平生豪于诗，今死矣，不可无纪述。'即命笔题于楬曰：'此是山人坟，过者应惆怅。两片芦席包，敕葬。'"

嘲谑诗词的功能除了讽刺批判社会丑恶现象之外，就是自嘲、调笑，追求通俗、幽默、风趣的趣味情调。如：

> 京师段油亦作嘲戏诗，尝当冬日，大风猛雨，雪雹雷电交作，或请咏之。即云："劈面同云布，雨共雪无数。雷又似打鼓，风又似拽锯。雹子遍四郊，电光照四处。晚了定似晴。"驻笔久之，人问："如何见得晚晴？"徐书云："天也撰不去。"

段油的这首咏雨诗没有什么奇特的想象和构思，只是连用了几个十分常见的比喻，因此诗歌表现出十足的游戏意味。又如：

> 王季明给事举馔客席上粉词云："妙手庖人，搓得细如麻线。面儿白，心下黑，身长行短。蓦地下来后，吓出一身冷汗。这一场欢会，早危如累卵。便做羊肉燥子，勃推钉椀，终不似引盘美满。舞万遍，无心看，愁听弦管。收盘盏，寸肠暗断。"以俗称粉为断肠羹，故用为尾句。水饭词云："水饭恶冤家，些小姜瓜，尊前正疑饮流霞。却被伊来刚打住，好闷人那。不免著匙爬，一似吞沙。主人若也要人夸，莫惜更挽三五盏，锦上添花。"

王季明写作的粉词、水饭词诙谐幽默，其目的也不是讽刺，而是调笑，博取一乐。词中大量运用了当时的方言俗语，显得非常通俗。

在《夷坚志》中，最有审美意味的自嘲调笑诗歌当是《丁志》卷十七《三鸦镇》中的两首：

> 三鸦镇在河北孤迥处，镇官一员，俸入不能给妻孥，官况萧条。地多塘泺，舍蒲藕鱼鳖之外，市井绝无可买，前后监司未尝至。有运使行部，从吏导之过焉。入其治，则官吏已悉委去，无簿书可寻诘。徘徊堂上，顾纸屏间题字尚湿，试阅之，乃小诗，曰："二年憔悴在三鸦，无米无钱怎养家？每日两餐唯是藕，看看口里出莲花。"运使默笑而去，好事者传诵焉。蒙城高公泗师鲁，绍兴末，监平江市征。吴中羊价绝高，肉一斤为钱九百。时郡守去官，浙漕林安宅居仁摄府事，其人介而啬，意郡僚买羊肉食者必贪，将索买物历验之。通判沈

度公雅以告师鲁曰:"君北人,必不免食此,盍取历窜改,毋为府公所困。"师鲁笑谢,为沈话前说,且曰:"亦尝仿其体作一绝句云:'平江九百一斤羊,俸薄如何敢买尝?只把鱼虾充两膳,肚皮今作小池塘。'"闻者皆大笑。林公微闻之,索历之事亦已。

本篇作品中的两首诗非常形象,比喻所形成的诙谐幽默的情调十分浓郁,将作者生活的艰辛、为官的清廉都尽情地表现了出来,是非常有生活情趣的作品。

总之,"嘲谑诗词"是宋代诗词中非常重要而别致的一类,洪迈以其通脱的观念和敏锐的眼光注意到这类诗词的价值和特色,对其进行了大力关注,并借助小说文体传播这类作品,发挥其讽刺批判的功能,是非常难能可贵的,值得我们深入关注。

主要参考书目

（晋）陶渊明：《搜神后记》，中华书局1981年版。
（唐）王定保：《唐摭言》，古典文学出版社1957年版。
（宋）惠洪：《冷斋夜话》，凤凰出版社2009年版。
（宋）朱弁：《曲洧旧闻》，吉林出版集团有限责任公司2005年版。
（宋）洪迈：《夷坚志》，中华书局2006年版。
（宋）洪迈：《容斋随笔》，上海古籍出版社1978年版。
（宋）叶祖荣：《新编分类夷坚志》，国家图书馆出版社2009年版。
（宋）罗大经：《鹤林玉露》，中华书局1983年版。
（宋）周密：《武林旧事》，浙江古籍出版社2011年版。
（宋）灌圃耐得翁：《都城纪胜》，远方出版社2002年版。
（宋）罗烨：《醉翁谈录》，古典文学出版社1957年版。
（宋）李昉：《太平广记》，中华书局1961年版。
《汉魏六朝笔记小说大观》，上海古籍出版社1999年版。
《唐五代笔记小说大观》，上海古籍出版社2000年版。
《宋元笔记小说大观》，上海古籍出版社2001年版。
朱易安：《全宋笔记》，大象出版社2006年版。
鲁迅：《唐宋传奇集》，文学古籍刊行社1956年版。
汪辟疆：《唐人小说》，上海古籍出版社1978年版。
李时人：《全唐五代小说》，陕西人民出版社1998年版。
（宋）马端临：《文献通考》，中华书局1986年版。
（宋）晁公武：《昭德先生郡斋读书志》，商务印书馆1937年版。
（宋）陈振孙：《直斋书录解题》，丛书集成初编本，商务印书馆1937年版。
（明）胡应麟：《少室山房笔丛》，上海书店出版社2001年版。
（明）谢肇淛：《五杂俎》，上海书店出版社2001年版。

（清）纪昀：《四库全书总目提要》，河北人民出版社 2000 年版。
余嘉锡：《四库提要辨证》，云南人民出版社 2004 年版。
余嘉锡：《世说新语笺疏》，中华书局 1983 年版。
（元）脱脱：《宋史》，中华书局 1977 年版。
《二十五史》，中州古籍出版社 1996 年版。
袁行霈：《中国文言小说书目》，北京大学出版社 1981 年版。
石昌渝：《中国古代小说总目》，山西教育出版社 2004 年版。
朱一玄：《中国古代小说总目提要》，人民文学出版社 2005 年版。
李剑国：《唐五代志怪传奇叙录》，南开大学出版社 1993 年版。
李剑国：《宋代志怪传奇叙录》，南开大学出版社 1997 年版。
刘世德：《中国古代小说百科全书》，中国大百科全书出版社 1998 年版。
丁锡根：《中国历代小说序跋集》，人民文学出版社 1996 年版。
侯忠义：《中国文言小说参考资料》，北京大学出版社 1985 年版。
孙逊：《中国古代小说美学资料汇编》，上海古籍出版社 1991 年版。
黄霖：《中国历代小说论著选》，江西人民出版社 1985 年版。
陶敏：《隋唐五代文学史料学》，中华书局 2001 年版。
傅璇琮：《唐代科举与文学》，陕西人民出版社 1986 年版。
程千帆：《唐代进士行卷与文学》，上海古籍出版社 1980 年版。
吴海：《江西文学史》，江西人民出版社 2005 年版。
许怀林：《江西史稿》，江西高校出版社 1993 年版。
陈文华：《江西通史》，江西人民出版社 1999 年版。
吴宗慈：《江西通志稿》，江西省图书馆复印本。
周文英：《江西文化》，辽宁教育出版社 1993 年版。
曾大兴：《中国历代文学家之地理分布》，湖北教育出版社 1995 年版。
谭正璧：《中国文学家大辞典》，上海书店出版社 1981 年版。
刘仲宇：《中国精怪文化》，上海人民出版社 1997 年版。
鲁迅：《中国小说史略》，上海古籍出版社 1998 年版。
吴志达：《中国文言小说史》，齐鲁书社 1994 年版。
董乃斌：《中国古典小说的文体独立》，中国社会科学出版社 1994 年版。

石昌渝：《中国小说源流论》，生活·读书·新知三联书店 1994年版。

萧相恺：《中国文言小说家评传》，中州古籍出版社 2004 年版。

孙琴安：《中国评点文学史》，上海社会科学院出版社 1999 年版。

谭帆：《中国小说评点研究》，华东师范大学出版社 2001 年版。

叶朗：《中国小说美学》，北京大学出版社 1982 年版。

王汝梅：《中国小说理论史》，浙江古籍出版社 2001 年版。

方正耀：《中国小说批评史略》，中国社会科学出版社 1990 年版。

王恒展：《中国小说发展史概论》，山东教育出版社 1996 年版。

郭豫适：《中国古代小说论集》，华东师范大学出版社 1985 年版。

宁宗一：《中国小说学通论》，安徽教育出版社 1995 年版。

齐裕焜：《中国古代小说演变史》，敦煌文艺出版社 1990 年版。

胡从经：《中国小说史学史长编》，上海文艺出版社 1998 年版。

杨义：《中国古典小说史论》，中国社会科学出版社 1995 年版。

夏志清：《中国古典小说导论》，江西人民出版社 2001 年版。

陈文新：《中国文言小说流派研究》，武汉大学出版社 1993 年版。

宋常立：《中国古代小说文体论》，天津社会科学院出版社 2000年版。

刘上生：《中国古代小说艺术史》，湖南师范大学出版社 1993 年版。

何满子：《古代小说艺术漫话》，辽宁教育出版社 2001 年版。

陈平原：《中国小说叙事模式的转变》，北京大学出版社 2003 年版。

王平：《中国古代小说叙事研究》，河北人民出版社 2001 年版。

王平：《中国古代小说文化研究》，山东教育出版社 1996 年版。

王枝忠：《汉魏六朝小说史》，浙江古籍出版社 1997 年版。

李剑国：《唐前志怪小说史》，南开大学出版社 1984 年版。

侯忠义：《隋唐五代小说史》，浙江古籍出版社 1997 年版。

程国赋：《唐五代小说的文化阐释》，人民文学出版社 2002 年版。

邱昌员：《诗与唐代文言小说研究》，中国社会科学出版社 2008年版。

程毅中：《宋元小说研究》，江苏古籍出版社 1999 年版。

萧相恺：《宋元小说史》，浙江古籍出版社 1997 年版。

张兵：《宋辽金元小说史》，复旦大学出版社 2001 年版。

薛洪勋：《传奇小说史》，浙江古籍出版社 1998 年版。
胡士莹：《话本小说概论》，中华书局 1980 年版。
苗壮：《笔记小说史》，浙江古籍出版社 1998 年版。
林辰：《神怪小说史》，浙江古籍出版社 1997 年版。
余丹：《宋代文言小说的文化阐释》，中国社会科学出版社 2010 年版。
张祝平：《〈夷坚志〉论稿》，中国文史出版社 2003 年版。
凌郁之：《洪迈年谱》，上海古籍出版社 2006 年版。
王德毅：《洪迈年谱》，新文丰出版公司 2006 年版。

后　　记

　　本书是我写作出版的第四部书。前三部是《历代江西词人论稿》《诗与唐代文言小说研究》《晋唐两宋江西小说史话》，先后于2004年12月、2008年6月、2011年11月由百花洲文艺出版社、中国社会科学出版社出版，其中《历代江西词人论稿》《诗与唐代文言小说研究》分别获江西省第十一次、第十三次社会科学优秀成果奖二等奖。

　　本书的写作缘起于2009年，我的一个研究生选择以《洪迈〈夷坚志〉研究》为题写作硕士学位论文。在指导她的过程中，我自己也细致地阅读了《夷坚志》文本，梳理了相关材料，了解了《夷坚志》的研究现状，觉得《夷坚志》作为一部"百科全书"式的皇皇巨著，是我们认识宋代社会的重要窗口，很值得深入研究，于是我萌生了写作一部研究《夷坚志》专著的念头，与我的学生的研究齐头并进，这既可以使我的指导做到有的放矢，又可开展师生学术"竞赛"，互相促进，推进研究的深入。时至今日，我的研究生早已毕业，她的论文写得不错，我的专著也终于基本成稿，我深深地体会到了"教学相长"的快乐和价值。不过，由于时间、慵懒等多方面原因，本书所论很是有限，与我当初设计的提纲和目标还有一定差距，如《夷坚志》与宋代科举文化、《夷坚志》与江南民俗文化、《夷坚志》与传统术数文化、《夷坚志》的批判现实主义精神等论题都未完成，有待今后继续发奋努力。我想，在未来的若干年中，《夷坚志》仍将是我学术研究的重点之一。当然，由于本人才疏学浅，这些研究发明有限。本书文字也不免谫陋，讹误在所难免，衷心期望师友和读者们批评指正！

　　在本书写作的过程中，我的学生王桑、袁娉、赖思颖、邹佳锦、郭爱萍、谢乐乐等帮助做了资料收集和作品解析工作，王桑助写了第六章第一节"《夷坚志》展现的商人世界"。另外，我妻子严裕梅也参与了部分章节的写作，有的曾整理成论文先期发表，在此一并表示感谢。本书的顺利出版还要感谢赣南师范学院文学院中国语言文学省级重点学科及新闻与传播学院"当代影视文学与文化研究创新团队"的资助。

  是为记。

邱昌员

2016 年 9 月 19 日于江西赣州